致梅利塞，据我所知唯一一个比我更爱香奈儿的人，
另致永远心怀信念的珍妮弗。

"我的生活不曾取悦于我，所以我自己创造生活。"

——加布里埃·可可·香奈儿

C.W. Gortner

成为香奈儿

MADEMOISELLE CHANEL

[美] C.W. 加特纳 著

高月娟 译

重庆大学出版社

C O N T E N T S

C O N T E N T S

巴　　黎

　　人群正在楼下聚集。我听得到他们，那些记者、翘首期待的社交名媛以及社会评论家们，他们握着那份压制着浮雕图案的邀请函，我的邀请函。我能听到他们兴奋的说话声，那嗡嗡声顺着镜子楼梯爬了上来，钻到乱糟糟的工作室里。

　　在我周围，十二个模特已经穿上了新的时装系列，她们被香烟的烟雾和我标志性的香水味围裹其中。我叫她们保持安静，之后逐一检查她们裙子下摆的长度，剪掉多余的线头。她们叽喳讲话的时候我没办法思考，不过又有什么办法叫这群女孩子闭上嘴巴呢？她们整理着我设计的黑色晚礼服腰间的珠宝腰带，颈上挂着的项链和珍珠首饰碰撞出叮叮当当的声音，如同此刻我的心绪不宁，然而我清楚我不能表现出来。

　　我站了起来，裁缝剪刀系着丝带，垂荡在我脖子上。我知道楼下的人都在想什么：她还行吗？还能做得到吗？她七十一岁了，已经有十五年没设计过一条裙子，她已经跌到底了，怎么还能爬得起来？

　　说得没错，怎么爬起来呢？

　　这些对于我来说一点都不陌生，这些我都曾面对过。我对失败的隐忧，以及对肯定的渴望，它们深深地烙印在我的一生当中。我又点起一根烟，审视了一番面前的模特们。"你，"我看到一个深色头发的女孩儿，让我想起了年轻时的自己。"手镯戴太多了，摘掉一个。"女孩红着脸摘掉手镯，我仿佛听到心爱的博伊（**Boy**）在耳边低语："记着，可可，你只是个女人。"

我只是一个如果想继续活下去，就必须不断自我突破的女人。

房间里的一面镜子照出了我的样子——吉卜赛女人的褐色皮肤，涂着红色唇膏的嘴唇，两条粗眉和金棕色的眼睛。粉色套装下，身体纤瘦有致。在这个年岁，我的皮肤已经看不出曾经年轻柔软的样子。戴满了昂贵戒指的双手，像石匠的手般粗糙，像老树一样盘根错节，上面留下过上千个针孔——我有一双奥弗涅①农民的手。我骨子里就是个奥弗涅的农民，是弃婴，是孤儿，是梦想家，也是阴谋家。我的手就是我。从我的双手可以看得出，我的内心中永远有两个角色在对抗着：一边是那个出身卑微的小女孩；另一边是我自己造就的那个传奇人物。

可可·香奈儿到底是谁呢？

"上场吧（法语）。"我喊道。模特们列成一队，沿着台阶走向楼下的沙龙。这一幕我已经看过无数次，我站在台阶上，利用模特上场前的最后一秒钟抻平褶皱的衣袖，调整帽子的角度，并把她们的领子弄妥帖。我挥舞着双手让模特们按序出场，之后我便隐去。掌声停下来之后我才会出现——如果有掌声的话。

我不确信会不会有掌声，经过了这么多事情之后，我已经不太敢肯定了。

坐下来抱着膝盖，香烟放在旁边，关掉珠宝报时钟，我坐在镜子台阶顶端，像以前一样，悄无声息地观察着一切。

既然未来总是充满不确定性，那么就让我回顾一下过去，尽我所能如实地还原历史。尽管在这段过往的日子里，故事、传说和谣言总是交织其中，如同那块双绉面料一样，成为我的标志。

我也会尽力回忆自己的全部辉煌与惨败，并且会提醒自己，我只不过是个女人。

---

① 奥弗涅：法国中南部地区。——译者注

1895   I   1907

弃女

NOBODY'S DAUGHTER

"我不怨恨，自己童年时曾经那般不快乐。"

1

妈妈死的那天，我在墓地里玩。我把娃娃排成一排，玩儿过家家。这些娃娃是我很早以前用碎布和稻草做的，而现在我已经快十二岁了，娃娃都变了形，裹着污垢，肮脏不堪。我曾经给它们起过不一样的名字。今天，它们是唐特姨母（**Mesdames les Tantes**），和那三个待在阁楼、穿着黑衣服的女人一样。她们此时正在妈妈的床边，看着她咽下最后一口气。

"你，坐这儿，你，坐那儿，"我把娃娃想象成姨母们，硬按着娃娃坐在歪倒的墓碑上。这个墓地对于我来说是个游乐场，墓园里埋着这片村子的死人。爸爸走了之后，妈妈就带着我们搬到离这里不远的地方。我们经常搬家，所以也不觉得这里是家。爸爸做一些小生意，经常带着货出门，一走就是几个月。

"我天生就是常在路上跑的人，"妈妈抱怨的时候，爸爸总会这样回答。"香奈儿家，代代都是卖货的。你指望我改变祖宗传下来的东西吗？"

妈妈叹了口气："我没指望什么。但现在我们是两口子，阿尔伯特（**Albert**），我们得养活这些孩子。"

爸爸大笑起来，他笑声爽朗，我喜欢听。"孩子们会适应的。他们才不介意我出门，对吗？我的小加布里埃？"他冲我挤了挤眼。他最疼我，他是这么告诉我的。他会突然伸出双臂佯装扑过来，烟灰抖落在我的黑色发辫上，让我笑个不停。"我的小卷心菜（法语），加布里埃！"

然后他会把我放下，和妈妈争执起来。每次争执都会毫不例外地在妈妈的大喊中结束："走你的吧！你不是常走吗？不用管我们过什么日子！"我捂上了耳朵。那时我恨她。我恨她的眼泪和扭曲的脸，还有捏紧的拳头。爸爸会一阵风似地冲出去。我很怕他再也不会回来了。她并不明白，他在家里待不下去——她的爱没有火，却像烟，让他窒息。

这次爸爸离开后，有消息从洛林传来，说有人看到他在一家小酒馆上班，和一个女人混在一起，一个娼妓。我一直在等爸爸回来，也不知道娼妓是什么意思，但妈妈知道。她整个人都僵住了，眼泪干了，"这个杂种，"妈妈喃喃地说着。

我们收拾了简单的家当，妈妈带着我、我的姐姐朱丽亚（**Julia**）和妹妹安托瓦内特（**Antoinette**），还有我的两个兄弟阿方斯（**Alphonesea**）和吕西安（**Lucien**），一家人搬到了库尔皮埃（**Courpiere**），见到了妈妈的三个寡居的姨母。她们口中啧啧不止："简，我们早就跟你说过了，这个男人不行，他这样的就没一个好东西。那你现在准备怎么办？他丢给你的这一大群孩子怎么养？"

"爸爸会回来的，"我大叫道，震动着姨母们缺了口的茶杯，"他是个好人，他爱我们！"

"这个孩子太野了，"姨母们异口同声地说，"她那个爸爸没教她什么好。"

妈妈咳嗽着，用衣角掩住嘴角，让我到外面去玩。她在我面前日益消瘦，我知道她病得很重，但又不想承认。我瞥了一眼姨母们，就大踏步走了出去，就像爸爸以前走出门去时的样子。

姨母们远远地躲开了我们。很快，妈妈开始频繁咳嗽，再不能做缝纫的活计了。这时候她们又出现了，开始指挥家里所有的事情，看到妈妈躺在床上，纷纷说她再也爬不起来了。

"妈妈会死吗？"朱丽亚问我。她当时 13 岁，只比我大一岁。冬天的北风横扫过村子，让朱丽亚感到害怕；车子咔嗒咔嗒地从身旁摇晃而过，她也会害怕；泥浆溅上我们旧旧的衬衫，或者村里人指点的目光，都会让她害怕。

但她最怕的是如果妈妈死掉，我们即将面临与姨母们一起生活的境地，我们怎么办？这三个姨母在我妈妈弥留之时，全无怜悯之情，我们该怎么办？

"她不会死的。"我说。我想如果我这么说，妈妈就真的不会死。

"但是她病得很重。我听到一个姨母说她快死了。加布里埃，如果妈妈死了，我们怎么办？"

我觉得有什么东西堵在我的喉咙里。就像没有别的东西吃时，妈妈会给我们拿过期的硬面包吃。这些面包是用妈妈攒下来的硬币换的。她会把硬币交给我，让我去面包房，然后告诉我不要讨，因为我们要有自尊。但面包房拿给我们的面包总是硬得咽不下去。

就像现在一样咽不下去。咽下去，我对自己说，我必须咽下去。

"她不会死的，"我又说了一遍，但朱丽亚还是哭了出来，她转过头去看着我们只有 5 岁的妹妹安托瓦内特，正快活地在墓碑中间揪草玩儿。"她们会把我们送到孤儿院或更可怕的地方去，因为爸爸不会回来了。"

我猛地站了起来，当时的我非常瘦弱，姨母们总说我像从没吃过一顿饱饭的野孩子。他们说得是那么轻松，好像妈妈变个戏法，食物就能出来似的。我抓起一个娃娃向朱丽亚扔过去："不许你这么说，爸爸会回来的，你等着吧。"

朱丽亚的肩膀沉了下来，她平时很少和我们对抗，我有些退缩。因为朱丽亚虽然是家里最大的孩子，但妈妈总说她胆子很小。"加布里埃，"她幽幽地说："欺骗自己是没有用的。"

欺骗自己是没有用的……

姐姐的话回荡在我的脑袋里，我们拖着步子走回小屋。姨母们从阁楼窗户里探出头来喊我们回去。

那些线轴、针、为别人做了一半的她自己却穿不起的长袍，都已经被挪走。妈妈僵硬的身体躺在桌上，姨母们已经把她安放好了。

"她可算是受完罪了……痛苦结束了……我们可怜的简可以安息了。"一个姨母向我们伸出枯瘦的手，"姑娘们，到这儿来，吻别你们的妈妈。"

我僵在走廊里一动不动。朱丽亚走到桌子前，弯下腰，吻了吻妈妈紫色的嘴唇。安托瓦内特开始嚎哭起来。6岁的吕西安站在角落里，把他的玩具锡兵丢在一起，9岁的阿方斯待在一旁。

"加布里埃，"姨母们说，"快点过来。"她们的声音像乌鸦拍着翅膀向我冲来，一边盘旋猛扑，一边伸头啄食。我盯着妈妈的身体，她的双手在胸前相握着，眼睛阖拢，面颊凹陷蜡黄。即便远远地看着，我也知道他们说的人死了就会安息并不是真的。

人死掉了就没有感觉，他们走了就再不会回来了，我再也不会见到妈妈了。她再也不会轻抚着我的头发说："加布里埃，你的辫子怎么就梳不整齐呢？"晚上妈妈再不会半夜起来看我们睡得暖不暖和，再也不会拖着沉重的篮子爬上楼梯，把甜蛋糕塞给弟弟妹妹，这样朱丽亚和我就可以帮她做些针线活了。她再也不能教我跳针绣和锁边绣的区别了，以后朱丽亚如果又不小心把自己的裙子和客人的长袍缝在一起，再也看不到妈妈的微笑了。妈妈走了，只剩下我们。我们和妈妈的遗体，还有三个姨母在一起，没有别人来安慰。

我转身就跑，听到姨母们在身后喊我，用手杖敲打着地板。吕西安和安托瓦内特一起哭了起来，但我没有回头看。我没有停，冲下楼梯，冲出屋子，跑回墓园。我跑到之前摆着娃娃的墓碑旁边跪下，想让自己哭出来。我刚才没有和妈妈吻别，现在我必须要为她哭，我要让她知道，我是爱她的。

但是没有眼泪流出来。我踢走了娃娃，在墓碑旁边蜷曲下来，等着暮色的降临，盯着那条从墓园通往村子的小路。

爸爸会来的。他必须来。他永远不会抛下我们。

　　三天之后，爸爸到了，我们围在客厅的桌子前。妈妈的尸体曾经就停放在这张桌子上面。他错过了葬礼——"我有事情要做"，他这样迎接姨母们不满的聒噪。但是他最后还是回来了，我抱着他的手，深深嗅着他身上的汗味和烟味。我说过他会回来的，现在他回来了，我们几个安全了。

　　"现在该怎么办？"姨母们问，"他们的妈妈已经埋了，她给你留了这一群孩子要你自己养活。"

　　爸爸沉默了一阵，之后说："女士们，你们说怎么办？"我挪着椅子蹭到他的身边。"酒馆里有很多事情要做，"他又说，"那里没地方养孩子。"

　　"酒馆哦，"一个姨母说，"那种地方哪里是孩子待的，只能送到奥巴辛（**Aubazine**）去。让他们在那儿学学挣饭吃的本事，省得以后像他们的妈妈一样。"

　　我看到朱丽亚害怕的神色，意识到她说的一定是孤儿院，或者可能连孤儿院都不如。"我们不是孤儿，"我大叫抗议，姨母们脸上都流露出唯恐牵扯到自己的神情，让我感到一阵开心。她们才不在乎我们，她们只希望我们尽快离开这里，但爸爸不会让她们得逞的，爸爸会让她们明白这个算盘打错了。

　　我转头看着爸爸："爸爸，和她们说我们必须要跟着你去。"我几乎是在求他，但爸爸仿佛在斟酌字句，之后他缓缓说道，"加布里埃，大人在说话，你得明白我们是为了你们好。"

　　为了我们？我盯着爸爸。

　　他继续说："奥巴辛？"他的目光越过我的头顶，望着姨母们，她们三个像娃娃一样站成一排。"你们觉得嬷嬷们会……"

"当然会,"她们说,下巴因为神情肯定而紧绷。"她们又干不了别的,再说,奥巴辛那些蒙主圣恩的姐妹们身负这样的使命。"

"嗯,"爸爸的回答让我后背发凉。"那男孩子们呢……"

"总是有人家想要男孩的,"姨母们说。我看到姨母们眼里的冷酷,攥紧了爸爸的手。

"爸爸,求你,"我说,让他不得不看着我,"我们不会给你添麻烦的,我们几个一直都睡在一起,睡在一个房间就行。朱丽亚能照顾安托瓦内特和吕西安,我和阿方斯可以给你帮忙。我们一直都在帮妈妈干活。我还帮她缝纫,我……我还帮她跑腿。我做得很好,我也能帮你。我们都不麻烦的。"我重复道,越说越快,但他眼睛里的冷静让我的心狂跳起来。

他抽回了手。不是猛抽回的,而是把手指松开,像一个变松的线团,我手里空空如也——"没办法,我那儿没有地方。"他静静地说出了这句话,让我觉得爸爸好像已经走了。

他站起身,我僵坐在椅子上抬头看着他,他转身向门口走去。我猛地从椅子上弹起来,冲向他,我想捉住他的手,但是我哭了出来:"求求你别走!"

他躲过了我,向姨母们笑了笑,"夫人们,"他说,"你们会处理好的吧?准备一下要带的衣服之类的。"

姨母们点了点头。爸爸低下头看着我,喃喃道:"我的小心肝,"之后他揉了揉我的头发,就大步走出了门。我听着他的脚步声走下楼梯,越来越远。我听到一个姨母说:"这个孩子真是不知羞耻,都这个时候了还要反抗。"

在姨母们拦住我之前,我冲了出去,去追爸爸。但街上没有他,哪儿都没有。我疯狂地四处寻找,找那个一边走一边将帽子戴到头上的爸爸。

爸爸就这样消失了,好像他从来没出现过。整个世界在我四周黑暗下来,我突然感到寒冷彻骨。就在这一刻,我意识到,朱丽亚说的是对的。

欺骗自己是没有用的。

3

　　姨母们跑出来找到我，捉住我并把我拖回屋子，我一路挣扎，又踢又打。之后她们锁上大门，叫我们几个收拾自己的衣物。她们找出因为用了太久而破烂不堪的手提箱，打开之后丢到床上。

　　"我才不要，"我告诉她们，"我恨你们，妈妈是因为你们才死的，是你们杀死了妈妈。"

　　朱丽亚在旁边悄声说："求你了，加布里埃，别说了。"可我还是瞪着她们三个，直到其中一个开了口："如果你不照我们说的做，就把你送给收破烂的。你想和他一样每天往垃圾堆里钻吗？你不是跟你爸讲你很会干活吗？那你就去那儿干活好了。"

　　男孩子们缩在角落里，朱丽亚碰碰我，"加布里埃，"她求着我，"来一起收拾东西吧，不需要太久。"姨母们坐在桌子旁边盯着我们，我用后背对着她们。我那少得可怜的几件衣服上，到处都是妈妈缝补过的地方，她总是会缝补我们的衣服，让我们尽量穿久一些。

　　第二天早上，有个陌生人敲门——一个戴着贝雷帽的老头，叼着一支香烟。姨母们催我们上了他的驴车，我们几乎来不及跟阿方斯和吕西安拥抱道别。老头叫我们坐在车后面，坐在一堆装着面粉的粗麻袋上。

　　"坐着别动，"他说道，之后我看到一个姨母从钱包里拿出几枚硬币丢到那个老头的手上——我认得出那只绒绣小钱包，是妈妈的。

　　驴车猛地一窜，老头扬鞭向瘦骨嶙峋的驴子抽去，朱丽亚把安托瓦内特拉到怀里，驴车载着我们，沿着布满车辙的山路前进。我们三个抱在一起，我感到心里仅存的那一点点勇气已经消失殆尽。太阳快落山的时候，驴车转上了一条土路，将我们带到了一扇结实的木门前，木门连接着一条高高的围墙。

我几乎没留意到建筑的外观，而是对门前站着的一群女人非常警觉，她们都穿着黑色的长袍，戴着纯白色的头巾。老头将面粉一袋袋卸下，修女们把我们带了进去，我们三个在院子里被分开，朱丽亚和我去了一边，安托瓦内特被带去了另外一边。因为她太小，修女们说她必须和其他小孩子待在一起。

朱丽亚因为疲倦而面色苍白。"我们不应该待在这儿，"我告诉她，和我们一起的修女转过来轻声说，"如果世事完美，小孩子们都不该待在这里。但你们现在就在这儿，用不了多久你们就适应了。"

修女带我们进了一间宿舍，上百张和我们如此相似的同龄面孔同时转向我们。我捏紧了拳头，宣布道："我们只是待一阵子，"虽然并没有人问我们什么，"我们的爸爸会来接我们的。"

朱丽亚制止了我："加布里埃，别再这么说了。"

蜡烛吹熄之后，房间变得更大，四周充满了鼾声和其他孩子的叹息声，我哭了，用枕头捂住自己，免得被别人听到。白天的时候，无论我看向哪里，四处都是黑、白或者各种深浅灰调组成的世界，修女黑色的长袍，纯白色的头巾，随风掀动仿佛飞在空中。我们的制服朴素而结实。浆洗过的亚麻布整齐地叠放在隔板上，或者平展在我们窄窄的简易小床上，或者如光环般环绕在修女们的脸颊两旁。还有那些因为光线变幻而显出不同深浅灰调的石台阶，以及监管我们的修女们毫无情感的命令语句中的灰色。

在最初的几周里，我难过至极。我想念弟弟们，因为突如其来的境遇扭转了我们的生活。我想妈妈，虽然我们以前也动荡不安，但我仍然怀念那些日子。

有天晚上，朱丽亚对我说："现在我们安全了，你不明白吗？这里坏不到哪里去的。"

我不想明白。我仍然无法接受,因为如果我明白了,意味着爸爸真的永远不会回来,意味着他不要我们了。

"我不喜欢这儿,我讨厌这里。"

"其实你不讨厌这儿,"朱丽亚把手伸到我的床上,握住我的手,"我们待在这儿不是更好吗?如果没有人照顾,只靠自己的话,我们怎么能活命呢?"

我把脑袋转向另外一侧。"试试看吧,"她说,"你一直是我们几个里面最坚强的那个,妈妈以前总说,她依靠得上你。你要向我保证,你会努力试试看,加布里埃。我和安托瓦内特都需要你。"

我爱朱丽亚,所以我很努力地去尝试。在之后的几周,我尽最大的努力微笑,态度积极主动。天不亮铃声响起时就起床,爬上高高的台阶,穿过永福石铺就的走廊,到小教堂里做早祷告。之后我们会被带到餐厅吃早饭,之后上课,吃午饭,上下午的劳务课,之后在小教堂里晚祷告,去餐厅吃晚饭,天黑之后上床睡觉,直到第二天的铃声响起,一切循环往复。随着时间慢慢过去,没有值得为之兴奋的事发生,也没有糟糕的事发生,没有姨母们的尖酸刻薄,也没有房东砸门索要迟缴的房租。突然之间,此生头一次,我明白了哪里是我应该待的地方,以及我的命运通向何方。我过上了单调且重复的日子,既令我安心,也让我惊讶。

慢慢地,数周变成了数月,在我自己意识到之前,奥巴辛已经成了我的家。

这是我住的第一个所有东西都十分洁净的地方——每天早上,我们要用碱性肥皂洗澡,用小束的迷迭香熏亚麻布,再用石灰水反复擦洗回廊的地面。这里没有老鼠横窜,没有斑驳墙壁,我的头发和被单里也没有虱子或跳蚤,没有从门缝之下或从窗户破洞里进进来的街道上的泥点。在奥巴辛,日子平淡无奇,井井有条,没有意外之喜,但却有种全然的古朴和宁静。

另外,让我惊讶的是,在这里我们可以吃到很多食物。我们每天吃三次饭——热粥、热汤，新鲜的羊乳酪和刚烤出来的面包，还有花园里生长的水果和蔬菜，有腌火腿和烤鸡，圣诞节还有甜葡萄干布丁。这些我总是吃不够。我必须学着像掩饰不满那样掩饰自己的饥饿，拒绝别人友好的表示，总是黏着朱丽亚，而朱丽亚会说："你看，这里很好吧？"

那里确实很好，只是我不想承认。那时的日子对我来说也是个挑战。因为之前我们经常搬家，基本上无法坚持上课。我也发现自己没有这份天资，不像朱丽亚，她的笔记本上总是写满了漂亮的字迹，相比之下我的笔记木上更是污渍斑斑。管理我们学习的修女贝尔纳黛特（**Bernadatte**）嬷嬷，每天下课都叫我多留一个小时，即便如此，我还是觉得自己不是读书的料。

"你必须发挥自己的能力，加布里埃，"贝尔纳黛特嬷嬷告诫我，"如果你不努力，就永远不会喜欢写字。如果想要成功，我们就得不断地努力。"

努力，努力，再努力，所有人对我说的就是这么一句话。这句话让我不安，因为我已经不是朱丽亚所说的家里最强的那个，现在的加布里埃什么都做不好。

然而阅读总能让我入迷。我先是读完了儿童故事，之后开始读更多的东西。我常常流连在修道院图书馆，在卷籍之间一本本细细地筛选。书籍把我带去了之前想都没想过的地方，我从头到尾读遍了能找到的每一本书，从圣徒的悼词，到英雄传说或神话故事。我甚至喜欢上每天两次去小教堂祈祷的过程，因为走廊设计得十分有趣，刻绘着诸如五芒星这样与女修道院有关的隐喻符号。不过祈祷本身，和我的课程很像，对我来说实属折磨。

阖上眼睛，我也试着和上帝交谈。我问他爸爸是否会回来，我们还能和弟弟们见面吗？我想要感受到上帝。修女们总是说，上帝会听，当你祷告的时候他会听得到的。但除了能感到膝盖跪在硬木地板上之外，我感受不到任何东西。无论我怎样努力，在脑袋里回响的只是我自己的声音。我偷看周围的女孩，她们仰着脸，面上都是全然的信任，仿佛望向天堂。而朱丽亚则永远是一副灵魂飘远的样子，好像上帝正在和她直接对话。

为什么我无法收到同样的慰藉？上帝为什么听不到我的祈祷？

我开始去寻找自己的价值所在。在修道院秩序井然的世界中，我注意到修女们总是会褒奖那些将自己打理得井井有条的女孩，特别是那些可以一坐数个小时，为其他女人的嫁妆绣上压花姓氏字母的女孩子们。奥巴辛的修女以绣工出名，她们用这个来挣钱，补贴孤儿院的运营。

针针线线简直到不了头。床单、枕头套、长袜、围裙，还有衬裙和罩衫，我想象着那些需要缝补的东西层层叠叠，一直堆积到屋梁。怎么会需要用这么多东西？这些待缝补的东西源源不断地送来，就像水流源源不断推动着水车转动。我不再去在乎手上的茧子和针孔，每天都会领到新的工作，我因贝尔纳黛特修女不断希望我在文法上进步而心中憋着一股怒气，我也只有在这个时候会出类拔萃，妈妈以前总是说我的手很巧。

有一天，我要给一整条床单缝上褶边。当天晚上，在工房执事的泰瑞莎（Therese）嬷嬷在走廊里踱着步，监视着我们的工作。她走到我身边停下来，拿起我手里的床单，"针脚真细，谁教你这么缝的，加布里埃？"

"我妈妈，她是裁缝，我以前帮她做活。"

"看得出来，你的手艺很好。你多大了？"

"快 14 岁了，嬷嬷。"话说出口连我自己都吓了一跳。两年的时间过得飞快。

她拉过我的手仔细看："你有一双小手，天生适合做针线活。"她微笑着说："如果你能做得比这更好，也许有天你能去给绸布商人做助理，或者甚至有一天自己成为一个裁缝，开自己的店。你想这样吗？"

我从没这样想过。对我来说，做裁缝如同重走妈妈的老路，给别人缝补衣服，挣一些微不足道的小钱。现在我每天都能吃上体面的食物，我再也不想饿肚子了。但是自己开店……

"是的，嬷嬷，"我轻声说，"我想我愿意。"

"很好，下次我会让你绣条手帕。好裁缝必须样样出类拔萃。"她严厉地看了我一眼，"也就是说文法和数学也一样，我听说贝尔纳黛特在给你补课，我会特别留心你的。"

她走了之后，我整个人才放松了下来。如果泰瑞莎嬷嬷认为我有一技之长，也许我真的有。

泰瑞莎嬷嬷检查了朱丽亚缝的枕头套，之后摇了摇头，这让我增强了自信，我的姐姐可能擅长写字，但握笔灵活的手指拿针线却十分笨拙，朱丽亚沮丧地望了我一眼。生着金色卷发的玛丽·克莱尔（**Marie Claire**）小声对我说："你缝的针脚不匀，你当不了裁缝，你以后什么都当不成。"玛丽·克莱尔和我们住在同一间大宿舍里，很受修女们的宠爱，她在她们面前乖巧可人，可总是在背后说嬷嬷们的坏话。

她讨厌我，因为我拒绝加入那个只为讨好她而存在的小圈子。我拒绝是因为她欺负朱丽亚，这是我的报复方式。我试着保护我的姐姐，但是她已经到了发育的年龄，臀部变圆，胸部开始隆起（不像我这般搓衣板的身材），别的女孩儿的嫉妒心也因此而生。安托瓦内特还是和小孩子们住在另外一厢，朱丽亚则已经俨然有了女人的身材，却温柔胆小，这让她成为了被攻击的对象。玛丽·克莱尔和她的那个小团体在朱丽亚的鞋子里塞进沾了经血的布条，围着她跳舞，嘲笑她是吸血鬼。我冲过去叫她们立刻停下，不然就要给她们好看。

我低头仔细查看针脚，发现玛丽·克莱尔说的是对的，针脚不匀，我开始愤怒起来。有那么一瞬间，我真想用剪刀把整条床单剪碎。但正相反，我向她微微斜靠过去，轻轻说："我知道每天晚上你都在床上干什么。你长大了会变成妓女，他们会给你驱魔的，就像邪恶的劳登姐妹那样。"

尽管我还不知道妓女是什么意思，但我已经读了一些书，我朦胧地知道那意味着肮脏。玛丽·克莱尔脸色瞬间变红，也让我确信自己所说无疑，我冲她得意地一笑。

玛丽·克莱尔一分钟都没有耽误，立刻告诉了泰瑞莎嬷嬷："加布里埃·香奈儿太野蛮了，她说我被恶灵附身，还说我是妓女。"

"加布里埃！"泰瑞莎嬷嬷拉着我大踏步走进了院长嬷嬷室。

"她说的属实吗？"院长嬷嬷问，她是一个胖胖的女人，腰上系着一串钥匙。

"是的，院长嬷嬷。"我说，我想一旦我讲出理由，她们就会理解了。

"好吧，任何一位举止文雅的女士都不会用这种词汇，你从哪儿学来的？"

"图书馆，院长嬷嬷，我……我喜欢读书。"

"'读书？'"院长嬷嬷的声音在办公室里回响。她不会猜到我现在已经可以背下查理曼大帝的伟大功绩，熟知从悔过者埃提安创建修道院，到革命期间遭亵渎等整个女修道院的全部历史，当然我并不想以此吹嘘，因为吹嘘也会被视为"举止不文雅"。

"你经常读书吗，我的孩子？"她的声音听上去干巴巴的，我猜不出她打算夸奖还是批评。

我垂下眼睛看着地面，我不能说由于我不想待在修道院，现在读书已经成了我唯一的逃避。

"我只是在希望和上帝更近的时候才读书。"我最终小声说。

"知道了。"院长嬷嬷的声音因为放松而缓和下来。"寻找上帝的真理本身值得鼓励，但必须让我们远离诱惑。一个谦逊的女孩子心里不该藏着什么个人意愿，我们得学着服从上帝的旨意。"

她的话像一条绳索勒紧我，让我窒息。如果竖立人生志向被视为有罪，难道意味着我已经是负罪之身吗？我不是一直祈祷可以找到自己擅长的事情吗？

院长嬷嬷放我回去了，"那么，你不可以再去图书馆了。你要少读书，多祷告。不可以再说什么邪恶的话了，听清楚了吗？"我走向门口的时候她又补充道："你把其他女孩子吓坏了，你得遵循操守，在我看来你想得太多，加布里埃，你得学着去接受。"

院长嬷嬷本可以罚我祷告的。自打那天之后，我就十分小心，尽量表现出忏悔姿态。然而禁令总会随着时日渐久而松懈，上了年纪的吉纳维芙（Genevieve）嬷嬷在午餐之后总会在她的木凳上打盹。我会踮着脚尖从她身边悄悄经过，裙下藏着一本书，她不会发现的。当所有人在院子里跳绳的时候，我就在角落里看书。晚上，我冒着把整个宿舍点着的危险，在外套的遮盖下点着蜡烛头看书。我冒着不敬的极大风险，在弥撒的时候看书，假装手里捧着的是赞美诗。其他的女孩们都知道，但没有人敢告发我。她们知道我跟玛丽·克莱尔说了什么，她们一样，每个人都有秘密。

只要仔细观察，就不难发现她们的秘密。

泰瑞莎嬷嬷给了我一条手帕作为测试，给我看了一张印在书上的山茶花图案。"我希望你把它绣在手帕的一角。你能做到吗？"

我点了点头，仔细看着书上的绣样，直到能背下它的形状。玛丽·克莱尔在绣着褶边，时不时投过来一瞥，但我不理。我穿针引线，开始把图案绣在那条亚麻布手帕上。之前，我只帮妈妈绣过几次，都是沿着袖口的简单图案。但这幅图案很复杂，有着平滑的圆角，需要精准，不差分毫。我绣得很艰难，其间弄错好几次不得不重来。偶尔抬头，就能瞥见玛丽·克莱尔幸灾乐祸的笑，我咬着牙。如果我能漂亮地完成，就可以把手帕丢到她的脸上去。刚刚绣完第一朵，泰瑞莎嬷嬷就过来看——"哦，加布里埃，非常好。"从听到这句话开始，我再也感觉不到周围任何人的存在，无论是玛丽·克莱尔还是谁。工房的屋顶和四周的白墙，门上巨大的耶稣受难像，一排排的桌子和坐着女孩子们的长凳都消失了。整个世界只有我和手里的针线，山茶花如魔法一般在亚麻手绢上绽开。当我从眩晕中抬起头来，我发现屋子里只剩下了自己。

我从凳子上站起来，屁股因为坐得太久而发麻。泰瑞莎嬷嬷从角落里起身走过来，白色的头巾下阴影越来越浓重。"完成了？"她问道，我点了点头。突然意识到我太过专注，不但没去做晚间祈祷，看样子也错过了晚餐。

现在，泰瑞莎嬷嬷马上会对我说，我的测试失败了。

她拿起手帕，翻过来检查用细线打成的结，之后屏着气细细检查绣线组成的图案。"简直完美，"让我难以置信的是，她的眼里浮出了泪水，"太完美了，我的孩子。我从没见过这儿还有哪个孩子能像你一样绣得这么好。"

我不知道该说什么。她的表扬来得太突然，完全不在预料之中，我只有低头看着她手里的手帕，喃喃低语："我……我弄明白怎么绣了之后就不难了。"

"不难？这是我能找到的最难的绣样了！山茶花是我们神圣秩序的幸运象征，就生长在我们自己的花园里，但很少有人能将山茶花的样子这么生动地绣出来，"她顿了顿，之后她的声音变得很轻柔，我几乎没听清，"上帝对你讲话了吗？"

我抬头迎向她的目光。我的机会终于来了，这是我赢得永久的信任和褒奖的机会。如果我照她的意思说，我可以从见习生做起，之后成为修女，永远被安全地圈养在修道院里。但泰瑞莎嬷嬷的目光是那么恳切，我没有办法欺骗她。

我没有说话，只是摇了摇头。

她叹了口气，"没有关系，上帝爱我们每一个人。他没办法对每个人说需要她的奉献，他也希望我们留在尘世间。"

我抬头看着，轻声说："我很害怕。"我从没向任何人承认过，对朱丽亚也没提起。恐惧是我的敌人，因为恐惧将深植在我内心深处，无法驱散。

泰瑞莎嬷嬷微笑着说："不要害怕。即使你离开我们，我们也会把你们安排好。当你们长到 18 岁，你们当中最具潜力的会被送到其他修道院去，以精进和完善技艺，我们希望你们当中出类拔萃的能成为裁缝店的学徒。这是我们的职责，我们可不希望姑娘们失去方向。"

"真的吗？"我迟疑地问。

她点了点头。"我们会尽力去做，你不需要担心。我心里有数，你的天赋会帮助你，我的孩子。上帝确实爱你，加布里埃，永远不要怀疑。"

4

　　春夏两季的周日午后，奥巴辛的姑娘们会被获准走出大门，走到乡间。我从没想通她们锁住我们的理由，我们没有地方可逃——奥巴辛周围有森林和群山环绕，而我们每个人的配给只有两双鞋和长袜，两件无袖短裙，一件斗篷、手套和羊毛帽，以及我们穿到破的制服裙，我们能逃到哪儿去呢？

　　尽管这样，女孩子们还是为即将执行的开门仪式兴奋不已。我们投身于乡间新鲜的空气，带着震耳的尖叫声和狂喜的呐喊，叫着跳着冲向山顶，俯瞰整个山谷。姑娘们打开野餐篮，传递着面包和奶酪。甚至修女们也聚坐在一起，仰起头迎向久违的阳光。

　　就在七月末里这样的一个下午，在我即将度过 **18** 岁生日前，朱丽亚突然对我说："你很快就会离开这里了。"

　　我看了她一眼。我们坐在河边，赤着的脚垂在河水中荡着。这条河通往修道院的鱼池，现在因为雪水消融而水量增大，这是我们唯一可以在宿舍之外被允许脱掉鞋子和长袜的地方。

　　"八月份才是我的生日，你都还在，她们怎么会先送我走呢？"其实我在想她为什么还没有提到任何将被送走的消息。其实她在去年九月就已满 **18** 岁，我们两个都很紧张，不知道什么时候院长嬷嬷会召唤她，但始终没有消息。

　　"你已经决定要戴上修女头巾了吗？"我问朱丽亚，不太确定如果她给我肯定的回答，我该如何反应。她似乎已经服从了将余生托付给奥巴辛的命运，但我不同。与泰瑞莎嬷嬷谈过话之后，我便开始了对修道院外生活的幻想。她对我的手工技艺的再次肯定给了我信心，尽管面对未知的生活我仍然十分忧虑，但我已经开始盼望新生活的开始了。

她叹了口气，"如果我可以的话，"她顿了一下。"你呢？泰瑞莎嬷嬷总是表扬你。连贝尔纳黛特嬷嬷对你都没有那么严厉了。"

"贝尔纳黛特嬷嬷已经放弃了。她已经接受了这个事实，也就是我永远学不会正确的文法，或者写出漂亮的字来。"

"你还没有回答我呢，加布里埃。"

我看着她。"不，"我最终回答道。"我没有接到上帝的召唤，这不是我的路。"我打算告诉她泰瑞莎嬷嬷是怎么说的。其实我也没有完全弄懂泰瑞莎嬷嬷的话，我并不明白她是从哪里得来的信心，认为我可以凭一技之长养活自己。然而听完朱丽亚的这番话我明白了，"她们也不知道该拿我怎么办。我的绣工不好，我能去哪儿呢？如果现在她们把我送走的话……"朱丽亚的声音低了下去。像我一样，她也忧虑着自己的未来。"但你不一样，"她的脸上有一丝勉强的微笑，"你什么事都能做，你有天赋。"

我爆发一阵大笑，吓了朱丽亚一跳，瞬间也吓到了我自己。我的笑声中带着沙哑，就像爸爸一样，对于我瘦小的胸腔来说这笑声实在太大声，太粗野。我平时不怎么笑，和修女们一样。"告诉我，朱丽亚，你这念头是打哪儿来的？会缝边或者绣花证明不了什么。"

"我是说真的。"她的神情变得严肃起来，就像妈妈死的那天在墓园里她对我说话的样子一样。"只是你自己还没有发现，或者你还不想去发现，但泰瑞莎嬷嬷知道，院长嬷嬷也知道。"

"哈！"我扭动脚趾，双脚一直泡在冰冷的河水里，已经快要冻僵，可我还不想拿出来。"院长嬷嬷不让我进图书馆，她要求我多做几个小时的祷告，还要我背诵使徒书信①。她才不觉得我有什么天赋。"虽然嘴上这么说，我却发现自己有些气短，等待着她的回答。泰瑞莎嬷嬷曾经说过在绣技上我

---

① 使徒书信：基督教《圣经新约》中称为"书信"的各卷书的泛称。

比她教过的其他女孩儿都娴熟，我真的很有天赋吗？

"正是因为你跟大家不一样，院长嬷嬷才要求你去尝试。她知道你会质疑很多东西，而且她一直都知道你偷偷把书带出图书馆读。"朱丽亚说。

"她才不知道！"

我的姐姐扬起眉毛。"纳维芙嬷嬷又不是瞎子。所有人都知道你没事就在看书，大家都知道你在点着蜡烛看书，即便藏在毯子下面也挡不住。"

"最起码我没做玛丽·克莱尔的那些事。"我嗤之以鼻。

朱丽亚再次叹息："她们会把你送到另外一个修道院去，你在那里可以有一份工作。你不会像妈妈那样，或者像我这样。"

我握紧她的手，"不管怎样，我永远都不会离开你和安托瓦内特。如果你还没有找到想做的事情，那我们必须帮你找别的事情做。别让玛丽·克莱尔或她的朋友指挥你，她们那么做是觉得你好欺负。"

朱丽亚低头看着我们握在一起的手，"我和你不一样，加布里埃。"

"那你一定要学啊，软弱的人总是容易受欺负。"

远远地，修女们召唤我们回去，女孩子们一个个出现，衬衫因为爬过石头而起了皱。朱丽亚和我捡起鞋子和长袜，向小山脚走去，嬷嬷们在等着我们。

在排队回修道院的路上，我对朱丽亚说："我也不知道自己是不是真的有天赋，但我会尽一切做到最好，我会照顾好我们姐妹几个的。"

"你会的，"朱丽亚没有回头，"我一点儿都不怀疑，你一定会努力的。"

我 18 岁生日这天，我们在惯例中迎来了晨曦，钟声叫我们起床，在睡眼蒙眬中我们走进小礼拜堂，吃早饭，做弥撒，上课，缝纫。下午在绣枕套边的时候，我一刻不停地在看走廊，期待着院长嬷嬷派人来叫。我根本无心专注在手工上，直到泰瑞莎嬷嬷责备我，"加布里埃，你怎么了？看看你绣的，今天真是有失水准。"

我瞥向手上的枕套，绣线纠结成团，亚麻布被拉得变了形。

"全部拆掉重新做，"泰瑞莎嬷嬷命令我，"现在就拆。"

自从我的绣花征服了泰瑞莎嬷嬷之后，水平一直稳定，很少失误。然而一旦有一点小小的失误，我对自己会比其他人更加苛责，我对完美的期望驱使我不断自我完善，直到成功。然而忽然之间，我发现自己再也受不了这些针针线线了。"我觉得不太舒服，"我说，"今天早饭过后我就有些难受。我可以去洗手间吗？"

"可以，去吧，快去快回。"泰瑞莎嬷嬷对我挥了挥手。

冲进走廊，我拉下衣服上的高领，觉得自己透不过气来。我在回廊里走来走去，这个迷宫一般的通道我已经反反复复走过无数次。花园里，白色山茶花的香气充盈，我对这里的一切都了如指掌，熟悉得如同我自己的身体，我甚至非常熟悉走廊里铺的马赛克图案，尽管经过几个世纪脚底的摩擦，这些图案已经变得模糊不清。

出于一种无法解释的理由，我驻足凝视着那些马赛克图案，想看出花纹背后的含义，仿佛可以缓解在我内心中同时存在的慰藉与失落。显然，院长嬷嬷认为现在对于我来说还为时尚早，她希望我和朱丽亚一样留在这儿，直到有一天我得到神召，或者等我年岁渐长之后再将我赶走。

"这图案象征着数字5。"

我迅速转身，因为发现旁边有人而吓了一跳。

"你不知道？"院长嬷嬷说，语带讽刺，"我还以为你已经把这里所有的东西都弄懂了，也应该知道这些图案的意思。"

我回头看着那图案，"5？"我看到了不断重复出现的五芒星，一个叠着另一个。"为什么是5？"

"如果你肯在教义读本上多下些功夫，像你对其他事情上花的时间那么多，你就会知道这是神圣的数字的含义。这是上帝造物的完美体现：风、土、火、水，还有最重要的——灵。我们周围能看到的任何东西当中都包含这五个元素。**5** 是天底下最神圣的数字。"她说，"来吧，我派人去工房找过你，但泰瑞莎修女回话说你不舒服。"

她没有问我为什么不舒服。我沉默地跟着她，听着自己的心跳声震动着我的耳朵，我很想用手按住胸口，但我忍住了。

在院长嬷嬷的办公室，她让我坐在桌前的椅子上。她自己则踱步到窗边，静默很久。我开始担心她会责备我进来之后的不服管教，下禁令再不许我进图书馆。可之后她突然讲话了，"我有好消息告诉你。你可能曾经怀疑上帝的慈悲之心，但上帝一直在照顾着你和你的姐姐。"

原来她希望我立誓当修女，她已替我安排了命运，四周的墙壁仿佛瞬间将我包裹起来。我很感谢修女们给我的一切，包括安稳的生活和庇护之所，以及自我发掘的机会。我已经接受了爸爸不会回来的事实，我现在知道他连这样的念头都不会有，我有责任照顾姐姐和妹妹。但如果我做了修女，就没办法照顾她们。

院长嬷嬷转过身说："我给你的家人写了信。我花了好一阵子才找到他们，他们回信说愿意接你回去。"

"家人？"我跟着她重复了一遍，"我没有家人，院长嬷嬷。"

我这么说并非赌气。我早已不再把期待放在爸爸身上，也始终无法忘记姨母把我们几个孩子送走的情景。眼不见就心不烦，我们是谁都不想去惹的麻烦。

"你有的。"她从办公桌上递过来一张纸。"你父亲的妹妹露易斯·克斯缇耶（**Louise Costier**）夫人回信说她可以把你、你姐姐朱丽亚，还有你年幼的妹妹安托瓦内特，一起送到我们在巴黎圣母院穆兰修道院的寄宿学校去。那里离她住的地方很近，你可以和他们一起过节或度假，同时找一找学徒的工作，以后还有机会领一份稳定的工资。"

说完了这番话，她停下来等待我的反应。我的双手在大腿上交叠紧握，这就是泰瑞莎嬷嬷之前说的：我一直等待的消息。院长嬷嬷手里握着那封信，如同来自天上的神谕。我一眼都没有看，肯定地回答她："我不认识什么叫露易斯·克斯缇耶的夫人。你肯定是搞错了，院长嬷嬷。"

我有点想要故意反驳她，但我也明白没人会去这么欺骗修道院的院长。另外一半的我想要真真实实地看到证据，怎么还会有家人愿意接纳我？过去整整七年里，他们去哪儿了？

"我不会搞错的。你可能不知道，但你父亲的父母仍然健在，他们就住在穆朗（**Moulins**）以外的镇子里。他们的大女儿叫露易斯（**Louise**），她说如果早知道你们在这里，早就过来看你们了。"

指甲掐进了我的手心。来看我们？来看我们，然后还让我们继续待在这里？我之前的感觉是对的，我不想见她。我的感觉告诉我，露易斯·克斯缇耶和我那些姨母一样，她也有颗冷酷的心。

我的内心活动一定都写在脸上，因为院长嬷嬷说："看得出来，你和以前一样固执。我确实担心你，你的天性就是不满足。不过泰瑞莎修女让我放心，说上帝知道我在担心什么。"她还是没有要把信交给我的意思，我克制着自己，不要跳起来直接去把信抢到手里。"你准备一下，之后出发。和朱丽亚好好说说你的事，我不希望听到你对朱丽亚说任何让她不安的话。听明白了吗？"

"是的，院长嬷嬷。"我站起身，任由双腿漫无目标地带我出去，在门口我又突然站住，刚刚发生的一切让我无法招架。我一旦走出奥巴辛的大门，她们就会将门永远关上，除非我回来宣誓对主效忠。七年前我刚刚来到这里的时候，满脑子都是离开的念头。然而当这个时刻终于到来，我又如此犹豫。如果我没有天赋怎么办？失败了怎么办？如果这样，等待着我、朱丽亚和安托瓦内特的命运又是什么？穿针引线算不上什么本事，至少没能救得了妈妈。又怎么能救我？

我鼓起勇气回头看，也许这是院长嬷嬷第一次对我的恐惧感同身受。

"那安托瓦内特呢？"我问。

"她也一样，满 18 岁之后，我们就会送她去穆朗的圣母玛利亚修女学校。"之后她顿了顿，嗓音柔和了一些，"你要记住我的话，加布里埃，一个谦逊的女孩子心里不该藏着什么个人意愿。有时候，我们应该去追求简单的生活。"

　　我离开了院长嬷嬷的办公室，从未谋面过的姑妈写来的信仍然捏在她的手里。

5

如果我降生在衣食无忧的家庭，蒙荫于家境的富饶和长姐的宠爱，并嫁给了一个爱我的丈夫——一切的一切，都是所谓上流女孩儿所具备的，那么我今天就是她的样子，她就是我在另外一种生活中的自己。

她叫艾德丽安·香奈儿（Adrienne Chanel）。第一眼见到她，我心中只有不平。

她飘然迎向我们，我们从奥巴辛花了三天时间，才来到穆朗的圣母玛利亚修女寄宿学校。这里有和奥巴辛一样的围墙，一样高耸的钟塔和两重大门，让我内心感到一阵凄凉，这些也并没有引起我太多的注意。艾德丽安有苗条的身材和跟我一样的黑色头发。她对我的态度仿佛我们是从小一起长大的玩伴。她拥抱我们，亲吻我们的双颊，之后的几个小时，我都能嗅到她留在我身上的熏衣草香气。

"你们终于到了，这太好了，"她开口说。我看着她睫毛掩映的眼睛和笑意盈盈的嘴巴，寻找着虚伪的蛛丝马迹。此时此刻，我再也没办法怪她不早点过来接我们，因为我们年纪一般大。妈妈死的时候她和我一样，还只是个小女孩。然而我发现自己仍然希望从她身上挑出毛病，"好了，现在我们一家人团圆，再不会分开了。"

看到朱丽亚正在全身心地感受着艾德丽安的阳光与温暖，我松了口气——朱丽亚曾经因过度担忧我们的未来而说个不停——然而很快，我内心深处的某种与生俱来的东西，那是我还没意识到的嫉妒之心，让我感到不安。

即便当时我已经懂得自己，也是宁可咬破舌头也不肯承认的。我从不嫉妒任何人，我怎么会去嫉妒自己如此优雅的姑妈？

之后的数周，我始终无法躲开她。我们都是 18 岁，我在艾德丽安的卧室搭床，她们告诉我这里是"好女孩"睡的，而对面厢的宿舍则睡着有钱人家的孩子，她们的父母花钱让她们在这里接受教育。奥巴辛的日子在这里重复着，我则是一如既往地憎恨与对抗。我知道自己像个靶子——我是新来的，穷人家出身，充满愤怒——简而言之，与众不同。

艾德丽安轻松地帮我解决了很多问题，"不用在意她们，"我们穿着高跟鞋和朱丽亚一起去上课的时候她对我们说道。有钱人家的女孩们戴着夸张的帽子，扬起丰盈的脸蛋说着"我好像闻到了烤栗子味"，借以嘲讽我们的穷苦出身。如果是在奥巴辛，我一定会立刻冲过去。但艾德丽安只是停了一下，然后轻快地对她说："哦，安琪莉可，你的帽子好漂亮。"那女孩没预料到这突如其来的夸赞，立刻因为自己的所作所为而红了脸，"谢谢，艾德丽安。是你的姐姐克斯缇耶夫人做的。"

"她做的？好迷人，非常适合你。"

"迷人？"我们走向教室，我表示难以置信："你为什么这么说？那帽子一点儿也不适合她。她看上去像只驴子，脑袋上顶着一只死鸟。"

艾德丽安大笑，即便她大笑起来也很让人愉悦，尽管我们两个从外表上看非常相似，但从细节上还是能看出我们两个的不同，"加布里埃，你太幽默了。她看上去确实很滑稽，但我们不能总是让实话脱口而出，如果我们对不喜欢的都统统直言相告，世界得变成什么样子了？"

"会变成一个帽子比较好看的世界吧，"我嘟囔着，尽管心里觉得她说得有理。她身上有种与生俱来的东西，可以赢得别人全然的好感，即便是意志最强硬的人。这种气质让我感到变幻莫测，然而又充满了危险的吸引力。

晚上，各间宿舍的大门紧闭，姑娘们各自睡在自己的床上。她爬上了我的床，钻进我的被单。"讲故事给我听吧。"她小声说。

这么近的距离让我感到不安，我说："你怎么会认为我会讲故事？"

"不要害羞，"她伸出手在我的鼻头上轻点了一下，"朱丽亚已经告诉我了，你把奥巴辛图书馆里的书都读完了，你一定读过很多故事。"

我并不惊讶，朱丽亚显然已经全然信任了她。

"我只知道殉道者或圣人的故事，"我说，不想屈从于她的怂恿。"你肯定也都读过了，这里也有图书馆。"

"哦，我是能不看书的时候就不看书。"她说。她突然这样袒露自己的无知，让我有点喜不自胜。

"你不读书？"

"不读啊，"她的头向后靠在我的枕头上，黑发荡漾在脸旁，"我不在乎，我更喜欢听别人讲故事，比自己读书有趣多了，就像那些人物站在我面前表演一样。"

刚刚因自以为发现了她的弱点而带来的狂喜在这个时候变成了失意，"我没有什么故事可讲的，"我坚持，斜看着她，就像我以前看着奥巴辛的那些女孩一样。"露易丝姑妈真的是做帽子的吗？"过了一会儿，我问道。

"她不做帽子，"艾德丽安说，"是当地的绸布商和裁缝把帽子交给她来装饰。忙的时候，她还会接一些从维希（Vichy）派来的活儿，因为订单太多，商店的人手不足。你去过维希吗？"她问道，我皱着眉头看着她，她用手肘轻轻推我的腰，"别总皱眉。你额头上会长皱纹的，而你长得这么漂亮。你很快就会常去维希的，露易丝每年会去那里两次，交货顺便买配饰。我常常和她一起去，你会喜欢的。"

我的注意力完全没有放在去维希的旅行上。"你觉得我漂亮？"我讨厌自己问得如此急切，即便只是她的无心之说，我也会全然接受。

她用手肘支起身子，看着我，"我当然觉得，你的模样很美，而且很独特，你和其他人都不一样。"

"朱丽亚说我长得像你。她说相比之下我们两个倒更像姐妹一些。"

"是吗？"艾德丽安显得十分惊讶，"当然，我想因为我们是一家人。怎么会不像呢？你的爸爸是我的哥哥啊！我们看上去自然会像姐妹，我们都有黑色的眼睛和浅棕色的皮肤，还有这头乱蓬蓬的头发。"她咯咯笑着，"但只是外表像，我觉得我们在个性上差别很大。"

我又一次不经意在艾德丽安的个性里有了新发现。

她躺了回去，说："我觉得你一定认为这里很乡下。"

我无言以对，她忘了我是从哪儿来的吗？

"如果有一天我们离开这儿，你希望做什么？"她问我。"我们只会在这里待两年。我觉得你可以当一个演员，或者是个人人仰慕的女伶。没错，我觉得你很适合！你会在歌剧院演出，脖子上挂着珍珠项链。男人们只要看你一眼，就会拜倒在你面前。"

我禁不住咯咯笑个不停，手掩在嘴上，我的小床摇晃着。笑过之后，我发现她在耐心地观察我。

"我不想当——名字怎么叫来着？"

"女伶，"她说，"交际花。"

"我可不希望让男人们都拜倒在我的面前。我倒觉得你做得来，你一个人就可以捍卫我们两个人的荣誉了。"

"哦，不不。"她摇着头，"我只想找到一个相爱的人，然后结婚。"

毕竟，她也还是有愚蠢的地方，找个相爱的人结婚，是天真的女人才有的幻想，即便是我都懂得。

"我总是幻想遇到一个男人，他会深深爱上我，"她继续说着，完全不知道我在想什么。"这个男人英俊勇敢，不一定要很富有或者出身高贵——当然如果有的话也不错——但是他和善又细心，他想和我结婚，因为他的生命里不能没有我。"

"我明白了，"我干巴巴地说，"这位先生出现了吗？"

"还没有。"她转向我，脸上带着笑容，"但我确信他会出现的。有一天，我们会相遇，然后——"

"然后他会仰慕你并拜倒在你的面前，"我打断了她，随后缓缓地说，"或者你会拜倒在他的面前，反正最后是一样的。我是这么听来的。"

她的脸明亮了起来，"你呢？我告诉了你我的梦想，现在，你也要告诉我你的梦想了。"

"我……没有什么梦想，"我迟疑地说，"我只是知道自己想做一些事情。"

"做事情？"她重复着，仿佛从来没听过这几个字。

"对，我想成为一个人物。"在此之前我从来没有过这样清晰的想法，甚至没有意识到自己一直有这个愿望，我觉得她一定会嘲笑我，因为我的幻想比她的还不切实际。我没有钱，还是个女人，如果有人肯雇佣我，就已经是足够的成就了。

不过她表现出一副在思考我的梦想是否可行的样子，"我觉得你会的，"她最后说，"我相信你，无论你的选择是什么，你都会成功的，你只是需要机会。"

"机会就像书里的故事一样，"我反驳道，"我们需要的就是决定选哪个。"

"我觉得你刚刚已经作出了选择，你希望自己出人头地。"她亲了亲我，然后回到了自己的床上。

6

阿利耶河畔瓦雷内（**Varennes-sur-Allier**）连村子都算不上。在我的童年时代里见过很多——石灰水涂刷的房子和小商店，胡乱盖在一起，外面一条小路围绕，每当有车轮碾过，就会扬起厚重的烟尘，马车就在这样的烟尘里快速逃离这里，去往更好的地方。

老教堂旁边是一座旅店，接着是克斯缇耶姑夫工作的火车站。在走去露易丝姑妈家的路上，在农田里干活的那些男人向我们脱帽致意，一身黑衣的寡妇注视着我们。穿过一块菜园，就是露易丝姑妈家的房子，这是一座简单的石屋，屋顶上覆着红瓦。在门廊下，一个穿着整洁的女人正向我们招手。她的样貌与我爸爸、艾德丽安和我惊人的相似。这是自然，和艾德丽安一样，她也是爸爸的妹妹。可我为什么还会突然有想要逃跑的冲动？我不想和她们的人生有任何的瓜葛吗？内心深处，我想和她们亲近，但一想到过去的七年里，这些人甚至连找都没有找过我们，让我感到有些发冷。我有一肚子的问题：为什么会把我们撇下不管？她们有爸爸或弟弟们的消息吗？但我什么都没说。在奥巴辛长大的日子教会了我凡事不可以贸然为之。

"哦，我的天哪，你们来了！"露易丝姑妈说，"你长得很像我哥哥阿尔伯特，小个子是随了你妈妈。还有你朱丽亚，你已经是大姑娘了，看你多迷人。"她一一吻了我们的面颊，然后侧身让我们进了她的家门。内饰经过装潢，隔板上摆着瓷盘和银器——显而易见她嫁给了一个家境比她好很多的丈夫。

她为我们端上了茶、撒着糖霜的小蛋糕和餐巾纸。"饿了吧？来，再吃一些。可怜的孩子，你们看上去已经快要饿得半死了。修道院不给你们饱饭吃吗？你们吃得太少了。看看朱丽亚，她身上倒是肉比骨头多，但你们两个瘦过头了。让我看看，我这里有刚烤的面包和熏火腿。火腿可是本地产的！来，再吃一些，不行，再多吃一些。不要不好意思。这里不是修道院，亲爱的，在这里你们能吃得饱。"

我把肚子吃得滚圆，之后去了客厅，算是一个更适合女性纤细与敏感神经的地方。这里有些凌乱，筐子里放着多色彩线、蕾丝，卷着丝带的卷轴几乎到处都是。工作台上放着好几顶完成到不同程度的帽子，排着队像是在等待检阅。

"加布里埃一直很想来看这个！"艾德丽安说，"她很好奇你是怎么做的。我在修道院里看安琪莉可戴了一顶，加布里埃一直问东问西，她特别想知道。"

这么说是夸张了一些，不过也很成功地引起了露易丝姑妈的注意和兴趣。她用明亮的、像鸟一样的目光盯着我："是吗？你会做针线活吗？孩子。"

"会的，"我喃喃道，憋住了一个熏火腿味儿的嗝。"在修道院里，我——"

朱丽亚插话道："她是奥巴辛修道院最好的，嬷嬷们总是夸她。她能绣花边、补破口，还能把衣服补得像新的一样。对吧，加布里埃？"

我含糊地点点头，听姐姐当面这么夸奖我让我有些不舒服。

"哦，这确实是很高的评价了，"露易丝姑妈说，"那些修女是出了名的严格，她们都是完美主义者！你愿意帮我一起做一顶帽子吗？亲爱的。来，别害羞。拿着这个。"她把一顶软帽塞到我的手里。"这顶还没做完，在维希制作旺季到来之前，我有好多事情需要做。"她有些恼怒地望向艾德丽安，说道："你说说看，那些商人怎么就学不会如何做生意？他们总是拖，等到最后一分钟，什么样的订单都接下来，之后就是火烧屁股四处奔波，因为如果订单完不成，客人不满意，就拿不到钱。"

我专注于观察手里的那顶帽子，露易丝姑妈的声音渐渐隐去。这顶帽子还没完工？在我看来，这顶装饰着康乃馨花、飘带和挂有染成橘色羽毛树枝的帽子，就快要长出腿，咕咕叫着走进花园了。

我忽然意识到周围的安静，抬头看到她们三个，正充满期待地看着我。较为礼貌的方式，是对她们说这顶帽子堪称完美，然后再把它放回工作台上它那堆兄弟姐妹里去。我又对帽子懂多少呢？但我意识到自己正在观察它，我周围的一切黯淡下来，安静或消失，就像在奥巴辛修道院，在手帕上绣山茶花那次。我试探着伸出手去，仿佛这不是一顶帽子，而是个会呼吸的活物。之后，我把羽毛拔了下来。

这样好多了，但看看还是不太对。我把帽子转过来，又摘掉了飘带。现在好更多了。现在才看得出帽子的形状。我用手掌将其中一个装饰物压平，把其他多余的都摘掉。线头荡了下来，我在工作台上找到一把剪刀，把线头剪断。现在好了，这才是女人能往头上戴的东西。

我把帽子拿在手里左看右看，十分满意。帽子的基本形状改变不了，是常见的女式帽子，有飘带可以系在下巴上，帽顶很浅，戴起来才有活泼俏皮的感觉。很难说造型有多令人满意，但已经足够表达它最初设计的功能了。转过身，姑妈和姐姐还在看着我。我在她们的脸上看到了震惊的神色。我浑身一震，才发现自己刚刚把露易丝姑妈花掉几个星期制作的帽子拆掉了，这显然是某位顾客的物品，通过帽商委托定做的。

露易丝姑妈瞠目结舌地看着我，艾德丽安则咯咯笑道："我说得没错吧，她就是这么有自信。"

"确实，看得出来。"露易丝姑妈的声音干巴巴的，"不过，她的才华有待开发。"她之后顿了顿，重新检视了一番经过我改良的帽子，好像不知该表扬还是苛责："那另外那些呢？你准备怎么改？"

"什么都不用改。"我硬挤出一个笑容。"其他的都很可爱。"

露易丝姑妈用锐利的眼神看着我，"哦，别客套了，你准备怎么改？"

"都拆光然后重新做。"我终于回答，我自己都不知道这样的自信是从哪儿来的。

"为什么？你觉得它们很难看？"

我仿佛又回到了奥巴辛修道院的院长嬷嬷办公室，被迫面对一个很难回答的问题，"不是难看。只是……看上去不舒服。女人必须要戴着像水果篮似的帽子到处走吗？"

"水果篮！"露易丝姑妈爆发出令人不安的笑声："我的天，我觉得我们得从基础开始了。这些都是最新的款式，夏季款。帽子首先要遮阳，其次就是要让别人知道，帽子下面是一位女士。"

难道需要让人从一英里之外就看得到吗？我想反驳，不过说出来的却是："为什么不用帽针呢？"

"帽针？"

"就是别针，可以固定帽子的形状，但不会把整顶帽子遮起来。帽子还是得看上去像顶帽子，对吧？"

露易丝姑妈将目光从我身上转移到帽子上去。她对帽子装饰和食物的喜好是一样的，就是缺乏节制。她骨子里仍然只是法国中南部奥弗涅地区的一个生活简朴的农民。之后，她做了一件让我惊讶的事，她从柜橱里拉出整只抽屉放在工作台上，"你觉得这些怎么样？"

抽屉里盛满了你可以想象到的各种形状的帽针。其中的一些十分华丽，即使被用在一顶装饰华贵的帽子上仍然十分醒目，也有另外一些不是那么抢眼。我挑出了一支骨制的，顶部装饰着一颗假的蓝宝石。"我用这个试试行吗？"我问。

露易丝姑妈闪向一旁。我从几顶装饰物比较少的帽子里，挑出一顶只用蔚蓝色飘带装饰的稻草编制的船工帽。我用帽针把飘带和草帽固定在一起，之后又从那只抽屉里，翻出了我认为合适的东西——一只用白色亚麻布制作的花，让我想起奥巴辛修道院的山茶花。我用针线将这朵花侧向固定在帽檐，仿佛一朵刚刚开好的落花。"像这样，你看？"

没等露易斯姑妈说话，艾德丽安就将帽子从我手上抢了过去，将船工帽戴在头上，昂起头，手放在胯上问："怎么样？配我吗？"

露易丝姑妈脸上的惊恐表情缓和了很多："老天，很配你。确实很配，看上去……很特别。"她转向我问道："你都是从哪儿学的？"

我耸了耸肩，背诵了一句从院长嬷嬷嘴里听来的话："有时候，大家想要的是简单的东西。"

这句话听上去不是建议，更像说教，但当我看到艾德丽安头上戴的那顶船工帽的时候，我忽然意识到，奥巴辛的床单、手帕，还有其他我曾经缝补或者织绣过的种种东西，都令我自豪。这顶帽子不是我做得出的最理想的款式，但却是我可以戴出门的，戴这样的帽子，我不会觉得不自在。

"这帽子我要了，"艾德丽安说，"我下次要戴着它去维希。"露易丝姑妈则着急地说，这顶帽子是客人的，她不可能戴着属于另外一位女士的物品在维希招摇过市。我的目光越过这两个人，落在朱丽亚身上，她正无所事事地坐在凳子上，一点一点地吃着糖霜蛋糕。

她脸上的笑容十分好懂，说明一切。我似乎可以听到她说，"我之前怎么说来着？"声音大到好像整个世界都能听到似的，然而这个世界不在乎。

离开奥巴辛之后，我第一次看到了一点点希望。

也许，我还是有一些天赋的。

7

与奥巴辛相比，穆朗完全不会沉闷。这里有几间酒馆、咖啡厅、商店和驻守在镇外的大量预备军官。我曾经见过体格健美的年轻人，穿着编织背心和小尺寸的皮靴，在鼓声和喇叭声中沿着穆朗最宽的一条街道踏步而下。

与修道院一街之隔，还有一个男生的文法学校。当每天下午的钟声响起时，男孩子们会从楼里跑出来，书包搭在肩上，每人都穿着有白色圆领的束带黑色外套，及膝短裤下是像我一样疤痕累累的膝盖，之下是裹住小腿的高袜，脚上是高帮靴子。我从宿舍的窗户看着他们，互相推攘着，惊讶于他们旺盛的精力。他们沿路跑着冲下来，扯下彩色领带和帽子，露出乱蓬蓬的头发，像登船的海盗一样嚎叫。

但我只能通过窗子看，修道院里的女孩儿无法单独出去。我们必须几个一起，由修女陪伴着去附近的教堂参加各种仪式，在唱诗班唱歌。

我喜欢唱歌，喜欢将高低音的变化想象成是鸟儿在飞翔，在天空的高度我看到了穆朗的全景，还看到了更远的地方。我飞过安静的村庄，掠过蛇一样弯曲的河流，它们会一直流向塞纳河，用河水将整个巴黎分割开。

我沉浸在逃离修道院去巴黎的念头里。巴黎圣母院的图书馆和奥巴辛的差不多大，而且我已经看够了宗教卷宗。通过艾德丽安，我发现了那里隐秘的地下交易市场，秘密进行着香烟、丝带、栀子花香皂的交易，有钱的女孩子们乐意为我们买来这些东西，以作为我们下等工作的回报。我给她们熨衣服，补制服；我为她们打井水并在厨房里烧热，然后提上台阶，倒进她们的铜澡盆。作为回报，她们给我带回我想要的唯一东西——故事书。

其实不是真正的书。书非常贵，又几乎没办法藏在宿舍里，修女们会定期彻底检查我们是否私下藏了什么东西。于是晚上熄灯之后，我就在被单下阅读巴黎印刷的小报，上面印着发生在城市里的传奇故事，有钱人家的女孩叫她们的母亲剪下来后塞进每周寄给她们的包裹里。我会集中起来缝成小册子塞在床垫下。这些传奇故事大多耸人听闻、令人屏息，心地高贵的妓女如何因单相思而憔悴，或狠毒的皇后如何下毒除掉眼中钉。

相比之下，皇后的故事我更喜欢。妓女的命运似乎总是难以抗争，而皇后只是简单地做了需要做的事情。然而，不管这些故事多陈腐，即便写得最糟的故事里也蕴含着少许真理，照亮了我所生存的悲惨世界的一角。我读得越多，就越期待属于自己的故事尽快开始。如果可以，叫我光着脚走到巴黎去我也愿意，即便对我这样的小人物来说，那里也存在着所有的可能性。

1903 年，艾德丽安和我一起过了 **20** 岁生日，终于可以离开修道院了。朱丽亚也已经多待了两年，她决定去和我们的祖父母生活，帮助他们打理菜市场上的生意。

我很沮丧。我知道她去看过我们的祖父母。在过去的几个月里，我去露易丝姑妈家的时候，她就会去另外一个镇上的祖父母家。她也曾叫我一起，但我拒绝了。露易丝姑妈透露，她曾经打听过，我们的两个弟弟阿方斯和吕西安，在我们乘上驴车前往奥巴辛之后，立刻被两户农民收养，从那个年纪开始在田里干活。现在没人知道他们在哪儿。怒火被重新点燃，被抛弃的感觉又一次袭来，我对抛弃我们的人充满了愤怒。露易丝姑妈已经付出了她所能付出的补偿，但她将会是我唯一愿意原谅的人。我很敬佩朱丽亚，一旦她下了决心去照顾哪怕是抛弃我们的人，她会表现得比自己想象的更坚强决断。于我个人来说，我跟祖父母无话可说。他们上了年纪，有自己的生活方式，我觉得保持距离是最好的办法。

"你怎么会想和他们一起过？"我问朱丽亚，"你明知道那是没有未来的，你这辈子只能是帮他们卖菜，然后变老。"

"我又能去哪儿呢？"她叹气道，"我绣工的手艺没有你们好，只会给你们找麻烦。而且他们已经上了年纪，需要人照顾。等到安托瓦内特 **18** 岁离开修道院的时候，她也会来帮我。她也需要有事情做，有地方住。露易丝姑妈说她会常过来看我，你不用再担心了。"

"但其实你和安托瓦内特可以和我住在一起的！"我突然愤怒起来，"朱丽亚，你总是说你什么事情都做不好，但如果不试怎么知道？留下来吧，和我们一起，以后有什么事情我们一起解决。他们才不会管我们，他们从来没来看过我们！"

朱丽亚挤出一个笑容。"加布里埃，你现在这么说是因为你觉得你必须得这么说，但时间一长，我就会拖累你。我能卖菜，能照顾两个老人。我不怪他们，他们其实也没有什么办法。我们当时还是孩子，是要吃饭的几张嘴。但现在我有用了，别争执了，我希望我们能开心道别。"她吻了我的脸颊，紧紧地抱住我。"要勇敢，"她悄悄说，"你是我们姊妹几个里最坚强的，一直都是。"

看着姐姐登上了驶往祖父母家方向的马车，我的眼睛里充满了泪水。我有股冲动想留住她，但我知道这不可能。朱丽亚可能没有我的勇气，但她和所有香奈儿家的人一样，一旦决定了什么事情，就不会改主意。马车驶离的那一刻，我以为自己最初离开家被带到奥巴辛修道院的那种被抛弃的感觉又会重来，但事实上并没有，反而感到一种如释重负，同时我也为自己的这种感觉深深地负罪。

朱丽亚比我更了解我自己，她明白如果她成了我的负担，会让我们的姐妹之爱变味，这是她不能容忍的。

至于我和艾德丽安，穆兰的修女们和露易丝姑妈想办法把我们安排到了格翰贝耶之家（**House of Grampayre**），这是一个听着很大的名字，但其实只是一家卖普通内衣和针织品的商店，主顾是附近的妇女和驻军。物业的持有者 G 夫人，提供各种女士服装的缝补、清洁、美化等工作，当然也包括缝补当地驻军弄破的军装。因为我们为 G 夫人工作，因此她才把她店面旁边的一间阁楼出租给了我们，并将此强调为"对我们的照顾"。

如果她付我们足够的工资，那才能够称得上照顾。G 夫人对我们的工作时长要求颇为苛刻。我们的工作从早上七点开始，一直到晚上八点，一整天的时间我们全都待在店里，午饭也是匆忙间在店铺后面的一间憋闷的小房间里吃下的。和我们共进午餐的是成堆的客人礼服、还未付款的折边与花边，一些等待换新的扣子、内衬，还有数不清的布料。我们的后背时常酸痛，晚上，我们回到阁楼的房间里，小心翼翼地升起炉子，避免造成一发不可收拾的火灾。就这样持续了三个月，我向艾德丽安宣布（她这个时候已经瘦得像条影子）——我们得另谋出路养活自己。我们从 G 女士那里挣来的微薄工资，又都以房租的形式交回到她的手里。而我们吃的蔬菜、熏火腿、面包和奶酪，全来自露易丝姑妈每周日的接济，这是我们用唯一的休息日拜访她得到的。

"另找出路？"艾德丽安问，"但是这里是露易丝姑妈帮我们找到的，我们不能走。"

"我的意思不是我们应该走，"我揉着酸痛的手指关节说，然而在我内心深处，确实觉得离开才是对的。"我的意思是我们需要找到额外挣钱的办法。我想买一些帽子，装饰之后再卖出去。样品做出来了先放在店里展示，如果有人买，我们就分成给 G 夫人。她也许会同意的。"

除此之外，我想不到其他的主意。尽管露易丝姑妈仍然在把客户的帽子插得像宴会桌花，她还是尊重了我的创意，将我修改过的那顶帽子原样交给了客人。她跟我说，客人从维希的店看到帽子的时候，表示帽子很"迷人"，并当下又额外预订了两顶不同颜色的。露易丝姑妈教我用吐口水的办法观察烙铁的温度，以免烧焦丝带。她还教我如何用拇指和食指捏出均匀的褶子，她还告诉我点石成金和化腐朽为神奇的术语和技巧，让客人心甘情愿掏钱，买下看上去毫不出奇的东西。

修道院里的嬷嬷以前反复对我们说，一位值得尊敬的女孩不应该对金钱表露太强烈的渴望，但对于现在的我来说，钱是生活必需，而且我几乎身无分文。我想去巴黎，就需要钱——我需要尽可能地挣钱。

"哦，可是我觉得我没办法再多打一份工了，"艾德丽安发出一声悲鸣。近三个月来，我们完全在依靠自己生活，这让她在我眼前迅速憔悴。她时常抱怨也许当初应该接受露易丝姑妈的建议，留在她那里为她帮忙。这个时候我就会提醒她，如果在穆朗遇到白马王子的可能性还不算高的话，那么在露易丝姑妈那里，最大的可能性是她最终不得不投入那些有着一口烂牙的羊倌的怀抱。

"不然我们去试试拉罗冬德（La Rotunde）面试，怎么样？"我建议道。在镇广场旁边，有一间宝塔形的酒馆，可以俯瞰整个小广场。我们曾经去过那里几次，当时陪我们一起的是那些拿着有破洞的军服来店里缝补的年轻军官，他们会和我们说一些俏皮话，之后陪着我们一起在咖啡馆里坐一坐。那个地方绝对算不上雅致，只是人们放松乃至偶尔放纵一下的地方。他们可以扯着沙哑的嗓音，和陪唱女郎纵声高歌，并灌下尽可能多的酒。男人们喝得酩酊大醉，我们则正襟危坐，帽子戴得端正，衬衫扣子一直延伸到脖子下。我们并非出身富裕家庭，但也并非那些裸露着肩头，摇曳徘徊在酒馆周围的身姿，虽然与我们相比她们挣得更多，而且拥有自主的工作时间。

"你是说去陪酒？"艾德丽安一脸惊骇。

"当然不是！我是说我们可以去那里唱歌。我们不是在修道院里常唱歌吗？我们也常去拉罗冬德，知道那些节目单上都有什么。"我爬到椅子上站起来，脑袋已经磕到窗户上沿，阁楼的高度让人必须弯腰低头走路，像钟楼怪人。一手扶在腰际，一手放在胸口，我清了清喉咙，唱起了《小狗可可》（*Qui qu'a vu Coco dans l'Trocadéro*）。

"我的小狗走丢了，我可怜的小狗可可，"我唱了起来，"它丢在特罗卡德罗附近。小狗迷失归家路，男人心思迁，可可心忠诚。在特罗卡德罗附近，谁人见过它？"我向艾德丽安伸出手，她和我一起唱："它丢在特罗卡德罗附近，谁人见过它，可怜的小狗可可，谁人见过它？"

一曲完毕，我转过身。"怎么样？"

"差劲极了。"她说，"我们会被轰下台的。"我们两个爆发出大笑，在我们之间偶尔滋长出来的紧张气氛就这样缓和了。

"我们有差劲到挣不到他们的钱吗？"笑到上气不接下气，我还是坚持。艾德丽安脸上浮现出一连串想要吵架的表情。这是我们另一不同之处，艾德丽安的心思都写在脸上。

"那倒不是，确实还没差劲到一分钱拿不到。我见过唱得更糟糕的，他们也一定见过。"

"那就这么定了。明天从裁缝店下班之后我们就去。每个礼拜就去几个晚上，直到我们能赚到买帽坯的钱。"

"如果露易丝或者修女们知道这个，她们会气疯的，"艾德丽安说。"拉罗冬德不是什么体面女孩会去的地方。几个人结伴去喝杯开胃酒还有可能，但不是去那儿唱歌赚钱。"

"如果我们不说，她们又怎么会知道？"

当晚入睡时我的心里充满喜悦，我告诉自己这个办法可行。我出生时一贫如洗，财富并没有眷顾我，但我可以努力工作获得它。谁又知道我有多少隐藏的潜能呢？

然而计划与执行总存在差距。拉罗冬德的老板在见到我们的当下就同意了，毫不费力——我们可是刚刚从修道院出来的新鲜面孔。首次登台的当晚，我站在台上，浑身僵硬，结结巴巴地唱完了那首《小狗可可》。顾客们冲我发出嘘声，把樱桃核和橄榄核丢向我，艾德丽安则哆哆嗦嗦地游荡在餐桌之间，捧着我们空空的荷包。

回去数一数，帽子里还不到三法郎，"连去维希的火车票都买不到，帽胚更不用说了。"我皱着脸。

从那天之后，每晚我都会在阁楼里练唱，艾德丽安不得不把脑袋埋在枕头下。我练了很多个晚上，直到自认为已经掌握了必要的傲慢姿态和舞台手势。第二次演出，效果明显好了很多，第三次演出，我更加自在。几周之后，酒馆老板把我们的演出排到了周五晚上，正是营房里的军官们被允许走出来放松的日子，酒馆里挤满了士兵和军官。第一个周五的晚上，我站在舞台上，在每一处高音加上一点点的颤音，一曲终了，酒馆里喝彩声一片，他们有节奏地拍打着桌子，齐声大喊："可可！可可！可可！"

上帝终于对我伸出了手，我第一次被要求返场。

每晚唱歌攒下的钱被我装在一只罐子里，藏在阁楼房间的地板下。攒到差不多的时候，我告诉 G 夫人，由于露易丝姑妈身体有恙，艾德丽安和我需要几天假期去看望她。之后我们登上了去瓦雷纳（**Varennes**）的四轮马车，我们攒的钱不够买火车票。

我终于能买到梦寐以求的帽子了。

8

维希是我去过的第一个城市——这里是度假胜地，有一条十分宽阔的大街，酒店和赌场林立，成为人们度假的消遣之处。露易丝姑妈说，来到这里度假的都是有钱人，因这里具有神奇疗愈作用的泉水慕名而来。我们住的便宜旅店需要三个人挤在一张床上，吃过早餐之后，我们先和露易丝姑妈去送货，之后整个下午都在逛商店，买一些价格便宜的装饰性配件，以及我梦寐以求的帽子。我的钱只够买三顶，但我已经高兴得像买到了一打。夏日里的暮色渐渐沉降之后，露易丝姑妈允许我们两个自己四处逛一逛，她则在小旅店里揉一揉走酸的脚。但她嘱咐我们不要和任何人聊天，特别是男人，更不许去什么有大腿舞表演的卡巴莱歌舞餐厅或酒馆，那"不是什么体面的人会去的地方"。

维希对于我来说太大了，我从没见过这么多人，从没听过这么嘈杂的声音，所有人仿佛同时在讲话。艾德丽安挽着我的胳膊，像一个公爵夫人检阅宫殿般领着我，因为她已经来过多次。

"特别棒，不是吗？"艾德丽安喘息着，她窈窕的身子穿着一件带泡芙袖的森林绿色女士夹克，腰身是特别剪裁过的，两侧有鲸骨扣子一直排上去（露易丝姑妈使用边角料做成的百分之百的个人创意），"这里是文明世界。"

见识过维希之前，我还没有意识到自己在修道院度过的那几年有多与世隔绝。对于我来说，那次去维希的旅途仿佛一场嘉年华，眼花缭乱地在我面前一闪而过，快到让我无法捉住。我挺直了后背说："可我觉得这里有点儿太俗艳了。"我们并肩从酒馆门前大步走过,那里有几个年轻的军官在门前抽着烟休息。他们冲我们吹口哨,我回头狠狠瞪了一眼。一群傻瓜,我在拉罗冬德见得多了。

"这好像是你近来常说的一个词,"艾德丽安说。"不过你肯定不会否认,这里很让人兴奋。不用否认了,我从你的表情里看得出来。你看着这里一切的样子,跟后面那位优雅的年轻人看你的样子一模一样。"

我停了下来,从肩膀迅速抛过一瞥。在我们身后,那些军官用手捂在胸口,仿佛被我们两个无情的女人伤了心。不过旁边确实有位看上去十分优雅的男人,穿着棕色丝绒外套,奶油色长裤,精心熨烫的裤线,还有一块金表,挂在他的背心口袋,手里握着一只圆顶礼帽。

他确实在看着我,而且在微笑。

我迅速把目光转向别处。

"哈,"艾德丽安略略笑,"你在脸红。"

"我才没有!"

"我看到了,你的脸刚才红得像甜菜根。"

"别去看他!"我拦着艾德丽安,可她还是要回头。

"他好像对你很感兴趣,"我拉着她向前快步走,感到十分窘迫。"他才没有,他只是直接了一些,"我说,"像我们这样的两个女孩子在街上走,他可能会以为我们是……"

"是什么?做情妇的那种女人吗?"艾德丽安逗我,"我跟你说过,你非常与众不同。虽然唱得那么糟糕,拉罗冬德的客人还是喜欢你;即便你穿得像是去参加葬礼,在这儿还是会引起别人的注意。"

"我只是喜欢黑色。"我顶了回去。我穿得像穆朗男校的学生,穿着宽松的无领女衬衫,在长衬衫外系了一条腰带,下面穿一条及膝短裙,头上戴着四角海军帽,上面用一条黑色的丝带装饰。露易斯姑妈的抽屉里有一条珍珠项链,我将它别在了领子上。我觉得自己看上去很时髦,直到在维希的街头，那些有着玲珑线条的天鹅般姿态的女人迎面走来，衣服突出了她们身材的玲珑曲线，紧身衣上装饰着闪烁的宝石，头发向上梳起，再戴上轻盈如泡沫的宽檐礼帽，上面重叠繁复装饰如花冠。我觉得自己像一只丑小鸭，倒不是因为我希望自己和她们一样——穿成她们那样我觉得自己连路都不会走，而是我能感觉到身后那位在观察我们的先生脸上的微笑是因为看出了我想要融入这里的意图。

"他跟过来了。"艾德丽安说，因为兴奋而喘着气。

我把她拉进最近的一间烟气缭绕的咖啡馆。

"点点儿什么喝的吧。"我说，艾德丽安低头在她的小荷包里掏钱，我把她推向咖啡馆的角落。除了帽子我们没打算买别的东西，艾德丽安抬起头，脸上是绝望的神色，我意识到她荷包里没有钱，而我已经把所有的钱花在了买帽子上。然而艾德丽安的眼睛瞪得更大了。

不需回头，我猜到他一定是跟着我们进来了。

"我可以帮你们做点儿什么吗，小姐们？"他彬彬有礼，然而语气中却带着一丝他自己都察觉不出的嘲讽，他应该是从来没见过不带钱进咖啡馆的人。

"你可以帮我们买两杯咖啡和蛋糕，其他的我觉得就不必了。"他为什么要把时间浪费在我们两个身上呢？外面有大把的愿意有他陪伴的姑娘。

他笑了，上唇的短须下露出整齐的牙齿。"我很荣幸。"他径直走向柜台。艾德丽安抬起一只眉毛，我耸了耸肩。让一个纨绔子弟请我们喝一杯也没什么了不起，这又不是什么不体面的事。然而我就这么贸然妄为，看得出还是让艾德丽安有些不安。露易斯姑妈之前怎么说的来着，不要和陌生人说话，结果我们喝了陌生人买的咖啡。

"这边坐可以吗？"他指着一张没人坐的大理石桌子。他还帮我们每人拉椅子，等我们快要坐下才向前送。

这让我十分惊讶，不过我假装轻松自然。

侍者端咖啡上来的时候，我趁机对他观察了一番。我注意到他一定出身富有家庭：他的手不大，指甲护理得很好，他的外衣可能要花掉艾德丽安和我在裁缝铺一年的工资。他长相不俊俏。身上有很重的古龙水味，我很不喜欢。他有一张长脸，脸颊圆润，还有高挺的鼻梁和略薄的嘴唇。他的眼睛是棕色的，闪着皎洁的光。在拉罗冬德我见过他这种类型——出城找乐子的有钱男人。

如果他认为两杯咖啡和一块蛋糕就意味着可以获得什么，他可想错了。

"请允许我介绍自己，"他说，艾德丽安正匆匆喝着她的咖啡，我则碰都没有碰我那杯。"我叫艾蒂安·巴桑（**Etienne Balsan**），我想我们之前——"

"巴桑！"艾德丽安被咖啡呛了。

他露出一个笑容，"你听说过，小姐？"

"没有，哦不，我是说，是的，当然，我听说过，但是……"

我冲艾德丽安瞪眼，她怎么了？他又不是什么黎塞留的公爵（**Marquis of Richelieu**）。

他点了点头，用护理过指甲的手拢了拢他的红头发，我注意到在顶部的头发已经稀薄。之后他转回到我："我想说的是，我觉得我们以前在哪里见过。"

"我们当然没见过，"我说。艾德丽安的脚在桌子下踢了过来。我挤出一个笑容，"我的意思是说，我们之前没有见过，因为我完全没有印象。"

"哦？"他向后靠向椅背，姿态优雅地端着咖啡杯，小指卷向手心。"如果见过你会记得？"

"加布里埃，"艾德丽安说，"这位绅士是——"

"对，"我打断她，眼睛继续盯着他。"如果见过我会记得。而且我这辈子从没见过你，我很抱歉，先生。"

"很抱歉？"他笑出了声。"恐怕我得对你说抱歉，小姐。恐怕我是把你当成了在穆朗拉罗冬德酒馆唱歌的一位可爱的小姐，她叫可可。我把你当成了她，本想来祝贺她的成功，因为她唱的那首《小狗可可》是我听过的最动听的版本。"他低头喝了一口咖啡。"我肯定你也听过，她才华非常出众。"

我感到自己的双颊开始发热，我端起咖啡杯喝了一口却烫到了舌头。他再次微笑，把杏仁蛋糕的盘子推向艾德丽安。他是故意学我的样子说话吗？我不知道，不过无论他是什么意图，我才不在乎他的态度，我正要告诉他的时候，艾德丽安突然说话了，"你没认错，巴桑先生，她就是在拉罗冬德里唱歌的可可。"

"她真的是？"他假装震惊，"怎么可能？"

艾德丽安对我说："告诉他吧，加布里埃，别这么冷漠。他听过你唱歌，而且认为你唱得很好。"艾德丽安带着一股子做作的热情，我很想当场掐住她的脖子。

"而且还付了小费，"他补充道。"在小费上我总是出手大方。"

我把咖啡杯放回碟子。我决定不去嘲讽他，因为很显然他非常富有，而且他已经看到我在酒馆里唱歌，也许会觉得我是那种容易到手的女人。

"我唱得好，小费自然就多，"我说，"难道希望我白唱吗，先生？"

艾德丽安下巴快要掉下来了，显然她是希望我能对他的称赞表现得腼腆一些。让我惊讶的是，他的回答很温和："言之有理，小姐。我很抱歉对你有些冒犯了。"

"完全不必，"我说。我把盘子里剩下的三块蛋糕倒在手帕上装进口袋，站起身说："很高兴见到你，先生，但很抱歉我们不得不走了，还有别的地方要去。感谢您的慷慨，祝您晚上愉快。"

他立刻站起身来，躬身致礼。"能遇到你使我感到非常愉快，小姐。"

"我相信是的。"我微笑着望向艾德丽安，"我们走吧？"

艾德丽安趔趔趄趄着从椅子上站起来，上唇还挂着浅棕色的咖啡印，嗓音发着抖："很抱歉先生，因为我们确实晚了——"

我没有回头就径直向门口走去，快到门口的时候我放慢脚步，等着艾德丽安从后面赶上来。等我们一出门我就加快了脚步，向小客栈的方向大步而去，直到艾德丽安从后面拉住我的胳膊。

"加布里埃，你疯了吗？你知道他是谁吗？"

"我知道，他是艾蒂安·巴桑，虽然别人都这么叫他，但他真的以为自己是位绅士了。"

她用力握住我的手。"艾蒂安·巴桑和他的兄弟是全法国最富有的继承人。巴桑家族在里昂有很多家工厂，生产所有的羊毛制服供给军队。可以说沙托鲁（**Chateauroux**）就是他家的，还有无数座城堡也是。他可不是什么所谓的绅士，加布里埃，他是一个非常有钱的人！"

"有钱也不代表他有多体面。他说的你都听到了，他'给小费总是很慷慨'。我不是他以为的那些女人，我除了嗓子不会卖任何东西。"

艾德丽安松开我的手臂，握住我的手，掰开我攥紧的拳头，在我的手指间塞进一张有浮印字母的奶油色卡片。

"这是他的名片，"她说。"他肯定是疯了，因为他还想见到你，说你的性格和他想象的一样桀骜不驯，下周他会来穆朗见我们的。"我一言不发地看着她，"我希望下次你不要这么不礼貌，像他这样的男人可不常有。谁知道这是不是一个机会呢。"

我几乎都要脱口而出，从巴桑这男人这里得到的机会会是什么，但我闭紧了嘴巴。艾德丽安仍然怀抱嫁给一位骑士的白日梦想，在我看来只有屠夫的儿子不会把我们当作助兴的玩物。

那是 **1904** 年的夏天。

我收起了那张卡片，随即将这件事忘到了一边，并不知道，这个人将会改变我的命运。

如他所说，艾蒂安·巴桑确实出现在了穆朗的裁缝店里，送来几件衬衫修补，这让 G 夫人喜出望外——尽管衬衫上并没有发现任何破洞开线，或者任何需要修补的地方。此外，他十分有耐性，下班之后带我乘马车兜风，在广场上闲逛，之后再一起晚餐。他总是叫上他的朋友一起，那些朋友和他一样出身富贵，因此而免于面对上战场的命运，然而他们对于战争爆发很期待，无论是和普鲁士人打一场还是和德国人打一场。

当他的朋友们大谈绅士只有通过战争才能展现真正的品质与秉性时，巴桑的脸上就会浮现出一个笑容。"只有匈奴人打过来的时候，他们才能分得清楚加农炮和喇叭的区别，"他靠近我悄悄地说，"真是一群养尊处优的傻瓜。"

然而巴桑对我仍然毫无吸引力，我并不喜欢他，只是觉得他的幽默感十分有趣，他也并没有充分利用时机展现自己的优势。我们一起喝酒，一起吃饭，飞快地度过了随后的数月，我和艾德丽安的伙食得到了前所未有的改善，并在兵营里条件最好的单身汉的陪伴之下在镇子里闲逛。其中一位莫里斯·耐克森男爵（**Baron Maurice de Nexon**），对艾德丽安展现了特殊的好感，艾德丽安与他情投意合，互动得很好，因为他似乎符合艾德丽安心目中对骑士的所有想象。但男爵也并非艾德丽安所钟情的唯一一个，她还有其他几位追求者。艾德丽安对此很苦恼，从早到晚与我交谈，讨论究竟该选哪一个。

我也吸引到了来自男人的同样的注意力。我对自己外表的疑虑渐渐减弱，巴桑的几位朋友对我充满了热情洋溢的溢美之词，多到我几乎要开始相信他们了。然而我并没有，只是慢慢对奉承变得警觉。我会毫无顾忌地大笑，之后伸手将来自这些资本家的赞美挥到一边。此时，我在 G 夫人的裁缝铺辛苦工作，每周都会到拉罗冬德唱几个晚上。我不想变成那些计划通过和有钱人上床改变命运的女裁缝们，我挣到的每一个生丁①都被我塞进了藏在地板下的罐子里。我不断做着风格独特的帽子，然而 G 夫人拒绝了我把帽子摆在店里待售的要求，她说我提出这种要求太"残忍"，于是，我就戴着自己装饰的帽子走在大街上，希望能获得女帽销售商的注意。

只要我晚上在酒馆唱歌，巴桑都会来，我只消待层层的烟雾滚动片刻，就可以瞥见他坐在舞台旁边的桌子上，那是他的固定座位。架着腿，伸着脚上精致的意大利制皮靴。有时他穿配有肩章和腰带的蓝色军装，有时穿订制套装，不过嘴唇上总带着一丝笑容。

唱完，他会带着我去吃宵夜，我渐渐了解了他。他告诉我幼年时如何被送往英格兰的一所寄宿学校，如何在那里产生了对纯血马的狂热喜爱，以及对学业的漠视——"我以我的狗雷克斯的口气给我的父母发了一封电报，警告他们我会挂掉全部的科目"，他大笑着。父亲去世之后，他拒绝继续父亲的职业——去成为别人所期望的布匹制造商，继承家族事业。

"我是听了叔叔的话才去当了兵，"我们喝着咖啡的时候巴桑说，"叔叔说养马只算是一个爱好，并非职业，我得取得某些成就，支持家族。听到这个我烦得要死，"他叹着气，点燃一支香烟递给我。拉罗冬德的女歌手几乎个个会吸烟，以此增加个人魅力（她们可以艺术性地吹出烟圈，挣到额外的小费）。忍受香烟刺激着我的肺叶，让我咳嗽不止。这虽然是恶习，我却特别要求自己掌握，直到对我来说变得轻而易举为止。艾德丽安十分讨厌我抽烟，称之为"肮脏的习惯"，但我也因为掌握优雅的吸烟方式而赚到了更多小费。出于某些原因，男人们喜欢看香烟从女人的鼻孔里喷出来。

"我恨透了服兵役，"巴桑继续道，"一开始我在步兵部队，简直无法忍

---

① 生丁：100生丁为1法郎。——译者注

受。我想和马待在一起，于是我把自己调到了骑兵部队——如果我必须当兵不可，那在取悦我的家族之前，也可以同时取悦我自己——之后我被派到了阿尔及利亚，加入了非洲轻骑兵（**African Light Cavalry**），无聊至极，热得让人无法忍受，又无聊至极。"

"你讲了两次无聊至极。"我说。

"我有吗？"他翻了个白眼，"那是因为确实无聊。无聊到让我无法忍受，站岗的时候我睡着了，被关了禁闭。不过后来我们的马得了皮肤病，军队的兽医对此毫无办法。我和长官达成约定，如果我能把马治好，他们就把我调回法国。我用蒸馏法做了药膏，这办法当年在英国是可行的。不过在非洲我也不知道管不管用，无论如何我试了一下，成功了，于是我回到了法国，到了穆朗的第十轻骑兵——不过在遇见你之前，这里和非洲一样无聊。"

我笑了笑，装作漫不经心，但实际却听得很入迷。他为了自己对马的痴迷爱好，放弃家族企业中利润丰厚的职位，以此挑战叔叔的期待——这一切都让我的思路不停转动。我，一无所有，没有什么家族出身可以炫耀，而巴桑却如此蔑视他的优势，让我觉得震惊、兴奋和着迷。

"只要服役一结束，"他说，"我就去做自己喜欢的事情。我已经 26 岁了，可以拿到我继承的那份遗产，叔叔不能不给我，到时候他无论如何也不能威胁我了。我会买下一座城堡，培育出没有任何人想象得到的全法国最好的赛马。我不在乎其他人想什么。我们只活这一辈子，我打算按自己的想法生活。"

尽管从外表上我认为巴桑对我还没有足够的吸引力，然而我对他的感觉仍然因为很多我自己无法解释的原因在慢慢加深。也许因为我从没遇到过像他这样的人，他身上那种十足的自信以及满不在乎的姿态渐渐占据了我的内心，我发现自己开始盼望着他的到来，而他不在的时候，一切就会死气沉沉。

艾德丽安试探我："他有没有和你表白？"我们俩躺在阁楼里，当晚我们和巴桑还有他的朋友跳了整晚的舞。"我看到他看着你的眼神，每时每刻他都在注意着你。他好像也不在乎你在咖啡馆唱歌或是在裁缝店缝衣服。他是不是爱上你了？他有没有吻你？"

我觉察到她正在轻轻发抖，我有种感觉，她已经被亲吻了很多次。她的问题引起了我的好奇，因为巴桑连我的手都很少碰。我没有给他太多亲近我的机会，而他目前也没有足够的理由这么做。他一定觉得像我这样年轻而且模样俊俏的女孩，即便称不上漂亮，也足够引起像他那样的男人注意，可以像艾德丽安那样，同时周旋在几个追求者之间。但我并不想。我对那些自视甚高的男人不感兴趣。巴桑是唯一吸引我的人，但为什么他不像艾德丽安的追求者那样，来追求我呢？

我在想是不是我出了什么问题。除了我的父亲，我不曾期望属于任何一个男人。父亲让我痛苦地意识到，我无法完全依赖任何人。难道我不想结婚，拥有属于自己的家庭吗？艾德丽安已经将这件事设定为她的整个人生目标了。但我——我对这些都没有她那样强烈的渴望，虽然对于像我们这样贫苦出身的女孩子来说，那是合理的人生目标。

"巴桑和我只是朋友，"我最后说，之后翻了个身，以沉默结束了我们的对话。

不过很快，我发现自己开始看着巴桑，就像他看我那样。这是个讯号，一个将巴桑与其他追求者区分开来的讯号。他询问我的过去，对我讲述的故事表现出浓厚的兴趣，这让我感到更加不安，艾德丽安和我说过，当男人这么做的时候，通常是在衡量我们与他们是否适合。

我急切地想表达自己并非仅仅有童年而已，于是我编了一些故事，说我的父亲在母亲死后就去了非洲寻找机会。我们和像妈妈一样爱我们的姨母们生活，姨母们安排我们接受修女的教育。我没有提奥巴辛，没有提那两个已经失散的弟弟，也没有提自己没有像姐姐朱丽亚那样选择去照顾年迈的祖父母。我讲完了上述的一切，屏住呼吸，等着巴桑爆发出一阵大笑，之后说：

NOBODY'S DAUGHTER

"可可，你太会讲故事了！"但他从来没有。我讲的一切他都相信，我发现掩盖自己的过去并不难。我认为其他女孩也会像我这样——无法接受并拒绝媒人帮我挑选的婚姻对象，并且决定靠自己的双手挣钱养活自己——当然这一切也是编的，听上去也是合理的。

"确实很难，"我故作轻松地说，"我也期望有一天能结婚。"

"当然。"他倾身向我。"这么说来，我们两个都很讨厌受人摆布。也许我们两个命中注定要在一起，可爱的可可。"

这是巴桑第一次暗示我们的未来，他在我的心中点燃了期望，也让我感到惊慌失措。然而我的计划还没有达成，连一顶帽子都还没有卖出去。穆朗的帽商不愿意给我机会。我仍然在 G 夫人的指掌间受她摆布，也仍然在小酒馆里唱到喉咙沙哑。虽然罐子里的钱慢慢变多，但如果没人愿意买我设计的帽子，我以后又能做些其他什么呢？我害怕会变成妈妈——没日没夜地缝缝补补，只为了让我们有栖身之所，但却无力让我们改变命运。然而巴桑只要打一个响指就可以让一切改变，我期望他来改变这一切吗？我没有任何幻想他会求我嫁给他，像他那样的男人不会娶我这样的女孩子为妻。当然，成为他的情妇可以解决我的经济困难，但这会让我感到快乐吗？

我纠缠在自己的复杂情绪里，从没问过他想从我这里得到什么。两年之后，我认为继续留在穆朗的意义不大，通过反复地游说，我说服艾德丽安跟我搬到了维希。我们租了一个房间，并在维希找到了更高级一些的咖啡厅。我说服艾德丽安的理由是，和两年前相比，我们现在更有经验了。艾德丽安一直没有同意，直到巴桑说，他认为这是个好主意，并且他会帮助我们在维希立足。而且她那被爱冲昏了头的追求者也表示，会追寻她到世界的尽头，而维希显然还没有那么遥远。

于是我们托人给 G 夫人捎了话，收拾仅有的物品装进行李。"可是……"艾德丽安显得很苦恼。

"可是什么？"我顾不上看她，费力地撬开木地板，数了数罐子里的钱，暗自希望这些钱能自动繁殖一些。

"可是，我们现在不就和那些女人一样了吗？"她低声说。

我简直不敢相信自己的耳朵，"你是说我们一旦接受巴桑的帮助，就变成妓女了？"

"不完全是，"她说，但她的表情在说是，"你也明白，如果我们用了他的钱，很自然他就会对我们有期待……"

我很想告诉她，就在不久之前，她还暗示我可以成为一个女伶。可现在，我只不过打算接受一个我们已经认识数月的男人的帮助，她竟然开始担心了，何况我还并没有做任何不得体的事。

"这不一样，"我说，有那么一瞬间我觉得她的担忧非常荒谬，但其实她的话里也包括一些事实，令我不安。"巴桑是朋友，这钱是借的，我们会还的。"

"露易丝姑妈很不安，"艾德丽安咬着嘴唇，"上次去看她的时候，她说我们这一步走得不对，只靠我们两个在维希是活不下去的。她说如果我们不喜欢穆朗，可以搬到瓦雷讷和她一起住。"

"搬过去之后呢？"我把罐子砸向地板，艾德丽安哆嗦了一下。"帮她做那些蠢帽子，还是帮她放羊？说实话，艾德丽安，现在你的追求者爱着你，我陪伴在你的旁边。如果你想去瓦雷讷就去吧。但不管你去不去，我一定要去维希。"

她的眼睛浮上一层泪水，艾德丽安哭着说我的勇气超越常人，而且有时候我真的蛮不讲理又冷酷无情，我只好把她搂在怀里。

"我知道，"我说，思忖着她、我姐姐朱丽亚还有其他那么多女孩都害怕独立，我为什么不会害怕。"我们以前去过维希的，在那儿能做的事情，在穆朗都能做，在那儿也能常去看露易丝姑妈，我们只要多挣钱买火车票就行。"

"在维希都会不一样了，"她喃喃自语，在一旁我正和 G 夫人因为工资结算而争执不休。

在我的坚持下，巴桑为我们买了去维希的三等舱车票。我仅接受必需的援助，在此以外无须其他。之后巴桑也离开，去里昂看他的家人，并许诺说一个月之后就回来看我们。

三等车厢比四轮马车好很多，不过仅有的几个座位被别人抢到，我们仍然是一路站着到的维希。我们第一次去时住过的地方现在看来也不像第一次看到那般满意。倾斜的窗户对着一条小街，附近的餐馆将吃剩的食物都倒在这里，散发出一股潮哄哄的垃圾味。我踩死了一只大蟑螂，在艾德丽安看到之前把它踢到了床下头。房间里的家具还可以用，包括一只变了形的柜子和裂了一条缝的镜子，这让艾德丽安再次认为辞职是个必然失败的决定。我对她说："至少这次的火炉不让我们那么担心了，"之后就开始埋头拆行李。"我们会没事的，你会知道的，"我不停地说，"只要过那么几个星期，就能找到工作了，而且是比我们设想的好得多的工作。"

但结果并不是这样。大多数咖啡馆的门外都有成群结队的女歌手和找工作的人在排着队等待，本地的商店也是同样情形。我们找到了一个缝补的兼职工作，工资和 G 夫人给我们的相差无几。我倾尽罐子里的钱，买了一件束胸衣服穿着去面试，也没能给自己在咖啡馆找到一份工作。夏天终于结束了，来温泉疗养的人们纷纷离去，维希因此变得空空荡荡。最后，我终于在远离大街的一处名为乐尔多宫（**Le Palais Dore**）的卡巴莱小酒馆找到了唯一一份工作，虽然被称为宫殿，但那里唯一称得上金碧辉煌的东西就是熏在墙上的尼古丁烟渍。

我每晚都在这儿唱歌，和另外几个姑娘一起组成了一个十人的歌唱团。来听歌的是正在休假的大嗓门的水手和其他乌合之众，在这里我尽量避开众多轻佻的手指和口水横流的嘴巴。尽管每个街角总会碰到酒鬼，但我每晚工作结束之后都会走路回家。打开门，我会看到艾德丽安蜷缩在床上，脚下堆积着当天缝补的衣物。我会故作轻松地绽放一个明快的笑容，宣称今天一个晚上我就挣到了在拉罗冬德一个礼拜的小费。

"那真是再好不过了。"她说，显然看穿了我。之后，我们两个会一起就着放了三天的硬面包，吃一些从熟食店买到的肥腻腻的廉价火腿。

有一天，我筋疲力尽地回到住处，看到艾德丽安正等着我，旅行外套已经穿好，脚下有一只行李箱，手里捏着她那顶皱皱巴巴的帽子。

"我要回穆朗去了，加布里埃，我爱你如亲生姐妹，但我再也受不了这样的日子。"她的声音渐渐低了下去，"莫里斯一次也没有来看我，如果我再待下去——"

"好了，别说了。"我低声说，走上去抱住了她。

我陪着她到火车站，为她买了一张三等舱的票，在刺耳的引擎声和烟囱喷出的黑烟里，火车带着艾德丽安渐行渐远，我在站台上和她挥手告别。

我拖着沉重的步子走回住处，意识到自己又一次被抛弃了。

不过这一次，我是真的只剩下自己。

10

巴桑的消失让我困惑、愤怒，感到受伤。于是，像对待那只蟑螂一样，我把他踩扁之后踢到了床下。

一个晚上，我在小酒馆里照常表演，穿着一件有些让我难为情的裸露肩膀的衣服，这是酒馆老板要求我们必须穿的，买衣服的钱则以分期的方式从我们的薪水里扣掉。随后，我看到巴桑走了进来。即便我在酒馆的最里面，我也立刻认出了他。我感到胃部开始抽搐，像被人猛踢了一脚。我开始唱不清歌词，口中尝到一丝苦涩。巴桑环顾四周，看酒客们踩着脚，大嚼烟草，并直接把口水吐到痰盂里，巴桑显然十分惊愕，之后他缓缓看向了舞台。

他一定是认出了我，这段时间我瘦了太多。憔悴不堪，因为太瘦，我用了很多别针才让裙子合身些。我继续唱着，假装没有认出他。一曲终了，台下嘘声四起，我逃到了后台，在经理的咆哮声中迅速扯掉演出服，"你的活儿还没完！该你下去要小费了！"

那个他总是慷慨塞进小费的钱包里，如今只有寥寥几块钱。我瞥了他一眼，之后就冲向后门，鞋子踩进混合着客人便溺物的脏水我也毫不在乎。

我冲进家门，感到万分的难过。脱下外套，我看着镜子中的自己。在过去的几个星期，我一直不敢看镜子，不想看自己固执的样子。此时此刻，我终于和自己对视，自己的模样让我发出了一声惊叫。

我又回到了孩提时的模样：凹陷的面颊，一对大而无神的黑眼睛。眩晕之中我摸到我的手提包和里面那盒快要抽完的香烟（香烟已经成了我手边必备，我只买最便宜的香烟，抽烟可以让我忘掉饥饿）。

外面响起了敲门声。

我僵住了，坐着没有动，用火柴点燃香烟。我不想开门，他可以一直敲到指节破皮。巴桑可以去下地狱了，回到他的高贵出身那里，回到他那些该死的纯血马和一毛不值的所谓承诺里去。

"可可，"他叫着。他的声音如此清晰，因为门板像我的身板那么薄。"我知道你在，开开门，我想看看你，我一直在到处找你。"

这句话触动了我。我扑过去将门大力拉开，在他进来之前对他大吼道，"到处找我？你去哪儿找了？我一直都在这儿，就在我们之前租的地方。你想看看我？我就在这儿，看吧！"

如果他没有把一只脚先伸进来把门挡住，我很可能会直接把门砸在他的脸上。巴桑走进来的时候我后退了几步，我气得发疯，几乎想要冲上去把他掐死。

他轻声说："上帝啊，他们是怎么对你的？"

我原地瘫软下去，以手遮面，悲伤袭来。父亲抛下我们之后我还从未如此难过。此时此刻，所有的感受都喷薄而出。从前失去的东西，这些日子以来的慌乱和茫然，那种无论我多坚强多努力，总还是比命运差那么一点的感受——此时此刻全部都重重把我压在了身下。

"你得离开这里，现在就离开，"我听到他在我耳边低语，他用双手环抱着我，揽着我的腰将我扶起，我哭着推开，他又将我紧抱。"我会带你去我的新庄园，不要再逞强了。我要你和我在一起。"

哪个女孩不希望受到照顾？

巴桑带着我回穆朗道别，一路上我就是这样对自己说的。切身感受到维希的严苛冷酷之后，穆朗此时宛如天堂，我拜访了露易丝姑妈。穿着崭新的黑色亚麻外套和裙子，是巴桑买给我的，旧衣服和破布都和垃圾一道丢了。巴桑正襟危坐，和露易丝姑妈说，那些衣服已经不要了，露易丝姑妈可以全部当作破布处理。

艾德丽安欣喜地鼓着掌，仿佛巴桑已经跪下向我求婚了。在我们分开的那几个月里，她又回复了往日的神采，莫里斯男爵继续黏着她不放，他也没有解释为什么他之前没来维希找她。露易丝姑妈找到了一位合适的女伴，因善于做媒而闻名，这位女伴建议艾德丽安和男爵赴埃及一游，同行的也是成双的伴侣，以此判断他们是否真的希望从此相伴一生。之后的某天，艾德丽安和我一起在镇上漫步，在广场上她向我坦承，莫里斯男爵的家族希望他娶一位出身高贵的女子为妻。但莫里斯已经表明了心愿，此生只愿娶艾德丽安一个，而她也下定决心，要投入一场战役，赢得莫里斯男爵整个家族的认可。

"我太为你高兴了。"我说，虽然我还是怀疑她是否做好了准备，迎接被视作情妇的命运。我也同样怀疑露易丝姑妈是否会同意。与此同时，我觉得自己对于巴桑来说也是类似的角色，尽管他并没有说太多。在这件事上，由于我自己在情感上已经先行投入，因此无法作出恰当的判断。艾德丽安已深深爱上男爵，而我对巴桑的情感远未到这个程度。

巴桑找到我的时候，我内心充满了感谢和安慰，因为尽管我拼命去尝试，但仅靠我自己仍然未能立足。我越是向内心探寻，越是无法找到哪怕一丁点如艾德丽安对莫里斯男爵那般程度的感情。我害怕未来和巴桑之间可能会发生的亲密举动，同时我也知道那一定是无法回避的。像往常一样，艾德丽安以积极的态度鼓励着我，而我则对自己深表怀疑，不知道自己是否能像她所说的那样，对巴桑拥有饱满的热情。

露易丝姑妈祝福我好运，之后就移开了视线，我知道那是因为她在心里松了一口气。我继承了父亲的性格，为自己的命运开道。所有人都觉得该把我和艾德丽安分开。对于露易丝姑妈来说，我只是她的侄女，而艾德丽安是她的亲妹妹。如果艾德丽安一心要赢得莫里斯男爵的爱，那么露易丝姑妈必定会在这件事上倾注全部的注意力。相比之下我是个累赘，女孩子的反面教材。就像在童年时代，我最好离大家远一点，淡出视线。

想到这里，我感到心脏一阵紧缩。我离开了穆朗，没有再回头看。我也并未和修道院里的安托瓦内特或已经和祖父母住在一起的朱丽亚道别。我想念她们，但不想主动去说。很快，露易丝姑妈会告诉她们我如何因渴望体面的生活而追随男人而去。我知道她是这么想的，她的眼神已经说明了一切，她才不信巴桑会娶我。

我也不信。但不管怎样，我已经作了决定。

巴桑所说的新庄园，我未来的家，位于贡比涅（**Compiègne**），建于 **17** 世纪，名叫皇家地城堡（**Rovallieu**），是一座颇为显赫的城堡。整栋建筑看上去仿佛一座亟待修缮的古迹，里面的家具也生了霉斑，窗户和门廊都挂着幕帘。没有暖气，取而代之的是一个落满煤灰的壁炉。房间数年无人居住，堆满了用布覆盖的层叠桌椅。水龙头里流出棕色的锈水，角落里还有老鼠爬过的痕迹。

鉴于巴桑一丝不苟的性格，面对这一幅残局，这时候的他倒是看上去非常镇定自若，令人奇怪。他宣称将及时修缮庄园，但此刻需要先照料他购进的马儿，修葺马圈，清砍附近森林边缘的零星树木，以让马儿奔跑，并在这里举办马球比赛。

我觉察到他和以前不太一样，但又无法准确说出到底是哪里不同。巴桑和久未联络的老友重新联系，并解释之所以没能及时来到维希，是因为他临时去了巴黎，处理一些"搁置已久的生意"。他并没有讲到生意的细节，我也没再追问。我觉得他不会喜欢一个问太多问题的情妇。

巴桑的安排逐日显现。他叫我自己挑选房间，于是我选了一间带浴室和客厅的套房，我可以在房间里读书或做帽子。尽管水从水管流出时仍会发出咝咝声，但那一切对于我来说已经称得上奢侈。我沉浸在一个全部属于自己的空间里，体会着来去自由的权力。我从馆藏丰富的图书馆里抱出一本本书，在毯子上消耗数个小时，让想象力自由飞舞。

巴桑给了我一些可以自己支配的钱，我用来买了更多的帽坯和装饰材料。夜晚，我的创造力十分旺盛，整夜工作，直到做好的帽子摆满了客厅甚至是隔壁的房间。巴桑会面带着微笑看我的作品，之后他会整天外出，将时间放在自己的事情上。

我们每天晚餐时见面，食物由谦逊有礼的仆人准备。我会滔滔不绝地和巴桑讲起我的新创意，或者是近期读过的小说，同时大口吞着热腾腾的食物。维希之后，我确实再没有让自己挨过饿了。

"真想不到你会做这些，"巴桑放下叉子，点燃了他的香烟，"我还以为你会一觉睡到中午，然后再洗个热水澡，一直泡到下午三点。"

"当然，那样的情况也有，"我承认，"但我也不是完全无所事事。"事实上，我对于享用别人的恩惠感到一丝不安。我希望将自己的全部生命投入工作，而没办法整天坐在椅子上消磨时间。我以读书打发时间，只要选择得当，阅读也并非消极爱好。同时我不断设计新帽子，但仅仅几周之后，我就会开始失去方向。我思考着自己还能做点什么事情，以报还巴桑为我提供的这一切，心底升起一丝焦虑。他渴望从我这里获得的东西，我还没有准备好给予。慌乱之下，我脱口而出："你可以教我骑马。"

他的脸上浮现出一个漫不经心的笑容。"这倒会很有趣，你不怕马吗？"

"当然不怕，"我立刻说，尽管我还没有骑过马，"我倒觉得挺容易。"

他哈哈大笑，熄灭香烟。"那么说定了，只要我的马送到城堡，我就会教我的小可可如何坐马鞍。我觉得这主意很不错，我会邀请一些朋友过来，他们都很喜欢骑马打猎。"

晚餐之后，我回到房间继续做帽子，巴桑则径直去了图书馆。然而今夜我感到毫无灵感，在房间里踱步，盯着窗外，望向浓浓的夜色，还有那些在靛蓝色暗夜边缘的重重树影。

门在我身后缓缓打开，我知道他为何而来。转过身，我看到巴桑跨进房间，转身将门合拢。他抬手将衬衫的硬领摘去，我努力让自己的视线上移，注视着他的脸。

"可以吗？"他说。

我站着没动，手指尖夹着一根香烟。

"如果你也想的话，"他又说，从裤子口袋里取出银质的香烟盒放在床边柜上，"我不想勉强你。"

"不，我当然想要。"我说着摸向衣扣，心脏却开始狂跳。巴桑带着漫不经心的表情，看着我的裙子和衬衫从我身上滑落。我抱着双手，内衣紧贴着我的大腿。曾经让我担心的时刻终于来了，然而此刻我完全不知道他在期待什么。

一些画面在我的脑海里快速滚动。我仿佛看到乐尔多宫咖啡馆里的女歌手们扭动着屁股，向前倾斜身体，展露乳沟。难道他想看小酒馆里的那种色情表演？

可他没有。巴桑掀起床单，接着脱掉了衬衫和裤子。出乎我的意料，巴桑的胸膛十分消瘦，仿佛尚未发育的男孩，肤色苍白而单薄。我不喜欢盯着他的胸部看，于是将视线向下移到了他的屁股——比我想象中的男人的臀部要宽一些，还有一双多毛的肌肉发达的腿。看上去他仿佛一只发育不良的半人马：上半身过瘦，下半身又过重。接着我瞥见了他软绵绵的下体，悬在一丛褐色的毛发之外，比他的发色还要深，一阵厌恶袭来——他穿上衣服比光着身体受看多了。

巴桑钻进被单，拍了拍身边的位置。我走到床边，发现内衣紧紧裹住了我的大腿，而未发育饱满的胸部袒露着，看上去一定有些可笑，于是我迅速将自己藏在了被单下。

巴桑探身过来，手在我的胸脯游走，轻捏着我的乳头。我闭上眼睛，试图扫去杂念，然而却只能盯着墙角那只网上的蜘蛛，我每天都会看它。蜘蛛用网子捕捉苍蝇，并耐心地用蛛丝将苍蝇绕进死亡之茧。我给她取名叫玛戈，现在玛戈就坐在网子上，一动不动，等待着她的食物。当巴桑吻向我的脖子时，我觉得自己就像玛戈的猎物。

我并未料到会这样，和我在小说里读到的完全不同。那些书中虚构的两性相悦的喜悦一定加入了太多的虚构成分，这样一种寻常的动作，法语中被人描述为"假死"的状态，怎么会是人类感官世界的巅峰？当然，我也期待会感受到一些东西，于是并没有被自己纷乱的思绪扰乱。巴桑从我的脖颈向下探索，如同婴儿回到母亲的胸前。我拼命抑制住想要笑出来的冲动，我从未想到我们俩会这样。

"你喜欢吗？"我听到他喃喃低语。我觉得自己应该表现出喜欢，于是在喉咙里发出一声低吟。他仿佛对此很满意，因而更加兴奋，继续流连，直到他的下体硬硬地触到了我的大腿，我挪动大腿躲开了它。他却以为这是我的讯号，即刻整个人趴到我身上，发出一声叹息："哦，可可，你让我等了太久。"

好疼！我屏气忍着火一样的灼烧感，巴桑在我身上起伏，牙齿因为用力而发出咯咯声。有一度我曾经以为永远不会结束，直到一切戛然而止。巴桑低吟一声，之后在我的小腹上喷出温热黏稠的液体。

我撩起被单，看着肚皮上的黏液，床单和我的双腿之间有一些血痕，我望向巴桑。

"你怎么不和我说，"巴桑的语气中带着惊讶，"如果你告诉了我，刚才我就不会这么坚持。"

我佯装耸了耸肩，"可这迟早要发生，我倒希望先是和你。"

他吻了我，然后起身从裤子里拿出了银质烟盒，点燃两支烟，递了其中的一支给我。我们并排躺着吸烟，再没有去碰彼此的身体，之后他叹了口气说："好吧，刚才很美妙。晚安，可可，谢谢你。"

巴桑起身穿衣，我挤出一个微笑看着他离开。蜘蛛玛戈顺着蛛丝垂下，开始小口享用她捕获到的猎物。

这并非我想再次尝试的事情，然而这就是我要为一切付出的代价，我可以忍受。

12

巴桑的朋友们来了，庄园的气氛活跃了起来。那晚之后，巴桑又来过两次。整个过程我仍然没有任何感觉，然而他似乎并没有发现。之后他总是会和我一起在床上吸一支烟后再离开。我感谢他的周到，给我时间洗澡，冲掉留在我身上的古龙水味和他留下的东西。洗完澡之后我会看看书，或者继续做帽子，控制自己不去想一些胡乱钻出来的念头：看上去让他感到愉悦的事情，我为什么无法感同身受？我一定是出了什么问题。是否每对伴侣都像我们这样？以精准的毫无热情的动作，在床上重复着这样的仪式？虽然我的经验少得可怜，但我对此持怀疑态度。我在想，像艾德丽安和莫里斯男爵这样的一对，想要冲破一切阻力去结婚，为的应该不止这一点点微不足道的犒赏吧？

楼下，巴桑的朋友陆续到来，我一个都不认识，其中我听到一个女人的声音。我打开衣橱，里面挂着巴桑为我买的衣服——每件衣服上都饰满了荷叶边和花哨的蕾丝，足以把我整个人埋进去。我有种感觉，与那个女人相比，我一定会相形见绌，我不想被她比下去。然而这些裙子并非我喜爱的风格，只会把我变得不伦不类。不知从哪里来的冲动，我拿出了一件之前自己设计的套装。

这件套装是某一天无聊时做出来的，我自己也不知道灵感来自何处。我修改了一件巴桑的旧衬衣，在腰部作了处理，又增加了圆领，再用布片裹起扣子装饰。搭配一条修身的驼色裙子，那是有次我去法国贡比涅（**Compiegne**）买帽子配饰的时候碰巧买到的。再在腰间系上一条米色羊毛衫——也是巴桑的，洗衣房不小心把它洗得缩了水，之后再配上奶油色的低跟鞋。

我瞥了一眼镜子里的自己，这身装束毫无疑问距离大众时尚太远，比较男性化。我看上去像个穿上父亲衣服的小女孩，然而倒也有种简洁的气质，适合我的方肩膀和消瘦的身材。我确信自己会给巴桑的客人留下深刻印象，于是试着对镜子笑了笑。

宁愿一举惊人，也不要默默无闻。

我走下台阶，走进客厅，走向巴桑和他的朋友们。

他们衣着考究，个个看上去都非常时髦，端着威士忌杯聊天，房间烟雾弥漫。我的出现让他们全部扭过头来，目光中既没有评判也没有谴责，我暗自松了一口气，继而开始好奇，巴桑将如何介绍我。

巴桑大步走向我，握住我的手。"可可，请允许我把你介绍给大家。"巴桑一一将他的客人介绍给我，我略有不安向他们一一微笑致意。之后，我看到了那个艳丽的女人，荷叶边的帽饰与发卷之间，浓重睫毛下的蓝绿色眼睛毫无兴趣地直瞪着我。

"这位是著名女演员，伊米莲娜·达朗松（Emilienne d'Alencon）。"

她咯咯地笑了出来，如香槟酒刚刚倒进高脚杯的声音。"对你说才算著名吧，我亲爱的艾蒂安，对于这个女精灵来说可不是，她不认识我。"她冲着我微笑，露出小小的象牙色的牙齿。"很高兴认识你，亲爱的。看得出，你是艾蒂安喜欢的类型。"

她称呼巴桑的方式透露了他们的亲密关系。我意识到他们的关系不仅仅是友情。巴桑笑着说："伊米莲娜曾经和我在一起，我之前提到的巴黎的生意，指的就是她。"

巴桑只是在陈述事实，口气坦然，就像我们上床之后感谢我的语气。伊米莲娜用细嫩的双手握住巴桑的胳膊，"你是个海盗，没有付钱就走了，我会把账单寄给你的。长得再帅的男人，在我伊米莲娜这儿，谁都不能不付钱就拍屁股走人。"

巴桑大笑着回到男性朋友那里去了。伊米莲娜冲着我微笑，这次的笑容真诚了一些。她的容貌让人印象深刻，无瑕的浅色皮肤，脸颊透出玫瑰色，山区土气的发式在她红金色的头发面前简直不值一提，波浪聚拢在她鹅蛋形的脸颊周围。她穿着天蓝色的丝质折边礼服，绣着以仙鹤和瀑布构成的东方图案，若其他女人穿上只会是一场灾难。闪闪发光的珠宝首饰层层堆砌在她脖子和手腕上，我从没见过谁一次佩戴这么多首饰。她身上的一切都是那么浓烈、那么光芒四射和戏剧化，然而这一切只会让她更加光彩照人。

我意识到，伊米莲娜·达朗松可不仅仅是个演员，她就是艾德丽安和我提过的——女伶。

"你喜欢这里吗？"伊米莲娜拉着我的手，牵我到游廊上。"你不觉得这里有些吓人吗？就像玛丽·安托瓦内特女王被送上断头台前关押过的地方。"

我笑了出来，她有种魅力。一种无论说什么话，听的人都不会感到受到冒犯的魅力。

"这里确实需要好好打理一下。"我回答道。

她的喉咙里发出一声悦耳的轻颤："确实如此，不过艾蒂安可不会在乎的，他只爱他的马，即便房子塌下来砸到他的耳朵边上他也不会在意的。感谢上帝，现在你来了。"她顿了顿，上下打量着我。"从你的打扮来看，我觉得装修工作你来管理就好了。让我猜猜看，他也让你帮他管钱吧？"

我不知道如何回答，最后喃喃道："如果我开口，我想他会的。"

"那你就得开口。"她向我靠过来，"拿上你该拿的，亲爱的。青春和爱火的光芒转瞬即逝，但钱就不会。"她把我拉到游廊上接着说："啊，这儿的空气真是太好了，清新怡人，才没有像巴黎那种乌烟瘴气！我们去走走怎么样？"我点点头，和她一起走出去，可她突然停了下来说："哦，我把帽子忘在房间里了，亲爱的，可以帮我拿一下吗？"

于是，我走回房间帮她取帽子——一顶装饰着层层叠叠的玫瑰花丛和繁复羽毛的帽子，轻而易举就能看出来是她的。我还从未给任何人担当过类似贴身侍从的角色，然而我却急切地将帽子递给了她，看着她将帽子放在头上，并用一大把发针将帽子固定好。

"真是麻烦死了，"她说，"我们女人时时刻刻都要以最佳状态示人，我真高兴能来这里度周末，不用穿那套盔甲。"伊米莲娜手腕轻弯，优雅地挥动着："但帽子还是不能不戴，女人必须要保护皮肤，小心太阳。"接着她转身向花园走去，"听说你的针线手艺很不错，艾蒂安在巴黎的时候告诉我，你会做很好看的帽子。"

我停了下来，她愉快地看着我："亲爱的，他说得对吗？"

"是的，那……算是我的一个爱好。"

"好吧，那我们就得见识一下你的这个爱好。我总是对新款帽子非常感兴趣。巴黎的流行变得太快，今天你还走在时尚前端，明天你就得冲到裁缝店，花上大把的钞票去追上新的流行风格。这就是成名的成本：所有人都在盯着你看，你没机会犯错。"

我发觉自己已经喜欢上了伊米莲娜，而她好像立即看了出来，挎上了我的手："希望我们能成为朋友。"如果不算艾德丽安，我之前从没交过朋友，然而她现在与我相隔千里。她和莫里斯男爵一起去了埃及，准备步入另一种生活状态，一种我很清楚自己不会想要的生活状态。我们再见面的时候会聊些什么呢？巴桑可能对我有些迷恋，但我从没幻想我们两个会互坠爱河。

伊米莲娜挽着我走下游廊的台阶，没有再聊别的。我们漫步走过花园小径，她的手臂轻轻挨着我的，轻到几乎没有碰到，这是一种久违的熟悉感，但此刻我感到心满意足。

巴桑和他的男性朋友们穿着马靴走来走去，我和伊米莲娜则坐在游廊上喝咖啡，小口咬着巧克力，谈着她在巴黎的生活和在戏剧舞台上的表演，以及她那个能俯瞰到杜伊勒里宫①的房间。她向我描述着巴黎的一切，歌剧

---

① 杜伊勒里宫：巴黎旧王宫。——译者注

院、大剧院和咖啡馆，小酒馆和商店——仿佛我已经去过巴黎并熟知了所有这些地方——我也假装自己去过，不想坦白其实自己还没怎么见过世界。

这个周末，伊米莲娜没有带来太夸张的华服，或者什么尺寸大到犹如果盘的帽子。她穿着带有宽松袖子，装饰着钻石的刺绣丝袍四处游荡，长发在身后荡漾着。她有画像中圣母一般的长发，长而丰沛，围绕在她的脸旁，仿佛一团轻盈的云彩。无论她的装束有多随意（也许在她如此，但对于我来讲，她的那身服装随时足够参加节日庆典），我也注意到，她永远都穿着紧身衣。

我鼓起勇气问她，整天被绑在鲸骨里面难道不疼吗？她回答说："这是种折磨，也是种练习，但却是我们需要承受的。承受了这些，我们在将来会得到犒赏。你要帮我保密，亲爱的，因为我已经不像以前那么年轻，我需要保持那种魅力。"她看着我若有所思："难道你就从来没穿过紧身衣吗？"

我当然穿过，但我总是能逃就逃，自从离开小酒馆之后我就再也没穿过。我摇了摇头："我不喜欢紧身衣。"那种感觉瞬间又出现了，我觉得她立刻看穿了我，我只不过是一个没有见过世面，不懂得如何穿衣的小姑娘。

她叹了口气："年轻的皮肤就是充满弹性。当你转身，侧面对我的时候我几乎看不到你，你的身材扁平又纤瘦，我羡慕你。不过紧身衣可以托起你的胸部，巴桑这样的男人——总是喜欢女人的身材带点曲线。"

这是我的缺点吗？我的身材缺少曲线？

"我能看看你的帽子吗？"伊米莲娜提了个出乎意料的要求。我忐忑不安，照她的个人风格，也许会觉得我设计的帽子过于简单。我带着她上楼，来到我的客厅，此前我花了很久一一调整了帽子的角度，让它们在光线下纷纷呈现最佳的状态。伊米莲娜在我的作品之间细细端详，我的心一直狂跳。她一直没有说话，手指在帽子上方的空气中划过，我也完全不知道她在想什么。就在我几乎要脱口而出，这些只是我用来打发时间的，没指望谁会喜欢的时候，她突然转身对我说："我可以试着戴一戴吗？"

她选中了装饰最多的一顶。这是一顶圆帽，有一条上翘的帽檐，以一朵丝制的黑色山茶花装饰，并非我的得意之作，而且我认为似乎还欠缺一点什么。伊米莲娜擎着帽子走向镜子，我忽然发现这顶帽子简直是她的绝配。伊米莲娜不像我那样瘦小，她高挑而丰满，鲸骨紧身衣将她的身材束成沙漏形，有着醒目的胸部和浑圆的臀部。这顶帽子恰好可以强调她如雕塑般的身材，又不至于太抢风头。伊米莲娜将帽子戴在头上，转动身体审视着镜中的自己，眉头微微皱了起来。

我快步走过去，先将帽檐压到她眉毛的高度，再让帽檐向上仰。"应该这样戴？"她迟疑地问。

我点头，"这顶帽子可以突出身体的线条。"

"这样的话，发型也……"

"发型也要简单。如果头顶发髻梳得太高，帽子戴着就不对了。"

"不需要垫些马鬃假发之类的东西？"她在镜子里看着我，"如果是这样，这确实是个革命性的改良。每天女人要花多少个小时打理头发，如果这些时间可以省下来，想想我们能做多少其他的事情啊。"

我冲她笑了笑，这顶帽子确实非常适合她，但这只是我的感觉。伊米莲娜继续看其他的帽子，我大胆补充了一句："帽子是必备品，能帮助强调我们的容貌和衣着。大家头上戴着的那种托盘似的帽子，我既不觉得舒适，也不觉得漂亮。"

"明白了，所以你开始设计自己的帽子。你是怎么设计的呢？"

"这些帽子都是基本的款式，我会增加一些装饰，但帽子的基础形状是已经做好的。"

"可现在这儿的每一顶帽子都是那么与众不同，而你用的也都是寻常的材料，比如这儿用一点布，那儿用一点儿羽毛。然而，效果却是这么与众不同。"她又走回镜子前面，端详许久之后柔声说："天哪，亲爱的，你的帽子太别致了。精致又独特，就像你一样。你有没有考虑过把它们卖出去？"

我本打算撒个谎，然而我听到自己脱口而出："在穆朗的时候想过要卖。

在维希的时候有位顾客曾经对一顶帽子表示出兴趣，但除此之外就再没其他顾客了。现在我只是出于兴趣在做，做这些帽子的时候，我……我感到很愉快。"

"显然如此。还有你穿的这些有趣的套装，也是你自己设计的？也是吗？太别致了。"

这是她第二次用这个词，让我暗自欣喜。

"在巴黎老佛爷大街上有家服饰店，他们店里卖各种不同款式的服装，也一定会喜欢你设计的帽子。下次我再来的时候，从店里帮你带一些，你觉得怎么样？"

我真想冲上去给她一个吻。"当然，太好了，在贡普利涅这里见不到什么新款式。"

"贡普利涅可比不上巴黎，用巴桑的话来说就是，"伊米莲娜思考片刻："就像用驴子去比纯血马。"她大笑着摘下了帽子，我伸手去接的时候她问道："多少钱？"

我愣了一下，完全不知道如今像这样的帽子应该标价多少。"当做礼物送给你好了。"我说。

伊米莲娜啧啧有声："亲爱的，你需要标个价。女人身上的任何东西都不该是免费赠送的。"

"那就十法郎，"我嗫嚅道。听上去不是个合理的价格，但她连眉毛都没有动一下："十法郎？成交。下次去杜伊勒里宫喝茶的时候我就戴这顶帽子，其他女人准会嫉妒得要命，然后一定会拼命打听我到底是从哪儿弄来的这么一顶精彩绝伦的帽子。"

我因为一阵狂喜而有些发抖，思忖着用什么东西可以把帽子包起来，她将一只手放在我的肩头，香水的味道飘荡而至。

她说："可可·香奈儿，我相信你一定会获得巨大成功，我会帮你的。"

13

　　伊米莲娜离开的时候，我已经依依不舍。我的帽子被她拿在手上，愉快地挥舞着，并许诺会回来。我如遭人遗弃般站在城堡的大门口，巴桑的猎犬在我的脚边嗅着，马车载着伊米莲娜驶向火车站，在我的视线中渐行渐远。

　　我对这样的承诺已经再熟悉不过，步履艰难地走回城堡。巴桑说："没什么可沮丧的，伊米莲娜可以让每个人都喜欢她，但她真正喜欢的人却寥寥无几。如果她说会再来，那她一定会的。"

　　他并不明白我的沮丧来自何处，那种萦绕不消的感觉又回来了，每个人都注定会以这样或那样的方式离我而去。我无法相信伊米莲娜会再次出现，如果她不回来，我知道自己将会受到很大的打击。之后的几天，我让自己全身心投入工作，然而她留下来的香水味仍然似有似无地萦绕在她出现过的地方。巴桑注意到我的情绪变化，于是他一心养马，没有再上我的床。直到有一天早上我再也无法压抑自己的情绪，在他和仆人讲话的时候拦住了他。

　　"我今天想要学骑马。"我宣告。

　　他打量着我说："就穿成这样？"

　　我身体一缩，他嘲讽的口吻让我的神经紧张起来，巴桑总会不经意地流露出优越感。"是的，就穿这样，有什么问题吗？"我反问道。

　　他端详着我。我上身穿着一件普通的衬衫，外套一件短夹克，下面是裙子和短靴，头上的硬草帽平平的戴在头顶上。

　　"你得学骑女鞍。"他说。

"可以。"我大步走向马厩，巴桑安排男仆牵了一匹母马出来。坐到马背上比我想象的困难得多，虽然巴桑给我准备了梯子，然而裙幅仍然宽度不够，如果我抬腿，就会把整条大腿露出来。于是我摇晃着偏坐在马背上，只能一只脚伸进马镫，另外一只脚用来平衡身体，自己都觉得可笑至极。

"握紧缰绳，但别拉得太紧，不要勒伤马嘴，"巴桑告诉我。"我们开始的时候慢一些。"

我想告诉他，他不必这样小心谨慎地对我，然而当这匹母马开始跟随着巴桑骑的阉割过的公马向前走的时候，我的身体就像一口袋面粉那样摇摇欲坠。这辈子我还从没感觉到这么缺乏安全感。大地仿佛距离我数英里之遥，我抓紧缰绳，母马喷出鼻息转过头来想要咬我一口。

我们沿着牧场新装的围栏绕了一圈，并非多远的距离，然而返回时我已汗湿全身，屁股坐疼，讨厌自己竟然这样笨手笨脚。

"来，你表现得很好。"巴桑扶我下了马，显得十分高兴。显然他认为我在骑马上有一些天赋，至少不用躲在房间里做堆成山的帽子。"明天你会骑得更好。"

我瞪了巴桑一眼，自己走回了城堡。我当然会骑得更好，我也希望自己这样。但我不要像这样骑马，我必须要用到两条腿真正地骑在马上，而不是像插在蛋糕上的小雕像那样摇摇欲坠。

我走进巴桑的房间，在衣柜里翻找——我很少进到这里来——但现在我需要找几件可以骑马穿着的衣服。巴桑很有钱，衣服也有很多，这里至少有几百件夹克、背心、裤子和衬衫，大多数都还没穿过。我拿出一条有些磨损的马裤，带回自己的房间，花了一下午和一个晚上的时间来修改，第二天早上在马厩，巴桑一看到我就大笑起来："可可，你这次可有些夸张了。"

我穿着合体的新马裤，带着宽边帽，无视巴桑和旁边目瞪口呆的男侍，轻松地翻身上马，用男人的方式骑跨在马上，拿起缰绳，并对仍在微笑的巴桑说："这样，我才能骑得更好。"

我并未食言，接下来的几周每天都练习骑马，裤子屁股的位置渐渐磨损，我也开始可以在马背上疾驰。巴桑告诉我，他又要在这里举行一场周末派对，这又给我增加了动力。我去了巴桑在贡普利涅市的私人裁缝处，叫裁缝用粗花呢和亚麻布给我做两条马裤。

裁缝轻哼一声："小姐，女士是不穿裤子的。"

"这不是裤子，"我说，"这是骑马装，您眼前这位女士要穿。"我一字一句地说。现在，所有认识巴桑的人都知道他在城堡里养了个情人。连和莫里斯男爵一起去埃及旅行的艾德丽安也给我写信，信中除了讲述她如何为争取赢得与男爵的婚姻而战斗，还特意提到露易丝姑妈和家中的其他人，因为我的行为而遭受了"困扰"。因为我和一个男人生活在一起。其实在这点上我和艾德丽安完全一样，只不过我和巴桑之间没有婚姻的承诺。我把艾德丽安的忧心放到一旁——我所做的一切都是我自己的决定，从我小时候起就是这样。家人可能看不到我的未来通向哪里，然而巴桑会看到的。

然而日子慢慢过去，城堡的生活开始变得无聊起来。在忍受了很多东西之后，我得到了大多数女孩愿付出一切代价换取的奢侈生活，然而我却无法从中获得快乐。我曾经为了挣到买面包的钱而每晚辛苦唱歌，然而那些日子的自由在今天看来是如此的遥不可及。如今，我的起居都有人照顾，享受着如同一国王后般的生活，每晚我都可以睡在舒适的羽毛被下，还有大把的时间做喜欢的事情。然而我还是感觉自己被一条看不到的链条拴住了。我用自由换取了盘中的食物，这让我讨厌自己。这种厌恶化成一道暗影，每晚袭来。我站在缭绕的香烟烟雾中，烟灰缸中堆满烟蒂，房间的地板上到处是绸带与碎布。窗外是一块正正方方的黑暗，如同我心中的暗影。

我还想要什么呢？我还能获得多少？连我自己都不知道答案。灵机一动，或者豁然开朗的时刻并没有到来。我只知道我不可能永远做巴桑的情妇，我也无法以应有的热情爱他。我相信巴桑最终会厌倦我。他会慢慢发现，我与他之间并无爱情，他会因此去他人那里寻求激情。虽然眼下从他身上还看不出厌倦或期许，但他毕竟是个男人，而且模样生得也不差。他会留伊米莲娜在身边当情人，虽然她拥有少见的迷人魅力，却并非独一无二。其他也具有伊米莲娜那般天赋容貌的女人会觊觎任何取代我的机会。在我内心深处，对有天终会依靠自己的力量生存而心存忧虑，同时我也明白，自己不会怀念巴桑与我之间随意懒散的床第之事，也将不会回忆起对于巴桑为我提供的这一切，我并未以全部热情回报的丝丝内疚。

骑马渐渐成为我的爱好，成为一些焦躁情绪的出口。以后，我将因精通马术而大受裨益，只不过当时的我对此还一无所知。

这样的生活持续了两年，我才真正找到答案。然而当一切开始改变的时候，远非当时的我所能预见。

就在这个周末，伊米莲娜到了，和她一起来的还有数名女性朋友，一群性格鲜明的美人——然而让我惊讶的是，她们倒都没有打算把巴桑从我那不温不火的怀抱中抢走。

她们是来买帽子的。

这些女人聚集在我的房间里，对着帽子叽叽喳喳不停。伊米莲娜靠过来低声问："亲爱的，你没事吧？你比上次我们见面时还要瘦。你没有染上什么肺病吧？"

我移开视线，轻声说："我很好"，之后走进了那群女人中间。这些女人在杜伊勒里宫见到戴着那顶帽子的伊米莲娜，立刻"将她围住"，然后要求将这间被她私藏的、特立独行的"男装裁缝店"介绍给她们。在最终发现我其实是个女人时，她们又倒吸了口凉气，紧接着对我的设计产生了更大的兴趣。

"想象一下吧，"其中一个女人将一顶羽毛装饰的帽子戴在头上说，"如果沃斯先生（**Monsieur Worth**）听说我们没有戴他设计的帽子，我的天，这可是件大事！这会成为全巴黎每个沙龙讨论的热门话题。"

我发现，小道消息和丑闻，是让高级妓女们的崇拜者保持持久热情的良药，有着如牡蛎一样的催情效果。伊米莲娜向我保证，哪个男人在骨子里不会向往禁忌之事呢？

"我不知道，"我说。我和伊米莲娜在我房间的长塌上坐下，长塌上堆着绣有花边的头纱和大大小小的枕头。她的朋友们和男伴出门到花园里散步去了。伊米莲娜来找我，头发没有梳，对我说这是只属于我们的下午时光。

她用猫样的眼睛观察着我："你不知道？亲爱的，这些天你看上去有些心事。我把女人们带来买你的帽子，你不高兴吗？"她穿着日式长袍，手臂指着我工作台的方向，现在上面空空如也，只剩下一顶非常简单的黑色方帽，我最喜欢的一顶。地板上放着成堆的盒子，里面装着她从巴黎老佛爷大街服饰用品店给我买回的帽子。"你看，她们把你的存货都买光了。现在又来了一批，你可以开始做新帽子了，下次我会再带一批女人来，你的名字很快会家喻户晓，快到你自己都不敢相信。"

"是的，我当然开心，"我勉强地微笑着。"只是……"我不确定是否该向她吐露心中的忧虑，那种漂泊不定，不知真正的快乐或未来在何处的隐隐忧虑。

她突然靠过来说道："哦，天哪，亲爱的，可别是那件事。"

"什么事？哪件事？"我瞪着她，困惑不解。

她叹了口气。"我知道，会出现这种奇怪的忧虑，整个人也会没有胃口，身体消瘦，脸色苍白。亲爱的，你这是怀孕了。"

我过了一会儿才反应过来，震惊地望着她："你以为我怀孕了？并没有，伊米莲娜，我敢肯定，我没有。"

"你敢肯定？"她皱着眉头。"你不能怀孕吗？"

我顿了顿回答道："是的，"我最终还是说了出来，我觉得没有必要撒谎，她知道我和巴桑的关系。"我希望是这样，但我不是。"我说出来的话远非我想表达出的意思，伊米莲娜看似在沉思，脸上挂着我从未见过的一种表情。随即她靠向椅背，日式长袍贴在身上，显露出起伏的曲线和奶油般的肤色，今天她没有穿束身衣。"我明白了。"

"你明白了？"我还没有明白，很好奇她是用什么读心术看懂了我。

"你也许可以尝试着教教他，"她接着说，依然用着刚才的亲密口气："男人是可以训练的。如果你愿意花时间去教他们，他们其实学得很快。我发现只要有耐心、坚持，再给他们机会，他们都可以很好地满足我们的需求。"

就我所理解的程度，她说的并不是经济上的需求。但我并未准备好应对突然转向的话题，此刻我一个字也说不出来。

"他在我这里时表现得就很好，"她又加了一句，挑着精心拨过的眉毛。"巴桑虽然算不上最好的，但肯定不是最差的。"她做了个鬼脸说："那些不愿意配合的我就直接拒绝，还有那么多在门口等着。"

我终于找到了能说的话："你是说我该训练巴桑？像驯狗那样？"

"对啊，如果他没办法满足你，你就得做点儿什么，改变状况。每个女人都不一样。他是男人并不了解女人，但我们了解女人。如果你不教他，他怎么学得会？"

我抑制不住迸发出一阵大笑。"教他？我自己都没那么了解自己！"很快我发现掉进了自己设下的语言陷阱。

她湿润了一下嘴唇："我猜，你还从来没有过……"我没有回答，不过这次我完全明白她的意思。伊米莲娜继续说道，"你还从没真正享受过床上的乐趣？"

"我倒是很喜欢在床上睡觉。"我轻声说。我并不想承认，自己在床上那些隐秘的高潮体验，是通过手指偷偷地探索完成的。

"亲爱的，你确实仍然很天真。这太有趣了，你这样的人在我们这类人里确属少有。你真的以为他做的那些就是全部了？"

"我还没有想过太多，"我撒了谎，"但我必须得说，过程有点……"

"无趣和失望？"她伸出手抚摸我的胳膊，我颤抖了一下。"第一次总是这样的，"她说，"并非总是无趣和失望的，要知道我们不是妻子，他们也不是我们的丈夫，我们有其他选择。"

我感到她在我手臂上的轻触已经透过了我的衣袖，渗透皮肤，深入了骨髓。我畏缩了一下，但并没有抗拒，我喜欢她闻上去的味道，有着沐浴之后的肥皂香，就像女孩子们在奥巴辛修道院里闻上去的一样，气味清新，而不像那些香水使用过了头的交际花女人。她的皮肤毫无瑕疵，洁净如初降的新雪，胸部在蕾丝睡衣之下隆起，粉色的乳头隐现。我有些不安，这就是她说过的那种力量：叫她的追随者们欲罢不能，不断追求的力量。这也是她成为闻名巴黎的交际花的成功秘诀。伊米莲娜·达朗松就是诱惑的化身，如今她将这种力量施加于我，我不知如何应对。

她当然非常明白我在想什么："你要我做给你看吗，亲爱的？"听上去是在等着我的回答，但实际上不是，她并非在征询我的许可。她俯过身来，吻上我的嘴唇，我坐着一动没有动，等待着感觉降临。

她的吻如尚蒂伊的蓬松奶油般轻盈、温暖、湿润，像蜜糖一般甜。她的手臂滑向我，解开我衣服的扣子，温柔地除掉我的衣服，仿佛它们轻若无物。我并没有感到任何不情愿，也未感到有任何欲望升起，却惊讶于她是这样娴熟和优雅。我们都是女人，这个事实也并没有让我有任何不适或不安的感觉。奥巴辛的女孩子们有时候会钻到同一张床上，我想修女们也会如此。我对此不会发表任何评价。人们做他们该做的事，我无权谴责她们。

伊米莲娜也没有强迫我。她将我轻柔地向后推倒在沙发靠垫上，之后用灵敏的舌头和手指挑逗我。最初是紧张和警觉，之后逐渐变成了轻喘和屏息，我的手指伸进了她的头发，完全臣服于汹涌而来的肉体的快感。我的身体在此刻真正属于我自己，不再是做帽子的可可，也不是服从巴桑的可可，而是一个可以体会到令人惊讶的愉悦感的身体。最后，她的舌头探寻到了我的下体，我到达了快乐的巅峰。

她从我的双腿之间抬起头时，头发蓬乱，脸颊绯红，唇上闪闪发亮。我在喘息之间平复呼吸，说道："我……我错了。"

　　"彻头彻尾地错了，"她喃喃说，"你看，你有权选择，亲爱的，选择就是女人的武器。"

CHAPTER

14

伊米莲娜与我成了同性爱人，虽然当时我不会这样说。对于我来说，同性爱人这个词来自我大量阅读过的小说当中，关于欲望与迷乱聚会的描述。数月之后，伊米莲娜就会再度带着另外一群来看帽子的女人回到皇家地城堡，之后就会和我共度一下午私密的时光，满足我。虽然我十分受用她的抚摸、她的笑声和聪慧，我们谁也没提过爱这个字，我对她的感情也远非爱这样简单。

在那段时间里，我认为我无法感受到爱情。

每当两个人之间建立了亲密关系，朋友式的提点就会随之而来。有天下午，我们先共同度过了一段床上时光，一起洗过澡，之后就在沙发上坐下聊天。她说，如果我愿意在巴黎做首场个人秀，一定会取得巨大的成功。

"你身上有种男孩子的气质，非常独特，"她说，"男人会觉得兼具男人和女人的魅力，他们会给你买任何你想要的东西。"她懒洋洋地笑着，身上混合着欲望得到满足之后的倦怠和夹竹桃洗澡水的味道。"你这样考虑过吗？你和我说过你在这里并不快乐，而巴桑又……我的意思是，你也明白他的兴趣在别的地方。"

我收回和她相抵的双足，躺倒在她的身侧，与她四目相对。忽然之间，这种亲近的距离让我感到压迫感。我明白她的意思。巴桑有时候会离开数周，去看里昂的家人或去巴黎处理事情，每次都是只身一人，从未邀我同行。我倒也乐得获得一段独处的时间，用来工作、骑马和阅读，我自由穿梭停留在城堡的每一个房间，不必顾忌不小心在哪里掉落了烟灰。巴桑每次回来见到我，都表现得非常高兴，有时甚至是身体上的兴奋。但鉴于我对他的感情，我也从未对他的忠诚有所期待。

虽然如此，这样直白着说出来也让我不安。我伸出手摸到烟盒，点起一支，将烟吸进肺里，装出一副自信的模样："我当然知道他还有别的女人，我也从来没说我不高兴。"

"你没直接说过，但我能看出来。你来巴黎吧，我把你介绍给大家，我会亲自培养你。总有一天我会被人替代，这是规律我无法改变，既然这样，替代我的这个人为什么不能是我自己挑选的呢？"

听得出来，她是真心实意的。诚实是她身上的一种美德，当然她很少以这一面对待她的崇拜者们。我一直梦想去巴黎，也许该认真考虑她的建议。无论我内心有多抗拒，我承认她说得对。不安的感觉曾经只是偶尔萦绕，现在却如幽灵般如影随形。巴桑也会时常抱怨，我该多出去走走，少花些时间在那些"该死的帽子"上。

我细细思考，明白自己永远不可能像伊米莲娜一样。接着她问道："亲爱的，人是会越来越老的。你现在多大？ 27 岁？"

"25 岁。"我说。

"是的，是的。"她挥了挥手，仿佛那两年算不上什么："在这个年龄，大多数女人们要么已经嫁人，要么是即将被甩掉的情妇，要么选择一辈子独身。但你这三者都不是。"

我点了点头："说得没错，但是这个话不该由你对我讲。"伊米莲娜的表情瞬间僵硬了起来，于是我缓和了神色柔声说道："我并不是针对你，而是这并不是我想要的，我不想变成高等妓女。"

她沉默片刻，最终说道："好吧，那么你想要什么呢？别跟我说你想永远以这样的特殊角色住在巴桑这里，因为我是不会相信的。"

我耸了耸肩，吸了一口烟："关键就是，我自己也不知道。我希望能自己走出一条路，我从来不害怕吃苦。"

"你觉得我该做点儿什么呢，除了工作以外，我不知道自己还能做什么。"她思考着我的话，"我懂了，你的意思是真的去工作，比如，售货员什么的？"

完全不知她的这一想法打哪儿冒出来，与其说是个建议，倒更像是嘲讽。但突然之间，我觉得这确实是个好主意。

"为什么不呢？你的朋友喜欢我设计的帽子，见到的人都想知道你在哪里买的。我存了一些法郎，我为什么不开一间帽子店呢？"

伊米莲娜撅起了嘴唇："开商店可不是简单到有钱就行的。"

"我可以求巴桑帮忙，"我说，不过一想到他对此的可能反应，我立刻气馁了下来。"他是可以帮我的，对吗？"

"不是他可不可以的问题，是要看他愿不愿意，我觉得他一定会认为这太出格。"她站了起来，"我得去梳洗打扮了。他们打完猎之后很快就会回来。我们两个得像两位有教养的女士那样，到楼下去喝咖啡，对不对？"

她走出房间，留下我手执香烟坐在那儿。从那之后，我们再没这样谈论过我的事，伊米莲娜也再没有提过要我做她的接班人，然而她随口说出的那句话，却真正在我心底扎下了根。

开一间我自己的商店，为什么不呢？

时机到来的时候，我正式向巴桑提了出来。我本想在一次温存过后再委婉提出，然而在晚餐餐桌上，仆人还在清扫桌布上的面包屑时，我禁不住脱口而出："我想开一间帽子店。"

他带着一种奇怪的神色看着我，"商店？"他重复道。

"对，"我说，我之前曾经练习过多次的一套说法，在此刻滔滔涌出。包括伊米莲娜和她的朋友有多喜欢我设计的帽子，我如何存下了一些钱，同时我又是那么地想自己做一些事情。由此说来，开一间帽子店就是顺理成章的事情，既可以是我展示设计作品的空间，又是顾客惠顾的地方，又可以给我提供一种……

巴桑突然打断了我："只是因为伊米莲娜和她的朋友喜欢你那个古怪的爱好，也不代表你就需要开个店。"巴桑说到商店这个词的表情，就好像这个词脏了他的嘴巴。我第一次看到巴桑骨子里的富裕中产阶级优越感——含着银匙出生，衣食无忧，不必担心金钱的来源。

　　"你觉得我是出于爱好才设计帽子？"这句话从牙齿缝里挤了出来。不管在什么时候，听到别人暗示我无法自己拿主意，都会立刻让我怒火中烧。

　　"难道不是吗？"巴桑抽出一支香烟，在桌面上磕了磕，等着仆人过来帮他点上。"你设计的帽子确实不错，也确实在伊米莲娜的一众朋友那里获得了成功，不过你怎么会觉得我会投资这种买卖呢？女人是不做事的，除非她们走投无路了才会去做事；女人做事的话也大多做不成，要么就像伊米莲娜那样——躺在床上做事。"

　　我猛地站起来，几乎撞翻了椅子。

　　巴桑喷出一个烟圈："别用那种眼光看着我。我给你的不够多吗？如果你需要更多，直接说就好了。我从来没有拒绝过你的任何要求。"

　　"我不要你的钱。"我吐了一口口水。

　　"哦？那我一定是误解你了，我以为你要的就是这个。"

　　我转过身，风一样冲进我的房间，不理会他的笑声，以及之后说的话，让我别像个孩子似的，快点回到饭桌旁。巴桑说这些没有恶意，他就是这样的人。他无法想象会有女人在接受了他所付出的一切之后，仍然想要更多，女人通常也并不会想要更多。

　　然而我不是寻常的女人。我冲上楼梯，冲进房间锁上门，当晚拒绝再见他。我感到内心中软弱的那一块已经不复存在，我对巴桑的欣赏与敬仰之情如同久未擦拭的银器，开始逐渐黯淡了下来。

　　我并不想去恨他，我很喜欢他这个人。

　　然而，我也必须寻找到逃离的办法。

因为我一直郁郁寡欢，巴桑说服我和他一起，去观赏一场在皇家地城堡之外的地方举行的赛马活动。我本想要拒绝，想要表现出我有自己的思想，并且可以根据兴趣自主决定是否同行。但可以暂时离开城堡这件事具有更大的诱惑力。我无法拒绝这样的诱惑，最后还是赌着气决定一起去。

　　于是，我们向隆尚（Longchamp）出发，漫步于巴黎的精英人士中间，为他们那些贵得没有道理的赛马们送上尖叫和欢呼。当时是 1908 年，新世纪已经开始十年，时尚将迎来一场革命，报纸一直对这个话题大书特书。但在女装的流行领域，女人们仍然穿着紧紧裹住肋骨的束身衣，使得坐下都变成一种折磨；在我看来，当年女性所穿着的服装看上去很像是装饰过头的面包卷，顶着一团丝绸制作的卷心菜。

　　让我惊喜的是，我又见到了艾德丽安，她也和新的监护人马祖埃尔（Mazuel）女士一起来隆尚看赛马。后者正是为她安排埃及之行的红娘。开始，我并没有认出我这位与我同龄的小姑姑，她当时正和监护人女士一起，沿着赛道的白色栏杆优雅踱步。苗条的身子被一件奶油色与纯白相间的裙子紧紧裹住。但很快，她停下来望向我，我独自一人，戴着软缘男士呢帽，穿着简单的衬衫，系着丝质领带（其实是巴桑的，我剪短之后又改过），以及系带黑夹克，长及脚踝的驼绒裙，低跟靴子，艾德丽安的眼睛亮了。

　　"加布里埃！"她叫道，我一时茫然四顾，之后才发现是她在叫我。离开穆朗之后，已经再没人叫我的真名。艾德丽安的监护人眼露讽刺，然而我的小姑姑却以双臂迎接了我。

　　"快让我好好看看你，"她兴奋地说，"你和以前一样优雅。我真想你，你也不给我写信，让我伤心死了，你不想我吗？"

　　此时此刻，看到艾德丽安活灵活现地站在我面前，我才知道自己确实非常想念她。她一点儿没变——仍然温文优雅，但显然她与莫里斯男爵的感情大幅提升了她的生活水平，从剪裁上看她的衣服十分昂贵，腰际装饰着闪闪发光的宝石。

"你结婚了吗？"我问，我猜她已经结婚了，只是未邀请我参加婚礼。

马祖埃尔女士发出轻蔑的一哼，艾德丽安挽着我的手臂向赛道终点的方向走去。"还没有，"她说，"现在说说你，快都告诉我。你一定很爱巴桑，你可以和他一起住在城堡里，还陪他来看赛马——这真让我羡慕。我和莫里斯做什么事情都需要在私底下，要偷偷摸摸的。我们得让莫里斯的家人看到我们是真心彼此相爱，但这反而成了束缚。我不能和他住在一起，每次见面都要有马祖埃尔女士同行，没有办法有私人的空间，因为正经人家的女人是不可以给男人如此大的自由的。"

我没有说话，倘若果真如此，那么我就算不得正经人家的女人。不过很快我就发现她的兴趣不在我这里。在她看来，我和巴桑在一起已经安顿下来了，为什么还要索求更多？她本人已经被深深卷入一场争夺荣誉的战争，于是我让她向我倾诉秘密、欲望、梦想，以及所有与爱有关的情感。尽管艾德丽安的装束上已完全改变，尽管她对男爵一往情深并一心想要嫁他，他的家庭仍然不允许这门婚事，说她的出身与男爵并非门当户对。虽然男爵对她一再宣誓，仍让她深受伤害。我隐隐觉得他们并非如她所说的没有过独处，否则他现在的感情八成不会对她如此热烈。我又如何能看得出爱人之间是否已经越过雷池？也许对床第之事的渴望正是他的动力。已经过去这么多年，他们两个仍然在一起，艾德丽安一心想要成为男爵夫人，在这件事上她表现出了惊人的耐性和韧性。

在向我讲述了所有她心头的重压之后，艾德丽安停顿下来喘了一口气，看到马祖埃尔女士远远地盯着我们，我脱口而出："我准备开间商店。"就这样讲了出来："巴桑答应资助我，我正在寻找适合开店的地方，所以我们一起出来找。"

"开店？"艾德丽安看上去有些困惑："卖什么呢？"之后她看到了我的表情，赶忙说，"哦，对，是你设计的帽子。你现在还在做帽子吗？"仿佛我将我们过去生活中那段困窘不堪的时光复又提起，而那一段早该被遗忘了似的。

"还在做，在巴黎已经卖掉了一些，所以我的计划是自己做一做生意。"我顿了顿，艾德丽安沉默着。"况且我也不会马上结婚，如果我们会结婚的话，"我继续说着，目光停留在马祖埃尔女士身上，想象着在她的肚皮上扎了一把刀狠狠搅动着。"我得工作，每当想到这件事我都会特别兴奋。"

"这简直是……太了不起了！"艾德丽安说，她先是惊愕，然后发出一声赞美。"你永远这么有勇气，加布里埃。我觉得这个想法太了不起了，不是吗，夫人？"她望向监护人："一间小小的商店，多可爱！"

"是啊，"监护人干巴巴地说，"很可爱。你决定在哪个城市了吗？对于这样的冒险行为来说，巴黎可太贵。"

"钱不是问题，"我回答道，"不过目前我还没有选好地方，我们有很多选择。"我享受地看着监护人脸上浮起的那层嫉妒神色，金钱大概是她所崇拜的唯一神祇，她也非常明白巴桑的富有。

"商店开业的时候，一定要告诉我，"艾德丽安说。"我想来看，而且也许我可以帮你，就像我们以前设想的那样。"艾德丽安没有理会监护人在旁边倒吸的那口凉气。"我也不会马上就结婚，"她大笑，笑声中带有一点歇斯底里，"所以在那之前，我可以帮你做事，也给自己找些事做，如果你还需要我的话。"

我点头。"当然，到了一定程度我肯定会需要人手，"我沉浸在想象中，当然也仅仅是短暂沉浸了一下。这没关系，我希望她的监护人闭嘴，同时希望艾德丽安将这个消息带回穆朗，让别人知道我现在过得有多好，露易丝姑妈和其他人可以就此议论上好久。

"给，你可以给我写信，寄到我监护人的地址，"艾德丽安从监护人随身的织锦小包里拿出一个带有一只银笔的小本，飞快写下地址，之后将写有地址的纸片扯下递给我："我现在和她住在一起，星期日的时候我会去看望露易丝姑妈。哦，加布里埃——"她抱住我，"真高兴我们又见面了。答应我，给我写信。我真为你高兴，我以前就说过，你想做的任何事你都会做成的。"

她的热情是真诚的，艾德丽安希望每个人都满意，而把自己放到最后。道别之后，我下定决心将来会找她帮忙。我有种感觉，我开店的梦想会比她嫁给男爵的梦想更容易实现些。

我回到大看台的时候，巴桑正为自己的骑师欢呼，我也感到心情多少有些轻松起来。也许我的生活中有很多有待改变的东西，但我绝不会希望与艾德丽安的生活进行交换，至少我的生活里还有期望。

巴桑去了酒吧和朋友共饮，用他平时积累下来的全部热情来对他的马高谈阔论。我认出了他的两个朋友莱昂·德·拉沃尔德 (Léon de Laborde) 和米盖尔·尤里布（**Miguel Yuribe**），都是常来皇家地城堡的有钱公子。看到我走近，他们都转身与我打招呼。我已经是他们小圈子里的荣誉成员，我可以像男人一样跨坐着骑马，与他们并肩狩猎，再加上我不会娇柔作态，他们对我也钟爱有加，他们称呼我为"小可可"。我笑着与他们一一打招呼，巴桑则神情沮丧地对我说："我们跑了第四名，骑手让托卡（**Troika**）在一开头跑得太快，结果在后程失了势头，真是个愚蠢的矮子。"就在那时，我看到巴桑旁边还有一个人，一个我从没见过的人。

他皮肤黝黑，一头黑发用发蜡向后梳着，仍然有几根头发桀骜不驯地翘起。他有一双灰绿色的眼睛，眼神深邃，这双眼睛引起了我的注意，即便如此我还是留意到了他身上合体的雪茄色花呢套装，看上去质感很柔软。他身材修长，那身套装在他身上看上去剪裁合体而显得价格不菲。

他伸出手，我握了握，感觉他像是在和一个男人握手，我摸到了他手上的老茧。与巴桑精心护理过的指甲不同，这是一双干活的手，然而干活的人应该买不起这身衣服。

"你们还没见过面？"巴桑说，男人回答，嗓音低沉，"恐怕没有，"巴桑皱了皱眉。"可是我怎么记得……可可到了皇家地城堡之后，你来过的，对吗？没有？那好吧，这位是阿瑟·卡佩尔（**Arthur Capel**），阿瑟，这位是加布里埃·香奈儿。加布里埃，请容许我介绍亚瑟·卡佩尔先生，来自英国的朋友，他对交通工具有着异乎寻常的热情。"

"朋友们都叫我可可，"我说，挤出一个笑容，因为他仍然握着我的手。

"朋友们都叫我博伊，"他回答道，留着短髭的上唇微微上翘。"很荣幸认识你，可可·香奈儿。"他的法语纯正完美，不带有任何口音。

我好奇巴桑会如何对卡佩尔介绍我，以及我们之间"不同寻常"的关系。巴桑从不把我带入皇家地城堡聚会之外的社交圈子，所以卡佩尔一定会问些关于我的问题。他是否会对朋友吹嘘，说自己从街头捡回来个流浪女，并把她变成了自己的情妇？

卡佩尔容貌英俊，表情却十分难读。他的目光穿透我，落在我身后的什么东西上。或者，我感到一震，他就是在看我，仿佛我并不是巴桑生活中的一个配角，他看着我只是因为他看的是我。

他的凝视让我不安。我觉得他可能在心里评价着面前的这个女人，一个予给予求的放荡女人，他真的是这么想的吗？

我抽回手，他的手掌是干的。我的手上并未沾上一滴汗，尽管天气闷热难耐。这男人冷静得像一块冰。

"给她看看你的车子吧，"巴桑怂恿道。"从她的打扮你也能看得出来，她很叛逆，而你那台哗众取宠的机器车子简直是离经叛道。去看看吧，马上还有一场比赛。可可对赛马并不感兴趣，我说得对吗，亲爱的？"

我在卡佩尔身边动弹不得，即便巴桑用了亲密的称呼也未能让我欢快起来。巴桑在公共场合从不与我显示亲密，然而当我跟着卡佩尔大步绕过看台时，我几乎感到巴桑准备在我的屁股上拍那么一下，以宣示主权。我和卡佩尔走过梧桐树荫下的桌子，女人们和孩子们坐在一起，摇动扇子啜饮柠檬水，接着我们走向马匹和停放四轮马车的地方。

"你以前见过汽车吗？"他问我，停住脚步，等着我站到他身旁。阳光之下，他的绿眸子上有琥珀色的斑点，我也注意到他并非肤色黝黑，而是因为总是不戴帽子而被晒成了棕色——让我对他的出身感到更加好奇。如果他有市场上最新型的汽车，他一定是掌握了什么特殊的渠道。然而他身上也有一种气息，一种我在孩童时期就非常熟悉的农夫的气息。他的话很少，仿佛与吐诉内心相比，他更喜欢沉默，而让他吐诉内心是需要付出代价的。

"我只在报纸上见过，"我回答，"但我很好奇。"

"是吗？"他的表情柔和了一些，忧郁气质略消，魅力也更多了些。"这可不常见。"他没有说"对女人来说"这几个字，虽然这几个字仿佛已经到了嘴边。他带我走到一台明红色的双门跑车边，金属车身擦得光可鉴人。这是辆敞篷车，轮子很大，整辆车看上去很像一只踩着高跷的水甲虫。

卡佩尔抚摸着引擎盖，"她很容易过热，这个型号的水箱普遍有问题；不过美国的亨利·福特正在研究改进的办法。小姐，这就是未来。最多五年，马和马车就会成为过去时，甚至火车运输业都会因此失去大部分顾客和收入。"

我听得入迷，围着那台机器看，仿佛它随时都会嘶叫一声变成活的。"她跑得快吗？"我问，凝视着他。

"你想看看吗？"他说，态度轻佻，他的问题与伊米莲娜很像，都属于我应该拒绝的那种邀请。虽然我未婚，又和巴桑睡过，但这并不代表我会接受任何一个衣着光鲜，有昂贵玩具可把玩的男人的随便邀请。不过我还是点了点头，他为我打开了小小的车门，我坐上了软皮座。

卡佩尔转动车前的曲柄，这个大家伙发出一阵噼啪声，之后是一阵极有穿透力的震动与巨大的轰鸣。他跳上车，坐在高高的方向盘前，踩下脚踏板，车子猛地冲了出去。虽然没有马儿奔驰的速度，但带有异常强大的推力。

他载着我，沿着赛道外围的路跑起来，一路避开两轮与四轮的马车，急闪过目瞪口呆的路人，这速度让我开怀大笑。我认为性爱的快乐应该就是这个样子了，虽然我本人还未尝到滋味——令人窒息又极度兴奋，我想要在狂喜中叫出声来，展开双臂让风扯开我的衣袖。

然而很快，车子开始震颤、抖动，卡佩尔带着它拐了一个弯之后停了下来。引擎盖下有烟冒了出来。"看到了吗？"他说，探身过去掀起发动机罩，用手掌扇动着烟雾。"她经常会烧得过热，过一会儿就会冷却下来了。"

我从座位后面的储物匣里取出被风吹落的男士软呢帽（车后座还有一个像沙发似的折叠座位，这太有创意了）然后递给他。"用这个吧，"之后他的脸上露出了我们从认识到现在的第一个笑容，我看到他有一排结实有力的牙齿。

车子花了好一阵子才冷却下来。卡佩尔从座位下取出一瓶水，倒进引擎盖下。浓烟渐渐消散，他点起一根香烟，之后把镀金的烟盒递向我。他并没有问我抽不抽烟，尽管这也并非是女士会在公开场合做的事。我用手指胡乱整理了一下头发和假发髻，之后接过他的烟，一起靠在他的车上，保持着距离，吸着烟，一起凝视远方的风景。隐约的欢呼声从我们的身后远远传来，巴桑可能是赢了，也可能是输掉了赌注。卡佩尔用鞋子踩熄烟头说："我们看看她现在能发动了没有。"

有那么一瞬，我犹豫了一下，我似乎不想太快回去见巴桑，感到自己被牢牢地钉在原地一动都不能动，感到两颊温热了起来，之后我点点头回到了车上。他重新发动了引擎，把我们带回了赛场边。

当天的比赛已经结束，巴桑和他的朋友们还在看台上。我们驶进的时候，巴桑向我们招手，卡佩尔下来为我打开车门。我从座位上滑下来，走过他，整理裙子，此刻的我看上去一定惊魂未定，但我才不在乎。

"希望能再次见到你。"他静静地说。

我转过身，迎向他那双仿佛看透一切的眼睛。"他接下来会去波市（**Pau**），"我声音沙哑，几乎认不出是自己的声音："他在那里有座林间小屋。我会直接回皇家城堡地，但是……"

卡佩尔没有回答，我径直走向了巴桑。巴桑正大笑着说我的打扮很像田间稻草人，穿着这身打扮去坐那辆车兜风实在有点浪费。我对他笑了笑，不记得是否当下回敬了他。当时究竟如何已经不重要了。

当时我们两个之间的任何事情都已经不再重要了。

15

我完全没有料到博伊的出现。

我找不出更适合的话来形容这一切。亲生父亲抛弃我之后，我再没有对哪个男人敞开内心。我和一个有钱的贵族一起生活，我并不爱他，也不再期盼生活中有什么事情发生。然而现在，我发现自己的内心深处，一种从未有过的渴望正在慢慢充盈起来。

他随后和我们一起去了波市。在巴桑被密林掩映的乡间城堡里，我慢慢了解了卡佩尔这个人。他的行为举止堪称绅士，但当冬季来临，夜晚变长，我们喝掉太多的朗松葡萄酒之后，他平日里冷静的目光中就会开始闪烁微弱的光芒。之后，男人们会歪斜着回去睡觉，客厅里只剩下博伊、巴桑和我三个，巴桑总是喝很多酒，但也从未喝到过不省人事。

我很讶异巴桑并未发现气氛中的任何异常。他在房间内踱步，讲述他见到的奇闻逸闻，此时博伊会边听边点头，酒杯放在一边一口未动，我则一支接着一支吸烟，直到口中又干又涩。我内心盼望巴桑快点回去睡觉，这样就可以和博伊坐得更近一些。然而巴桑并未发现，我和他之间的关系已经紧绷到极限，这件衣服的接缝已经开始破损绽开，不可以再穿。

在我对博伊的最初印象中，一种来自土地的农民气息挥之不去，事后证明我的感觉是对的。在波市的那两个星期里，我了解到博伊比我年长两岁，是家中独子，与同父异母的三个姐姐出生于一个贫困的天主教家庭。他的母亲是法国人，父亲则是个十分具有魄力的爱尔兰生意人。事业慢慢做大，直到成为铁道公司和船运公司的代理商，因此而家境优越。家境好转之后，博伊的父亲举家搬到了巴黎，因此他的童年在巴黎度过，之后在英格兰最好的私立寄宿学校接受教育，少年时期旅行遍及欧洲、中东，甚至美洲。他的社交圈子里既有新生的中产阶级也有高级上流社会。这正是旧规则逐渐瓦解的过程，而财富——无论以何种手段获得，成为社会权力的唯一象征。除了汽车以外，博伊还狂热地喜爱马球，这是他和巴桑共同的爱好。此外，让我更看重的，也是他这样的人身上很少见到的特质——享受工作。

这让博伊成为我眼中十分杰出的男人。尽管父亲一手为他的家庭创造了财富，博伊仍然想通过自己的方式证明自己。他在父亲的公司工作，在不同的职位上积累经验和资本。直到他攒够了钱，开始创立自己的事业。他投资煤矿，改良火车引擎，延伸铁路线，成立精英马球俱乐部，并投资在他眼中其他很多可以获得回报的事情上。

"我不想像他们一样，"有天当巴桑终于提前离去的时候，我们坐在气息奄奄的炉火面前，博伊说道，"为了享乐而享乐。嘻嘻哈哈，整日骑马，这没任何问题，对于他们来说生活本来就是这个样子，因为，呃"——他耸了耸肩，模仿出一个满不在乎的表情——"对于他们来说，有什么可担心的呢？但是我得工作，我必须有真正属于我的东西。"他转向我："你明白吗？我和巴桑不一样。"

他不需要这样问我。他们的不同之处太多，巴桑整日自由放任的态度，与博伊的抱负相比显得不值一提。"不是自己挣来的东西，"他说，"终归不属于自己，永远可能被随时拿走。但通过努力奋斗，即便我们最终手中空无一物，但成就感将永远属于我们。"

我怎么能不迷恋上这样一个男人？他本人就是一笔我从未知晓存在着的宝藏——我连做梦都梦不到有这样一位人物。我所梦想的事情，他一直都在付诸实践。在那些漫长的秋夜和短暂的白昼里，博伊给我讲了无数个我早已梦寐以求的故事。讲到兴奋处时，博伊会紧紧握住我的手，但仅此而已，他从未显露期望从我这里获得超乎友谊之外的任何东西。

作为交换，我会给博伊讲述我那一直感到饥饿的童年，讲述奥巴辛修道院里飘荡的硫黄味，穆朗的阁楼，以及在维希遭到的挫败感与耻辱，以及我永远想要获得更多的渴望，直到有一次，我对博伊讲了自己想要开一间帽子店的心愿。我小心翼翼地讲了出来，仿佛在打开一件一触即破的家传之宝。我从未对巴桑坦诚身世，但是现在，我第一次将自己的身世不加任何掩饰对别人和盘托出，虽然不加掩饰到有点尴尬，但于我来说，仍然让我感到释然，因为这个秘密我已经背负了太久。

他微笑道："我认为你会干得很好。但是开店之初需要很多资本，在开始的阶段你能挣到的钱也会远远少于你的投入，但重要的是，做你想做的。"

从没有人对我说这样的话。在奥巴辛，修女们不希望我们对生活抱有期望，仿佛快乐并非我们可以追求和创造的东西。如果在这一刻之前我还懵懂未知，那么就在那一瞬间，我明白自己全心全意爱上了博伊。如果他当天晚上约我去他的房间，我一定会乐于赴约的，虽然当晚我们住的房子房板是那么薄，周围鼾声四起，我也不以为然。

但他那天没有，我内心有些忧虑，认为他并不觉得我有吸引力，或者干脆已经心有所属。如果我在为他心驰神往，又怎么会没有其他女人为他着迷呢？巴桑汴意到，我们两个变得亲密了很多，博伊开车返回巴黎后，巴桑说，"卡佩尔是个无赖。他有好多情妇，虽然他是有一半的英国血统，但在骨子里，他比我认识的任何一个法国人都更法国。"

如果我当时能意识到巴桑的敏感，可能会明白这是他的一种警告：离卡佩尔远一点。但他这样只会叫我反叛得更加激烈，谁都拦不住我。博伊当时也许已征服过一百个情妇，也许我只是他名单上的最后一个，但之后在我们之间发生的事情，就如同他们所说的，完全是命运的安排。

我们为彼此而生。

于是我并不担心我的样貌并非他所喜爱的类型，我也并不在意他对我暂时还没有滋生我对他那般的感情，但我知道当时间成熟的时候他会的，他一定会，我们一定会。

我需要做的就是让自己重获自由。

但我也有犹豫。在皇家地城堡，我们以狂欢和美酒庆祝 1909 年新年的到来。巴桑邀请了很多朋友来参加化装舞会，伊米莲娜和她的朋友们也来了，只有博伊没到，远赴英格兰看望家人去了。我抑制着自己的情感，出于我自己也无法弄清的原因，也许我只是害怕走出最后一步，害怕自己全身投入，而艾德丽安和很多其他人早已身在其中跋涉，一直在寻求上岸的机会。

在我的字典中从来没有过屈服二字，更别说是对一个男人。

伊米莲娜发现了我的变化。当晚的城堡人头攒动，无法进行我们之间的秘密仪式，但在她离开的当天，伊米莲娜在我的耳边低语说："我感觉已经有人替代了我的位置，亲爱的，"我立即开口反驳，但她止住了我，"不要解释。我们永远都有选择，记得吗？"

但过多的选择反而剥夺了我的勇气。我无法专心工作，在房间里走来走去，一堆帽坯还等着装饰，然而我的思绪却飘荡在别的地方，思忖着博伊此刻身在何处，在做什么，他是否在想着我。但当我想象他与某个轻浮女子在巴黎街头咖啡馆，或与他诸多情妇中的一个，漫步在塞纳河边的时候，我感受到了切切实实的痛苦，这也让我困惑。我明白这大概就是嫉妒吧，我感到无助，感到被遗弃，感到愤怒。但这一次，我的愤怒无处寄托。

我整个的内心世界都因博伊的出现而点亮了。

博伊是和春天一起到来的，那时候，覆盖地面的雪层渐渐融化，栗子树萌出带着绒毛的卷曲新叶。我听到他的那辆引擎容易过热的车子啸叫而来，停在了皇家地城堡门前。我丢掉剪刀，风似地穿过房间，光着脚跑下楼梯。在博伊走进大门解开外套扣子之前，在他伸出手整理被风吹乱的头发之前，我径直冲到了他的怀里。

随后他吻了我，那是一个让我无法呼吸的重重的吻，他用力压住我，让我彻底瓦解。这个吻仿佛让我获得了新生，我再不是之前那个没有生命力的我了。

"我很想你。"他低语道。之后他把我放了下来，我赤脚直接踩在冰冷的地板上，却并未感到寒冷。这时，缓缓的掌声从背后传来。

我迅速转身，看到巴桑正站在后面。巴桑撇了撇嘴，抬起手来继续鼓掌。"精彩，精彩！终于有人偷走了小可可的心。"

之后他就转身走进了书房。巴桑正为去阿根廷收拾行李，据说那里的马匹繁育行业正兴旺，有人告诉他在那里找得到血统优秀的马匹。巴桑消失之后，我轻声对博伊说："现在我们怎么办？"

"和他讲实话，告诉他，你会来巴黎找我，我会资助你开店。"我惊讶得张大了嘴巴，他补充道，"伊米莲娜找过我，她相信你一定会成功，我也相信。我不想错过这个过程，如果你同意的话。"

我真想要再次吻他，博伊牵着我走进书房，巴桑坐在书桌前，手边放着一杯干邑白兰地。"喝点吗？"他没有抬头。

"艾蒂安，朋友，"博伊开口，巴桑立刻抬头，露出嘲弄的笑容："你最好小心一点儿，英国人。在法国，我们是不会勾引朋友的情人的。"

"你知道我从来没想——"博伊说，我打断博伊，松开他的手上前一步："如果这件事一定要怪谁，那就应该怪我。"

巴桑的嘴角抽动着："你什么都不懂。你还是和以前一样天真，和我当初从维希的破房子里把你接出来的时候一模一样。"

"也许吧，"我说，"但这是我想要的。"

"是吗？"巴桑露出一丝微笑。"你确定？一旦走了，就别想再回来。我是很在乎你，但还没有大方到这个程度。"

"是的，"我说，"我明白。"

巴桑的目光越过我看着博伊。"你会照顾好她吗？"

虽然我没有转身，但我知道博伊点了点头。

"那就这么定了吧，"巴桑说，"你把她带走吧。"

"不是把她带走，"博伊纠正道。"她会和我一起走，这是有区别的。"在巴桑回话之前，我补充道，"他会帮我开店，我以后不用再靠着别人才能生活了。"

巴桑翻了个白眼，一口喝干了杯子里的白兰地。"又是商店！上帝啊，她简直固执得像头驴。"巴桑走向吧台，上面摆满了精致的多面玻璃切割酒器。他又在杯子里倒上一些白兰地，之后对博伊说，"如果你一再纵容她，她最终会害了你的，她会把你名下的每一分钱都拿走。"

"我猜到你会这么说，"博伊说，"你可能认为她的梦想不切实际，但我不这么觉得。我会给她提供贷款，她有能力偿还的时候可以连本带息还给我。"

"是吗？那好，那好。"巴桑一口喝干了杯里的酒。尽管他努力表现正常，但我知道他在发抖。我有些难过，曾经相信他视野开阔，但现在，他却像隔着百叶窗看世界般视野狭窄。"有息贷款，"他重复着，"多慷慨啊，要知道她即便有可能还你，也是需要数年之久。"

"让我们看看吧，"博伊向我示意，"来吧，可可。"

"我不会带走任何不属于我的东西，"我对巴桑说，"一定不会。"

"那你就穿着这身衣服走吧，其他的东西都不是你的。"

"你看，这就是我必须走的理由。"我带着尽可能高昂的振奋姿态，回到博伊的身边。

在书房门口，我回头看了一眼，然而也并不确定自己想要看什么。巴桑喝着白兰地，像是在遥望着什么东西。我即将离开巴桑，箱子里只会装着我做的帽子，以及少数几件我缝制的衣服。巴桑曾拯救了我，为我提供了安全舒适的生活，离开他让我感到难过，但也只是一点点。这栋我住了四年之久的房子，如今看上去和他的目光一样遥远。我离开之后，这栋年代悠久的石头房子，也将不再记得我曾存在过。

我转身和博伊踏出房门，听到巴桑的叹息："是我为她打开了笼子，但是你，我的小偷朋友，你给了她自由。不过你要小心一点，你要知道，她野性难驯。"

博伊没有回答，他握着我的手，带着我径直走了出去。

1909

II

1914

康朋街21号

21 RUE CAMBON

"我不想错过这个过程。"

1

巴黎。

该如何描述我初到巴黎的那几个月呢？一直以来，我都渴望着去巴黎看看，如今竟然真的住在了巴黎。当时，建造于中世纪的狭窄逼仄的街区已被第二帝国拆除整饬完毕，曾经迷宫般交织错杂的小巷和旧房已被完全清理干净，取而代之的是宽敞的大街和临街矗立、威风凛凛的象牙色公寓大楼，景色秀丽的公园和装有精致喷水池的广场。

我花了数周的时间，才适应了巴黎的嘈杂：来自新款汽车喇叭的高音鸣叫，夹杂着马匹和马车发出的嗒嗒声，空气中弥漫着油脂与动物粪便混合后的刺鼻臭气。到处都是人，他们在大街上漫步，在咖啡馆里聊天，从蒙马特高地乘出租马车到塞纳河边，潮水般在餐厅、酒馆和剧院之间涌动。艺术家、音乐家、舞蹈演员，还有雕塑家；商人、店主和贩鱼的——穷人、有钱人，以及介于二者中间的人，充斥在被博伊称为"一个没有制约的，不看出身，只看结果的世界。"

哦，巴黎让我眼花缭乱，我兴奋到睡不着觉。博伊带我去了位于 **16** 区的艾琳大道（**avenue d'Ilène**），他小时候生活的地方——一处曾经属于拉罗什福科家族（**La Roche fou cauld**）王朝的建筑，我感到有些不安，开始明白我和博伊的成长背景是如何不同。之后，我们在马克西姆餐厅吃晚餐，他对我讲述了他 **21** 岁时母亲去世之后发生的事情。他父亲返回了伦敦，把他们在巴黎的别墅租给了某国，用作驻法使馆官邸。博伊描述着对于他来说再平常不过的事情。博伊也许不是巴桑那样的贵族公子，但很显然他的家族也有相当多的财富，而且我感觉他们的财富可能更多些。

博伊也带我去那些富丽堂皇、以玻璃橱窗陈列商品的购物商店——巴黎春天百货、好商佳百货公司，以及殿堂般的老佛爷百货——里面销售你想要的任何东西，从家具到成衣，从便宜的裤袜到价格适中的鞋子。商品的琳琅满目让我眼花缭乱，我不停地逛着，双手抱满了刚刚买到的新帽子和准备拿去修改的服装。我需要融入这个全新的世界，让自己看上去不再像只"乡下老鼠"，博伊在一旁笑着。

博伊也有生意上的事情要处理，如参加商务社交圈子里的沙龙，还有只有有名望的人才能参加的俱乐部活动，等等，这种情况他就会独自前往。博伊很少会在意别人说什么——他总是穿着花呢服参加这类活动，尽管活动明确要求所有人都系黑色领带——但尽管如此，他还是没办法带着情人一起前往，他无法冒险去冒犯到那些生意伙伴或敏感的商业合作客户，无论这个女人多么富有魅力。

所以每当他外出参加聚会时，我就会一个人游荡在他坐落于香榭丽舍大街的空旷公寓里，这里房间墙壁涂成了深红色，摆放着桃花木小件家具，墙上挂着以野禽和小麦穗为主题的静物油画。在阳台上，我可以遥望埃菲尔铁塔的铁骨，遥望衣着时髦的人在大街上漫步、购物，或者喝着晚餐前的开胃酒。

我感到茫然了吗？准确地说，是全然不知所措，如同羊羔走入密林。巴黎像一只饿狼，伺机吞掉每个倒霉蛋，我还没有和它对抗的能力，至少当时还没有。于是我狂热地投入工作，在公寓后面的一间空房，花大量的时间设计了大量的帽子。博伊深夜归来的时候，会发现我钻在一堆帽子当中，唇边叼着一支香烟，烟灰久未弹去而长长地垂下，眼睛被烟熏得泛着泪痕，手指因为不断被针刺到而红肿。

"我们需要换个大点儿的地方了，"博伊会发表这样一番评论，之后他会取下我手上的工具，领着我走进浴室——那是一间大理石装饰的浴室——在四脚雕以兽爪的浴缸里泡上一个热水澡，帮我恢复精神。

之后他会用白色浴巾为我擦干身体，擦干湿漉漉的头发，之后领着我走进用胡桃木装饰的卧室。

要不要说后面的这些话呢。我感到激情如同火山从体内爆发，而这并非属于可与他人谈论的情感。简而言之，这就是我从小说中读到的该有的那股激情，并且比那还要热烈更多。博伊体态修长，他的脸、脖子和手臂都晒出了古铜色，但他身体的其他部分皮肤仍然如同牛奶一样白皙，他的肋骨、手腕、腰臀与脚踝，温柔有力，像一把钥匙开启了我。当年，父亲乘坐马车离开那刻冻结在我内心中的坚冰在此时渐渐融化。我迎向他，听到他低声说："我爱你，可可，我好爱你。"——那是爱人之间在亲密时刻的低语，我却对此有些不知所措。他捧起我的脸，带着近乎绝望的语气，"说吧，告诉我！"我喘息着，"我……我也爱你。"听上去仿佛言不由衷，但对于我来说，这几个字并不足以表达我当下的全部感受。

之后，他点起一支烟，我斜靠在他的胸膛，手指绕着他胸前的黑色毛丛，他笑了起来："巴桑说的是对的，你确实很固执，"我即刻坐了起来，他立刻用手臂紧紧抱住我，低语道："嘘，不要动。你讲不出口我并不在乎，我知道你心里怎么想的就行了。"

是的，确实如此。当时的我甚至可以为博伊去死。他对于我来说意味着一切——我的爱人、我的家人、我最好的朋友。虽然过些时日我会陆续碰到巴桑的一些朋友，但当时的我在巴黎举目无亲。我第一个碰到的是莱昂·德·拉沃尔德，他的态度和以前一样温文尔雅。莱昂给我带来了巴桑远赴阿根廷旅行的消息，并带来巴桑送我的一篮柠檬——他知道我非常喜欢用柠檬皮消除眼睛水肿。这是巴桑道歉的方式，也是他会的唯一的道歉方式，当时的我和博伊在一起感到非常快乐，于是欣然接受了。

快乐……

的确如此，当时的我快乐无比。然而我并不熟悉快乐的感受，快乐反而让我警醒。激情过后，当博伊陷入沉睡，我看着他，像看着一只猫。他的胸腔平稳起伏，我嗅着他带有烟味的呼吸，听着他偶尔发出的梦中呓语。这个时候，恐惧就会突然袭来，我害怕他会被突然夺走，我们田园诗般的生活会戛然而止。毕竟我曾经如此深爱着的那些东西，哪一件得以长久？到底是哪一股神秘强大的力量，会暂时允许我这个弃女享受这样的日子？这些情绪的低谷都在晚上出现，我也从未在白天考虑过这个问题。只有在今天和明天之间的间隙，当我躺在我沉睡的爱人身边时，过去的暗淡就会如同幽灵，匍匐着爬到我身上。

"我确实需要更大的地方，"这天早上我们在阳台上吃完早餐，博伊换上了商务会晤的衣服之后，我宣布："我需要开间商店了。"

他对着镜子调整领带，从镜子里看着我。"我们得开始找合适的地方了，"博伊顿了一下说："巴桑说你可以用他在马勒泽布大街上的那间单身公寓。他说在你找到更适合的地方之前，想用多久都可以。"

我怒瞪着他，他耸了耸肩："他写信到了我的办公室，在信里道了歉，说不该在你离开时说那番话，他想为你做些什么。"

巴桑就是这个样子，他不会一直耿耿于怀。然而在接受了他的柠檬之后，我却无法让自己再接受他的这个建议。

"这个主意不赖，"博伊继续说道，观察着我的情绪。"他还主动要帮你找个经验丰富的女帽经销商；他提到了吕西安娜·哈巴戴（**Lucienne Rabaté**），目前她在刘易斯公司（**Maison Lewis**）就职，但正在寻找新机会。"

刘易斯公司是巴黎颇具名望的女帽经销商。博伊曾经带我去过那里，发现刘易斯先生销售的帽子标价很高，这让我看到了属于自己的机会，因此非常高兴。当然，能在这样久负盛名的地方工作是任何一个女帽经销商都渴望的。如果我能请到吕西安娜为我工作，她还可以帮我出出主意，此外还可能帮我找到一些愿意帮我宣传的知名的顾客。

"他就说了这些？"我点燃一根香烟，透过烟幕看着他。

博伊笑了，"不是，他还说了别的，但你需要知道的就是这些。"博伊系上夹克衫的扣子，戴上帽子。我低声说："让我想一想。"

他探过身来在我的脸颊上留下一吻。"考虑一下吧，考虑的时候可以给艾德丽安写封信，问问她是否还愿意帮你一起经营商店，她比你更适合接待顾客。"

当天我就给艾德丽安写了信。一周之后，她的回信到了，盖着穆朗的邮戳，我打开只看了一行就发出了一声尖叫，博伊听到后跑了过来。

他冲过来抱住了我，但我的双腿软弱无力，信纸从手上滑落。

"我的姐姐，朱丽亚，"我低声说，将脸埋在了他的颈子里，"她死了。"

发生了可怕的事，艾德丽安在信中写道。我坐在公寓的阳台上，八月的阳光烘烤着屋顶。我读到我的朱丽亚爱上了穆朗卫戍部队的一位士官，他在我祖父母的菜摊上看到了她，并对她展开了追求。很快，天真的朱丽亚怀了孕。之后，就像这类事情通常的结果那样，士官突然向上级递交了调职报告，并就此消失。朱丽亚没有告诉祖父母，偷偷收拾东西去投奔了露易斯姑妈。九个月之后，她生下了一个男孩，随后割断了自己的手腕。艾德丽安给皇家地城堡写了信，但当时我已经来了巴黎，而巴桑又去了阿根廷。她的信就此杳无回音，我们也失去了联系。

艾德丽安婉言谢绝了来巴黎的邀请。现在她和莫里斯男爵一起住在穆朗，算是在漫长的战争中暂时赢得了一场战役，因此无法冒险在这时候离开。但她在信中问我，是否愿意抚养我的小侄子安德烈（**André**），现在由露易斯姑妈抚养。并且建议我联络妹妹安托瓦内特，她现在也离开了修道院，正在 **G** 夫人的裁缝铺工作。

我一秒钟都没有耽搁，罪恶感驱使我立刻给安托瓦内特写了信。之后，在博伊的帮助下，我给穆朗的露易丝姑妈寄了一大笔钱，作为安德烈的抚养费，同时保证一旦安德烈长到上学的年龄，我会承担他的教育费用，但我不希望他在修道院或孤儿院里接受教育。在和博伊进行了一次长谈之后，我下定决心要送安德烈去伊顿公学读书，学校是博伊推荐的，他也愿意为安德烈承担学费。博伊随后给校长写了信，他们有私交，以保证当安德烈长大到适学的年龄，可以被学校接收。

朱丽亚的死如同一片阴霾，从头到脚把我遮住了。当初，我一句话没多说就离开了她，当时自己的冷漠，如今在我身边如影随形，一同袭来的还有往日和朱丽亚共度的那些时光，我是如何充满热忱地向她许诺我永远不会不管她。如果我当时能联系到她，将她保护在我的身边，她也许就不会死。

有天晚上，博伊出差回到家，我正在起居室的沙发上哭泣，他坐到我身边，温柔地说："可可，你必须要原谅自己。这件事不应该怪任何人。现在你要接受巴桑的建议，开间商店。朱丽亚已经回不来了，你不能跟着她一起死。"

博伊带我去看了巴桑在马勒泽布大街的公寓。博伊提前打过电话，帽商吕西安娜正在那里等着我们。那是个一头红发，满脸雀斑，又有些傲慢的女人。她抢在我前面，大踏步走进巴桑公寓底层的临街房间查看，脚步搅动着木地板上的灰尘，鼻翼抽动，嗅着空气里的尘土味。

"这儿可不是旺多姆广场 ①，"她说，"不过只要处理得当，铺上地毯，门上挂一只铃铛，就差不多可以了。"她停了一下，看着我。我还不确定自己会不会喜欢她。她有着巴黎本地人的犀利眼神，她是销售行业中的佼佼者，但我仍然是一个无名之辈，一个做帽子的新手。"先说好了，在看到你要销售的帽子之前，我是不会和你谈工作的。我需要保持自己的名誉，我可不会去沿街兜售什么劣质商品。"

我带了四顶帽子，但还未等我拿出来，她就已经把手伸进盒子，将帽子扯了出来。她举着帽子，对着窗外射进来的蒙蒙光线仔细查看，在手里转动着，寻找着帽子的缺陷。

"嗯。"她把帽子还给我，"再给我看看其他的。"

细看过全部帽子之后，她绷紧了嘴唇。博伊走出去抽烟，半晌之后她才开口，"你的帽子和现在所有卖的帽子都不一样，很简洁，很优雅，可以吸引到相应的客户，但也不会太容易。像沃斯和保罗·波烈（**Paul Poiret**）这

---

① 旺多姆广场：巴黎最著名的广场之一，位于巴黎老佛爷百货南侧。——译者注

样的大帽商，是不会欢迎任何竞争对手的。自打波烈从沃斯离开，自立门户之后，他们之间也是大干了一场。你听说过他们吗？"

我摇了摇头，有些厌恶她的长篇大论。

"不知道？"吕西安娜用脚尖敲着地板，"这么说吧，这位小姐，如果你想做帽子生意，你就得懂。弗雷德里克·沃斯（Frederick Worth）先生是英国人，他的工作就是打扮皇族显贵的女人，他的服装是独树一帜的，没人能模仿。每一位客人的衣服都是他专门定做。而波烈曾经为沃斯先生工作，但现在他为希望独树一帜的女人提供与众不同的、具有东方情调的服装。他们两个的服装都需要帽子配饰。他们各自都找了帽子制作商，签订了保密协议，以保护他们的设计版权。你希望和他们做这样的生意吗？"

"不，"我绷直了肩膀，"不是，"又再次肯定地重复了一遍，"我想做自己的帽子。"

"我猜，也为你的客户做帽子吧？"她不屑地挥着手，"这个地方开店只能说是勉强凑合。波烈的店在大剧院旁边，沃斯的在旺多姆广场，另外在伦敦还有店。你得主动去找自己的客户，你得明白她们自己不太可能逛到这儿。"

"我会的，"我说道。吕西安娜慢慢向我走过来，我开始将帽子一顶顶装回盒子，抬头看着她。她手里捏着一张纸条："这是我能邀到的所有的潜在客户，都是我通过另外一个合作方的关系认识的。我建议你仔细看看，目前我希望小姐帮我保守秘密，我可不想让现在的雇主知道我打算另谋他职。"

我笑了笑，"女士，这上面的人我一个都不认识。"

"看来确实如此。"她瞥向窗外的博伊，正斜靠在他的车旁，"但是可能卡佩尔先生会认识。"

"他的确有可能认识，"我抱起帽盒反驳道，"但他不是我的雇主。"

我转身走向门口，听到她在背后说："那我们就这么说好了。"我停住脚步回头看她："我付不起太多的钱，"我说，"就像你说的，这桩生意不容易做。"

"我有一些积蓄，"她干巴巴地说，"而我也不是吃不了苦的人。"

最后看来，我们两个还是有些相似之处的。

我点了点头："那我们就说好了，哈巴戴女士。"

吕西安娜和我一起把店里的上上下下打扫干净，洗地板，擦玻璃，并在楼梯旁边的小房间里整理了一个我可以工作的空间。博伊在他的银行帮我开了一个信用账户，并为我购置了用来陈列帽子的玻璃橱窗，大理石台面的柜台，镀金椅子和镀金穿衣镜，以及地毯和门铃。我还希望在店面外安一顶写着我名字的遮阳棚，但遭到了管理员的反对，于是我自己设计了花体字母，拼成加布里埃·香奈儿，贴在玻璃橱窗上。

距离商店开业还有几天，我设计出来的帽子就戴在了毛毡假模特的头上，层叠错落地展示在橱窗里。橱窗上也贴上了我和吕西安娜共同设计的形象——一只优雅的奶油色帽子，饰以黑色绸带和一片鹭鸶的羽毛——紧接着，我看到安托瓦内特拉着箱子出现在门口。

只看了她一眼，我的眼泪就忍不住要流下来。在 **21** 岁的年纪，她身材矮小，有着香奈儿家族的大眼睛和蓬松的头发，她的发色比我的浅一些，也继承了妈妈顽皮活泼的性格。此刻她看上去仿佛已经好几个礼拜没吃过东西了。我带她去街角的咖啡店，用塞着火腿的羊角面包和热巧克力填满她的肚子，听她讲述着如此相似的故事：在受够了穆朗修道院里的羞辱之后，她也去了以专横著称的 **G** 夫人的裁缝店。

"都结束了，"我让她安心，"你就住在商店上层巴桑的公寓里吧，卧室和起居室都不错。之后你就在店里工作好了，接待客人，我需要设计帽子，没办法同时招待她们。"

然而后来我发现，一开始安托瓦内特并不适合做这个。她开始非常害羞，后来在吕西安娜的指导下快速进步，我则完全不行，门铃一响就会吓坏我。吕西安娜信守了承诺，向名单上所有的人发出了邀请。她们都来了，衣着华丽奢侈，都有女仆随从。客人们在店里细细看着帽子，我则躲在后面的工作室里拒绝露面。如果当时她们要我白送帽子八成我也会答应，当时的我非常焦虑，不知道自己能不能获得肯定和认同。

在吕西安娜忠诚客户的帮助下，加上伊米莲娜和她那些看见什么都会买下的朋友，店里的生意缓慢地增长着。吕西安娜不断地将外部世界的消息告诉工作室里的我。

"波烈在自己的工作室开了个阿拉伯之夜的主题化装舞会，撬走了沃斯那边的十个客人，都是最有钱的那些。"吕西安娜嗤之以鼻，这几乎是她对所有事情的惯常反应。"现在换他掌握了先机。沃斯已经过时了，他的设计想象力太有限。波烈已经不再用紧身衣，他现在主推的是宽松的衬衫和东方风格的灯笼裤。他还设计了一款签名香水——中国之夜（**Nuit de Chine**），在化装舞会的当晚送给了客人。是一款非常糟糕的麝香香水，但是他所有的客人都在用，让他大赚了一笔。沃斯快要气疯了。"之后她闭上了嘴以加强气氛，逼迫我从工作台上抬起头看着她。"他也听说了你，小姐。现在他的几位客人都戴你设计的帽子。"

"真的吗？"我不敢相信。

吕西安娜点了点头："你需要知道这个。大家都很好奇，他们想知道加布里埃·香奈儿是谁。"

"我……我不擅长接待顾客，"我犹豫地说，我们之前已经就此有过讨论。吕西安娜告诉我，在这样的沙龙里，设计师会亲自招待客人，为他们端上咖啡和蛋糕，满足他们任何心血来潮之下的奇思妙想。对于一位女顾客来说，在设计师工作室里花上整整一个下午试装并非新鲜事。这是女装设计师们的一种手段，让顾客只穿自己设计的品牌。

"你得学着去接待顾客，"她说，"或者至少学着装一装样子。要想成功，客人们就需要看到你。顾客想要见到设计师本人。"

"但这只是对于顾客来说的，"我回嘴道，"即便是波烈也不行，波烈所能施加的影响只不过刚刚触及客人的社交或者朋友圈子。一旦客人走出了工作室的大门，他就不复存在了。"

"但不管怎样，他的影响力确实是有的，每个穿他设计的服装的顾客身上都能看到他的影响力。"门铃响起，吕西安娜走出工作室，"考虑一下吧，"她又补了一句，从肩膀上扔过来一句她的人生智慧："即便他不在场，也能对顾客施加影响力。适合的人，在适当的时机，用适当的方式，可以产生超乎想象的影响力。你难道不想这样吗？"

我看着她，说得没错，我确实希望如此。我渴望有自己的影响力，我对这件事情的渴望已经超过了对其他任何事情的渴望。但让我沮丧的是，开店这件事比我想象的难得多。我一刻不停地工作，急急忙忙地赶制订单。吕西安娜神奇般地从别处说服来两个女雇员给我们帮忙，但我和她们两个在诸多地方存在矛盾——定价、风格、销售方式、橱窗展示的方式，等等。我总是希望尽量把帽子卖出去，每次伊米莲娜带着朋友来到商店的时候，我总是让她们拿走尽量多的帽子，我想她们会戴着我设计的帽子出门，可以给我做活广告。其中一个演员朋友还戴着我的帽子登台演出，并因此被刊登在了一份发行甚广的戏剧杂志上。我认为像这样的免费广告是会有好处的。

"当然，"吕西安娜大吼，"确实是免费的广告！会有更多的一群女演员过来白拿帽子，我们又不是开救济院的！我上次看账簿的时候，你的余款已经不够买材料了，也没有多少用来付我和你妹妹的工资。"

我们怒气冲冲地大吵了一架，直到安托瓦内特开始唱起了我在穆朗咖啡馆常常唱起的那首歌："我的小狗走丢了，我可怜的小狗可可，"她唱道，"它丢在特罗卡德罗附近，谁人见过它，可怜的小狗可可，谁人见过它？"

我开始大笑起来，笑到腰都弯了下去。安托瓦内特捂着嘴，咯咯地笑着，之后我们三个一起唱："它丢在特罗卡德罗附近，谁人见过它，可怜的小狗可可？"

有天晚上，我们在咖啡馆吃饭，博伊终于问起了我的经营状况。

"很好，"我说，"我挣了很多钱，也拿到了很多订单。容易极了，我每天要做的就是管理工作室和签支票。"我并不希望承认我累到吃完饭的时候可以一头栽倒汤碗里睡着，我的双脚磨出了水泡，双手僵硬得像鸟爪。我希望一切都看上去很好。当时博伊的生意一桩接着一桩地做，显得如此轻松，他无法明白我当时多么不知所措。

　　"真的？"他看着我，脸上一丝笑容都没有，"为什么要对我撒谎，可可？我在银行支付了商店的保证金，所以我会接到银行发来的财务报表。你最近又透支了，第五次透支。"

　　我的心开始狂跳起来，胃里开始翻江倒海。"怎么可能？"

　　"当我们的入账低于支出的时候，这种状况就会出现。"他干巴巴地说。

　　"但是我——我每个礼拜都有存钱。如果我的账户里没有钱的话，他们就不会让我用里面的钱。"

　　博伊叹了口气："他们让你取钱，亲爱的可可，是因为我在给他们钱。你每周存入账户的钱根本不够商店的开支，连哈巴戴夫人的薪水都不够。"

　　"那，你的意思是……我现在欠你的钱？"

　　我面露惊恐，他平静地看着我。我颓然从椅子上站起身来，从拥挤嘈杂的餐厅中蹒跚走到门口，抓起外衣和帽子就跑了出去。那天外面正下着倾盆大雨，秋天的这种天气常把整个巴黎变成一个大泥潭。我沿着街道走下去，雨水和泪水模糊了视线。我没有听到博伊追出来，也并没有听到他的呼喊，直到博伊捉住我的手臂把我拉向一边。他的头发湿漉漉地贴着脑门，我听到他说："可可，别这样！你要理智一点，只不过是一桩生意。"

　　"是的，但这是我的生意！"我猛地挣脱他，"这是我的生意！我不想用你的钱，谁的钱我也不想花，我从来就没打算花你的钱！"

　　他站在雨里，雨水顺着他的肩头流下："我和你说过，如果你允许的话，我会帮你的。如果你不需要我的帮助，只要照直告诉我就好了。"

　　"帮我？"我大笑了出来——全然不顾自己当时是怎样的一番模样，笑声里充满了羞愧，我刚刚意识到，自己只不过是从一只镀金的笼子出来，又钻进了另外一只。"你以前曾经说，不是自己挣来的钱，就永远不属于自己，永远都有可能被人拿走。所以你才这样帮我是吗？你可以随时关掉我的商店？"

博伊的眼中升起了一股愤怒，他很难被激怒，但一旦愤怒起来就很难缓和："你侮辱了我，更糟的是你侮辱了我们两个。你自己管不好生意？没关系，你不需要自己来管，雇一个会计师就行。你只要做你最擅长的，然后把和数字打交道的工作交给懂行的人。不过别再跟我说什么我要从你这里拿走什么，这句话我不会容忍第二次。"

我感到软弱无力，湿透的衣服沉甸甸地压在我的肩头，雨水冰冷，我别过头去："我不是这个意思。"

"你就是这个意思。我对你说过，我和巴桑不一样。我现在给你的，你以后都要还。我知道你可以，但我要的是你能明白，你能相信，只要你相信自己有这个天赋，并且跟我讲实话。我才不在乎花多少钱。"

我咬住颤抖的下唇："我会还给你的，每一分钱都会还。"

"希望如此。"他若有所思地看着我。"你是我见过的最骄傲的人，但你得记着，你不过是个女人。尽管我很欣赏你这点，但你的骄傲会让你吃到苦头。"

不过是个女人……到头来，我在他眼里就是这副模样？一个只能靠别人活着的女人，靠着他的善心而活？这个念头一出现就让我感到恐惧，我和巴桑之间的那种关系复又出现，只不过这一次我爱上了他，并且对这份感情毫无抵抗力。

我什么都没说，他把我抱进怀里，带我回到车上。第二天刚一到店里，我就召集了员工并正式宣布，"我不会像以前这样花钱无度，从今往后，每一笔开销我都要仔细审核。而且，"我看了一眼吕西安娜满意的表情，补充道，"以后我们的帽子不白送了。"

这只是前进的一小步。我的自由来之不易，我不想再挥霍。

3

1911 年的夏天，博伊带着我去法国北部的海滨城市多维尔度暑假。我当时并不想离开商店，但他坚持要我去。经过了一阵子每天工作 15 个小时甚至整夜不睡的辛苦日子，我当时的经营状况渐有起色。虽然速度不快，但我的顾客正在稳定增加，顾客的品位阶层也不断提高。除了之前的社交交际花和舞台女演员以外，现在有很大一部分女性顾客来自保罗·波烈，她们穿着他设计的极具现代感的裙子，与我的帽子搭配起来堪称完美。上流社会的贵妇们仍然是沃斯和其他以奢侈风格著称的裁缝所设计的服装的奴役，女人们被从头到脚打扮起来，这一群客人会离我远远的。然而有另外一些，与我交往并不会损失什么的订制服装工作室在和我合作，她们平时的客人中会有艺术家和波西米亚人，这些工作室开始和我交换名片。我开始每周坚持看财务状况报表，终于有一天，我的财务状况有了起色，并且可以偿还一部分钱给博伊。很快，我不再需要博伊作我的资金担保人。

博伊对此没有给予任何评论，但他一定能从定期送到他办公室的财务报告中看到我生意的变化。他对此保持着冷静，我内心也十分感谢他明明看到了财务状况的转变，也还并没有对此表现出过度热烈的反应。后来他建议我该去休个假，尽管我不情愿，但最后还是答应了。

后来证明，我当时确实需要到多维尔这样的地方来放松。多维尔在诺曼底海滩，面对英吉利海峡，那里云集着时髦的餐馆、酒店、赌场，还有长长的步道。在多维尔，我让自己十分奢侈地放松了一下，每天都去游泳，穿着在当时十分大胆的泳衣，裸露着手臂和肩膀。晚上在诺曼底酒店的套房里用晚餐，从那里可以俯瞰到整个码头。

有天晚上，我叫博伊在赌场见面，之后一起去晚餐。那一次假期里，我们和他的朋友们一起，在那里吃过很多次晚餐——他们也都住在巴黎，但在此之前我从未见过。他们会以一种我很熟悉的方式欢迎他，让我把牙关咬紧。在他们中间有鼻梁修长的女人，穿着缀饰珠宝的衣服，慵懒地摇着扇子。我能听到她们用并不悦耳的词汇谈论我——一个博伊正在约会的女商人。于是，我下定决心，要让她们知道我是谁。

我从镇上的一间精品店买了一件贴身白色丝质长裙，高腰且收身，适合女人在晚间展现动人的体态，搭配以博伊送给我的一串珍珠项链。我将头发在脑后梳起，藏进颈后的假髻，裸露出修长的脖子和手臂，我的皮肤因为日光浴已经变成小麦色，之后我略略上了一些眼影粉以强调眼部，之后信步走进了赌场。

博伊在桌旁等我。他看到我走近，站起身微笑着为我拉椅子。在我们的周围，上流社会的人士正在享用着他们的晚餐，有鱼子酱和佐以薄荷酱的水煮三文鱼。香槟放在盛着冰块的桶里冰着。我环顾了一下四周，之后探身在博伊的脸颊上轻啄了一下。我没有按社交礼仪习惯坐到博伊的对面，而是坐在了他的身旁。我听到餐厅里一阵窸窸窣窣的话语声，像水纹般一波波四散开去，餐厅里的食客都在悄悄望着我。

这张桌子周围其他的椅子，和我之前预期的一样，是空的。

晚餐之后，我在衣帽间被她们团团围住。当晚的我面带微笑，妙语连连，仿佛天生与她们相处融洽。我向她们分发名片，并且许诺一旦回到巴黎，她们就可以预约来我的工作室见面。

"太前卫了，"她们说，"瞧你的皮肤颜色。你不怕晒过之后皮肤上会长斑吗？不怕？还有你的裙子和珍珠项链——哦，我的天呐，美极了。你是说你会设计帽子吗？那我必须要看一下。其他人的帽子设计都太无聊了。"

当晚回到酒店房间，博伊看着我摘下假髻，放下头发。他说道："我觉得如果你剪短发会非常精致高雅。"

我笑了，"慢慢来，不能一开始就把客人们吓跑。"

"吓跑？"他大步走过来握住我的手臂，"你就是一头狮子。你可以把她们都给活吞了，之后还会想要吞下更多。"

他说得没错。那些没有脑子的瞪羚满足不了我这样的胃口。

这是一个新开始。

我们回巴黎之后，博伊说会先开车送我回店里去。我渴望着立刻恢复工作，我需要查看在离开的这几天，订单有没有继续下来，我还要准备迎接多维尔的那批客人。我很自信，在多维尔的那些女人一定会来。

然而博伊的车子并没有开上马勒泽布大街，相反，他载着我来到旺多姆广场，这里是销售最好的皮货、首饰和香水的地方。博伊的车子带着我从圣安娜大街驶过由十八世纪皇宫改造的丽兹酒店后门，来到康朋街。车子在一座白色的建筑前猛然停下，这栋建筑有着经典的方方正正的外立面，外墙饰以浅灰色泥浆装饰，还有花环和小天使的脸。

"这是哪儿？"我有些困惑。博伊伸手从口袋里拿出一串钥匙递给我。

"我把这儿租下来了，后面的房间和中间的楼层都是你的，现在是时候了。"

博伊微笑着站在我身后，我紧攥那串钥匙，走进我的新店铺，说不出话来。迎接我的是掌声。一片朦胧当中，我看到店里已经布置了柜台，陈列着我设计的帽子，与店里黑白两色为主的装饰十分协调。我看到了安托瓦内特、吕西安娜，还有我的助手安琪拉和玛丽·露易丝，她们都在等着我，眼中充满喜悦。

我转身寻找博伊的影子，他对我挥了挥手，旋即上车开走了。

于是，香奈儿时尚屋（**Chanel Modes**）就这样开张了。对于我在多维尔遇到的那些有钱人的太太和女儿们来说，这间新店的地址足够"上流社会"。随着有钱人的太太和女儿们一起到来的，还有女伯爵们和小国的公主们。1912 年，《戏剧画报》（*Comoedia Illustré*）拍摄了我穿着自己设计的服装的照片；之后，发行甚广的《风尚》（*Les Modes*）杂志在报道中将我称为"原创艺术家"。

我的生意正在快速发展，需要我长时间地投入和一刻不停地监督管理。博伊和我相聚的时间越来越短，我们在公寓里擦身而过，挤出时间给彼此一个吻，一起喝杯咖啡，在出发去见各自的商业伙伴之前在床上共度一段短暂的时光。法国与德国即将开战的消息隐约从海外传来，能源价格即将暴涨，因此他当时把大笔的资金投在了矿业领域。我则专注于眼前的事务，把注意力更多地放在与波烈和沃斯两家间的商业竞争上。当所有人都下班离开商店后，我会继续留在工作室里，尝试女装衬衫、系带夹克衫和我最喜爱的简洁款裙子的不同设计。当时我已经开始尝试设计女装。如果当时我想拓展，也有拓展的空间。但当时康朋街的租约不允许我在店里销售服装，因为在同一栋楼里已经有一个女装裁缝店，店主是个呼吸中带着酸气的干瘪老女人，她喜欢在门口窥探，之后摇动一根手指说："只要我看到你在这里卖一件女装，我就会叫他们把你赶出去。"

该怎么办？

博伊再一次给了我答案，虽然他自己并没有意识到。他当时人在英格兰处理事务，回来的时候，箱子里塞满了在巴黎头不到的商品：羊毛机织的套头渔夫衫，颜色微妙的苏格兰花呢羊毛衫，这些都是我不曾见到过的东西。英国裁缝把这些面料用在校园装或运动服上，也会用来制作军队制服，但从未用在女装上。

我试穿了其中一件套头衫。上身之后的效果让我惊讶，博伊比我高很多，但这件衣服穿在我身上，下垂和褶皱的部分都恰到好处，完全不需要再作缝改。

我穿着博伊的衣服在公寓里四处走动，感受衣服的质感，博伊被逗乐了："这些可是我买给自己的，准备打马球时穿。你这样穿过，整件衣服闻上去都是你的味道，我打马球的时候可没法专心了。"

当时的我连一幅设计草图都画不出来，但我仍然整晚待在工作室里，尝试着用套头衫做出什么样与众不同的女装风格来。当我把设计初稿交给吕西安娜看时，她摇了摇头："我们的帽子生意算是刚刚站稳脚跟，现在你就想要做女士套装？我绝不允许。租约里也有明确的限定，难道你希望我们被赶到大街上去吗？"

我把初稿推到她面前："这些可不是女士套装，是夹克衫、衬衫、毛线衣、外套和短裙。哪一件都不算女士套装。"我顿了顿，做了一个鬼脸。"女人们很快就不再需要像波烈或者沃斯那样的服装暴君的统治了，这些是给像我们这样的女人设计的，每天要出门走在大街上的女人，这样的服装将是女人生活方式的一部分。"

吕西安娜看都没有看我的设计稿："大街上的女人可以去便宜的商店买衣服。这些服装的生产成本很高。要是这样我们就得雇更多员工，购置缝纫机，太复杂了，我们竞争不过他们的。"

我们之间的争论总是会陷入一个循环，雇员们对此司空见惯，也不会参与意见。但今天我们的争论一定是热烈到了一定程度，安托瓦内特小心翼翼地靠过来，仔细看过了每一张设计稿之后说道："为什么不试一下？这些设计很独特，和我们的帽子很搭，我觉得顾客会喜欢的。"

我的小妹妹安托瓦内特从未发表过这样的个人看法。吕西安娜说："我的销售经验在女帽领域，在服装经销上我不是专家。"

"那么就像你曾经建议我的那样，你得学，"我说，"我们都得学。我希望能扩大香奈儿时尚屋的经营范围，现在是最好的机会，靠帽子已经吸引了足够的注意力，客户名单上有声望的客人也在逐步增加。目前市场上没有任何人在销售这种风格的时装，我认为这是一个成功的机会。"

"对我来说不是，"吕西安娜说，"我不是冲着卖这样的服装来为你工作的。"

"那你就没有必要留下，"我直截了当地说，听到安托瓦内特在背后倒吸一口气。"有你或没有你，我都要推出女装系列，我一定会让你看到。"我补充了最后一句，不希望在此时此刻让伤感或不安的情绪扰乱我的决定。博伊曾经对我说，一定要相信自己，此时此刻，我认为女装系列一定会成功。

吕西安娜点了点头，离开了。安托瓦内特紧张地问我："没有她我们该怎么做？"

我收起手稿说："我们自己做，我一直都是自己做。"

吕西安娜就此离职，投奔了另外一家女帽经销商。不久之后，她主管的商店获得了全巴黎最顶尖帽店的荣誉。我想念她的意志力和超强的驱动力——她是我见过的少有的可以与我抗衡的女性——然而现在我已经学到了独立运营店铺的足够经验，同时我也并不想再延续与她争吵的日子。

我把安吉拉提升为高级裁缝，并授予了她招收年轻女孩子当学徒的权限。这些年轻的女孩子在裁缝铺里通常是做一些细碎的活计，比如，在地板上滚动吸铁石找掉落的针，或者用熨斗熨平布料。学徒中最优秀的将被提拔为中级裁缝，她们手艺精湛，可以胜任生产服装的工作。尽管我精于针线和运用剪刀，但以严格的标准来说，当时的我远非一个熟练的设计师。我工作的方式就是将一整块布料直接披在假人身上或者干脆披在安托瓦内特身上。之后我会坐数小时，唇边垂着一支点燃的香烟，用大头针或针线直接在布料上，一边缝一边设计。之后，安吉拉和她的团队会把我完成的原始设计用薄麻布裁出布样，最后用平纹细布做出样品陈列出来。当时我们购买了缝纫机，但大部分的缝纫工作仍然是手工完成的，服装的各个部分会根据顾客的尺寸进行调整。安托瓦内特和安吉拉负责监督整个成衣过程。挂出来之前，我会最后再仔细检查各个部分，以保证符合顾客的所有要求。

当然，所有这些环节都需要花掉大量的时间：从英格兰进口毛线衫，考虑是否要单独开辟一个产品系列，以及是否要冒险在康朋街的店面推出。预计的陈列时间不断地推迟，也在一点点消耗着我的耐心，因为在**1912**年底，波烈推出了与我当时的设计十分相似的简约系列。波烈没能抵挡住诱惑，为他的系列添加了斗篷似的衣袖，给日装添加了花边或黑貂装饰以强调稳重感，这破坏了他一贯保有的流线型设计风格。然而，他也嗅到了时尚流行趋势当中的微弱信号，他很有可能先于我抢走所有的风头，这让我十分焦虑。

焦虑之下，我开始寻找康朋街以外的店面。我把博伊的公寓重新装修过，用奶油色盖住原有的红色墙面，用大地色系的地毯替换了之前东方色调的地毯，静物主题的油画也换成了优美高雅的科罗曼德尔屏风①，全部完成之后——"这里看上去很像贝都因人的皇宫"，博伊评论道——我又开始寻觅其他发泄能量的窗口。

当时的著名美国舞蹈艺术家伊莎朵拉·邓肯（**Isadora Duncan**）将她的开创性舞台表演艺术带到巴黎并引起了轰动。她那种以身体解放情感的表演哲学打动了我。当时我二十九岁，希望保持自己纤细的身材，一位女装设计师自己的外表应该和她所设计的时装作品属同一风格。博伊当时经常去各地出差，也许他在别的地方还有情人，但我努力不让这成为我保持身材的理由和动力。我们之间从未聊过一对一的交往，或者是婚姻的可能性。我们做爱的时候，他会使用昂贵的羔羊皮膜制成的避孕工具，而鉴于我从未听闻他有私生子，因此我猜想他对别的女人也以此法操作。但当时我的骄傲让我无法去问他这个问题。相反，我会逗趣地问他："你旅行的时候一定遇到不少漂亮女人。"

博伊的目光从报纸上移开望向我，说道："都没有你漂亮。"

"我？"我嘲弄似的笑着说，"我可不漂亮。"

"你是不漂亮，"他说，"但我再没有遇上更漂亮的了。"

---

① 科罗曼德尔屏风：17—18世纪在中国制造，并以供应给欧洲市场为主。——译者注

我暗下决定，相比让他旅行期间发生一些浪漫情事，还是让自己保持美丽女人的外表更加重要。因此我报名参加了久负盛名的老师伊丽丝·杜勒蒙（Elise Toulemon）的舞蹈课程，人们奉她昵称卡莉亚蒂丝。每天晚上，我都会爬上她位于蒙马特高地的舞蹈工作室，在厚木地板上忍受她手中藤条的鞭笞。这让我想起了童年时期的姨母。而当她因我站姿不准确而掐住我肩头的皮肉时，我就会想起奥巴辛的嬷嬷。我下定决心要出类拔萃，尽管对于当时的我来说，拥有芭蕾舞舞者的梦想似乎已经太迟。

　　我对舞蹈燃起的热情让博伊对芭蕾舞产生了兴趣。1913 年，博伊买了两张俄罗斯芭蕾舞《春之祭》的首映票，作曲家是俄罗斯艺术家伊戈尔·斯特拉文斯基（Igor Stravinsky）。

4

　　新落成的香榭丽舍剧院因为潮水般涌入的观众而人满为患。俄罗斯芭蕾舞团当时由俄罗斯久负盛名的谢尔盖·佳吉列夫（**Sergei Diaghilev**）管理，在当时已经声名远扬，著名的演出剧目包括《牧神的午后》（*Le après-midi d'un faune*），因佳吉列夫的情人尼金斯基（**Nijinsky**）在其中惊世骇俗的高超表演震惊了观众并引发了惊人的影响力。当时我还从没见识过俄罗斯芭蕾舞团的表演，因此对在现场观看表演期望很高。当晚我们坐在包厢，剧院里最好的位置，向下可以看到一片由珠冠、白鹭鸶羽毛、鸵鸟毛组成的海洋，我不禁做了个怪相。在场的每个女人都戴着当时十分流行的鸽子状遮面绢网，穿着油光可鉴的丝绸服装或者是其他相似材质缝制的服装，仿佛是一只一只装饰着珠宝的矫揉造作的禽类，踩在巴洛克式的高跟鞋上沿着剧院走廊款款而下，之后小心翼翼地坐到座位上，仿佛内衣里裹着刺。

　　"真想给她们统统换上黑色的比基尼。"我嘟囔道，博伊投过来一个嘲弄的笑。当晚我穿黑色，是一件天鹅绒质地的贴身长裙，我在领口设计了丝质的山茶花花瓣。坐在一片东方宝塔般巨大的臀部和蓬松衬裙组成的海洋中间，我看上去仿佛墓碑丛中的一只渡鸦，当晚佳吉列夫的演出开始之前，我的着装便是他们的谈论对象。

　　低音巴松管发出的一组不和谐声音拉开了演出的帷幕。第一组舞者出现了，他们戴着扭成股的假发和仿佛俄罗斯农民装束的束腰长袍，合着音乐的砰然奏响，将身体扭转成难以解读的姿态。有些观众开始发出嘘声。坐在我旁边，博伊身体向前倾着，表现出极大的兴趣，然而他属于观众席上的少数派，其他人则开始毫无顾忌地表现出他们的不满，喝倒彩的声音甚至盖住了乐池。最后一幕，当尼金斯基穿着暴露身体的黑白两色服装出现在舞台上，以表现春天祭祀的喜悦场景时，观众席上的骚动完全爆发。作曲家本人，一个厚嘴唇戴着眼镜的男人畏缩在舞台上，而一位上流社会的女士正在高声批评他的作品太过猥琐。

人群开始向剧院外涌出，我们也随着人群走出了剧院。一个带着单片眼镜的男人用手肘推开走在他前面的博伊，博伊对他怒目而视，那个男人带着一脸不满的妻子坐上马车，并大喊："糟糕透顶！"身边一个紧身衣一直穿到下巴高度的女宿舍长般的女人哀嚎着："我这辈子还从没有被这样羞辱过！"我不得不让自己牙关紧咬，以免说出什么不合时宜的话来，因为她真的应该好好照照镜子，她的私人裁缝已经把她羞辱得够多了。

"佳吉列夫确实懂得如何让别人记住自己。"博伊说。

"是的，我觉得我应该见见他，"我说，"这确实是与众不同的一次体验。"

博伊向我投来古怪的一瞥："你喜欢？"

我耸了耸肩："我并不在乎，也并不觉得这有什么值得大惊小怪的，至少我们该欣赏他的创新精神。"

博伊笑起来："我就猜到你会这么说。"

回到公寓之后，我仍然若有所思。对于我来说，这场芭蕾舞表演所引发的狂暴反应，正是一个信号——仅凭一个人的力量，就可以撼动旧秩序。

也许下一个这样做的人会是我。

我对博伊说出了自己的想法。博伊陷入了沉思，用手指摸着上唇的短髭，良久之后说道，"我猜你是需要一笔启动资金？"这正是我希望听到的。我不想听什么康朋街的店面刚刚摆脱负债，也不想听到什么我发展得太过激进。我将自己投入他的怀抱，送上热烈的吻，他开始假意将我推开，随即就将我抱起扔到了床上。

我们进行了一场风暴似的狂热性爱，我还沉浸在他猛烈的攻势和我自己难以抑制的渴望当中，"你就像个长不大的孩子，"博伊说，"从来不考虑在哪里会出问题。"

我依偎在他身边："那是因为不会出什么问题，只要你在我身边就不会。"

1913 年夏天，我在多维尔开了自己的女装精品店。在度假地销售夏装，正是我的生意最初获得突破的地方。我在贡托-碧洪（**Gontaut-Biron**）大街上租下一个位置，正位于购物区域的中心——所有来这里度假的人都会漫步到这里，并且一定会看到白色遮阳板上用黑色字母写下的名字——加布里埃·香奈儿。

我雇佣了五个来自多维尔本地的手艺出众的女孩在店里做学徒工，让安托瓦内特和安吉拉留在巴黎照看康朋街店里的生意，之后给穆朗的艾德丽安写信，叫她来看我。艾德丽安与她心爱的莫里斯男爵一起到来。她还和以前一样漂亮，但仍然邋遢地穿着旧式黑色外套和戴面纱的斗篷，尽管多维尔气温很高，她还穿着皮毛领子。

当年夏天，多维尔的气温达到了历史新高。女人们在镇上见我穿着白色的褶裙和宽领衬衫，纷纷上前询问。我在超大号的浅褐色针织夹克衫的口袋里塞满名片用来分发出去。来此度假的女人们纷纷来到我的服装精品商店，寻找度过这个炎热夏天的服装替代品。我的店里有一些样品，灵感来自博伊的马球衫，未加衬垫，还有束腰夹克和脚踝高度的裙子，这些女装都不需要紧身衣或硬衬裙支撑。还有用我喜欢的平纹单面针织布制作的设计简约的午后休闲装。

当时，由于顾客并不熟悉这样的面料，因此我必须要为自己使用的材质做一番解释以消除她们的疑虑。因为平纹单面针织布在当时几乎没人知道，而且剪裁的方式与男式的内衣非常接近。我将半信半疑的客人带进试衣间，帮她们穿上服装，之后我会打个响指，叫助手拿来草编的船工帽或软边帽，以作为整个换装过程的点睛之笔。一旦客人摆脱了紧身衣的束缚，并被带到落地穿衣镜面前，看到自己的模样有了什么样的彻底变化之后，她们的神色通常会焕然一新。

"你真的确定吗，小姐，这样不会太简单吗？"凯蒂·德·罗斯柴尔德男爵夫人（**Baroness Kitty de Rothschild**）看着我设计的中长夹克衫和平纹单面针织布制作的裙子时问道。她是被朋友拉来的，她的出现让我心脏狂跳，因为她是全法国最有影响力的女人，她嫁给了富有的罗斯柴尔德家族里的一位金融家，交友极为广泛，是能为我扩大知名度的人。"我确实非常喜欢它们的凉爽和舒适，但是还是有些……过于……朴素了。"

我微笑着："优雅会拒人千里之外，夫人。我们应该穿上真正属于自己的衣服。"

她拽了拽样品服装，"而且这些都不合身。"

我走到她的身后，将夹克衫的腰部向后拽了一英寸，现在合身了。她身材高挑，举止优雅，有一张长长的贵族血统的脸，她的胸部小巧，臀部却宽大，因此夹克衫在她的身上应该宽松，以掩盖缺点。"我们可以给你订制任何服装，男爵夫人。你看到的这些都是样品。我们会依照客人的尺寸特别订制。"

"那就是说这些式样的衣服别人也会穿？"她又问。这是我遇到的最有挑战性的时刻。与她家族的其他成员一样，凯蒂·德·罗斯柴尔德男爵夫人希望自己的服装独树一帜，由女装裁缝为她专门订制，而不是购自什么多维尔商业街上的一家服装店。

深吸一口气之后，我说道："每个女人生来都与众不同。如果她自己就能体现出这种不同，还有什么必要通过她穿的服装来体现呢？我设计的服装是为了让别人先看到你，男爵夫人本人的。"

她有好长时间没有讲话。其间我想，如果她什么都不买，就此走出店门，就意味着我失去了一批非常宝贵的客源。

让我松了一口气的是，她随后点了点头，"我们来看看你的理论付诸实践会怎么样。我要这套，以及两件白天穿的裙装，用你说的那种材质做的，叫什么来着？"

"平纹单面针织布。"我说，因为喜悦而感到一阵头晕目眩。

"对，平纹单面针织布，两件。你可以现在帮我量量尺寸，另外我是不是还应该买点儿别的配饰？搭配服装真的是很无聊。"她叹了口气，"真是让人厌烦透了。"

"当然。请稍等，我叫艾德丽安来为您量尺寸。"

喜悦浮上我的心头，我向男爵夫人保证，衣服本周内就可以完成。之后我大步走进后面的房间，雇员正在长桌的两头工作，各摆着一台缝纫机。"现在开始，不要再接待新的订单了，"我摇着手指说，"男爵夫人今天光顾。三天之内，我希望她能穿着新衣服走出去，明白我的意思吗？"

商店关门之后，我埋头在店里待了很长时间。花了很多时间斥责助手裁缝对某条衍缝的草率处理，或者缝出了不规则的袖子；我并未意识到自己产生的影响力有多大，直到有一天，艾德丽安把我拉出了店面，将一位路人指给我看。

"你看到了吗？加布里埃，那位是罗斯柴尔德男爵夫人，她穿着你设计的裙子和夹克衫。她上周来到店里，和她的歌手朋友塞西尔·索埃尔（Cécile Sorel）一起，还记得吗？她现在穿着条纹的衬衫和蓝色的套头衫。还有那儿和那儿——加布里埃，这些女人都穿着你设计的衣服！"

我费力地眨了眨眼，仿佛眼前隔着一层浓雾。看到我站在门廊，街头的女人们停下脚步望向我和艾德丽安，她们每一个都微微向我点头示意，之后就继续向前走，汗流浃背的女仆拖着其他商店的盒子跟随其后。

"她们……她们刚才在跟我打招呼，"我愕然说。在街上，不会有人会向自己的裁缝打招呼，即便是声名远扬的暴君波烈也没能和顾客结下友谊，"她们认出我了。"

艾德丽安捏了捏我的手："她们当然认出你了，加布里埃，你做到了，你成功了！她们会把你介绍给她们的朋友，很快她们就都会蜂拥而至，你的设计会被上流社会接受，怎么会不接受呢？你不是为女人打扮的男人；你是一个为女人打扮的女人，而且你和她们一样时髦——是你让她们懂得了什么是流行。"艾德丽安紧紧地抱住了我："我真为你骄傲！我就知道这一天会到来的。我会帮你，"她说，之后向后退了几步："莫里斯说我们两个该搬去巴黎住了，这样我就可以做点儿什么，而不只是等他的家庭点头答应我们的婚姻。我可以在你康朋街的商店里工作，如果你还需要我的话。"

我讨厌眼泪，讨厌哭泣。但我当时难以抑制自己的情绪，将她猛地拉进店里，紧紧拥抱了她。之后，我擦去脸上的泪水，她则在吸着鼻子，我说："好了！不要再穿紧身衣了。如果你想为我工作，必须照我的风格穿。"

在多维尔刮起的那阵出人意料的旋风后来席卷到了巴黎。

当年夏末，康朋街的店面有艾德丽安协助安托瓦内特打理，早前穿着我设计的服装在多维尔度假地漫步的那些女人又出现了，她们虽然失望地发现康朋街的店里没有女装卖，却陈列着帽子。她们都表现出了浓厚的兴趣试戴。数月之内，我绞尽脑汁，设计了针织衫，尝试着女装在运动领域掀起时尚风潮的可能。今天，女士们希望穿着时髦的平纹单面针织布衣服和夹克衫骑自行车，或者穿套头衫打高尔夫球或打槌球，穿着法兰绒外套开车兜风。我曾经向气急败坏的女装经销商保证，不卖女套装，因此我销售的都是单件分体的休闲服，没有任何一件侵犯到她的领地，不过我倒是设想过新式女士长礼服的样子，没有了紧身衣的约束，我们还可以怎样通过展示身体的自然曲线来让外表优雅。

银行存款的数字开始逐渐增加，我说服博伊，买下了当时的店面，自此不用再支付租金，并将店面扩展到了这栋楼的其他区域。现在，在凯蒂·德·罗斯柴尔德男爵夫人的好意之下，我的顾客名单数量超过了 **100** 位。

她给我介绍了很多她的朋友。尽管我还未被邀请参加她们的聚会，但我的知名度已经足够登上《费加罗报》（*Le Figaro*）的漫画版。他们把博伊描绘成马身人首的形象，马球棍顶端放着一只帽子，而我则紧紧抱着他，手里拿着一只写有我姓名的盒子。

"快看，现在我们出名了，"我对博伊说，挥舞着报纸，"现在我赚多了一些钱，我觉得需要扩张店面了。"

博伊皱了皱眉："你该暂时等一等，一切都有可能变化，变化的速度超乎你的想象。"

"变化？怎么变？到目前为止我的一切判断都是对的。"我的语气强硬起来，"如果你不想帮我，那我就自己做。"

"可可，你有没有读一读报纸上关于你以外的报道？战争有可能在年内爆发。我的政治内线对我说——"

"可女人还是需要穿衣服，她们总不能光着身子送士兵上战场。"

他无奈地仰头望向天花板，之后又将目光收回放到报纸上："想做什么就做什么吧，反正你一直也是这样。"

我本应明白博伊当时十分担心，但他并没有力气去与我争执。当时的我踌躇满志，事后证明博伊是对的，我基本上不看报纸。当时的我认为每一刻都是为我的成功而存在，仿佛被社会接纳，就是我要实现的终极目标。我下定决心要成为第一位跻身上流社会的设计师。

当时是 1913 年 11 月，到 1914 年夏天，欧洲燃起了战火。

1914 **III** 1919

去掉褶边

DISCARDING FRILLS

"如果你未背着翅膀出生，那就自己长一对出来。"

1

电报发来的时候我正在多维尔。电报很短，是博伊发来的，带给我他即将应召入伍的消息。整个夏天，各种小道消息不断传来。先是令人震惊的消息，奥地利的斐迪南大公在萨拉热窝遇刺，奥地利随即对塞尔维亚宣战。之后德国日耳曼人入侵，俄罗斯表示强烈反对，并要求法国和英国保持中立，但两国均表示不认同。

然而我对当时一触即发的战况茫然无知。那年夏天，多维尔的天气热得像铁匠的砧板，我的生意也比往年更好。我几乎把闲下来的每个小时都用在跟艾德丽安和助手们赶制服装的工作上，然而即便这样仍然赢不过客人购买的速度。凯蒂·德·罗斯柴尔德男爵夫人带来了她的朋友们——其他国家的公主、伯爵夫人，还有类似德加夫人（**Madame Degas**）这样的著名画家的太太们，她们每次都会把店里的服装一扫而空。

我读完了电报，整个人都呆住了。我原以为博伊会来多维尔与我相聚，他本来计划和我一起来，但因为别的事情推迟了行程。于是我先于他离开巴黎，准备布置精品店，博伊则要关好公寓，并处理一些商务上的事情。我愣愣地读着电报上短短的三句话：

应征入伍。别关店。爱你，博伊。

三句话，十一个字。别无其他。

DISCARDING FRILLS

艾德丽安瘫软在我的肩头，在她说出什么丧气话之前，我抓住她把她带进了后面的工作室。

她脸色苍白，而且浑身颤抖。我嘘声道："一个字都不准说，店里还有顾客在。不会有事的，如果真的有事，那现在早就传遍大街小巷了，而且博伊也不会告诉我们别关店。我们的店会正常营业，除非听到什么正式的消息。"

"但是莫里斯……他现在也在巴黎，他也会被拉去当兵的！"

"到那个时候他会告诉你的，对吗？好了，现在我们得回到店里去。圣·索维的公主还等在外面，她衣服的褶边需要调整一下。她有多讨厌松掉的线头，这你是知道的。"

艾德丽安梦游似的走了出去。我把电报塞进口袋，也跟着出去，盯着她的反应。艾德丽安用毫无情感的单音语调回答公主的问题，店里别的客人向她投去好奇的目光。

"发生什么事了吗？"罗斯柴尔德男爵夫人问我，我在登记销售记录，而艾德丽安此时正在潦草地记账。

"她刚刚听到法国宣战的消息。"我回答道。其实我自己内心也有些慌乱，当下想不出什么听上去更加合理的借口，"她有些担心莫里斯男爵。"

"哦，就为了这个？"罗斯柴尔德男爵夫人耸了耸肩，"风吹草动而已。我们动身返回巴黎之前一切就都会结束的。那些德国人就是喜欢欺负别人，不是吗？就像操场上乱跑的小孩子。"

我大笑起来，吻了她的双颊。"明天见，"她说，女仆在她的身后抱着黑白两色的包装盒，里面装着她刚刚买的衣服，"塞西尔·索埃尔很快要来了，还有桑托斯−杜蒙女士，她一直非常想看你设计的服装。可惜她们来晚了！"她送给我一个飞吻，之后便和公主们一起气派地走出了店门，两个人刚刚买走了我店里一半的存货。

艾德丽安又在流泪，我叫她先回酒店去，她目前的状况帮不上我的忙，而我在计算今天净利润的时候，不希望听着她在旁边哭。

于是就像博伊在电报里要求的，我们一直运营着商店。然而当我拿出账簿，开始登记当天的收支时，我的手也开始颤抖起来。

最近有太多的风吹草动……

凯蒂·德·罗斯柴尔德男爵夫人轻描淡写的描述陪伴我直到整个夏季的结束，那些来多维尔度假晒日光浴上瘾的人也纷纷离去，整个小镇空空如也。曾经的"孩童游戏"此时已经演变成了将法国活活吞噬的野心。

我没有回巴黎。现在博伊走了，我想不出还有什么回去的理由，但艾德丽安则登上了回程的最早班火车，气喘吁吁地向我保证，一旦有任何消息，就给我发电报。

"还是给我打电话吧，"我对她说，"酒店里有电话的，记得吗？"

我穿过多维尔空空荡荡的大街，回到诺曼底酒店，独自四处闲逛。表面上泰然自若，拒绝向内心的焦虑屈服。我在酒店房间的阳台上吸着烟，端起一杯白兰地，远眺着英吉利海峡，忽然之间我意识到，自己并非对此漠不关心。

我只是拒绝往博伊会出事的可能性上考虑。

数月的时间，以极其缓慢的速度过去。博伊给我发来另外一份电报，告诉我英军在马恩河驻扎下来，他的军衔是中尉。此时的多维尔再次人头攒动，但这一次不再悠闲，德国人已经打下了比利时，巴黎城受到前所未有的威胁。德国人并未进入巴黎，但恐惧却让很多女人冲上火车，去往最近的港口，那里她们可以坐船逃到英吉利海峡的对面去。

我正像往常一样在成堆的订单当中忙到焦头烂额，我给艾德丽安发了紧急电报——她从未真正用电话沟通——让她快点过来给我帮忙，不要再为莫里斯闷闷不乐。莫里斯应征入伍，加入了法国军队，他会和他们一起，尽全力阻止德国人，避免最终我们所有人都要向凯撒敬礼。在真正来到多

DISCARDING FRILLS

维尔之前，她拒绝了我很多次，当时我交货的速度远远赶不上我卖出设计的速度。许多女人在听到官报从前线带回的伤亡惨重的消息之后，志愿去医院当护士。

这些女人需要一些舒适的，可以穿上整天自在活动的服装，同时这些服装又要结实耐磨。不经意之间，我之前推出的运动系列恰好满足了这些要求。我冲进工作室，生产出更多款式类似的工作服以满足需求。那些曾经只能戴上一副手套的女性，现在可以穿上我设计的敞领衬衫，卷起袖子，并将纱布卷和镇痛的吗啡装进夹克衫的口袋里。多维尔的女人们又一次穿上了我设计的服装，但我并不以此为傲。机会又一次对我敞开了大门，付出的代价却是让我曾熟悉的世界分崩离析。我无法冷静看待一切，开始忍受内心的煎熬。

此时，我曾经拒绝去想的事情已经迅速演变为一种可能。消息传来，巴桑的皇家地城堡遭到了占领，他曾那么引以为傲且价值不菲的马棚如今变成了兵营。听到这个消息，我在工作室里别人看不到的地方，因恐惧感到一阵阵的恶心。

如果连巴桑的城堡都不安全，如果巴黎都面临沦陷，博伊会发生什么？

莫里斯男爵平安的消息传来，艾德丽安一再确认之后，稍稍获得一些安慰。与她生活和工作在一起，可以看作是对自己容忍限度的最大挑战。当巴黎刚刚摆脱战火的威胁，人们开始踏上返程之旅时，我将多维尔的店交给了一位非常有能力的主管裁缝打理，然后和艾德丽安一起踏上了回巴黎的火车。

那时的巴黎如同一座静静等候的坟墓，那里几乎看不到肢体健全的男人，只有母亲、女儿和妻子，在一种近乎疯狂的状态下去看每天更新的死亡名单。康朋街店里的经营状况，却比我预想的好一些。巴黎的市场也呈现出对于舒适服装的需求，于是我在康朋街的店里也开始销售在多维尔销售过的那类服装。白天，我在店里工作，晚上就在丽兹酒店消磨时光，盟军军官在去往丽兹酒店酒吧的路上会经过我的商店，我从他们那里打听前线的消息。

他们带来的消息让我无比震惊。伤亡的人数数以万计，整支军队在德意志的铁蹄下被踏得粉碎。每天晚上，当我回到公寓时，脑中不断旋转的都是博伊在战壕中被炸碎的画面，我仿佛看到他的尸体挂在铁丝网上，肠子流得到处都是，还有其他无法描述的噩梦。电报来的时候，我只能交给艾德丽安帮我阅读。上帝救了我，穆朗传来消息，艾德丽安年迈的父母，我的祖父母因衰老而双双去世，我感谢上帝这电报带来的不是博伊的死讯，之后把艾德丽安送上了返回穆朗的火车，送她去参加他们的安葬仪式。我给她带了买鲜花的钱，以及一张给我五岁侄子安德烈准备的银行汇票，送他到英国的寄宿学校念书。尽管他当时还太小，我们也从未见过面，但我希望让他远离危险。

然而我却并未担心我的父亲，或任何一位兄弟的安危。我们分开的时间已经太久，也无意假装我们之间除了血缘还有其他关系。

如果一定有人要死的话，只要不是我的侄子或博伊就好。

在消失一年毫无音讯之后，博伊在 1915 年的春天回来休假了。憔悴、疲惫，但幸好还活着。在睡了足足两天之后他对我说，等到战争结束，他会写一本关于自己战争经历的书，命名为《反思胜利》（*Reflections on Victory*）。博伊从麻袋背包里掏出一卷卷拿破仑、俾斯麦和萨利写的厚重的书，沾满泥巴，破烂不堪。他把这些大部头堆放在床头。当炸弹在不远处爆炸，催泪弹的烟雾灌进战壕的时候，博伊就在战壕里读着这些书。我将脸埋进手里哭了起来，长久以来一个人承受的担心与焦虑在此刻完全释放了出来。

"哦，别哭，我的可可，"他将我揽入怀中温柔地说，"别哭，我的小狮子。谁都可以，我就是见不得你哭。"

博伊重回战场之前还有几周的假期，因此他提议我们去法国西南部的比亚里茨——毗邻法国与西班牙交界处的度假地度假。那里距离波市也并不远，正是我们最初对彼此产生感情的地方。西班牙当时已经明确态度拒绝参战，比亚里茨聚集着皇宫贵族、黑市大亨、百无聊赖的上流社会人士和富贵人家的子弟，整个度假地飘荡着一种令人不安的漠然态度，仿佛死去和正在遭受苦难的数万民众只不过是一种他们躲清闲的理由。

博伊需要这样暂时转换一下环境，因此我也不得不让自己待下去，无视那些冷漠的态度。我们在巴拉斯酒店（**Hôtel du Palais**）跳舞，驾驶着新款的拉风汽车沿着圣让德吕（**Saint-Jean-de-Luz**）的峭壁兜风。我们在海滩上野餐，相伴的是刚刚结交的朋友，糖业大王继承人康斯坦·塞伊（**Constant Say**）和他那著名的歌手情妇玛尔特·德瓦利（**Marthe Davelli**），后者有天鹅般修长的脖子，谜一般深邃的黑眼睛和一只大嘴，模样像极了当时的我。她坚持要我剪短头发并穿上和她一样的打扮，这样我们就可以迷惑我们两个的爱人。我让她把我的头发修剪到肩膀的长度。之后，我们都穿着白色的长礼服，佩戴着多层的珍珠项链，一齐走进了赌场。博伊故意先亲吻了她，之后才转向我，露出顽皮的笑容说："你好，你是谁？"

那段日子就是一段纯粹的度假生活，别无其他的目的。玛尔特成了我的朋友，我的顾客，我虽然对这段日子别无他求，但在博伊即将返回军营的前一天晚上，玛尔特发话了："可可，为什么不在比亚里茨这里开店呢？这场可怕的战争一旦结束，这里就会成为热门的度假胜地。这里房地产价格上涨的速度会超过原油价格上涨的速度。可可的店在多维尔很成功，而在这里，轻而易举就会翻倍甚至翻三倍。"

博伊的目光透过层层烟雾望向我。我们喝了太多的香槟，我当时完全没有心思谈这个。之后，博伊搀着我走回公寓，我醉得厉害，感觉整个人仿佛飘在一个气泡里，博伊不得不帮我脱下衣服。

在我即将坠入梦境之前，我听到他说："其实，这是个不坏的主意。"

2

　　我的时装屋在比亚里茨开业了，称得上我在当时的旗舰店，也是比亚里茨镇中央的第一家时装屋，坐落在加尔代雷（**Gardères**）大街上。时装屋正对着赌场，在去海滩的必经之路上——位置绝佳，必定会吸引到富有的度假客人。为了满足她们对于创新风格的需要，我不得不在实用和简朴的基础上，开始设计制作一些高档时装。然而在战时，面料供货很难。

　　"我会让苏格兰羊毛供货商联系你，"博伊离开之前这样说，同时留下一大笔资金供我使用，"你应该再联系一下巴桑在里昂的兄弟们，他们家族的纺织工厂正在为军队大量生产一种宽幅绒面呢。巴桑一直很想帮你，就让他在这方面给你作些贡献吧。"

　　他似乎并不太在意我们在借乱世发财这件事。我说出了自己的忧虑，同时担心无法一个人管理三间商店，更无法保证在战争期间将商品送到顾客手中。博伊驱散了我的疑虑："战争不是你要打的。再说很多人只要有办法，都要从中赚一笔，我们为什么不行？我倒是很想赚一笔，让自己比从前更富有。坦白讲，即便我们不这么干，别人也会的——而且他们已经在这么干了。"

　　我联系了巴桑，巴桑表示会将我需要的任何布料送来，他们家族的丝织品库存我也可以动用。通过巴桑，我找到了一位名为罗迪耶（**Rodier**）的制造商，他开发出了一种很少见的平纹单面针织布，用来制作运动员的内衣。然而他的样品制作太粗糙，因此积压了相当数量的样品销售不出去。我把他的库存全部买下，并下单又多订购了一些。我在罗迪耶的样品上直接改动，在天然的奶油色和米色的色调基础上，改制成女装长外套，同时我在袖口上设计了低调的刺绣花纹，并用巴桑家的丝绸做衬里。这些外套几个小时内就销售一空。很快，我就收到了下一张订单。罗迪耶已经听从我的建议，改用棉布制作，并将布匹染制成了我指定的颜色——珊瑚色、天蓝色、不同深度的灰色和奶油色。我由此开发了一个新的产品系列，包括裙子、羊毛衫和外套，有一部分是用博伊帮我联系的羊毛制成，我在领口和袖口的部分装饰上所能找到的一些动物毛：兔子、松鼠或鼬鼠（当时这些已经无法从俄罗斯或南美进口，供货商全部来自本地），作为配饰，我为这些衣服搭配了用小山羊皮和毛毡制成的各种形状的帽子，以天鹅绒或宽幅绒面呢制成装饰性的带子，再饰以粘有人造珍珠的别针。

当时的订单多到让我应接不暇。最远的订单来自马德里，因为那些西班牙贵族女顾客从比亚里茨拉回的箱子里装满了我设计的服装。甚至西班牙皇室家族也给我下了一个大订单，公主们穿着我设计的服装在埃尔普拉多漫步的情景之后被拍在了照片上。

我雇了 **60** 个裁缝，之后给安托瓦内特发了急电，叫她迅速雇到一个人接替她在康朋街店里的职位，快来比亚里茨，越快越好。我也写信给艾德丽安，她当时正极力反对莫里斯重回前线战场。我为莫里斯的时运不济而感到遗憾，同时也开始在本地寻找可以管理工作室的人。

于是，德雷（**Deray**）夫人出现了。她简直是翻版吕西安娜，一位行业内久经沙场的老兵——专横傲慢、标准极高、不屈不挠。从我们两第一次见面起就冲突不断，当她开始毫不掩饰地评价我的设计时，我当下就雇佣了她。而她立刻起到了很大作用，施行铁腕式的管理风格。战争夺走了家里的男人，她需要一个人养活很多个姑妈、侄子和侄女们。她当时的薪水适当，然而我许诺她如果能带来更大的产能，我就可以给她涨工资。她做到了，并且工作得比我还要勤奋。她管理着当时最先进的缝纫机，以及一众缝纫女工。客人的服装每一件她都要仔细检查过，总是第一个到，最后一个走。我们之间从未发展出真正的友谊，然而我却非常依赖她。如果我需要去别的地方处理事务，我可以放心地把比亚里茨交给她管理。

安托瓦内特到了，闷闷不乐。我问她出了什么事，她嘟囔着回答："我已经二十八岁了，加布里埃，现在你要我来管理这个度假地，这里一到冬天就会少掉一半的人，我要去哪里找我未来的丈夫？你已经有了博伊，可我一个人都没有。"

"一个人都没有？"我大叫道，"你有我，你是我的亲妹妹。还有我们在这儿一起做的事情，你觉得这也不算什么？"

她嗤之以鼻："是你做的事，不是我们，我只是你的雇员罢了。我希望结婚，有自己的家庭。你不希望吗？这是我们的使命。"

"谁安排给我们的使命？"我突然发了火，"我肯定不需要，如果你希望嫁人，到哪儿能像比亚里茨这样有这么多的有钱人？至于我，我已经结婚了，我嫁给了工作。"

说完我就转身离开了她，内心愤怒异常，我竭尽自己的精力付诸工作，希望脱下女人们的束身衣，但却仍然解不开她们思想上的枷锁，女人们的想法仍然没有超越结婚生子，之后煮一辈子的香肠。

夏季结束后，我离开比亚里茨去查看其他的商店，并开始筹备春装的设计。在我的坚持下，安托瓦内特不得不留在了比亚里茨，这让她十分生气；这间店铺刚刚做起来，我希望在淡季也能有人照顾，而且在冬天，也会有西班牙的顾客登门。

在返回巴黎的火车头等车厢里，我伸直双腿查阅账目（比亚里茨第一个销售季节里我们获得了惊人的收益，这得归功于德雷夫人，她为我设计的服装每件定价 3 000 法郎）。同时我也十分惊讶，原来安托瓦内特会认为我一直是希望结婚的。然而我从来没有和她或任何人提出对结婚有兴趣的想法，哪怕是博伊……

这是我们的命。

可能这确实是种命，然而让我不安而且不断去想的是，其他女性如此渴望婚姻，我却从未想要哪怕一点点，即便是我和巴桑在一起的时候也没有，我自己是否出了什么问题？建立稳定的家庭，陪伴在丈夫身边，孩子们在身边跑来跑去，我为何不渴望这样的生活？我是否在童年受到了什么伤害，因此现在拒绝那些令其他女人快乐的事？

当时我三十二岁。**1916** 年，我雇佣着三百名员工，并被视为时装界冉冉升起的新星。美国首屈一指的时装杂志《每日女装》（*Women's Wear Daily*）和《芭莎》（*Harper's Bazzar*）杂志首先刊发文章，报道我设计的女裙长度，让女人露出了脚踝和隐约的小腿，这在当时是十分大胆的举动。时装界公信度极高的《时尚》（*Vogue*）杂志也专题报道了我设计的作品，并宣称我为"值得关注的设计师"。

服从于命运是我最不应考虑的事。

战争仍在继续，战场上的男人如同收割机下的麦穗般倒下。博伊再获假期回到巴黎，看上去比之前胖了些，对自己在战争中的职责却表述得含糊不清。我怀疑他为英国担当情报人员，但如同我在我们的关系确立之初那样，我没有问。

我给博伊看了杂志剪报，虽然法国本土的时尚杂志还没有对我表示公开的认可，但看到我的生意正在蒸蒸日上，博伊十分欣喜。当时他的书已经写完，并即将在英格兰出版——究竟是什么时间，在哪儿写成的，我没有问。随即我们出城为彼此庆祝。

当时的巴黎正在一点点恢复战前的魅力。巴黎人已经逐渐习惯了在战争中生活，同时对战争造成的各种资源短缺深恶痛绝——对于我来说，最糟糕的就是热水的间断供应——还好有小酒馆和卡巴莱歌酒馆让我们可以暂时忘掉这一切。在这里，可以看到不同国家的军官，他们喝着酒，与轻佻的女孩儿调情。博伊和我在马克西姆餐厅和巴黎咖啡馆吃晚餐，去剧院看演出，甚至还应邀参加了女演员塞西尔·索埃尔举办的社交晚宴，如今她已经是我的常客。

就是在这晚，我认识了蜜西娅（**Misia**）。

蜜西娅的家在瑞弗里大道，从那里可以远眺杜伊勒里宫。初看很像一间提供修补服务的小铺，然而里面却摆着来自非洲的面具，来自考古发掘的原始小雕像，俄罗斯制的瓷质小摆设，英式镀金茶桌，意大利的古董半身像，以及数不清的巴黎本地著名和非著名艺术家们的绘画作品。"这些都是卖的？"当我们穿行其间的时候博伊悄声问我。博伊被吓坏了，他本以品位简朴闻名，此刻他的目光正停留于矗立在墙角的一尊黑色大理石米开朗基罗大卫像上，大卫被簇拥在一堆帽子、围巾和大衣中间。

"这是图鲁兹·罗特列克（**Toulouse-Lautrec**）为我画的在钢琴边的像，"蜜西娅说，墙上以危险的角度悬挂着二十多幅摇摇欲坠的油画，蜜西娅指着其中的一张说。"我精通钢琴技巧，师从李斯特（**Franz Liszt**）本人。我也曾教过别人钢琴。一开始我在圣彼得堡授课，那里也是我出生的地方。哦，李斯特真是一个非同寻常的小个子男人，"她继续说道，"可别人都是在怎么嘲笑他啊！好像他们用他一半的艺术敏感也能看懂这个世界似的。他死的时候我特别难过。"以及，"这幅出自雷诺阿（**Renoir**），我给他当模特。他要我把乳房露出来，到现在我还在后悔当时拒绝了他。没有男人能像他那样知道如何捕捉女人皮肤上的光泽。哦，还有，这是我最后收集的——凡·高。你知道他吗？不知道？他是个天才。只要看看他使用在画布上的颜色就知道了；他的画简直是沐浴在色彩中。忘了波提切利和达·芬奇吧，简直是垃圾，陈腐！这个男人有着神圣的灵魂。天赋为什么总是与疯言疯语相伴呢，这在我看来简直是作孽。"她叹了口气。"他自杀了。他疯得像战争寡妇一样彻底，而且完全不知道如何卖出自己的画。即便有人买下，也不知道该拿它

DISCARDING FRILLS

怎么办。他们完全不知道应该正着还是倒着挂在墙上。"

她的出现伴随着音乐般的韵律，钢琴上堆满了斯特拉文斯基、拉威尔、德彪西等音乐家创作的乐谱，上面满是注释，所有这些音乐家，蜜西娅都以一种轻描淡写的方式说，这些人她都认识，并且慷慨资助过。

蜜西娅圆胖、嗓音洪亮，有种忙忙碌碌的架势，梳着高卷式的需要时常打理的发型。她有着圆圆的闪闪发亮的眼睛，仿佛可以在第一瞥当中完成对所有事物的衡量判断，她讲话姿态夸张，将沙发上的百花香靠垫都碰了下来。她的房子有种让人窒息的感觉。闻上去是古老香水和经年灰尘的味道，其间混合着种植在中国瓷器里的丛林植物根部的潮湿土壤味，房间里的书也非常多，然而在让人想要躲远的同时，她又具备一种吸引人的魅力。她用一种毋庸置疑的权威感，让客人们都坐在一张拥挤不堪的桌子边上，在禽类和豆类蔬菜组成的晚餐之间，她会以决断的态度讲起从音乐到巴黎的立体派艺术家们是如何反抗歧视中间的任何一个话题。

"毕加索本人曾经对我说，他差点儿就回加泰罗尼亚去了，虽然他自己也非常不想回去，"她说着，叉子在空中猛戳，"我对他说不要让他和布拉克之间的争执影响到他本人或者他的天赋。而且既然西班牙自己都没有兴趣参战，为什么要入伍呢？他必须留下来画画，这是他最擅长的事，我敢肯定，总有一天，全世界都会欣赏他的作品。"

餐桌边坐着九个人，其中有塞西、博伊和我，还有蜜西娅一位来自加泰罗尼亚的身材结实的情人——雕塑家、画家何塞·玛丽亚·塞特（**Jose Maria Sert**），他整晚都在嘟囔着大吃特吃。在其他人开口说话之前，蜜西娅继续道："因此我坚持毕加索为迪亚吉列夫的新剧目设计舞台背景。可怜的迪亚吉列夫，在《春之祭》之后，俄罗斯芭蕾舞团在这里都没有个像模像样的开场，他都要精神错乱了。他在美国和西班牙的巡演取得了令人难以置信的成功，当然他需要先找回自己。"她补充道，双手悲剧性地在胸前相握，突出着她没能露给雷诺阿的那一对宝贝。"尼金斯基的背叛对他来说仿佛在他的心脏上来了一刀。这么多年都在培养他的才华，可当迪亚吉列夫一个转身，那个忘恩负义的人就和别人结婚了，跟他结婚的那个女人瞎了，看不出来他喜欢的是男人。"

　　一个坐在我身边的头发浓密、脸颊消瘦的年轻人笑了起来。"我很好奇新婚之夜他们怎么度过的？"蜜西娅假装叹了口气，说，"让·科克托（**Jean Cocteau**），求你了！"塞特嘟囔道，"还能怎么度过？哦亲爱的，好像你下面那个有点儿状况。我可以把拳头塞进你的屁眼里吗？就像迪亚吉列夫以前做的那样？"

　　蜜西娅开怀大笑了起来，我感觉得到身边的博伊的姿态僵硬了起来。塞西向我挑起了眉毛，仿佛在说，她并不知道今晚会变得如此粗俗。然而我并没有觉得受到冒犯。在与伊米莲娜交好的那段日子里，我时常听到她和那些高级妓女的朋友有类似粗糙的话，然而当科克托捏住了拳头，模仿这个动作时，我感觉到身边的博伊牙关紧咬。科克托说："尼金斯基会后悔的。迪亚吉列夫策划的这场新的芭蕾舞巡演会让巴黎全城瞩目。这是一场为每位观众策划的嘉年华恶搞，而我们以外的人也会对此满意。迪亚吉列夫也有了个新的高雅精致的舞蹈演员——我忘了他叫什么名字？"他带着放荡的姿态转头望向蜜西娅，博伊目光犀利地看了他一眼。科克托是男同性恋并且毫不掩饰，而博伊很厌恶。

　　"谁知道，"蜜西娅耸了耸肩，"之前有，之后也会有，好多男人爱迪亚吉列夫。重点是这次他会东山再起。这次有毕加索绘制舞台背景，还有你，亲爱的科克托，来写剧本，萨蒂（**Satie**）作曲——我觉得，诸位，这次的演出一定杰出超凡。"

　　我没有提起我已经亲眼看过了《春之祭》的惨败。当晚的话题由蜜西娅主导，之后转向了政治和天气，以及美国人是否会拯救全欧洲，免得大家最终难逃吃德国泡菜的命运。博伊说美国总统威尔逊即将面临没有选择的境地，因为德国人已经开始动用潜艇攻击，并使用了毒气弹。之后博伊说他听

DISCARDING FRILLS

到了确切消息，威尔逊总统即将签署法案并从美国征兵一百万，加入欧洲战事。之后所有人都沉默了。

"我们只好这么希望了，"蜜西娅干巴巴地说，"德国人很让人讨厌，我们应该在他们的国家外面砌一堵墙，把他们像猪一样永远关起来。"

说到这里，塞特推开盘子，打了个响嗝也并未道歉，之后点燃了一支臭气熏天的雪茄开始抽，熏得我流泪不止，随后他又向我递了一个挑逗的眼神。

据博伊后来说，当天的晚餐于他是场灾难。他觉得当晚即席的人都粗鲁愚昧，在他们门外，整个欧洲正在战争中挣扎时，这群人还过着骄奢淫逸的生活，然而我却很入迷。在这之前我从没遇到过这样的一群人，充满反叛精神且无忧无虑。他们很吸引我，而且显然我也吸引了他们，或者至少吸引了他们的女主人，因为当晚道别的时候，我披上那件饰有鼬鼠毛的红色天鹅绒外衣，蜜西娅上下打量着我说："天哪，亲爱的，你真是迷人，你的风格好独特，你叫什么来着？"

我微笑了一下。我们介绍自己的时候她很可能根本没有听到我的名字，或者即便她听到了，她也会忘掉。

"可可。"我说，博伊站在我的身边，帽子捏在手上。

"可可？"她皱起了眉毛，"你这样的人叫可可实在是太蠢了，好像是宠物的名字。你是谁的宠物吗，亲爱的？你身上可没有什么脖圈或链子之类的。"

我耸了耸肩作为回答，博伊说："如果你不喜欢可可，夫人，你可以叫她加布里埃·香奈儿。她在康朋街有一间帽店。"

"商店，"蜜西娅惊呼道，"太好了！我最爱帽子。我明天就去你的店里看一下，亲爱的。我们可以一起吃午饭。我希望多多了解你。"之后，她在我的两颊留下湿湿的吻，我闻到了一股浓重的白檀木香水味。越过她的肩膀，我看到了角落里摇摇欲坠的成堆书籍，她对着博伊不怀好意地一笑。

"你那本关于政治的书出版之后一定要告诉我们，卡佩尔先生。我们可都是爱读书的人。"

之后，她就穿着日本和服式样的衣服飘然离开了。当我们拾级而下走向杜伊勒里宫的时候，科克托从后面追了上来，跑到我们身边，石楠丛般杂乱的头发上扣着一顶贝雷帽，歪嘴一笑。"我会把下个月芭蕾演出的免费票寄给你，你一定要来。迪亚吉列夫会希望认识你的，小姐。"之后他眯了眯精灵般的眼睛。"你要小心蜜西娅，她和朋友们在后街帮人违法堕胎，"他冲着博伊点了点头，博伊并没有理他，"她说的关于书的话一个字也不要信。她这辈子连一本书都没读过。"

看到科克托蹦跳着消失在黄昏里，博伊喃喃地说："我相信你说的是实话。"

我握住他的手捏了捏。我们在一起八年以来，这是我第一次为他感到遗憾，他无法理解，我们刚刚与未来共度了这个夜晚。

3

如她前晚所说,蜜西娅第二天一早就出现在我的商店里,穿着七拼八凑的套装,这套衣服穿在任何人身上都会被视为奇装异服。我卖给了她三顶帽子、四件毛线衣和五条裙子。开始的时候她十分抗拒,气哼哼地表示对于这样"古怪"的服装来说她年纪太大。事实上她当时四十二岁,比我大十一岁,然而她是我所见到的人里面最健谈的一个。她没有丝毫的自制力。我们在丽兹酒店吃午饭时,她对我讲了自己物质丰富却无比孤独的孩童时代。她的妈妈生她的时候在圣彼得堡死于难产——"她去那里是为了追随我的父亲,他是个雕塑家,不想和她扯上一点儿关系"——在这之后,她在布鲁塞尔的祖父母承担了抚养她长大成人的责任,音乐家李斯特在她祖父母的家里举办音乐会。之后,她那风流成性的父亲又把她要了回去,把她送到了巴黎的圣心寄宿学校——"哦,我讨厌死那儿了!那些修女都是同性恋,偷看我们洗澡"——之后她逃了出去,以教人弹钢琴和给画家当人体模特为生,之后她结了一次婚,然后又结了一次。

"我的第一任丈夫是我的波兰表哥,塔迪·纳塔松 (Thadée Natanson)。他创立了《白色评论》杂志(*La Revue blanche*),并且十分支持在艺术领域崭露头角的人。我是在为罗特列克(Lautrec)当模特的时候遇到的他。哦,我们的婚姻是场灾难!塔迪在床上糟透了,糟糕极了,于是我开始和阿尔弗雷德·爱德华兹(**Alfred Edwards**),《费加罗报》(*Le Figaro*)的拥有者,有了婚外情。塔迪的刊物需要一个投资人,阿尔弗雷德于是同意投资,条件是他先同意和我离婚，这样我们之后才能结婚。从那之后我就搬到了瑞弗里大道的家，我在那里遇到了拉威尔（**Ravel**）和恩里科·卡鲁索（**Enrico Caruso**）。我曾经和卡鲁索合唱那不勒斯二重唱，拉威尔为我们伴奏。真是件赏心乐事！"她说话几乎没有停顿，同时仍然毫不费力地在吞下火腿三明治的同时喝下一杯又一杯的茶，因此她的牙齿上有茶渍。

"阿尔弗雷德是个非常粗俗的人。在床上他是只老虎，可是在外面非常粗俗。他跟所有人上床，男人、女人，他不在乎。**1909** 年的时候我和他离了婚，他把房子留给了我。房子是我一个人装饰的，那些有才华的人留在那里的东西也是我在经营和打理。五年之后我遇到了塞特，我非常喜欢他的画。他将来会非常出名。他为巴黎市政厅画了壁画，很多位美国的百万富翁正在争相邀请他去画他们在纽约的豪宅。我很想去看看纽约，你不想吗，亲爱的？美国人有时候相当保守，但他们也爱现代艺术，而且与我们这里不同的是，他们有爱艺术的钱。我一直告诉塞特接受工作，但他是个加泰罗尼亚人，你知道，懒惰而且非常看重吃。他说美国人只吃白面包，所以他拒绝了。"

说到这里她终于停了下来。"你呢？你经营商店，又和这样一位合适的卡佩尔先生生活在一起，你觉得怎么样？好了，不要不好意思。如果我们要成为朋友，你必须告诉我所有的事。"

我告诉了她一些故事，足以满足她的好奇心，我轻描淡写了自己的成功，不过她很快注意到我在多维尔和比亚里茨都有店铺。我也注意到她总是能嗅出有前途的艺术家，她的钱很多都投到了各种风格和门派的艺术品上。她唯一比我经历更多的是失败，但这说明她总可以重整旗鼓，东山再起。我在她家里的时候就注意到了，当她谈起迪亚吉列夫的时候，说他是——"一个无可救药的浪漫主义者，太过贪婪，他什么都要：男人、巧克力、才华、金钱。如果不是我，他早就沦落街头要饭去了，但我爱的就是他这点。"我决定永远不要被蜜西娅那具有破坏性的直觉俘获。

DISCARDING FRILLS

我们就这样成了朋友，但更主要的是因为她的坚持。她会定期来找我，拽着我去圣日耳曼代普雷的跳蚤市场。她在那里会花上数小时的时间，在一堆我永远碰都不会碰的破烂和垃圾之间翻找。她是继伊米莲娜之后我的第二位同性友人，然而我已经失去了同伊米莲娜的联系，同时我也永远无法确定蜜西娅会带来的是爱还是毁灭。一个和朋友在后街帮人非法堕胎的人，科克托是这样描述她的。我永远不会忘掉这个名号。然而后来我才知道，我和蜜西娅的友谊，成了我人生中最持久的一段。

　　与此同时，战争进入第四年，也是最具有毁灭性的一年，联军在等待美国军队到达的时候，我们在前线的死亡人数惊人。在俄罗斯，出现了大规模的无政府状态，催生了国内革命，并以将沙皇家族驱逐出境告终。同时还有数百名俄罗斯贵族和皇族遭到杀戮，或开始身无分文的流亡。

　　迪亚吉列夫的新芭蕾舞剧《游行》（*Parade*）的首演，将人所能想象到的讽刺挖苦和肆无忌惮推到了极致。蜜西娅擤了擤鼻子（当晚她得了感冒，本应该待在床上）："很恰当，不是吗？在巴黎恶搞，在莫斯科恶搞。只不过在巴黎，我们让傻瓜们跳舞，而在俄罗斯，他们把傻瓜都毙了。"

　　当晚对于博伊来说，是压倒骆驼的最后一根稻草。在演出之前，我们邀请蜜西娅和塞特来我们的公寓吃晚餐，博伊向他们展示了自己写的书的初稿。书评赞扬了博伊对战争的深刻见解与洞察，然而蜜西娅连看都没看，之后她开始央求我将一副科罗曼德屏风送给她，惹怒了博伊。

　　"她家里没有地方放了，"我们一起走进剧院的时候我安慰博伊，"她什么都收。你去过她的家。如果她有办法在客厅里塞进一只犀牛标本，她早就这么干了。"

　　但他仍然十分讨厌蜜西娅，芭蕾舞演出之后，他回了家，让我自己参加俄罗斯芭蕾舞团的庆功宴，我在那里遇到了体态臃肿的迪亚吉列夫，戴着他的水貂皮帽子和装饰着奢华斯拉夫主题的羊毛外套。他当时喝醉了，并当众爱抚着他的一位男芭蕾舞者，不过他对我微笑，并说我们必须找个时间一起吃饭，因为蜜西娅已经对他说我是一个"多么难得的"人物。当晚我也被引荐给了作曲家斯特拉温斯基。他有着柔软服帖的金发，并且因视力不佳而显得眼神专注，他撩动了我内心深处的某样东西。之后我也见到了专门负责立体派舞台布景绘制的毕加索，他热情的目光和身上所具有的强烈男性气质让我心慌。他当时正和迪亚吉列夫的一个首席芭蕾舞演员奥尔加·柯克洛娃（**Olga Khokhlova**）在一起，之后他会和她结婚，但之后他让我看到了一个对一切事物和一切人都有着极大胃口与可能性的男人，这让我震惊。

当晚午夜之后，我回到公寓，房间里没有人，博伊在门口的桌上给我留了张字条。他又被毫无征兆地召去了英国。

我将字条在手心捏成一团，之后拿起剪刀，走进了浴室。在镜子前，灼干我眼睛里的泪水，亲手将我齐肩的头发剪短到刚刚超过下巴的长度。

4

我预见了灾难的降临。

战争进入 **1918** 年，战争的最后一幕将数千条生命血淋淋地送入坟墓。我买下了康朋街 **21** 号的店面，将女装销售商赶了出去，开始在附近同一条街上 **31** 号的六层楼里寻找适合作为新店面的地方。

同时，我也还清了博伊借给我的所有本金，连同利息，包括他帮我支付到比亚里茨店铺的三十万法郎。博伊的新角色是位联络员，因此只有他来到巴黎的时候才能和我见上一面。我在康朋街发布春装系列的时候，德军对巴黎城外开始最后一轮的轰炸，他陪伴在我身边。突如其来的爆炸撼动了建筑物窗户，所有人都奔跑着穿过旺多姆广场，躲进丽兹酒店的地下室，那里有储备丰富的酒吧，防毒面具，以及爱马仕生产的睡袋。第二天，我的店里卖出去了大量的生丝睡衣，因为地下室的女人们除了睡袋以外还要一些衣服在夜里穿着。

但是博伊却显得心事重重，对我有些疏远。我主动问他发生了什么事，以为他会提起近期对德军的一轮突袭，但他静静地回答："我很怕会失去你。"这让我的内心忽然不安起来。当整个世界进入一场旷日持久的战争，而我们不但幸存，而且比我们刚开始的时候都更富有时，他为什么会担心这样的问题？之后我慢慢注意到我们的公寓里，有一些小件的东西不见了：他喜欢的须后水，一件浴袍，还有一些书，还有他的指甲钳。没有值钱的东西，我不可能以此推断他背叛了我。

"他一定已经和别人在一起了，"蜜西娅说，带着一点幸灾乐祸的口吻，"他有贵族的那种自命不凡。大家都知道。他永远不会娶一个做生意的女人，不管你有多成功或者多知名，因为这在他们看来不是门当户对。"

这是蜜西娅讲过的最无心也是最伤害我的话，我盯着她："我从没希望我们两个要门当户对。如果塞特都会觉得能配得上你，一个离了两次婚的女人，我不觉得博伊和我结婚有什么不妥的。"

她耸了耸肩。她对别人的无礼可以全然的免疫，同时她也会时不时以无礼的方式对待别人。"我知道在东京大街（avenue de Tokio）上有一间很棒的公寓，就在夏乐宫的对面，能俯瞰塞纳河。我认识的一个熟人租约还没有到期就跑了。那间公寓真的很棒，随时都可以搬进去，你想的话明天就可以。"

"我不想要另外一间公寓了。"我说，但还是让她带我看一下。那间公寓确实非常吸引人，墙上装饰着大量的镜子，屋顶涂了黑漆，墙壁上贴着墙纸，空气中飘荡着可可豆的味道——"这是鸦片，"蜜西娅解释道，"我的那个熟人是个瘾君子，他离开是因为在巴黎弄不到这个了。"——一只巨大的佛像摆在门廊里。我当下签下了租约，钥匙放在口袋里，但并没有搬进去的打算。告诉蜜西娅之后，她拍着我的手："当然了，亲爱的，不管怎么样有个额外的选择总是好事。"

她的话让我想起了伊米莲娜的话——选择，记得吗？我们永远是有选择的——当博伊再一次出现，和往常一样不告而来的时候，我选择和他对质。

"这是怎么回事？"我问，我将手放在腰上，香烟在焖烧，博伊径直走向自己的衣柜，避开了我的目光。"是因为我的头发？你不喜欢我的发型？你以前说我留短发很好看。"他并没有回答，我跟了过去，很害怕他拒绝回答的东西。"还是因为蜜西娅？我知道你不喜欢她或她的朋友们，但他们把朋友介绍到了我的店里，而且你也不需要见到他们——"

"可可。"他转身面向我。我感到香烟正在灼烫我的手指。"我要结婚了。"

我看上去一定是被博伊的马球杆挥中了脑袋。他甚至都没有继续给我一个合理的理由，只是接着用干巴巴的声调说："她叫戴安娜·李斯特·温德姆（**Diana Lyster Wyndham**），里布尔斯代尔勋爵（**Lord Ribblesdale**）的女儿。我在前线时在意大利的阿拉斯遇到了她。她当时在为红十字工作。她的丈夫和兄弟都死于战争，我们双方的家庭都同意了。"

　　就这么简单。他在前线遇到她，他们两个家庭都同意。我想拿起香烟，可早已成灰并直接碎落在我的睡衣上。我的唇边露出一丝讽刺的笑容，但内心已经碎成了两半："我很好奇，为什么这些贵族女人都需要三个名字？如果我也用全名加布里埃·博纳尔·香奈儿，我会不会比现在更成功些？"

　　他无助地看着我，我抑制着想要冲过去让指甲陷进他肉里的冲动。"她人很好，可可。我觉得……你会喜欢她的。"

　　"我敢肯定。也许我可以给她设计结婚礼服，我还从来没有设计过。不过，不"——我在一只莱丽客烟灰缸中熄灭香烟，很想要抓起烟灰缸掷到他的脸上——"那样太尴尬了。我想她会更希望婚礼礼服出自一位英国设计师之手，以表她的爱国之心，就像你一样。"

　　我转身走进了卧室。颤抖着，握紧拳头，让指甲深深陷进手掌。博伊跟了进来。"什么都不会改变的，"他说，"这件事和我们两个之间无关。我大部分时间仍然会住在巴黎，我们会像以前一样——"

　　"我另外租下了一间公寓，这么看来确实是好事，你觉得呢？"我快步走近博伊，他倒退了两步。"我会尽快搬出去。"

　　"没有那个必要。这间公寓一直是你的。"

　　"不必了，"我背向他走向沙发，笨拙地摸向烟盒，"我认为有必要，而且必须要。"我听到自己的声音，像是另外一个女人在讲话，一个肺里充满烟雾的冰冷的女人的声音，她在这场两个人共同构建的关系里没有任何筹码。"我没办法用其他任何方式相处。"

　　他郁郁不乐地叹气。"你现在明白了吗？这就是我所担心的，我怕会失去你。"

"在你跟那位有三个名字的贵族女士订婚之前就该想到了。"我回敬道。我让自己坐下，蜷曲双腿，拉过来一条披肩盖住自己。忽然之间我感到寒冷彻骨，好像自己再也无法暖和过来。

他回到了卧室。过了片刻，他拉着皮质旅行箱走了出来，外套披在肩上。我一动没动，望着他转身走向门口，走了出去，我知道这次会是永远。之后他停了下来。"我从没想要伤害你。"他说。

我沉默着蜷曲在沙发上，他拉开门然后离开了。

我站了起来，仿佛用尽了全身力气，赤裸的双脚已经麻木，我拖着步子走进卧室，猛然拉开他的衣柜。他的裤子、衬衫和毛线衣都好好地摆在里面，仿佛他只是去出差，和以前一样。我又有了去拿剪刀的念头，但是这次我想要毁掉他留在这里的一切。当他再回来的时候——他会回来，只是我并不知道何时——他会亲眼看到我对他的蔑视已经把他的衣服剪成了碎片。

之后，我看到了一件已经快要褪色的米色套头衫，被压在其他衣服的下面，就是他从英国带回来之初我就试过的那件，这件套头衫材质柔软，我很喜欢穿上它之后垂下的褶皱。我迟疑着将它捧近脸颊，颤抖着双手。上面隐隐地留着他的体味，是打完马球后的汗味和柠檬味道的须后水。

但更多的是他的味道。

我将衣服拥进怀里，蹒跚着走向床边，让自己躺下，闭上了眼睛。这将是我最后一次为他流泪，我这样告诉自己。最后一次，让这个男人，或其他男人带给我惊喜，或带给我挫败。最后一次。我发誓，会是我生命中的最后一次。

当天我没有睡觉，意想不到的是我也没有哭。

我的眼泪无法填满我心里的那道深深的裂痕。

DISCARDING FRILLS

153

5

在联军的攻势面前，德军的抵抗最终瓦解，并递交了令他们羞愧的停战协议。我在这个时候搬进了新的公寓。全巴黎的人都涌上街头，在新桥上打开香槟庆祝，站到桌子上跳舞，驾驶着汽车大鸣喇叭冲下香榭丽舍大街。短暂的狂欢之后，人们开始进入了安静反思的阶段，因为仅法国的阵亡人数就超过二百万，更别说其他同盟国的阵亡人数了。

这一切发生的时候，我仿佛被笼罩在一层玻璃罩里。我带到新公寓去的东西只有衣服、化妆用品和我的克罗德曼屏风，其他东西都留下了。蜜西娅对我十分关照，绕在我身边说个不停。她建议我找个住家仆人来照看我："我把我的管家约瑟夫给你，还有他的妻子玛丽；他们有个很可爱的女儿苏珊娜。塞特想要把他从小就认识的一家仆人从加泰罗尼亚带过来，所以我们现在不需要两个管家和两个女仆。"

我拒绝了。我一天大部分的时间都在工作室，需要的只是一个可以白天帮我收拾房间的女佣。我也并不需要蜜西娅委派任何有可能在我的背后指指点点的人。于是蜜西娅给我送来了两尊十分丑陋的站在大理石基座上的黑人雕像，放在我的门廊里。我十分厌恶却并没有说出来。但却很想问她，为什么在扔掉那件巨大又怪异的佛像之后，又要在我的公寓里摆回两尊看上去很像是清仓出售时买来的东西？

坦白说，她其实倒是可以送我一头填充犀牛标本，我总是用这个来逗她。新公寓的卧室和起居室我都重新装饰过，才有开始在这里生活的勇气。

商店的工作继续着，只不过现在已经搬到了康朋街 31 号的新地址。

"吐故纳新。"战争最终结束的时候，蜜西娅如此宣告。和平会议让外交官、将军和各国大使到达巴黎，一同到达的还有他们的情妇、女儿和妻子——她们此前都听说过我的商店，于是几乎全部聚集在我的店里，讲绯闻，炫耀她们男人的丰功伟绩，之后买下店里所有的东西。

纸醉金迷的日子重又回来，却再没有往日曾有的宁静。那些日子永远一去不返，与如此众多阵亡的年轻生命一同随风吹散。很快，人们进入了一种狂欢的状态，雄心勃勃的小说家、艺术家和音乐家们，在战争中幸存，如今成群结队来到巴黎，他们为巴黎着迷，期冀着在这座不夜城里一举成名。

那是战后万物复苏的时代，我尤其身处其中。我设计的服装轮廓简洁大胆，正是当时时代所需。女人们再也无法容忍紧身衣的束缚。这些女人们，曾经在战时护理士兵腐烂的伤口，帮忙奉粥，作为驾驶员驾驶救护车和有轨电车，但现在，她们希望获得穿衣服的自由和自我表达的自由。我开始采用真人模特，把假人模型丢进仓库，毕竟我设计的服装穿在假人身上也从未好看过，而穿在活生生的女人身上，才有生命力。我开始启用真人模特，向顾客展示服装材质从肩膀上垂下来的样子，略长的剪裁可以避免在臀部产生褶皱。我设计的外套在女人们迈步走路时会出现层层流动的效果，而我设计的帽子与当时非常流行的波波头也十分搭配，一切都是战争环境的产物。

仿佛一夜之间，每个人都想要一件香奈儿设计的衣服，从睡衣到羊毛衫，再到运动两件套，当然还有外套和衬饰有专门配搭的衬里。我设计的以串珠、尚蒂伊蕾丝和鸵鸟毛装饰的黑色天鹅绒斗篷成为当时的流行尖端。有天早上起来，我发现自己真的出名了，成为走在时尚前面的设计师。曾经被誉为时尚堡垒的波烈在战争中为士兵设计军服，战争结束后，他又回到了自己以往的奢华设计风格。他推出了豹纹装饰的外套和带有肩章的晚礼服，但声势渐衰，没能适应周围快速变化的世界——这个世界欢迎各种生机勃勃，

DISCARDING FRILLS

而厌恶与过去的时尚沾上哪怕一点点的关系。我当然也有竞争者，比如制衣商人玛德琳·薇欧奈（**Madeleine Vionnet**），她设计的斜裁晚装非常精致，堪称艺术之作，但售价奇高，是为社会顶层人士制作。我敬佩她的匠心，之后也会转化为我的设计，但我与这位设计师之间却存在着看不见的隔阂，并不会试图抢走彼此的顾客，我和她都试图在保持距离的同时展开竞争。

我的设计将独特与优雅结合了起来。我总是对客人说，女人通常会认为奢侈的反面是贫穷，但其实是粗鲁。"简约，"我说，"是真正的优雅。一个女人穿着得体的时候就是最接近裸体的时候。人们应该先看到她，之后才看到她穿的衣服。"

我成了知名人物，于是我看上去仿佛并不工作，但其实我比以前工作得更努力，以维持那种举重若轻的感觉。一个需要努力工作的女人在当时仍然缺乏社会地位。战争结束的余波当中，又需要再过数年，女人在裁缝、演员和妓女以外的其他职业的就业限制才会有真正的改变。

当时的我已经不再在意类似"她是个女商人"这类尖酸传言的打扰。那个她们在沙龙里美言夸赞，却在背后指点的女商人现在比她的大多数客人都要富有且更具有影响力——而且我们都意识到了这点。

我和博伊分开之后不久，一些久未联系的老朋友们陆续出现了。第一个就是巴桑，巴桑应征参战，死里逃生。他看上去很憔悴，但他还好；伊米莲娜和他在一起。她那曾经被大仲马小说和威尔第歌剧描述过的交际花妓女的鼎盛时代也已结束。她与巴桑的驯马师结了婚，之后又离婚，再之后就传言与绯闻不断。她如今是个 49 岁的女人，仍然像以前一样对我充满情感，她用肉感的手臂拥抱着我，在我耳边轻声说："我的宝贝，看看你有多瘦。看那个愚蠢的英国人把你弄成了什么样子。"

我并不再想听人提起他，也并不好奇他的近况。博伊人在法国，正在参加和平谈判。我常听到别人因此提起他的名字，但却并没听到他举行婚礼。还未出一个月，蜜西娅欢快地告诉我，博伊的妻子戴安娜怀孕了。

我再一次克制住了自己，未发表任何评论。我刻意让自己去想他已经死了。

巴桑感受到了我的坚定态度，他什么都没说，给我带来一束从皇家地城堡采来的黄色玫瑰。我把他介绍给蜜西娅和塞特、科克托、毕加索和迪亚吉列夫。他们喜爱巴桑的温和，可以消化掉数量众多的女人和美酒的能力，以及对待金钱的随意姿态（和我一样，巴桑的家族通过纺织业在战争中赚取了巨额资本）。巴桑拉我一起资助了迪亚吉列夫在巴黎的最后一场演出，买了几幅毕加索的画作，听闻斯特拉温斯基希望将妻女送出动荡的俄罗斯之后，巴桑又劝说我一起为她们创建了特别的基金。

我痛苦地发现，自己从未爱过的男人竟然十分自然地融入了我所在的波西米亚般的野生国度，然而我深爱的男人却执著坚持当一个场外旁观者。

过去的都结束了，我安慰着自己。我越是爱博伊，夜晚就越是难熬，他是一个需要留在过去的人。

其实我错了。

DISCARDING FRILLS

6

一切从安托瓦内特的背叛开始。

1919 年，战后第一年。这年的春夏两季忙极了，我奔波于巴黎、多维尔和比亚里茨的几间店之间。几乎没有时间见朋友，蜜西娅威胁着要与我绝交。当时我正在筹备第一次发布晚装系列，为了从蜜西娅不断打来的电话和毫无征兆的突然拜访中间获得一点点平静，我在巴黎郊区的圣克卢（**Saint-cloud**）租下一处别墅，那里有花园和新鲜的空气，还有高效且懂得隐私的仆人，让我疲惫的精神获得一些放松。

事实上，我租下别墅的原因当中也有一个是为了避开博伊，我和他曾经在餐厅不期而遇并产生了冲突。我从化妆室走出来的时候他主动过来找我说话，哪怕他那美丽的怀着孕的妻子和他的英国朋友也在一边。他拽住我的手臂把我猛拉到角落，呼吸里都是酒气，他对我嘶叫："你要躲我到什么时候？你的任性也该结束了，现在我们应该回到以前的角色里。"

我冷冷地看着他的手，不发一语，直到他把手松开。他看上去一点儿都不好，比以前任何一次出差回来的样子都胖了很多，肤色很差，眼睛发红。仿佛他已经自我损耗了不少，失去了曾经吸引我的自信。我一字一句地对他说，以便让他完全听懂："不存在以前的角色。你已经结婚了，孩子马上要出生。你所说的我的任性，是期待你能回归理智，但你没有。"

"可可，求你了。"他的嗓音沙哑，痛苦地看着我，我感觉到他马上就要哭出来了。"别这样对我。我爱你，我永远爱你。为了家庭，我不得不结婚，因为这是我的家族使命。如果我当时知道会因此失去你，我永远不会娶别人，我发誓我会娶你。"

我不曾想过这件事会伤害我这样深。我以冷静应对一切，包括痛楚，将这些伤人的尖钩转到身后；我有自己的工作，我的朋友，我的生活。但当他说出那些话的时候，我忽然想起他曾经对我说我会因为骄傲而受苦，尖叫几乎要冲出我的喉咙——只要他当初问我，只要一次，我就会答应。我会嫁给他，为他生儿育女。

尖叫并没有冲出我的喉咙，我笑了出来——博伊的脸上一点血色都没有："你觉得我会想当你的妻子？你觉得我会乐意当你的附属品，跟着你去狩猎聚会，在你跟异性消磨时间的时候我会在家里乖乖等你吗？其实这样更好，至少我们都还保留一些美好的东西，谁都没办法从我这里拿走，即便你也不行。回到你的家族使命里去吧，我已经不再爱你了。"

我推开他从他身边径直走过，从椅子上抓起毛皮外套；正在和我一起吃饭的蜜西娅和科克托将结账的钱丢到桌上，跟着我走了出来。我一阵旋风似的穿过餐厅而出，经过他的妻子。她用怜悯的眼光看着我，这更加激怒了我。很显然她知道我是谁。

我在餐厅门口叫门童将我的车开出来。"他竟然敢这么干！"蜜西娅气愤地说，"你去洗手间的时候我看到他跟着你过去了。他想要你回来，对吗？"

科克托小声说："好了，蜜西娅，别说了，你没看出来她很难过吗？"

"她当然难过了！这都怪他！可可，亲爱的，我们一起——"

司机把车开了过来，我径直上了车。"不要跟着我，"我的声音死一般冷，蜜西娅脸色发白，"你们所有人，都离我远一点，该死的。"

之后我飞快地租下了一栋别墅。蜜西娅恳求我的原谅——这在她身上很少见，这可以说明她十分爱我，或者至少科克托来访的时候是这么说的。有天下午，我们喝完咖啡，他给我讲了蜜西娅的秘密："她这么无礼是因为她觉得你属于她，但我知道你这样疏远教她郁郁寡欢。她自己也并不好，过去几年一直都不好。"

"不好？"我轻哼一声，"我知道她有时候会觉得身体酸痛，但那只能怪她放任自己吃得太多。她跟塞特都是——胃口好得像大象一样。"

科克托嗤嗤笑着，在背后评论别人总是有很多的乐趣。"不是食量的问题，"他靠近我，"她吃忘忧果，在给洛特雷克当模特的时候就开始吃了。是他带的，洛特雷克靠吃这个来对付腿疼。"

我听说过这种说法。"她吸鸦片？"我不敢相信，此前我从没见过蜜西娅毒瘾发作的样子，当然我也不敢完全肯定。

科克托点了点头，摆出一副如今我们也在分享秘密的愉快表情。"鸦片或者吗啡，看她能弄到什么了。战争期间更好弄一些。在做截肢手术的时候需要大量的鸦片，黑市上到处都是。她只在家里吸，或者是需要参加什么她讨厌的聚会的时候才吸。你第一次见到她的那天晚上她就吸了，你没发现？"他翻了一个白眼，仿佛我是全巴黎唯一一个不知道的，"可可，别那么天真。这很常见，艺术家和作家们都吸。不然蜜西娅那么喜欢的毕加索怎么能给迪亚吉列夫画得出那么惊人的舞台背景？"

"那你呢？"我问，尽管我已经知道答案了。

"我偶尔，是的，当状态来了的时候。但我很小心。你得尊重忘忧果。它像那种女人一样，不可以接触过多。"他大笑，"就像蜜西娅！"

我没有再问下去。我曾经以为科克托是我唯一还可以继续忍耐的朋友，至少在我跟博伊偶遇之后他表现出了一点同情，但那天下午之后，我再不想见到他、蜜西娅，或者其他任何一个。我为她难过。任何对工作以外东西的痴迷都让我恐惧。我有太多的东西需要考虑，至少几百人在等着我发薪水。于是我开始进入自我惩罚模式，把一切其他的事情和其他人都扫到脑后，尽管我在脑海中反复听到那句话，"你的骄傲会让你吃苦头"。

现在我站在康朋街的商店里，刚刚从比亚里茨出差回来，整个人筋疲力尽。郁郁寡欢的艾德丽安和安托瓦内特正在等着我。安托瓦尼特坚定地告诉我，她与奥斯卡·弗莱明（Oscar Fleming）订婚并准备结婚了。

"谁？"我努力回忆，"是那个加拿大飞行员？但你们刚刚认识几个月。说实话，安托瓦尼特，你知道加拿大在哪儿吗？"

"他爱我。"她的下巴绷紧，我仿佛看到了自己的样子，让我不安，"他希望我做他的妻子，和他搬到安大略去。他说他的家境很好，如果我愿意的话，可以在那儿开一间店，卖你的衣服。"

我把外套扔到一边，从塞得满满的旅行箱里翻找香烟，用新买的卡地亚纯金打火机点燃，将香烟喷到她的脸上，她咳嗽了起来。"你疯了，战争结束之后有多少个外国飞行员和外国兵向愚蠢的法国女孩儿求婚？我敢打赌你那个弗莱明先生在全巴黎有至少一打像你这样的女孩，正在收拾行李准备去安大略，或者鬼知道是哪个地方。"

安托瓦内特后退了一步，躲开了烟，也躲开了我的嘲笑。"不管你同不同意，我都要嫁给他。你可怜，博伊没有娶你，不代表我们也都要像你一样可怜。"

她冲上了楼，留下了我和艾德丽安。"加布里埃，她三十岁了，"艾德丽安说，"这也许是她最后一次机会，可以结婚，有丈夫和孩子。你不认为这是她应得的——"

我没等她说完，挥手打断了她，用鞋底捻熄了香烟。"不用继续往下说了。如果她想去安大略，给一个不认识的人当老婆，那就让她去好了。"我瞥见艾德丽安低下了眼睛。"哦，看在上帝的分上，艾德丽安，又不是世界末日。战争刚刚结束，而且我们都活下来了。给我在店里放几个烟灰缸吧。"我把烟蒂丢到柜台上，"女人可以在公共场合吸烟了，客人们在哪儿熄灭烟头呢？在我的帽子里？"

我冲下楼梯来到工作室里——康朋街的新店有很多层，我咒骂着首席裁缝安吉拉（Angele）和奥贝尔女士（Madame Aubert），因为我的晚装打版还没有做好。

DISCARDING FRILLS

"什么事都得我亲自来吗？"我说，我扯起产自里昂的白色绸缎面料，冲着只穿内衣的模特招手。"你，过来，站着别动。如果我打算在明年圣诞节之前发布的话，看来我还是得自己来。"

当天晚上我感到过于疲惫，无法返回别墅，于是叫司机开车带我回到了东京街那栋久未居住的公寓。空气中浸透着秋天的清冷。我在手包里翻找钥匙，开始后悔没听蜜西娅的话，请一位管家常住在这里。附近传来一阵狗吠声，邻居正在遛他们的宠物狗。对于我来说，狗是最不需要的附属物，女人去哪儿都像袖笼那样抱着的毛茸茸的玩具般大小的狗，"这样就不会长虱子。"蜜西娅会这样嘲笑。我有点想她了。我想她身上那种刻薄的聪明和玩世不恭。我想到稍晚要给她打一个电话，聊聊最近的事，和她在丽兹酒店约一顿午饭。我可以痛快地大笑一场。

狗吠声近了一些。我摸到钥匙的瞬间，感到一只湿鼻子正在嗅着我的脚踝，我迅速转身，看到博伊站在我的身后，牵着两只梗犬，它们都有白色和棕色混合的毛皮花纹和像纽扣般的眼睛，扑过来弄花了我的袜子。我站在那里，钥匙挂在手上，不敢动。博伊看上去好多了，脸色仍然苍白但沉着，他那头浓密的黑发和短须上都涂了发油，绿色的眸子看上去镇定而清澈。

"你……你要干什么？"我说。

"送给你的，它们是皮塔和鲍比。我想既然你已经不再爱我，又是一个人住，你需要陪伴。"

"怎么？"我转过身，将钥匙插进锁孔。"你妻子不喜欢狗吗？我想名字里有三个字的英国女士们都喜欢狗。"

"可可。"他说。他叫着我的名字，语气温柔，既无责备，也无恳求，就像从前我们两个的亲密时刻，他会捧着我的脸要我说出我很难说出的话的时候那样。"我不会接受的。"我伸手去抓狗链，狗儿们正在争相推门。

他站着不动。我笨拙地用钥匙开锁，然后用脚将门顶开。狗儿们冲进门廊，直接冲向了蜜西娅送给我的黑人雕像。

"它们可能会在上面尿尿。"他说。博伊紧跟在我身后，嘴巴贴近我的耳朵。我笑出来的时候，他从身后将我环在了怀里。

　　那一刻之后我什么都没有说。

　　我毕竟还是无法逃离他。

7

博伊很可怜。在我们的相处模式中，我对他的一些事情并不好奇，他不会和我说太多，但当晚他对我彻底屈服，并在事后很快进入梦乡。博伊的身体看上去有些松弛，说明他最近都没有再打马球。当晚大多数时间我都睁着眼睛，抱着他。清晨到来的时候，我已经在内心中接受了事情向这样发展的结果。将来我会面临很多的挑战，当他返回伦敦与家人团聚数月的时候我也许会后悔今天的决定。我会憎恨他、诅咒他，痛骂自己愚蠢，但我仍然会忍受。我没有其他选择，除非我将他再次赶出我的生活，但我又无法那样做。我试过，但失败了。将他重新迎接回我的怀抱，我感觉我们俩之间什么都没有改变。

我仍然是那个他唯一爱过的女人。

第二天中午在丽兹酒店，我坐下的那一刻，蜜西娅立即看了出来。"这么说你还是让他回来了，我就知道你会的。"

紧接着一长串的忠告如同雪崩一般滚滚而来，警告我他将会搅乱我生活里的平静。我对此早已有所准备，并告诉她，同时也会告诉其他人，这是我的私事。让我安慰的是，接下来她用一种十分平静的口气说："你怎么可能不让他回来呢，他像个爱情狂一样到处跟着你，而你，坦白说，你无法没有他。"蜜西娅挥舞着勺子："别，别对我说你可以没有他。瞎子都看得出来。因为我们不是他，你都快要把我们恨死了。科克托对我说他去别墅看你的时候你看上去有多糟糕——我也不想告诉你当我发现你邀请了那个家伙而不是我的时候，我有多伤心。科克托说你当时的模样看上去像鬼魂一样。"

我在心里想着科克托是否也像对我说过的一样，将我的秘密一股脑都告诉了她。我怀疑他没有。

"但是不管怎么样，"她说，如同法官在庭上宣判，"你看上去又是你以前的样子了，这个是最重要的。如果他能让你快乐，那我也高兴。"接着她顿了顿，眼睛从帽檐上看着我——这是一顶我设计的帽子，但她在上面加了一朵盛开的向日葵，弄糟了它，就好像是一张凡·高的流动广告牌："亲爱的，你明白我很希望你快乐的，对吗？如果你有一点点的想法，认为你的不幸与我有一点点的连带责任，都是我完全无法承受的。"

"当然，"我握住她胖胖的手，"我知道。发生这些事情我也很遗憾。我不应该那样对待你。"这就是我的道歉，博伊的出现确实对我的健康和精神状态颇有助益。

她微笑着，平静了下来。"他究竟做了什么才让你重新接纳了他？给你送玫瑰花、贵重的毛皮和珠宝首饰？不对，不可能是珠宝首饰。你从来不在意那些，那会是什么呢？快告诉我。"

"其实，"我说，点燃一支香烟并向侍者示意，"是狗。"

蜜西娅盯着我看，嘴巴大张着。

"皮塔和鲍比，很可爱。"

"它们不是……"

"不是，不是袖笼尺寸的小狗。但很抱歉，它们在你送我的雕像上尿了尿。"

她爆发出一阵音量巨大的笑声，丽兹酒店餐厅里一半以上的先生和女士都把目光转向了我们。

"狗！"她擦去笑出的眼泪，"谁能想得出，要赢回可可·香奈儿的心，简单到用狗就行了？"

DISCARDING FRILLS

博伊陪着我在别墅住了一段日子。我推迟了晚装发布的日期，事实证明丝绸的问题层出不穷，我决定改用一种丝毛混织的材质，以及用产自中国的广绫尝试作为替代。在新布料织好送来之前，我还有几天可以享受博伊的陪伴。

我们会睡到中午才起来，一起吃早餐、打网球，开着他的新车出门——一辆跑得飞快的敞篷布加迪，漆成明亮的蓝色，我们开着这辆车从郊外的山间开进巴黎。我们会把车停在咖啡店旁边进去吃早餐，之后手拉着手在塞纳河边散步，我们并没有正式承认，但复合的传言就此散播开来。

我当时是否想起了博伊远在英格兰照顾他们新生婴儿的妻子？并没有，在餐厅偶遇的当晚她曾经对我流露出怜悯，鉴于她所在之处在海峡以外，我的怜悯也免了。她身上也许具有所有男人想要的一个妻子的特质，但她无法赢得博伊的心。也许博伊这辈子永远不会和她离婚，她将只是他名义上的妻子，他孩子的母亲。

一念闪过，我提议给她寄去一整箱我设计的最新款裙装和毛线衣，苏格兰羊毛质地，冬季晚上的绝佳穿着。

他从报纸上抬起眼睛望向我，穿着浴袍正坐在一只藤椅上。"你这个小鬼，可可。她永远不会要的。"

"为什么不要？我是巴黎最好的设计师，最新一期的时尚杂志是这么报道的。"

"她不会的，"他说，"因为我已经建议过了。我从比亚里茨给她订购了一整套夏装。她连看都不看一眼，把衣服都送给了她妹妹。"

"是吗？"我对她刮目相看。我敬佩她的精神，也很高兴她将我视为威胁。这意味着我再没什么可担心的了，因为她已经不再对我构成威胁，一点也不。

十月，安托瓦内特嫁给了她的加拿大人，博伊当了见证人。我用那些在自己的服装系列中没有使用的丝绸为她做了一件结婚礼服，通过增加蕾丝材质的方式，解决了丝绸面料本身的一些问题。安托瓦内特狂喜不已，她以为得到了我的祝福。但我并没有。我认为她的丈夫是个沉闷的人，并且认为他所谓自己家境优越的描述都是捏造，但我的反对又会有什么用呢。她对婚事非常坚定，无论谁说什么或做什么，都无法扭转婚礼的进行。更令我恼怒的是，她得到了艾德丽安的全力支持，艾德丽安仍然和她的莫里斯男爵在一起，似乎我妹妹的婚事满足了她自己的一部分梦想。她们一起策划了安托瓦尼特的婚礼，而我当时正与博伊在一起，无心管她们。

我们送走了安托瓦尼特和她的新婚丈夫，他们乘坐蒸汽班轮去加拿大了，随身带了十七只箱子。在上船之前，她抱着我哭了，表示一旦到了加拿大就会写信回来，之后她会在安大略找一个最棒的地理位置开一间香奈儿时装屋。

"好，好，"我说，轻擦着她的眼泪，"注意安全，我听说加拿大有熊的。"

我并不认为我会再次见到她，我也不太可能去加拿大看她。而她许诺要开的那间时装屋，对于它的经营效果的预期我也并不抱太大的期望。她嫁给了一位看上去不会允许妻子在外面工作的那种丈夫。

艾德丽安哀伤的样子像是在参加葬礼，我敢肯定当天晚上她回去之后会无情地诘问可怜的莫里斯，关于他们如何结束两人之间永恒僵局的问题。如果莫里斯之前并没有准备好让步，我对博伊说，他这次会发现自己被步步紧逼到墙角，我的小妹妹已经先于艾德丽安嫁了人。

十二月，巴黎开始下雪，博伊需要回英格兰一段时间。我回到了工作室里，继续进行晚装系列的设计工作。我计划明年二月五日的春季游园会可以举行一场特别的春季时装首演，届时邀请所有有名望的客户，包括凯蒂·德·罗斯柴尔德男爵夫人和演员塞西尔·索埃尔，她们两个一直追着我要看正在制作的服装样衣。我最终让步了，让她们两个各试了一件我正在设计的晚装系列。男爵夫人当即就爱上了她试穿的那件，并央求我当时就让她买走。我拒绝了。那件作品还不能令我满意，但我向她保证，一旦设计最终完成，她将会是我晚装系列的第一个客户。

十二月二十日，还有三天就是圣诞节，博伊应该返回圣克卢别墅的日子。蜜西娅拉着我跑遍了巴黎去搜罗珊瑚，用来制作我的中国圣诞树——我听都没听过的一种东西，而且我认为会非常庸俗。"但它与你公寓的内部装饰会非常搭配的，"她坚持道，"那里所有的东西都是按东方风格设计的。"

毫无疑问她是对的。我在巴黎的公寓确实需要彻头彻尾的一番改变，尽管刚刚搬进来的时候，我曾经欣赏过那些看上去有些奇怪的黑漆的房顶和镜子，也正在考虑用相似的风格装饰康朋街店铺里将工作室和沙龙相连的那段楼梯。

我把蜜西娅留在她的住所，坚持要自己回圣克卢的别墅，因为博伊在那里等着我。她哼了一声。她一直希望我和博伊与她和塞特一起过圣诞节，而我一直在躲避回答她，我知道这会是一场灾难。于是她又一次使用了惯常的招数，将她的管家一家子抬了出来。"那家加泰罗尼亚人新年就到了；塞特和他们说好了，你能眼看着跟了我那么多年又忠心耿耿的人流落街头吗？"

一如往常，她的麻烦成了我的麻烦。我匆忙吻了她的脸颊。"好吧，好吧。从新年开始，他们可以为我工作。重新装修东京街公寓的时候我会需要他们的。圣诞节快乐，最亲爱的蜜西娅！"我边跑边喊，冲向停在路边的汽车，围着貂皮披肩，坐上冰冷的后座。

我等不及要见到博伊。

"她又怀孕了。"我们在火炉边坐下来，喝着白兰地，彼此相拥，"这一次我刚一回去她就告诉我了。"

"一定是像圣母玛利亚受孕一样，"我揶揄道，"你基本上都不在那儿。"我感到恶心。那女人难道像绵羊一样，做爱一次就能怀孕？我让自己不要去想博伊在里面的角色。有三个名字的正派英国女士是不会有情人的，或者至少我没有听说过，而博伊每次和我做爱的时候都要使用羊皮避孕套。

博伊用手指缠绕着我的短发，"你打算怎么办？"我终于问了出来。

他叹了口气："她坚持要我们一起在戛纳过新年。她说英格兰的冬天太冷，她和安娜需要在环境舒适的地方好好休息一下。"

我想说，可能她更需要的是在我们两个中间插一脚。巴桑之前已经邀请我们俩去参加在他的皇家地城堡举行的新年派对，庆祝又一个十年的到来。

"这样的话，我们就 1920 年再见了。"我说。

博伊吻了吻我的鼻头："我们仍然可以一起过圣诞。我跟她说得留在巴黎处理一些生意，所以她会和她的家人一起过节。圣诞之后我会去伦敦，再带着她去戛纳。开着我的布加迪只要九个小时就可以从这里过去，所以在那期间我也会尽量多回来。黛安娜想见她妹妹，还有我妹妹柏莎（**Bertha**），还有柏莎的婆婆米彻勒姆女士（**Michelham**）也和我们一起；柏莎和米彻勒姆女士现在已经到戛纳了，安顿在酒店里。对于我来说挤在同一间屋子里的女人太多了，我也经常需要喘一喘气。"

这就是我最不想面对的状况：博伊屈服于太太的需要。

我努力让自己笑着问他："那就这么定了吧，你什么时候走？"

"大概明天。明天一早，我会开车去戛纳，之后隔一天我就会回来，看看你说的那个——叫什么来着？"

"中国圣诞树，"我用手肘轻推他，"蜜西娅觉得放在我那间东方装饰主题的公寓里很合适。"

"对，还有她的犀牛标本和黑人雕像。"博伊捧着我的脸说，"现在，这是我送给你的圣诞礼物……"他俯下头吻我的嘴唇。

博伊清晨的时候离开了，青灰色的天空被一层熏衣草紫色点亮，我披着被单送他离开，困倦不堪，带着昨夜未醒的宿醉，狗儿嗅着我的脚。

"明天见，"他轻声对我说，弄乱我的头发，"等我回来。"

8

　　一阵急促的门铃声响起，皮塔和鲍比从床上一跃而起，叫着从卧室冲了出去。整整一天，我都没有博伊的消息，我检查了电话线，发现线路出现了故障，可能是寒冷天气造成的。我喝掉很多白兰地助眠，现在仍然宿醉未醒。我摸索着想找到拖鞋，嘈杂的声音从别墅的门厅传来，我快步奔向房间外。

　　狗叫声停止了。楼下的灯已经打开，我睡眼惺忪地走下楼梯。巴桑站在大厅里，帽子和大衣上都盖着雪。他正低声对去开门的管家说着什么。在他身旁，他的朋友列昂·德·拉伯德正在安抚蜷曲在他脚边的狗。我该穿上件袍子，我想着，用手指梳了梳凌乱的短发，穿着睡衣赤脚从楼梯上走了下来。

　　"现在来喝酒已经有点晚了，"我说，声音因吸烟过度而沙哑，"虽说是圣诞节，但是你们俩就不能找个其他什么地方睡一觉吗？"

　　拉伯德抬眼看着我，他眼里的什么东西让我一冷。巴桑向前跨了一步，摘掉帽子，脸色发白："可可，出事了。"他顿了顿，我没有说话。"博伊……在路上，他的车胎爆了，他妹妹一直想打电话给你。"

　　"是的，电话线，"我僵住了，迟疑着说，"电话线出了故障。"

　　"所以他们给蜜西娅打通了电话，她又给我打了电话，她本要亲自过来，只不过……"

　　只不过因为她吃了鸦片所以来不了，我想。

　　"可可。"巴桑又向我走近一步，我抑制住想要把他赶出去的冲动，如果他没过来告诉我，事情就没发生。这只不过是场噩梦，醒来之后一切就都恢复原样了。"他们的车翻了，"巴桑说，"博伊受的伤很重。"

巴桑身后的拉伯德低声说："告诉她真相吧，她已经知道了。"

巴桑看着我的眼睛。"然后车子着了火，"他的声音沙哑，"我很遗憾，可可。"

我点了点头，没有说一句话，回身走上楼梯，狗们跟着我，仿佛感受到我的悲痛。它们跃到床上，将口鼻埋进爪子，看着我收拾衣物。我随意向旅行袋里装着东西，装了什么我自己都不知道。

回到楼下的时候，巴桑已经脱掉了外套，斜靠在拉伯德身上。看到我，他迟疑着说："你的管家去沏茶了，让我们坐下来——"

"不，"我的声音出奇的平静，"我要过去，现在就走。你可以送我过去吗？"

巴桑迟疑期间，拉伯德接了上来。"用我的车吧，我留下。"他看着我，"如果你需要任何东西或需要做什么事情，可可，请说出来。"

我点头，想要谢他却无论如何说不出话来。管家回来帮我准备车子，将我的旅行袋装进后备箱，我坐在副驾，巴桑的身边。"你能开车吗？"我问。我闻到了他身上的酒味。蜜西娅一定是在某个艺术家的彻夜狂欢派对上找到的他，我以为他早已经回到皇家地城堡准备他的圣诞节派对去了……

之后我意识到，这是件不该去想的无关紧要的事——任何与已经发生的事没有关联的事。

"我能开。"巴桑发动引擎，接着转过身要握我的手。

"别。"我低声说。此刻，只要有一丝一毫的情感流露，都会让我立刻崩溃。我不能这样，现在还不行。

巴桑开着车带着我向山下驶去。

在开往戛纳的 12 个小时里，我几乎没说一句话。我们在晚上到达，在

DISCARDING FRILLS

博伊的妹妹和她婆婆入住的大酒店边停了下来。巴桑因为疲惫而面色苍白，因为我不许他在路上停车。酒店已经客满，经理用一种市侩的口气迎接了我们。酒店已经住满大批前来过冬的英国客人，这是战后的第一年，戛纳的所有酒店和赌场都人满为患。

"你知道她是谁吗？"巴桑大喊道，我轻轻安慰他，"没关系，我可以住在别的地方，不行的话睡在酒店大堂地板也没关系。别喊。"

经理给楼上打了电话，很快柏莎下楼来。我惊讶于她的容貌和博伊如此相像，都有绿色的眼睛和一头黑发，这让我一时哽咽。在此之前我曾经和她见过一面，当时我和博伊住在巴黎，她顺路过来看我们。她嫁给了一位贵族，她的公公是一位体弱多病的贵族，在她的婚礼之后一周就去世了。身后留下了丰厚遗产，柏莎作为合法继承人也因而富有。柏莎迎上来拥抱我，眼睛又红又肿。想到她那已经死去的公公，让我联想到不祥的预兆导致了博伊的死，当下很想要把她推开。

柏莎在我的肩头无法抑制地哭了，当她终于可以控制自己的时候，我对她说："我想要看看他。"之后她将颤抖的双手合到胸前。

"你看不到，他……棺材，已经钉上，送到了停尸房。"

我瞪大眼睛盯着她："钉上了？"

"是的。"她颤抖着，努力忍着泪水，"加布里埃，他被烧得很厉害，已经认不出来。你不会想看到他的，你不会想看到他那个样子，他也不会想让你看到。离开的前一天，他是那么急着想要回巴黎去，和你在一起。他……他非常地爱你。"

他是在回家的路上出事的，回巴黎的路上，回我身边的路上。

我尖叫起来，我能听到自己的嘶叫声，尖叫声吓呆了酒店的前台和经理，让大堂里的客人面面相觑。之后我看着柏莎，才意识到尖叫声只发生在我的脑袋里。我能感觉到巴桑扶着我："可可，你必须要休息。你现在做不了太多的事。"巴桑和柏莎把我送进了套房。

第二天一早是圣诞节。我对柏莎说我想要去看一下事故发生的现场。柏莎的婆婆，米彻勒姆女士，已经从头到脚都穿好了黑色。她就是那种有着三个或四个名字的体面英国女士，看到我就撇开了嘴。"怎么会有人想要看那个。那儿什么都没有，只有辆车。我们已经叫人把车拖走了，不能一直留在那里，任谁看到那个都只会觉得扫兴。葬礼会在巴黎举行，"她滔滔不绝地说，"柏莎是他的遗嘱见证人，他生前希望自己被葬在巴黎蒙马特，我们觉得鉴于他在战争中所做出的功绩，特别是他获得了你们法国的荣誉军团勋章，他的遗愿应当得到满足。"

她讲话的方式仿佛在谈论报纸上的社会新闻，语气就像是聚会上某个不速之客不小心打翻了葡萄酒，弄脏了她的桌布。这个不速之客就是我。她并没有打算让我参与家族的哀悼仪式。晚上我睡在她套房的长椅上，一刻不停地抽烟，一言不发。我看上去一定非常的不正常，并且和她猜测的一样出身贫寒——典型的情妇形象，男人死了于是找不到自己的位置。我觉得自己很幸运，因为博伊还没有动身去英国把妻子和女儿接过来。如果她们也在这里，毫无疑问，他的岳母一定会把我拒之门外。

我并没有理她，转而对柏莎说："巴桑太累了，你能把你的车子借给我开吗？"

她点了点头，但当我穿好我的深蓝色海军服和海军帽走下大堂的时候，巴桑已经等在了那里。我知道对他说什么都没有用。巴桑神情坚定，仿佛他走路也一定要走过去。

博伊当时并没能开到太远的地方，大概距离戛纳一小时车程左右。这里有很多急弯，在事故附近的一块里程标记石上，蹭上了一块亮蓝色的油漆。

他那台漂亮的车子，那辆我们曾经坐在上面游览巴黎的华丽的布加迪车，歪向一边，已经被烧成了一团废铁，轮胎熔化，轮毂扭曲变黑，像一根根手指似的向外伸着。

DISCARDING FRILLS

柏莎的司机把车子停在不远处，巴桑他们在车上等着，我一个人走向那片残骸，鞋跟踩在烧焦的路面上咯吱作响。我伸出手抚摸着车门附近的巨大裂口，他们一定是从这里把车门弄开，把他抬出来的。

这里的一切都如此宁静，没有一丝声音。旁边的白杨树树枝间，听不到一声鸟鸣，也没有一丝风吹动我的衣褶，仿佛世界在此刻放轻了呼吸。就在此时，我站在这儿，很多感觉与感受同时向我袭来，我失去了这个我曾了解的唯一的男人，他的一生如此宏大壮阔，生命如此丰富多彩，他不该被这个平庸乏味的时代束缚。

博伊三十八岁，只比我年长两岁。

我真希望当时和他一起死了。

我跟跄着走向那块里程标记石，巨大的撞击在上面形成了一道深槽。我坐了下来，将脸埋在手里，让我内心深处那块冰冷坚硬的东西一点一点融化，哀伤像潮水一般把我淹没，滚烫、毫无怜悯，就像曾经把博伊吞噬掉的那团火焰。

我在那里坐了很久。如果巴桑没有过来，我可能会一直在那里坐下去。巴桑将我拉进怀里，对我轻声说："可可，来吧。让我带你回家。"

1920   **IV**   1929

五号香水

NO. 5

"除非是我死了，不然就让我把已
经开了头的东西做完。"

巴桑当时打算把我送回家。但在博伊死后的几个月里，我觉得哪里都不是家。我搬出了圣克卢的别墅，也搬出了东京街的公寓，并卖掉了它。我在巴黎西郊买了一栋名字非常富有艺术气息的房子"绿色气息别墅（**Bel Respiro**）"。这栋别墅有着灰色的石板屋顶，屋外有围墙和大门，外面有花园，蜜西娅以前的仆人过来为我工作。

约瑟夫·勒克莱尔（**Joseph Leclerc**），他的妻子玛丽，女儿苏珊娜，此前一直为一个众所周知脾气古怪的主人服务了多年，但他们一定会感到为我工作更加富有挑战。

我叫人用黑色装饰卧室，不要其他颜色，只有黑色。然而之后我却没办法在那里睡上哪怕是一个晚上。我给约瑟夫打电话，叫他为我在其他房间再放一张睡床。我也几乎不吃东西，尽管玛丽一直试图用各种地道的加泰罗尼亚美食激起我的食欲——有益健康的浓肉汤，但喝了三口我就推到了一旁。仆人们在门廊里议论可可小姐看上去有多么虚弱憔悴，将食物在他们眼前浪费掉，艾德丽安在我附近的时候几乎是脚尖走路，大气不敢出，仿佛我会随时爆发。

在某种程度上她是对的。我变成了一个暴君，总是第一个到工作室，快到上班时间的时候我会盯着表，脚尖敲着地板，等着员工一个个冲进来。我会反复重申香奈儿时装屋有固定的上班时间，并且我不会容忍散漫拖沓。

我牢牢地盯住每一位员工，叫她们全面履行工作合同里的条款，挑剔着工作的每一个细节。我也同样紧盯着我的账户，直到负责管理财务的，也是我最信任、工作效率最高的奥贝尔女士正式告诉我，如果我怀疑她在动手脚，她就递交辞职信。我仔细考虑了她的话，并意识到我不能没有她。现在我在康朋街的店里已经有上百名裁缝在为我工作，外加数量众多的试衣间小工及女售货员。尽管时装设计师的工作在当时是以满足客人需求为主，但我当时除了非常重要的几位客人以外，很少会和顾客见面。

然而客人们还是源源不断地来——生意于我来说仿佛是毫无生命力的存在。其中有一些自认为胆大的客人还会对我提议："你不能被这件可怕的事情征服，你必须照顾好自己。"

一件可怕的事情而已。

这就是博伊的死对于她们的含义：一桩不幸的事，就像是战场阵亡的数字，或者是一场西班牙流感肆虐后的死亡数字，需要昭告天下并让公众共同悼念的事情。艾德丽安在记账，我攥紧铅笔，拼命抑制住想要用铅笔戳瞎客人眼睛的冲动。抓起一张白纸，我在上面狂乱地写道：**卡佩尔和可可**（Capel and Coco），可可和卡佩尔，可可和卡佩尔，卡佩尔和可可……

这就是著名的双 **C** 标志。不久之后，我会将两个 **C** 设计成彼此独立，却又相互依附的结构，并成为我独一无二的标志，是我用来纪念他的方式。

只有凯蒂·德·罗斯柴尔德男爵夫人表现出了全心全意的同情。她冲进工作室，眼中含泪，顾不得言行举止，直接拥抱了我："天哪，我听到的时候都要发疯了，可怜的可可，你一定承受了可怕的痛苦。我还记得他望着你的神情，好像全世界他只想看着你一个。他是那么爱你，你一定要记住。你和博伊之间的情感，是让很多人羡慕的。"

我会永远记着她的好心，在一瞬间我们之间悬殊的社会地位差距也消失了。她给了我安慰，虽然我并没有在当时说出来。她说出了别人不敢讲的实话：博伊和我的关系叫人嫉妒，因为我们意味着彼此的全部。

在这段时间，工作给了我全部的精神寄托，是生活继续的动力。我会咬紧牙关弯下腰整理布料，或含着眼泪整理模特的袖口。我的晚装系列发布会被放到了一边，但仍然有很多衣服在等着我去设计，制作，然后卖出去。

然而当一天结束，剩我和仆人待在房子里的时候，我就无法不向绝望屈服。我无法睡觉，整晚在房间里踱步，床就那么空着。在那些可怕的日子里，我有时候会绝望，博伊离开了，我的生命该如何继续下去。我也完全没办法走进那间涂成全黑色的房间。之后我给设计师打电话，叫他把房间的色调换成粉红色，之后我会躺在康乃馨色的被单下，仍然整晚闭不上眼睛。

我挚爱的狗儿皮塔和鲍比成了唯一可以让我保持理智的生物。我仍然需要每天带着它们出去散步，抚摸它们，让它们每晚睡在我的身边。它们像是不会哭闹的婴儿，意识到发生了什么不同寻常的事情，早上当我穿衣准备去工作室的时候，它们就会闹个不停，最后我只好带着它们去店里。有一天，奥贝特夫人对我说她和艾德丽安花了一整天的时间来弄掉陈列商品上的狗毛，我瞪着她："如果你想走，随时可以，但我的狗得留在这儿。"

它们是博伊最后送给我的礼物，是唯一带有博伊气息的活生生的东西。为了它们，我可以解雇掉整间商店里的员工。

我并没有参加博伊的葬礼，虽然很多政商界的重要人物和朋友都去了。我听说他的妻子也没有去，他的死对她打击太大，他们的第二个孩子险些没有保住。一月份，按照法律程序宣读了博伊的遗嘱，我收到了来自伦敦的一封信，寄信人是博伊的律师。博伊在遗嘱中给我留了四万英镑——相当于比亚里茨店铺的全部价值，而我之前已经连本带息全部还清了他借给我的钱。随信一起寄来的还有柏莎的一个小包裹。当我终于鼓足勇气把它拆开时，发现里面是博伊的怀表，仍然准确地显示着时间。

那一天，我没有下床。

时间一天天流逝，我却并没有像人们常说的那样从伤痛中复原。相反，我的悲痛一天比一天深切。博伊的记忆灼烧着我，在我的心上留下一道道深

NO. 5

179

深的刻痕。

伤痛最终还是变浅，哀伤也开始变淡。蜜西娅一直求我出去见见朋友，去剧院看演出或者芭蕾舞。每周她都会来我的工作室，把我拖到丽兹酒店吃午餐。在那些我在办公室工作一直到午夜过后的日子里——我不想回到空空如也的家——她会打电话过来，叫我去找她和塞特，我拒绝了，表示不想开车开那么远的路回家。最终她给我提了个建议，要么把工作室楼上的公寓重新装修一下住进去，要么在丽兹酒店租个套房，这样我们才能经常见面。

两个建议都很合理。我虽然对这两个建议都不是那么感兴趣，然而我最后还是妥协了，请来设计师重新装饰工作室楼上的公寓，同时在丽兹酒店租下了带有两个房间的套房，从那里可以看到晚上在旺多姆广场上闲逛的情侣。

"你看上去简直不像个活人。"蜜西娅带我去参加戈蒙伯爵（**Comte de Graumont**）和妻子招待会的路上时说，伯爵的妻子是我的客户。我当晚其实算是不请自到。那是一个春季主题的派对，邀请函只是选择性地发给了伯爵的一些朋友，目的是让来自上层社会和前卫派别的人士相互交流。邀请函也发给了塞特，因为他给派对画了一幅布景图。当得知我并没有受到邀请时，蜜西娅十分愤怒："伯爵夫人穿着你设计的衣服！他们怎么敢不邀请你？"于是蜜西娅宣布，如果我不去，她也不去了；最后的结果是，我被她硬拉到了现场，而我本想安静一晚，远离这样的喧闹场所。

"我睡不好觉。"我对蜜西娅说。

"睡不好？亲爱的，我看你是完全没有睡觉！你的眼袋大到都可以拿到店里去卖了。你不能再这么下去。我不能眼看着你这么死掉。"

塞特爆发出一阵大笑，我坐在车里，像三明治一样被他们俩夹在中间。"说真的，"他说，"如果有必要的话，她会强迫你吃鱼子酱，然后坐在你的床脚，一刻不停地盯着你。"

我非常讨厌那个宴会。萨克斯风，贴面舞，还有上流社会的种种飞短流长都让我难以忍受。然而当天我们虽然是自己找上门来，未受到正式邀请，伯爵仍然表现愉快，并将他下一次活动的主题服装制作工作委托给我。当晚，塞特和蜜西娅送我回丽兹酒店，蜜西娅打开她随身携带的手提包，那里面似乎永远塞满了东西，她从中找出了一个蓝色的小瓶了递给我。"上床之前滴十滴，保证让你睡得像婴儿一样香，别再让我听到你睡不好觉这样的话了。照我说的吃下去，好好工作，好好休息。不然的话，我就搬过来住。"

不知道是蜜西娅的要挟真的起了作用，还是因为当晚站在一群极度兴奋的人群当中让我感到孤独，我沿着台阶走向公寓，听到狗儿们在门背后的吠叫声，蜜西娅给我的瓶子沉甸甸地攥在手里。

我将瓶子放在床头，带两只狗出去散步，之后回到公寓。当晚在宴会上我只吃了一点东西，但却一点都不饿，也并不觉得疲惫，也许我是太疲惫了，进入了亢奋的状态。在极度疲惫之下，我迷失在记忆的碎片和对未来的恐惧当中。

你得尊重忘忧果，它像那种女人一样，不可以接触过多……

我拧开瓶子的玻璃塞，将带着苦味的液体滴在我的舌头上。我转身，看到狗儿们已经蜷在床上，和所有动物一样，无忧无虑地睡着了，于是我又吃下了五滴。

整个过程中我什么都没有想，也没有一丝犹豫。

事后证明蜜西娅是对的。在博伊死后，我第一次找回了婴儿般的睡眠。

2

"客人们在问我们卖不卖香水。"艾德丽安从工作室上来，径直走进我的卧室，我则正在检视设计师的工作，设计师的建议我都要一一看过。这里虽然是一间公寓，是我睡觉的卧室，但我仍然希望它具有一些属于"我的房间"的艺术气息。这里将会是只属于我的避难所，远离所有工作和外界的嘈杂。艾德丽安说话的时候我几乎没有在听，于是她又讲了一遍："那些美国客人把店里所有的东西都买走了，但是她们在问我们为什么不卖香水。"

我皱着眉头翻看色卡："因为我们不是卖纪念品的。巴黎有上百家店，卖上千种香水，味道实在可怕，但是美国人会喜欢的。把她们随便带到哪儿去吧。"艾德丽安转身离开的时候，我补充道："要让她们付现金，我们不接受美国人的支票，除非他们能提供在巴黎的永久住址。谁知道他们离开法国之后会回到哪儿去。你明白我的意思吗？"

"是的，我明白，加布里埃。"艾德丽安离开了，下楼去接待客人。她仍然没与莫里斯男爵结婚，也常常因为身处这个境地而感到十分哀苦。

我点了一根烟，慢慢踱步走向窗边。待在这里很舒适，比我在丽兹酒店的套房大不了多少。不过我不确定自己是否会时常睡在这里。想到这里，我瞥见了自己的手提包，被放在了一张帝国风格的镀金椅子上，是设计师特意留在这里让我看的。我想起了里面的那个蓝色的小玻璃瓶。

不行，我迅速转开了头，对自己说，白天不行，工作的时候也不行。

蜜西娅的灵丹妙药成了我的每日必需。我终于找回了规律的睡眠，虽然仍然比不上博伊死前的睡眠，但已经好了很多。我开始慢慢对它产生了依赖，第一次是十五滴，后来是二十滴，再后来变成二十五滴，它让我麻木，并最终进入一种毫无梦境的睡眠状态。之后我会口干舌燥地醒来，接下来数小时都会感到昏沉无力。于是我调整了自己的工作时间，改在午后才到工作室去——对于员工来说毫无疑问是个解脱。

我想到楼下的美国人把货柜一扫而空的样子，不禁轻声笑了起来。战争结束之后，他们就涌到了巴黎，到处都能听到他们刺耳又鼻音过重的语言，或者是他们十分努力，却仍然说得支离破碎的法语。他们占领了每个街区——拉丁区、蒙马特、圣日耳曼——大口吞下一盘盘的牛排和海鲜，手持美元挥金如土，仿佛钱是从树上长出来的。美元，美元，大把的美元。美国的制造业和汽车工业正在蓬勃兴起，连同钢铁业和铁路建设一道，美国仿佛是一个潜力无限的巨大金矿。我想起博伊说过，美国就是个为了一块钱可以做任何事的妓女，当时让我笑得厉害。然而美国客人正是我所需要的，我的事业和名望因他们而更加壮大。

他们在问我们卖不卖香水⋯⋯

我轻哼一声，熄灭香烟，呼唤狗儿，它们从隔壁房间欢快地跑了过来。美国人想要香水。就好像他们懂得什么是好香水似的。没准儿他们会认为在药房里买到的东西也是香水！

我走下楼梯到店里，看看美国人的购买力到底让我今天收入几何，香水的念头仍然萦绕不去。

香奈儿香水。确实是个好主意。

"我正在考虑研制一种香水。"几周之后，在蜜西娅和塞特一起吃饭的时候我说。此时我正逐渐恢复一些社交生活，参加一些非正式的聚会——科克托、毕加索、毕加索的妻子奥尔加（Olga）以及其他人一起，围坐在餐桌前，讨论艺术上的话题。当时的我们已经构成了一个紧密又稳定的圈子，将我们紧密相连的是骨子里共通的叛逆精神，对于他们来说是颜料、黏土和墨水，对于我来说，是蓝色、奶油色和珊瑚色。在塞特家的晚餐聚会气氛永远不会沉重，也不会特意制造神秘感而故弄玄虚。在激烈讨论完艺术的价值与它将如何改变世界等话题之后，紧接着考虑的话题就是下个月的房租，或者是还能挤进谁家的晚间聚会，谁最近又跟谁上了床，以及最近又有什么样的新口味鸡尾酒推陈出新。

我很享受这种聚会的轻松气氛。我希望晚餐的一切都是轻松、快乐，而且需要容易遗忘。我想得越少，就越不容易去回忆博伊。他永远徘徊在我心里的某一个地方。但我已经开始越来越少地想起他，越来越少在人头攒动的街头或拥挤的餐馆里因为瞥见一个有着一头黑发的高大背影而无法呼吸。我流泪的日子也越来越少，我把对博伊的记忆全部吸收掉了，它融进了我的皮肤，如同洗不掉的颜色——我永远无法忘记。在他留下来的一件套头毛衣上仍然留有他的气味，我们睡觉时一起盖的被单直到现在我也没有送洗——仍然留着些许肥皂和皮革的味道，还有他常使用的须后水的味道——只是在今天，如今这魂灵我已经很难再召唤。

香水。那个念头重又涌现。为什么会忽然想要去捉住一种难以描述的味道？

"做香水？"科克托先是大叫道，"莫非叫椰子香水[1]不成？"之后他看到了我的恼怒表情，于是转换了一种语气，做了个鬼脸。"椰子香水有些太热带了，那准备叫什么名字呢？"

科克托总是对我讲的话感兴趣。他有一颗转得飞快的脑子，总是能找到他想要表达的任何东西。他探索弗洛伊德的激进，同时分析兰波诗歌中的忧郁。尽管科克托因为蜜西娅的关系变得越来越尖刻，但我却发现自己越来越喜欢他。在我看来，在塞特所邀请的一众客人中，科克托是唯一一个拥有合格的时尚品位的人。

"我也还不知道，"我回答，"目前还只是一个想法。"

"波烈也卖过香水，对吗？"科克托说，"中国之夜，鲁克蕾齐亚·波吉

---

① 椰子香水：coco有椰子的意思，可可香水也可以理解为椰子香水。——译者注

亚，还有其他几种。我记得人们说他在正式推出第一款香水的时候，还特别举行了一场盛大派对。我不认为他能从香水上挣到钱，但他的客人们却觉得用他的香水很时髦。"

"是的，他设计的那些香水闻上去可并不太……"我一想到那味道就发憷。他的香水闻上去十分糟糕，但我并不想要讲出来，波烈现在气数将尽，大部分的客户离他而去。仍然有几位涂着厚粉的老年女性顾客坚持在买他的设计，而年轻的一代，他那些客户们的女儿或孙女儿，则成了我的顾客。

"香水的利润率确实很低，"我说，"而且竞争也激烈。也许确实不是一个好主意。"

究竟算不算好主意，对于蜜西娅来说已经不重要了，她开始频繁地打起哈欠来。"亲爱的，不要让新项目占据你过多的精力和时间，你必须得为我设计结婚礼服。而且你得跟着我们一起去意大利度蜜月，对不对，塞特？"

我转身，看到塞特正倒在我身边的沙发上，嘴里叼着烟卷。塞特身材浑圆，毛发浓密，沾着颜料的手背上都生着毛发，然而头顶上却像鸡蛋壳一样光滑。我已经渐渐喜欢上了他。他品质淳朴单纯，博学多才的程度令人惊讶，却从不急于向谁证明自己。他也非常有耐心，他和蜜西娅生活在一起，所以他必须同意。

"所以你终于还是向她求婚了。"我说。蜜西娅已经跟在塞特的屁股后面催了他好几个月——应该还没有，因为她十分在意形式。博伊的死迫使她思考长远的问题，她不像我，自己可以挣钱养活自己，如果她和塞特之间的关系出了什么问题，她有可能会面临不受保险条款保护的情况。塞特通过佣金挣钱，美国百万富翁洛克菲勒已经向他发出邀请函，邀请他去美国纽约。

"她快要把我逼疯了，"塞特亲切地说，"谁也不可能对我的小蜜西娅说不。"他笑了笑说："你现在一定已经明白了，我们最好还是先去威尼斯吧。"

"婚礼什么时候举行？我之前怎么完全不知道？"科克托问。房间里的其他人则对这个消息充耳不闻。毕加索正在和一位俄罗斯芭蕾舞者全神贯注地聊着天，毕加索的妻子奥尔加，则径直坐在了艺术家的腿上，我乐不可支地看着。毕加索真是有双天生不安分的眼睛。

"我本来就是要邀请你的，"蜜西娅说，"不是去意大利，是来参加我们的婚礼。"

科克托撅着嘴。"我个子很小，可以把我放进行李箱里，"但蜜西娅这时候已经把注意力转移到了我身上，"我们计划六月举行婚礼，之后很快就会去意大利旅行。你的时间没问题吧，亲爱的？"怎么把蜜西娅的身体装进结婚礼服这件事叫我头疼不已。塞特对此也很清楚，他的嘴咧到了耳朵，露出了香烟熏黄的牙齿。"六月是不可能的，"我说，我想让自己的声音听上去更抱歉一些，"我已经计划六月去比亚里茨，去看看我的店；我已经很久没去看过，而且歌剧女歌手玛尔特·德瓦利希望和我在那里见面，我会在那儿待到七月。"

蜜西娅一脸怒容，她对我的其他朋友都不感兴趣。"你怎么没告诉我。"

"我并不知道会说起这件事。我很抱歉，蜜西娅。但我还是可以为你设计婚礼礼服。"

"不，不。"蜜西娅挥着手，手腕上层层的首饰叮当作响，"我们可以等。"

"什么？"我瞥了一眼塞特。

"我们会等到你准备好，"塞特补充。他靠近过来悄声说，"她应该跟你结婚。如果你不去，她也不去，我就不重要了。"塞特的语气里毫无敌意，我大笑着拿出香烟，塞特挑着眉毛坐了回去，面带笑容。

第二天，我给玛尔特打了电话，和她说好我会在月底去比亚里茨。

3

比亚里茨的商店是我的金矿，也是我首次成功亮相的地方。德雷夫人露出罕见的笑容迎接了我，陪着我走过一尘不染的沙龙，走进设计工作室。这间工作室是我设计的运动休闲装制作完成的地方，我用了上好的昂贵面料，顾客则是来比亚里茨度假的独具慧眼的女性客人。

我以苛刻的眼光挑剔了一些布置上的细节，以显示权威，之后整个下午，我都和玛尔特·德瓦利在一起，当初正是她建议我在这里开店。她对博伊的死表现出了极大的哀痛，之后就拉着我一起去参加各种各样的聚会，无论是海滩派对，还是午餐，或是带有博彩活动的晚宴，之后是充斥着香槟和爵士音乐的晚间俱乐部，或者干脆就是她在赌场酒店的套房，我们在那里一起待到黎明。

她已经离开了糖业大王继承人康斯坦·塞伊，后者的糖业生意因战争波及而完全失败。而她作为女高音歌唱家的事业正在顶峰，现在没有了塞伊，她同时拥有着数量众多的情人。最近的一个，她对我说，是个来自俄罗斯的罗曼诺大家族的流亡者。

俄罗斯革命中，末代沙皇遭人谋杀，结果导致大批与皇族沾亲带故的人因恐惧而逃亡。没有国籍的王子、公主、大公与女大公，带着随身的仆人一起离开了对他们虎视眈眈的故土，带着随身能带上的任何东西，然而其实上没有什么东西可以带出来。

在一次聚会上，玛尔特·德瓦利向我介绍了她这位新认识的情人。"亲爱的,这位是狄米崔大公（**Dmitri Pavlovich**），保罗·亚历山德罗维奇大公的儿子,沙皇尼古拉斯二世的表弟。"

虽然并无太大介绍身份的必要,但他的名头在第一次见面的时候确实可以制造很多效果。罗曼诺夫家族有很多让人诟病之处,然而他们确实知道如何把男孩培养成男人。眼前这一位躬身亲吻我的手——"很高兴认识你,小姐（法文）"——正是王子在生活中该有的样子。他很高,身材修长,浅栗子色的头发,用发蜡服帖地梳在线条优美的头上,他还有雕塑般挺拔的鼻子和丰盈的嘴唇。琥珀色的眼睛深陷,目光流连在我身上,我在想他是不是期待我向他回一个屈膝礼。

玛尔特对他说:"狄米崔,亲爱的,给可可拿一杯喝的好吗?她的杯子空了。"他取走了我的杯子,手指轻轻拂过我的手指。他有一双漂亮的手,白皙纤细,这双手在沙皇二世被谋杀之前,所做的活计最多不过是整理一下系在腰间的佩剑。

"你不觉得吗?他整个人都妙极了。"狄米崔迈着大步走向大厅另一侧的吧台,我望着他宽阔的肩膀,玛尔特悄悄对我说。我心中怦然一动,意识到自己感觉到了……一些东西。并非什么热烈的情感,并非是那种我第一次见到博伊时感受到的东西,但却是一些朦胧的感觉,我微笑着对玛尔特说:"确实如此,他真的非常有吸引力。"

"自从我对他提起过你后,他就非常想见到你,整天嘴里说的就是你。你知道吗,他协助别人谋杀了拉斯普廷（**Rasputin**）。如果你也对他感兴趣,就把他带走吧,他对我来说太费钱了。"

后来我把狄米崔直接邀请到床上。对此我没有什么其他委婉的说法。整晚他都陪在我身边,没完没了地呻吟他的苦难,从他如何杀死了女沙皇身边的宠儿,到他流亡到西伯利亚,战事一起他就逃到了意大利,之后是西班牙,最后来到了法国。在法国,他通过姨母大公夫人玛丽夫娜（**Grand**

Duchess Marie Pavlovna）——流亡到巴黎生活的亲戚关系，认识了玛尔特。然而我却觉得他的故事十分乏味——我本身对贵族没有太多好感，也并不同情他们的痛苦。但显然当晚他的兴趣并不仅限于社交领域，当晚的聚会渐近高潮，我也准备离开，他的意图就非常清晰了。

"我明天可以给你打电话吗，香奈儿小姐？"他的老派几乎让我要笑出来。在我们周围，喝得醉醺醺或者是吃了太多鸦片的男男女女们正在舞池里旋转，玛尔特自己则被乐队里的两个黑人长号手边演奏边举高到了肩头，此刻正在尖叫大笑。

"为什么要等到明天呢？"我伸手到包里掏出了套房的备用钥匙，"**25 号**房，带瓶香槟上来。"在他有任何反应之前，我大步走了出去，并不准备会再次见到他。这样的举动显得太鲁莽又急切，我推测，像他这样成长起来的男人，会认为我太过现代、太直接，并不是他所欣赏的那种精致女人的类型。

一小时之后，有人在门外敲门，他没用我给他的钥匙。我穿着睡袍打开门，止住狗儿们的吠叫，看到他手里拎着一瓶法国最好的鲍兰哲香槟。他将香槟放在我的梳妆台上，转过身来，脸上带着一团红晕。

"很贵的香槟酒，"我瞥了一眼瓶子说道，"我想你是直接记在我房间的账上了吧？"我并没有等待他的回答，而是站在那里看着他。他站在那里，开始用他那纤长的手指，带着一点颤抖，解开他深灰色套装上的扣子，不知为何，那套衣服此时看上去并没有之前那么好。

然而他抖得十分厉害，解不开扣子，我不由得走了上去。"我来吧。"我说，我帮他脱去了外套和衬衫，他裸着胸膛站在我面前。并不像博伊肌肉明显晒得黝黑的身体，而是如大理石雕塑般优美白皙。

"你很漂亮。"我说，停了下来。现在他来了，我却开始有些后悔自己的冲动。博伊死去已经一年多，我站在另外一个男人面前，忽然感到想要退却。

没等我说出话来，他突然跨步上前猛地捉住了我的手臂，之后他的嘴唇热烈地吻住了我，比我读过的任何一本艳情小说中的情节都要热烈，我几乎要笑出来了——我，作为一个死人的情妇，如今在一个落魄俄罗斯公爵的面前，扮演出一个饥渴的角色，然而这位公爵对我的钱包的兴趣更大一些——我内心中那种怦动的感觉又回来了，并且变得更加强烈，动物般的兴奋占了上风。

他的嘴唇落在我的脖子上，口中喃喃说着俄语，这种无法理解的语言出乎意料地更加激起我的兴奋。我闭上眼睛，由他带着我走向床榻。

这一次，我拒绝思考。

我只是想知道毫无意义是什么滋味。

狄米崔成了我的情人。回到巴黎，我将他安顿在郊外的别墅里。我对管家夫妇约瑟夫和玛丽说我的客人会在客房里住上一段日子的时候，他们眼皮都没有眨一下。名义上他是我的客人，但每天晚上，他都会到我的卧室来，我下班之后他会和我一起吃晚饭，陪我去剧院看戏，也去看望塞特夫妇。

蜜西娅最初显得非常惊讶，我也第一次见到她在考虑应该拿出什么样的态度来面对这个状况。晚餐之后，塞特在给狄米崔讲笑话，她把我拉到一旁的起居室，悄声问我："你爱他吗？"

我大笑起来。"别犯傻了。"

"那是为什么？他看上去还挺年轻的。他到底有多大？"

"三十岁。"我伸出一只手，预备迎接她下一句话，"我知道，他比我小八岁而且穷困潦倒，我不在乎。他是我现在需要的。"

"你需要的？你有没有想过这可能会演变成一桩丑闻？他是俄罗斯的皇族——如果俄国有一天恢复了君主制，他将会是继承人。"她忽然停下来，眯起了眼睛。"亦或者说，这正是你的计划？如果你和他在一起，就会被贵族们接纳。尽管他身无分文，毫无疑问连衣服都是你买给他的，巴黎任何一个有钱的贵族女人都会毫不犹豫地抢着收留他。现在最时髦的事就是邀请一位流亡的俄罗斯贵族喝茶。"

"我什么时候在乎过那个？"在我身后，我听到塞特在讲情色笑话，以及狄米崔低沉的声音和小心翼翼的笑声。"我和他在一起是因为和他在一起会让我感到愉快。我不会在乎有钱的贵族女人说什么或者怎么想。"

蜜西娅哼了一声："你是希望所有人都这么相信吧。但对我你不用讲场面话，亲爱的，我知道你有多想被上流社会接受，还有什么比在胳膊里挎着一位俄罗斯罗曼诺夫家族的人更好的办法吗？"

"随你怎么想吧。他只是我的情人，仅此而已。而且，"我补充道，"我会带着他一起参加你们的婚礼，他也会和我一起去意大利。他的姐姐是玛丽亚女大公（Grand Duchess Marie），现在在威尼斯，和我们的朋友迪亚吉列夫一起度假，他希望带我认识她。"

随后，我无视她的抗议转身离开。蜜西娅的评论确实富有见地，但她完全猜错了方向。在比亚里茨的那段日子，我给狄米崔讲述了自己如何创建时装生意的过程（我并没有提巴桑或博伊）以及我正在思考如何研制一瓶标志性的香水的计划。我知道罗曼诺夫家族的人对香水十分在行，狄米崔提到法国的香水品牌拉雷（Rallet），在他们家族的资助下，在莫斯科立住了脚，并创意研制出了一瓶沙皇皇后亚历山德拉最喜欢的香水。

"那是种多么微妙的香啊，"狄米崔伤感地说，他的目光飘向远方，就像他回忆往事的时候时常出现的样子，"我现在还能闻得到那个味道：混合了玫瑰、茉莉花，还有一些无法形容的味道，让闻到的人都会驻足。亚历山德拉皇后不允许其他任何人用这香水。前沙皇宫廷调香师恩尼斯·鲍 (Ernest Beaux) 本来为拉雷的周年庆典研制出这款香水的配方，但最后发现除了皇后本人，谁都用不起。"

"这香水你还有吗？或者你知道在哪儿能找到鲍吗？"我急切地问。

狄米崔叹了口气："香水一定已经遗失了，像我们曾经拥有过的所有的其他东西一样。战争爆发之后，鲍应征入伍。我不知道他现在在哪里。也许在法国的格拉斯，女皇在那儿有地产。我的姐姐玛丽亚也许知道。"

格拉斯很有名，法国南部的田园风光，科蒂和娇兰在那里通过培育杂交植物生产出自然界独一无二的气味。我希望立刻动身去格拉斯，寻找这位神秘的气味大师鲍，但蜜西娅的婚礼日益临近，我不得不把计划推迟。

然而很快我接到了蜜西娅的电话，她告诉我她和塞特的婚礼将在八月举行，她希望那个时候我能在巴黎。

在不到一个月的时间里完成她的婚礼礼服的设计和制作是件非常棘手的事。蜜西娅十分坚持己见，并拒绝任何有一点点非传统的设计，到了最后，我们终于达成一致，确定使用蕾丝与丝绸。婚礼是个非常简单的仪式，当八月的巴黎逐渐被热浪笼罩时，我们已经动身前往意大利，进行为期一个月的游船旅行。

4

意大利让我着迷。我之前从未离开过法国,因此十分着迷于威尼斯弯弯曲曲的水路和那里华丽的马赛克装饰。在威尼斯,我们住在丽都酒店,那里卵石遍布的海滩紧邻着绿松石色的环礁湖。

事实证明,塞特是一个非常好的旅伴。他学识丰富又热情洋溢,他带着我们去圣马可看源自拜占庭的马儿,提香的财富,带我们去博物馆欣赏艺术大师的油画作品,拉着我们穿过歪歪扭扭的小路找到好吃的小餐馆,在那里可以吃到意大利火腿配烤麻雀。塞特是一个仿佛永远不知疲倦的人,他会一直带着我们到处走,直到每个人都筋疲力尽,然后蜜西娅会大叫:"我们看够了那些死掉的艺术大师了!"之后蜜西娅会拉着我钻进古董店,搜罗那些镀金的面具和彩色小雕像,还有供着香火的圣人遗物。

这时的我,比刚刚失去博伊时快乐很多。我常常会想起他,但关于他的回忆已经不再让我痛彻心扉。但我也会在内心感到一些失落,如果是他和我一起在这里就好了。在意大利的这段日子,我不再那么依赖蜜西娅的"灵丹妙药",每晚拍岸的水声都会摇着我入眠,我不再需要什么东西来麻痹我的神经。贡多拉船夫长度不到脚踝的宽松长裤和他们的海魂衫,以及厚底鞋子给我带来了很多设计灵感。

然而狄米崔渐渐成了我的麻烦。他走到哪里都带着一股悲伤情绪,仿佛这里的美景总在提醒着他所失去的东西。我很快就厌烦了他的态度,也很厌烦他夜间的咳嗽,威尼斯潮湿的空气让他的咳嗽加重了。我同样厌倦了他总是在喝烈酒，以及他缺乏想象力的床上动作。

蜜西娅感觉到了我的变化，帮我作了最后的决断。"我听说他疯狂地爱着自己的表哥费利克斯·尤苏波夫，就是在他的触动下，他才去刺杀了拉斯普廷。革命之后，他甚至去伦敦找了费利克斯，但是他们在那里吵翻了，因为费利克斯对所有人说推翻沙皇是他的功劳。狄米崔指责他这么做会影响他重夺权位的希望。"说到这里，蜜西娅停了下来，因为我没有任何反应。"相信你们是有保护措施的吧。这些男人跟女人在一起，也跟男人在一起……他们有可能会传染可怕的疾病。如果得了淋病是要采用水银疗法治疗的，这可一定会影响你的日常生活。"

我翻了个白眼，并没有告诉她狄米崔的兴趣只是在伏特加上。唯一让他情绪好转的时候是他去大运河边的豪华宫殿去和他的姐姐及迪亚吉列夫共进午餐的时候。玛丽亚女大公目前暂时在意大利一位鼎鼎有名的贵族家做客。这些意大利人和巴黎人一样，着了迷地想要变着法儿取悦俄罗斯的落魄公主，尽管所耗不菲。

迪亚吉列夫见到我们很高兴。我还没有在俄罗斯芭蕾舞团派对以外的场合见到过他，当时他总是在全神贯注地大谈他最新收到麾下的芭蕾舞演员。看得出他对蜜西娅有种情愫，然而这一次当迪亚吉列夫抱怨他资助了斯特拉温斯基《春之祭》的演出，却反而在经济上大受损失时，蜜西娅并没有表现出她常有的在晚宴上的风范。作曲家曾得了伤寒，去了瑞士，本打算在那里休养恢复一下，结果却被悲惨的命运一路跟随。"他和他的家人住在一起，但是他的太太卡佳，却在这个时候得了肺痨，他现在经济上入不敷出，"迪亚吉列夫说，"我想把他带回巴黎来，把他的才华重新介绍给世界。现在时代已经变了，我敢肯定，我们联手一定会取得成功。"

迪亚吉列夫并没能从蜜西娅那里获得期望的支持。她一言不发，沉默得像墓园里的一块石头。迪亚吉列夫继而将注意力转向了我。他的目光穿过单片眼镜望着我，向我丢来一大堆关于商店的问题，也问了我关于开发香奈儿香水的计划。迪亚吉列夫肥胖，还有双下巴，有一颗巨大的脑袋，仿佛没有脖子，脑袋直接落在了他巨大的躯干上。黑发上还有一簇白发，十分显眼。他衣着奢华，但风格自成一派。紫红色的天鹅绒夹克衫上有刺绣的图案，胖手上戴满戒指，丝质领带上缀着黑珍珠。

他热情地转向玛丽亚女大公："殿下，我认为法国人也许后来掌握了精制香水的工艺，但我们俄国人才最知道如何使用香水。在莫斯科的时候，芭蕾舞团里的男男女女，每个人都用不同的香水——整个房子闻上去就像是夏天的花园，不是吗？简直太壮观了，就像纵身跳进了维纳斯的神殿。那么浓烈的香气都可以让人为之去死。"

玛丽亚女大公微笑着。她堪称罗曼诺夫家族的另一位绝佳代表，睫毛浓密，面容姣好，有着晒不黑的白皙皮肤。然而我，却因为连续晒着日光浴，皮肤黑得像个印度人。然而我也发现她纤细的手指有伤痕与磨损的迹象，和女裁缝的手指很像。

玛丽亚女大公发现我正在注意她的手指，高雅地微微歪头说："等你回到巴黎之后一定要来找我。我自己开了一间工作坊，帮客人做一些简单的剪裁和珠绣。薇欧奈夫人（**Madame Vionnet**）雇佣了我，叫我帮她装饰礼服。也许我可以同时做你的助手。"

如果她给薇欧奈夫人干活，说明她手艺精湛。这打动了我，和她那整日酗酒并闷闷不乐的兄弟很不一样，玛丽亚女大公挽起袖子干活。我表示回到巴黎一定登门拜访。"我们得自己找出路，"她接着说，"过去已经不会回来了，我们得适应现在的生活。"

我想问她是否知道一些关于沙皇皇后香水的事情，但这时候狄米崔从哀伤里回过神来，说："我对可可说了亚历山德拉那款特殊香水的事情。她非常好奇，并且想知道谁掌握着香水的配方，或者有没有人知道调香师鲍现在在哪里？"

玛丽亚的回答就是带着我径直走进了她的卧室。她拉开一个抽屉，拿出一只钻石形状的小玻璃瓶。"这就是那瓶香水。那些野蛮人闯进了我们的家，拿走了能带走的所有东西，也包括沙皇皇后的香水，这可能是能找到的最后一瓶了。"

我小心地扭开瓶盖，将瓶子举到鼻孔前。那香气立刻沁透了我的全身——那是一种混合了多种味道的香气——有大量的花朵和更深层次的一种味道，让你联想到独享的奢华，透露着一种女皇的尊贵：极富内涵的、奢华的，而且极其昂贵。与我之前想象的不一样，这香水的味道也包括一丝年迈女人的气质，但整体的味道仍然是独一无二的。

"试试看吧，"玛丽亚说，"我从来不用，它不是我的香水。"

我用几滴沾湿了手腕内侧，之后等待。当我举起手腕再次凑近鼻子的时候，惊呼了出来。之前隐藏得更深层次的那种味道，那种我无法描述的味道，现在完整展现了出来，这种味道有些令人不安，也让人未曾料想到——是女人魅力的神秘味道，在新鲜的白色被单下的那种味道。

看到我迷惑的神态，玛丽亚的表情柔和了下来。"恩尼斯·鲍现在就在格拉斯的拉波卡村。他现在仍然在为拉雷公司工作，但也接受个人顾客的订单。如果有谁还有可能知道沙皇女皇香水的秘方，非他莫属。"

"我……我得见见他。"我说。

"是的，我想你一定会的。"她转向书桌，"我来帮你写一封引荐信。"

从威尼斯到佛罗伦萨，再到比萨，最后到罗马。在竞技场炙热烤人的废墟之前，塞特展开双手，宣称这里是罗马未被掩埋的骸骨。"建筑是城市的骨骼。我们看到的一切都有骨骼结构。一幅绘画作品，一件雕塑，甚至我们自己也是，人不可能没有骨头。你，"他补充道，捏着我的脸蛋，"你即便是死掉也会很美。"

我被在意大利看到的一切东西迷住了，不过蜜西娅和她大件小件的行李也让我疲惫，我迫不及待地想要回去工作，我想要去格拉斯，下定决心要寻找香水的配方。玛丽亚将她的香水样品给了我，对我说她从来不用，只是一个对于以往岁月的记忆，沙皇女皇香水的味道，她已经了然于心。

分别的时候，我向她保证回到巴黎会去拜访她，愿意帮助她拓展一些生意，并且从我的刺绣工坊给她分派一些活计。她则会帮我设计晚礼服，以与维奥内的设计竞争。到现在为止，我一直与竞争对手保持着距离。然而如果我想发布香水，就需要一款可以和它一同发布的服装——一款带有俄罗斯基因的衣服，唤醒人们对昔日辉煌的记忆。

1921 年秋天，当我们回到法国的时候，狄米崔已经不再让我着迷。

我的注意力已经落到了别处。

5

这一年年末，传来了可怕的消息。

我的小妹妹安托瓦内特之前冲动嫁给了加拿大人的婚姻，出现了我预见到的结果，他们的婚姻走向了破裂。之后安托瓦内特遇到了一个阿根廷人，并和他一起出走去了布宜诺斯艾利斯。在那里她怀孕了，就像之前的朱丽亚一样，她的爱人快速抛弃了她。她给我写了一封很长的求救信，交给了一位好心的陌生人带给我，然而信到得太迟了，安托瓦内特已经染上了可怕的西班牙流感。

我打发了佣人，独自坐在房间里为她哭泣。我回想起当她宣布要嫁人时我的无礼态度，她表示出将顺从内心的想法选择自己的人生时我的不耐烦，以及分别时我内心是如何地笃定我们此生不会再相见。现在我们真的不会再见了。如今，我是父母不幸的婚姻之中剩下的最后一个孩子。于是我给穆朗的露易丝写信，想和她打听是否有任何我两个失散兄弟阿方斯和吕西安的下落。露易丝回信说他们两个都在世。阿方斯已经从战场上退伍，靠领取政府津贴生活，正经营着一间烟草店。他结了婚，有三个孩子。吕西安则和我们的父亲一样，成了一名街头游商。经历了一番辛劳，如今已经结了婚安定了下来，就像大多数香奈儿家的人的选择一样。

想到安托瓦内特和朱丽亚，我开始给两个兄弟每个月寄一些钱，想让他们的生活过得好一些。我也给在英格兰的侄子安德烈写信，叫他来巴黎和我一起度了一个周末。家庭让我感到恐惧，我再不想回到我所出生的那个圈子里去，但我还是想见我的侄子。

当我见到安德烈的时候十分惊讶，他的模样和朱丽亚非常相像，同时还有着优雅且棱角分明的颧骨，以及所有香奈儿家男人都拥有的、那对有着长长睫毛的梦幻般的眼睛，在一瞬间让我想起了父亲。安德烈当时十岁，纤瘦的身材和我童年时候的样子很像。他第一次走进我在康朋街的商店里时，一直在细细观察我的设计。我冲下楼梯来，剪刀还挂在脖子上，针插和线轴还挂我的夹克衫上，我的小狗们在我的脚下雀跃不停，安德烈向我伸出了双手。

我先是犹豫了一下，之后我微笑着迎了上去，并握紧了它们。安德烈站得很直，握着我的手微微摇动着，仿佛与一位重要的客人初次见面。"香奈儿小姐，"他的法语说得很好，带有一丝微妙的英国寄宿学校的口音，"真高兴见到你。"他甚至没有低头去看皮塔和鲍比，狗儿们正在着迷地嗅着他的靴子。

四周的雇员中传来一阵嗡嗡声，她们将双手捧到胸前，那是一种当女人见到非常有教养的孩子时才会有的神态。

"是的。"我冲他挤了挤眼，"我相信我们很快就会常常见面了。你得叫我可可姑妈。香奈儿小姐听上去像个学校老师，我觉得这样的老师你已经有太多个了。"

红晕迅速涌上他泛白的脸颊。"可可姑妈。"他跟着我念道，显然被我的直率吓了一跳。然而他的面容忽然扭曲起来，仿佛在忍耐着什么，之后他还是忍不住咳了出来，安德烈迅速捂住了自己的嘴巴。

"你生病了吗？"我问道，"是不是在船上受了风寒？"

"不，我没有，"他回答，但咳嗽又来了，比上次更厉害一些，艾德丽安给他拿了一杯水，"没事，只是累了的时候就会这样咳嗽。"他听上去很不好意思，仿佛他是个出生时就带着兔唇的孩子，或者是他给大家制造了什么大麻烦。"因为咳嗽，他们不让我打板球。老师说因为我是法国人，我生着一个法国肺。"

安德烈接过艾德丽安递给他的水，小口喝着。他喝水的时候，我仔细地看着他。安德烈看上去很纤瘦。然而这没什么，我和他妈妈小时候也像他这样瘦弱——我们会瘦到膝盖、脚踝和手肘上的骨头都凸出来，整个人看上去骨头比肉多。对于我们的童年来说纯属自然，然而对于安德烈却不应该。在博伊的建议下，我把他送到了英国最昂贵的寄宿学校。考虑到寄宿学校不菲的费用，我的侄子看上去应该是面色红润身体健壮的。

"过来，坐在这儿。"我让他坐到椅子上。他把水全喝光了，也不再要。咳嗽让他有些气短，太阳穴上浮起一些蓝色的血管，这让我有些忧心。"你是不是累了？你坐了太久的船，要不要回家休息一下？"

"我……"他迟疑着，弯下腰去拍拍狗儿们的头，它们正卧在他的脚边，用热烈的眼光望着他。我感觉他并不适应表达自己的喜好，于是又建议道："你想做点儿什么吗？你现在放假了。你想去哪儿我们就去哪儿。"

安德烈这一次确确实实因为羞涩而脸红了。"我想我该去看看你的工作室，如果这不算过分要求的话。听他们说你非常有名。"

"她确实是！"艾德丽安说。"她是全巴黎最有名的设计师！"艾德丽安冲着他笑着，"我是可可姑妈的姑姑，你也可以叫我艾德丽安姑婆。"

"我有两个姑妈？"他惊讶地望着我们。在那个时刻，我仿佛在他的目光中看到了我死去的姐妹们，我们从未认真度过的童年，以及那总是萦绕在我们身边的感觉，那种自己不属于任何地方的感觉。

"是的。"我拿起他的手，"来，我们来看看你的姑妈有多出名。"

我带着安德烈参观了我的住所，整个过程中他都瞪大了眼睛。我们从一楼的时装陈列室走到二楼的沙龙，也是客人试穿服装的地方，在那里，我给安德烈看了我的设计作品；之后我带着他走过我三层的卧室，去到工作室里，那里摆着一些假人模特，我的大部分作品都是在那上面完成的，工作室里还有很多台缝纫机，还有女裁缝们说话的嗡嗡声。

我给他看了我创作的素材——平纹细布，正在根据客人们提出的建议进行修改的成衣，由于我们的到来，这些工作都暂时停了下来。"这件是男爵夫人的。她下周就要穿，由于她现在比之前试穿时瘦了一些，所以我们必须在下周之前把尺码改小……现在你知道了，我就是这样工作的。你也看到了，我可能会很有名，可我的工作并不轻松。"

　　"哦，确实如此。"安德烈看上去完全着了迷。"想象不到会是这样的。"

　　"等你学业结束之后，你得过来为我工作，"我对他说，话一出口，我发现自己是认真的。我对安德烈的感情比我之前预想的强烈得多。他是我姐姐的儿子，我从没想到自己会在安德烈身上感受到身为人母般的感受。我看着他在工作室里好奇地四处打量，向女裁缝们有礼貌地问问题，并得到了耐心的回答。我看着安德烈，直到眼前涌上一层泪水，艾德丽安在我的手里塞了一块手帕。

　　"小心点儿，"她轻声说，"你有些激动。"

　　我皱起眉毛，轻轻擦拭着眼睛。"你觉得他看上去是不是有点儿太弱了些？你觉得吗？"

　　她点头。"是的，我本来不想说，但他咳嗽的声音……我有些担心。"

　　"我会带他去看专科大夫。法国肺，说得太对了。如果那间学校之前没有好好照顾他，那他们很快就会接到我的电话了。用我付给他们的那些钱，足够让他们每天晚上在房间里给他生起壁炉，英国天气，真见鬼。"

　　我很快约到了巴黎最好的内科医生。医生叫安德烈脱下衬衣，他那瘦弱的肋骨完全显露了出来，我感到一阵恐惧，担心医生会告诉我他患上了肺结核。"他的支气管有些小问题，"医生之后说，"他需要保暖。可能的话，他最好待在暖和的地方。"

　　但这是不可能的，安德烈需要回英国继续完成他的学业。在这个假期结束之时，我在他的背包里塞满了草药，并给学校校长打了电话，要求他时常关照安德烈的健康。安德烈回英国之前，考虑到英国的习惯，我带他去丽兹饭店喝下午茶。但安德烈笑了起来，并说在伊顿，他们从来不会在下午茶时候吃这么美味的点心和羊角面包。看着安德烈的好胃口，我问起了他在学校的事。他并没有遭到糟糕的对待，而且他也十分享受学校里的学习生活，只不过他的身体常出状况，也让他觉得自己和其他孩子有些不同。他的身体状况影响了他与其他男孩交流的方式，也往往限制了他的活动。

"那么，你得找到其他的方式来证明自己，"我说，"你要成为最好的学生，尽可能多读书，武装你的头脑。教育是你能拥有的最重要的东西。没有了教育，你只不过是轭下的一头牛。"

安德烈歪着头，仔细听着我的话。良久，他点了点头，在那一刻我从他的身上看到了异乎寻常的成熟。我想，虽然他在身体上堪称羸弱，而且在模样上像极了香奈儿家的男人们，但安德烈一定会成长成一位优秀的年轻人，曾经发生在香奈儿家男人们命运中的颠沛流离，一定会远离他。

"我喜欢读书，我也不想当牛。"安德烈微笑着，之后，他忽然站了起来，绕过桌子走了过来，在我的惊讶当中拥抱了我。他一句话也没有说，只是紧紧拥抱着我。他小小且消瘦的身体贴着我，直到我温柔地说："客人们现在会乱猜，我们是一对情人了。"之后我为对一个孩子说这样不得体的话狠狠咬了自己的嘴唇。

之后他回应道："那是因为我爱你，可可姑妈，你闻上去有巴黎的味道。"

安托瓦内特死后，我终于无法再逃避儿时成为孤儿时的那种感受。我发誓永远不会让安德烈感受到同样的痛苦。他将永远不会受到我和我的姐妹们在儿时受的苦，因为他身边有我。

几周之后，安德烈回英国去了，我也即将启程前往格拉斯，那是 1922 年的夏天。这天早上，我从康朋街的工作室出来，步行前往郎世宁街上的大陆酒店。我从大堂叫人送了口信上去，半小时之后，迪亚吉列夫从楼上下来，蓬头垢面，浑身散发着香烟与酒精的酸臭味。迪亚吉列夫看到我之后眨了一会儿眼，之后才认出我来，接着他结结巴巴地说："香奈儿小姐，传信的人没说是你。"他看上去有些慌张。

我交给他一个封好的信封。他看上去十分迷惑不解，于是我解释道："您在威尼斯关于斯特拉温斯基以及他的那部新剧目的那番话让我思考了很久。我认同您的说法，他极具才华。1913年《春之祭》首演的时候我就在现场。信封里的钱足够他来到巴黎继续创作。请帮我转告他，在他找到合适的住处之前，裁缝可可·香奈儿愿意资助他们全家来我在郊区的别墅住上一段日子。但我有一个条件。"

他瞪着我，手里捏着信封。

"这件事不能让任何人知道，"我说，"希望您能配合。"

之后我笑了笑，走出了酒店。我心里很清楚，当他拆开信封，看到里面那张面额三十万法郎的支票之后，要做的第一件事，就是冲到最近的电话亭给蜜西娅打电话。虽然我还是一样的爱她，但我需要让她明白，现在我做任何事情都不需要告诉她。

斯特拉温斯基在之后的那个星期到达了巴黎。他的妻子陪着两个女儿暂时留在瑞士，完成在修道院里的学业。他很消瘦，瘦到了骨头，他颤抖着嘴唇反复向我道谢，并表示为了报答我的慷慨，他愿意让妻子帮忙做一些家务。

"简直乱说，"我说，"我这里人手足够，她来了之后必须好好休息。"我给他看了专门为他购置的施坦威钢琴，之后带他去看了他的房间。我们在走廊里走过狄米崔的身边，他对斯特拉温斯基怒目而视，后者在见到我为他准备的宽敞套房之后几乎要喜极而泣。

"他就是你的新情人？"狄米崔啐了一口唾沫说，比过去几个月以来都要激动。"这个戴着眼镜，浑身冒着寒酸气，唯唯诺诺的家伙？"

我盯着他看，拒绝回答。现在的狄米崔看上去更像个傻瓜，他整日在喝伏特加，已经到了危险的境地。"如果你现在不去给自己洗个澡，再换上一件干净的衬衫，我现在就把酒都锁上，"我终于说道，"我们明天就去比亚里茨，我可不希望别人看到你这副样子，像条流浪狗似的。明天九点钟到丽兹酒店找我，我最近都会住在那里。"

毫无疑问，我们的关系已经走到了尽头。

然而我仍然需要他帮我做最后一件事。

我们开着我的劳斯莱斯去了比亚里茨，我先到了店里，发现销售额正在下降。富人们似乎已开始向戛纳和蒙特卡洛迁徙。我们沿着弯弯曲曲的车道从图卢兹前往尼姆，狄米崔和我在马赛停了一阵，之后前往戛纳，我在戛纳选了一个地址，预备在那里开间新店。之后我们继续前往格拉斯的拉波卡村。我们花了好几天的时间才找到鲍的实验室，鲍的实验室坐落在一片无尽的花田当中，有玫瑰、茉莉花，以及薰衣草——这里是一片宁静的绿洲，同时也是一片繁荣之地，自十七世纪开始就是法国香水工业跳动的心脏。当我们找到他时，鲍的雇主——拉雷香水公司的员工开始拒绝我们进入，直到我出示玛利亚女大公的介绍信之后才放行。

沙皇对于调香师的保护与对于香水秘密配方的保护一样严密。在格拉斯的美景中等待整整两天之后，我们终于得到了消息，鲍可以有一个小时的时间和我们见面。

恩尼斯·鲍是一个与我年龄相仿的一丝不苟的男人。他有一只非常醒目的高挺的鼻子，穿着实验室的白衣。起初的时候他对我的到访理由并不感兴趣，直到最后我从口袋里掏出了那瓶沙皇香水的样品。他将那瓶香水握在手里，一时讲不出话来。"我以为这辈子再也见不到它了，"他喃喃道，"我以为它丢了。"

"要是那样就太遗憾了。"我说。"这香水的香气非常华丽，但是，"我又说，"香气并不持久，香气太快就没了。我希望你能——"

"太快就没了？"他惊讶地看着我，"你已经用过了？"

"当然，"我抑制住想抽烟的冲动，鲍一定不会允许别人用香烟污染了他的气味圣殿。"我必须要闻一闻。现在我完全明白女沙皇为什么要你大量地制作这种香水了。因为香气不持久，两个小时之后味道就消失了。"

"这正是我的目的。"女皇陛下想要一款香气并不持久的香水，她可不想带着这样的味道上床睡觉。

我有些怀疑这件事的真实性。这款香水的基调闻上去有强烈的性感暗示，而且女皇众所周知地非常宠爱她的丈夫尼古拉斯。

"不管怎样，我需要它的香味更持久一些，"我说，话音未落，鲍就急着否认，表示这是不可能的，我直接打断了他。"我不在乎需要花多少钱。我知道，一款像这样的香水造价不菲。我恰恰希望做一款尽可能贵的香水，这样才不会被轻易仿造。然而同时它需要有很高的性价比。我希望其中一些香气增强一些，这样在前调的花香消退之后，就能显现出来。我的香水一定要更贴近自然，我不希望它过度夸张，但它一定要能强调出其中的自然特质。它必须独特，必须可以一下子认出来，让每个用过它的女人都无法忘怀。而且最重要的是，香气必须持久。"

鲍仍然一脸狐疑，但他的眼睛睁大了。他一定发现我已经花了一些时间学习香水复杂的内涵与艺术。确实如此，我从意大利返回之后，几乎没有将时间花费在其他的地方，而是整天在康朋街的公寓里阅读大量与香水有关的书籍。我十分理解，并且尊重在一瓶香水研发过程背后的那些心血与投入的情感。

"我之前想你也许可以加一些粉调，"我建议道，"也许是尾花根之类的，再通过一些人工合成的醇类让香气更持久，尽管做些大胆的尝试吧。"

之后我停了下来，等待着。犹豫了一阵之后，鲍开始在他面前的一块板子上写下一些潦草的字迹。之后他叹了一口气说："我真的不知道，小姐，我很敬仰你的视野，但我之前从来没做过这样的香水，更别说是在时装店里销售的香水。而且，鉴于我与沙皇的协议，香水的配方是属于他们的，我不能用这个特殊的配方再做其他香水。"

我把双手撑在桌面上："我并没有想要你做一模一样的，我也不希望客人闻上去都是死掉的女沙皇身上的味道。"这时候鲍倒吸了一口气，我于是继续说："如果你能为我做香水，我可以付丰厚的报酬，狄米崔——"我环顾四周，但他已经走了，不知道去了什么地方闲逛，这是他近期才出现的状况，叫人十分恼火。"狄米崔大公向我保证，你是世界上最好的调香师，也是最佳人选。我只不过是希望你截取 部分配方，然后在那个基础上，再开发出一款新的香水。至于怎么做，我会给你绝对的自由。"

我终于还是说服了他，他内心发生变化的那一刻我已经看了出来。如同他对我的评价，他自己也是一个有视野的人。调香师领域的竞争也颇为激烈，一款新香水的问世往往会给调香师带来他所想要的名望，而恩尼斯·鲍无法拒绝把他为女沙皇专门调制的那款香水推向市场的机会。更何况我也已经对他所在的领域有所了解。他并不是女沙皇的首席调香师，现在我给了他一生只有一次的机会。而且他已经了解，我已经知道知识产权中并不包括香水的配方。他故意谎称香水的配方归沙皇所有，现在他也知道我已经通过了他的测试。

"你给我多少时间？"他最后问道。

我想了想。"你需要多长时间都可以。我可以在附近租下一栋别墅住下来等。"

"需要的时间恐怕比小姐预计的要长很多，"他警告我，"这些气味的精华持续时间都非常短暂，香水可没有办法一夜之间做出来。"

"这我知道。"我拿出支票簿，在上面写上金额，之后撕下来从桌面上推给他："有这些足够你开始了吧？"

他呼了一口气，呆住了。"我的老板一定会非常高兴——"

"不，不，"我微笑着，"你的老板不需要知道这个。我雇佣的是你，鲍先生，不是你的老板。这是我们两个人之间的交易。"

他点点头，将支票叠起来塞进口袋，我向他伸出了手。他呆住了，有些困惑，之后他明白了，迟疑着握住了我的手。我紧紧握着："很高兴和您合作，鲍先生。"

在我即将走出他的办公室时，他说："现在说还为时过早，小姐。我还没给您任何东西。"

"哦，你会的，"我对他说，"对此我毫不怀疑。"

这个时候，我已经对狄米崔扮演的情人角色失去了兴趣。然而在我租下别墅生活的那几个月里，我们游泳，外出去当地的商店购物，晚餐之后带着狗儿们去散步的那段日子，却成了我之后会常常想起的悠闲岁月。

海边的阳光让狄米崔回复到了原本温文儒雅的自己，白天他不再无所事事，晚上在床上他又野性十足。海风和阳光让他恢复了原来的样子，酒也喝得少了。

有天晚上，狄米崔对我说："我明白了，我们两个该结束了。我不爱你，你也不爱我。但我想现在告诉你，在我们分开之前，我想告诉你，我非常感谢你的慷慨和你为我所做的一切。我永远不会忘记你。在见到你之前我迷失了自己，但现在我已经有力气走出去，做一番事业，就像我姐姐那样。你对她也是一样的慷慨，我知道你也打算将一些工作交给她。可可，你救了我们。"

我将视线移开，并未准备好面对这样突如其来地表白："你把我说得好像是造了方舟的诺亚一样。你也帮了我，你的姐姐也是。我也获得了很多，我并不是那种一味付出什么回报都不图的人。"我笑了起来，迎向他的目光。"我想你现在也明白了，我一直是这样的人。"

他扬起眉毛。"你为其他人做的远比你承认的多得多。"

鲍一共做了十一个样品出来，装在一模一样的小玻璃瓶里，外面贴着编了号码的标签。整天我都没有吃东西，也没有抽烟；此刻我的嗅觉应该比平时敏锐得多，这个时刻我不想犯错。

鲍一个接一个地打开了小瓶。我深深地吸一口气，等着，如果我喜欢这个味道，就将液体滴到纸片上，然后把纸片在房间中挥舞。狄米崔等在外面，之后我会带着纸片出去给他闻，他会摇一摇头："不，不是这个。"我知道他想找到他童年时代闻到的那种味道。就这样，我们直接排除掉了从十一号到六号的样品。

鲍将五号样品直接递给了我，这是我的幸运数字，也是我儿时在奥巴辛修道院看到过的五芒星所象征的数字。

我将瓶子凑近鼻子，耳边仿佛听到院长嬷嬷站在我的身旁，用我如此熟悉的声音讲道："地、水、火、风，以及最重要的，灵。我们周围看到的所有东西内部都包含这五种元素。5是宇宙中最神圣的数字。"

想到这里，我深深地吸了一口气。

只用了短短的一瞬，我就感觉它已经穿透了我，我曾经在奥巴辛度过的日子忽然浮现我眼前，那一层层高高堆放在隔板上的亚麻布，我用的甘油肥皂的味道，我和巴桑一起骑马驰骋着穿贡比涅寒气逼人的树林……在一阵突如其来的情绪翻涌之中，我以手掩面，掩饰奔涌而出的泪水——我闻到了曾经如此熟悉的味道，当博伊温柔地将我拥入怀中时，我的身体闻上去的那种熟悉的味道。

"就是它，"我说，"就是这个。"

鲍有些忧心。"小姐，另外还有四瓶。那瓶……不是，"他的眉头因焦急而拧成一团，"这瓶算是个失误，我加了太多的茉莉花。我本不想加上这瓶的，因为制作的成本非常高，我只是很喜欢它闻上去的味道，但是并没有想到你会选它。"

"就是这瓶。"我滴了几滴香水到我的手腕上，停留一会儿，之后再将手腕举到鼻前。"我不需要再闻其他味道了。这就是我的香水，香奈儿五号。"

"这瓶的造价非常高昂，几乎相当于女沙皇当年那瓶一号香水的造价。"

对此我没有任何意见，怎么会不昂贵呢？

"我需要一百瓶，"我随即说，"余下的订单数字我会在电话中告诉你。"

我洒了更多的香水在我的脖颈和手腕上，给鲍开了另外一张不菲的支票，之后带着周身的香气走出去找到狄米崔。我倾身向他，露出脖颈。

他叹了口气："你现在闻上去像个罗曼诺夫家的人了。"

我在比亚里茨和狄米崔友好分手，我给了他一笔钱，足够他自己做一些事情——很明显，眼下他需要尽快找到一位富有的女继承人。我离开之前，他递给我一只用蓝色天鹅绒包裹的盒子，里面是一条镶有黄金和钻饰的华丽珍珠项链。

"你怎么会……"我的话没有说完。我们两个都很明白，他没有办法用自己的钱买这样昂贵的东西给我，除非他用了我的钱。

"这曾是我姑妈的，我流亡的时候身上带出来的东西。之前我一直把它存在赌场的保险柜里。"狄米崔的表情有些伤感。"玛尔特·德瓦利一直想要我送给她，但她对我的感情远远比不上她对罗曼诺夫家珠宝的感情。"

"我们之间的感情也比不上。这是你的传家宝，你得交给你姐姐。"

"玛丽亚不想要。她知道我想送给你，她同意了。"

狄米崔算不上是最理想的情人，但他的好意，就像之前的玛丽亚女大公一样，深深触动了我。"我永远不会戴出去的，"我逗趣着说，将天鹅绒盒子装进我的包，"人们为了这条项链会割断我的喉咙。"

"那把这项链和假首饰放在一起好了，"他回答道，无意之中提供了一个好点子。"谁都猜不中哪条是真的，哪条是假的，就像你伪装自己的办法一样。"

我带着罗曼诺夫家族的珍珠首饰回到了巴黎，同行的行李当中还有一百瓶灌装在方形切割玻璃瓶里的香水，我很喜欢这香水瓶的简洁设计。包装是我和蜜西娅一起设计完成的，我为它设计了一款钻石形状的瓶塞，能让人联想到旺多姆广场，同时设计了一只带有黑色饰边的白色盒子。瓶颈以我姓氏的首字母 C 做封印，而塞子的顶部则使用了我的双 C 交叠的标志。我将香水赠送给我最忠诚的顾客们，并要求店铺里的销售人员，在下午客人进店之前，在店铺中遍喷香水。而我那 50 名人体模特——现在我已经不再使用假人模特，而是直接在真人模特身上设计服装——我叫她们全天都用上香奈儿五号，即便外出也要用。

除此之外我再没有做广告，只是让客人们之间口耳相传。"香奈儿小姐，"她们问，"你的那瓶香水超凡脱俗。我一定要告诉你，当我用了那香水再去大剧院的时候，我的朋友们立刻围了上来，问我香水是从哪儿买的。"

"我的香水？"我佯装惊讶，"我只是作为礼物赠送给了少数几位客人。今年夏天我在普罗旺斯的一间小小的香水作坊里发现的，我甚至都不记得作坊的名字了。你的朋友们喜欢吗？"

"小姐，她们简直是爱死了。你得多买些来卖呀！"

香奈儿五号迅速获得了成功。接着从鲍那里传来消息，他表示可以进行批量生产了，我随即下了大宗的订单，香水被运到巴黎、多维尔和比亚里茨的店铺进行销售，数周之内就销售一空。而为了即将举行的冬季服装发布会，我还需要更多。这次发布会的主题将会带有浓郁的俄罗斯风格，并且是在与玛丽亚女大公合作之后的第一次发布。

借助她精湛的绣技，我设计出了一款用黑色的双绉制作的罗马尼亚式上衣。我又同期推出了使用丝绒制成的滚边外套，带有匹配的缝纫缎子衬里。黑色、红色以及金色的带有方形领口的短披风，带有刺绣的喇叭袖口以及拉长腰线的剪裁。为了满足客人们对日常穿着的需求，我特别设计了浅灰色斗篷西装，以带有流苏的松树皮和软薄绸饰边，线绒绳材质的针织毛衫以及苏格兰针织衫，专门为当时流行的短发风格设计的丝绸头带，以及用人造宝石装饰的钟形帽。我设计的扣带低跟鞋和低腰裙大胆地将裙摆的长度提到了小腿中部，在当时引起了轰动，呼应了当时风行巴黎的"女公子"风潮——这个称呼来自维克多·玛格丽特（**Victor Margueritte**）创作的惊世骇俗的同名小说。

这组俄罗斯风格的设计作品为我赢得了国际级的声誉。发布之时即开始接到订单，订单源源不断，直到堆满了我的工作室。我需要更多的销售人员，因此，我随即雇用了几位前俄罗斯皇室的公主和女伯爵夫人，她们在迫于生计卖掉了首饰之后，急需赚钱糊口。到了 **1922** 年底，我拥有三家店面，**2 000** 名员工。

我央求鲍增加香奈儿五号香水的产量，因为此刻香水供不应求。然而鲍却无法提供足够的产能，我不得不开始和其他供货商合作以保证供给，但这却直接导致了日后让我后悔不迭的一系列事件。

6

我回到巴黎郊区的绿色气息别墅之后，关于我个人的丑闻开始甚嚣尘上。

迪亚吉列夫为斯特拉温斯基策划了《春之祭》的第二场首演，并获得了巨大的成功。我是这次首演的资助人。之后，俄罗斯芭蕾舞团与德国和西班牙签订了演出协议。作曲家斯特拉温斯基和芭蕾舞团访问演出期间，他的妻子和两个羸弱的女儿（作曲家的整个家庭看上去都不太健康）从瑞士到来，入住绿色气息别墅，那时我刚刚从比亚里茨回到这里。很快，斯特拉温斯基也回来了，并在卧室中堵住了我，向我表白。

刚开始，我感到惊讶又感到荣幸。"此刻你的太太就在楼上，"我说。事实上，我可以从我们站着的位置听到她在咳嗽——是那种从肺部深处发出的咳嗽声，从木制楼梯间的缝隙中穿了下来。

"她都知道，"他说，"这样的心里话我只能对她说，此外再没有别人。"

我在心中祈求上帝救救我。我刚刚离开了一个一贫如洗的俄罗斯情人，短期内并不想再找一个。斯特拉温斯基看上去被热情冲昏了头。他紧紧握着我的手，我的管家玛丽端着盛有茶和蛋糕的托盘走了进来，将托盘放到桌子上，仿佛她什么都没听到。玛丽谨慎的态度堪称楷模，和她的丈夫、我的男管家约瑟夫，堪称天造地设的一对。然而我担心斯特拉温斯基很可能不会。我抽回双手，对他说："恐怕这不行。我不……我并没有你现在的感受。我很敬仰你的才华，但仅此而已。你已经结婚了，我还没有。"讲完此番话，他脸上的愁容更多了。

"你也爱过其他已婚的男人。"他爆发了，然而我并不确定是出于愤怒还是难过，不管是哪一种，我都不喜欢他影射博伊的方式。之后他叹了一口气："我明白，你已经心有所属，他们说的都是真的。"

如果不是听到了他最后一句话，我本想一笑而过，然而他说的话让我心头一紧。"他们说的都是真的？"我重复着。

他从口袋里掏出一张发皱的黄纸。"他们警告过我，但我想罗曼诺夫家的人不可能让你迷上太久，至少对于你这样一个如此成功的女人来说，他能带给你的太少。"

"能让我看一下吗？"我把那团纸拿了过来，是一封从西班牙发到巴黎的电报：

可可只是个小裁缝，相比艺术家，她更喜欢俄罗斯大公。

我将电报在手心捏成一团。不必问是谁发给他的，这封电报花费不菲。是蜜西娅，因为我资助了斯特拉温斯基，取代了她的位置而心怀不满。斯特拉温斯基一定对她透露了对我的迷恋，于是她想办法要破坏这段可能萌芽的情愫，即便只存在他的想象当中。

斯特拉温斯基脸色苍白。"我冒犯了你，不可宽恕，我现在就离开。"

"不必。"我冷冷地说，他站在原地。"发了这封电报给你的女人才不可饶恕。我不会让你走的。"我的喉咙里爆发出一阵笑声。"现在，我们喝点儿茶吧，可以像朋友一样谈谈你的未来，好吗？"

我说服他留下来专心创作，将注意力转移到芭蕾舞团近期的演出上，并强调稳定的生活环境更适合他妻子的身体状况，也会对他们两个女儿的成长更好。斯特拉温斯基无助地点着头，并恳求我的原谅。而我则在心中酝酿着我的计划。

虽然我很想就此与蜜西娅断交，但我不会这样做。发电报这种事情因她的本性而起。她所爱过的地方必灼烧成焦土，我只需要注意她这种具有破坏性的性格不会再这样影响到我的生活。

我们的友谊将会继续，但只不过会以我希望的方式继续。

1923 年初，我即将四十岁。我将自己的身体状况照顾得非常好，我的舞蹈课在继续，也在控制着体重避免进食过量。所有人都对我说我看上去只有实际年龄的一半，我的秘密是什么？他们夸赞着住在我身体里那个瘦瘦小小毫无自信的女孩儿，也夸赞着当年那个在咖啡馆里放声高唱的梦想大过天的少女。即便如此，我自己仍然非常清楚，时间在我的皮肤上留下了一些轻微的印记。我通过保持瘦弱的身材和标志性的时髦短发让自己保持外貌上的年轻，同时我会用最清淡的睫毛膏，以突出我大大的黑眼睛，在任何公共场合，我都不会忘记涂上我标志性的红色唇膏。我并不追随大众，晒出了健康的古铜色皮肤，这是我初次去意大利时养成的习惯，之后，我会经常建议顾客们涂上椰子油，在蔚蓝海岸或多维尔的海滩上晒晒日光浴。

四十岁，对于我来说，仍然有如人生的里程碑，我希望正视它，用大胆的方式庆祝它；也正是因为有这样的大胆，我才有了今天的成功。我搬出了绿色气息别墅，在圣奥诺雷租下了洛森宅邸——这是一栋建于 1719 年的建筑，花园直通巴黎的一条主干道，我和博伊曾经在这里快乐地游荡了数年。或许我的骨子里仍然有我父亲游荡的基因，也或许是我无法承受某个空间堆积在我身上的沉重的记忆。我习惯了旅居的生活，永远渴望变化，我将檀香木的科罗曼多屏风、威尼斯镜子和购自意大利的古董小雕像搬了过来。又在房间里放上了带有羊皮纸灯罩的水晶球灯和路易十四的浅褐色沙发。

在这里，我是自己的女主人。朋友们纷至沓来——毕加索、科克托、迪亚吉列夫和维拉·巴特（**Vera Bate**）——一个红头发的魅力十足的离异女人，有着极为丰富的社会关系，她在工作室里和我结识，并建议我在伦敦开店。

在这个阶段，我的大部分订单都来自美国，我设计的服装十分符合那里快节奏的生活需要，但我也正在英国变得家喻户晓，而维拉则变成了我的忠实拥趸。维拉拥有很多英国上层社会人士的关系，然而她也经常处于财物紧张的状况，于是我雇她穿着我设计的服装出席各种场合，为我拉来一些她那些圈层里的客户。

"你的那个小作家科克托，"维拉对我说，"他看上去有些兴奋过度了。"

今晚是俄罗斯芭蕾舞团演出的日子，我为这场演出设计了演出服装，在演出开始之前，我的朋友们都会聚集到我的起居室里喝上一杯鸡尾酒。从美国新购置的不伦瑞克留声机里正在播放一张贝西·史密斯的唱片，维拉和我坐在镜子吧台的高脚凳上，从这里可以看到所有的人。

我啜了一口杯子里的饮料。"他是太高兴了，今晚演出的剧本就是他写的。演出之前他总是会这么紧张。"此时的科克托正站在我的沙发上，挥舞着双手，他的头发乱糟糟地贴在他的脸上，在他的旁边，蜜西娅同样兴奋过度，她怂恿科克托站了上去。蜜西娅今晚本不想来，但想到一个人待在家里也是无所事事，于是还是来了。

"我觉得他是高兴过了头，"维拉说，"他这是吸了可卡因，你没发现吗？他，还有那个瘦瘦的家伙，他叫什么来着？"

"雷蒙德·哈第盖（**Raymond Radiguet**），也是个作家。"

"又是作家？"维拉叹着气，玩儿着晚装上缀饰的长珠，也是我设计的一件作品。"科克托和他的那个朋友哈第盖躲在楼上的房间里吸了可卡因。我猜也有鸦片，弄得整个二楼都是臭气。"

我笑了笑。我曾经要求科克托不要把他的毒品带到我家里来，然而显然他已经被哈第盖深深地迷住了，后者因为写了《肉体中的恶魔》而在巴黎文坛一炮而红。"这些作家和艺术家们总是激情十足，"我轻描淡写地说，"他们倒是没有恶意。"

维拉耸了耸肩。"也许吧。但是难道你不会对他们的夸夸其谈和穷酸感到厌倦吗？他们总是扎堆待在蒙帕纳斯。真是老派。你需要拓展社交圈。今天的这些人哪个都不会穿你设计的衣服，更别说买得起。而且你八月份也快要过生日了，你不会想要这样过吧？邀请一群笔杆子和瘾君子？四十岁的生日派对需要一些个人风格。"

"其实我是计划在蒙特卡洛举办一个生日聚会，在游艇上。"维拉的眼神开始充溢着渴望，她喜欢灯红酒绿的生活，尽管对于她自己来说，这样的生活就如同她刚刚贬低过的那群瘾君子一样，是她自己无法负担的。我接着说道："不过我还没想好怎么把这群笔杆子和瘾君子弄到船上去。"

"游艇上！"她惊呼起来。"我知道一艘游艇，简直是绝配！我认识一位英国的勋爵，在伦敦的时候，他总是问我关于你的各种问题。他是——"

科克托的兴奋的声音打断了她："可可，亲爱的，你来吗？"科克托已经被人劝下了沙发，他们现在准备出发去剧场了。

我溜下高脚凳去拿我的手提包，维拉说："他真的是位人物，你一定要见见他。而且今年夏天他也会在蒙特卡洛。"

"是吗？"我笑着招手叫维拉上我的车，之后说我稍后就来。蜜西娅挣扎着穿上一件显然过紧的外套，我走到她的身边："我需要你告诉我最好的戒毒所的地址。"我嘶声说，并没有意识到我正在向另外一位瘾君子寻求戒掉毒瘾的帮助。不过蜜西娅吸毒倒是从来没有达到过科克托的极端程度，我也在怀疑她是否怂恿着科克托吸毒过量。我此时的社会名望正在冉冉升起，她的光芒逐渐暗淡，就像她在斯特拉温斯基事件上的作为一样，她的动机是嫉妒。蜜西娅可以通过给科克托更多的毒品，来将他吸引到她的身边。

蜜西娅僵住了："哦，天哪，是不是你最近开始有些吸毒过量了？"

"不是我，是科克托。"我帮她把外套拉到她的肩膀上，帮她把露在领子外面的波波头整理好（蜜西娅像我一样剪了短发，然而这个发型却不太适合她）。"他的那个同性情人，哈第盖，简直让人受不了，你也知道科克托有多容易受到别人言行的影响。在他彻底沉沦毒品之前，我们得帮帮他。"我说。

就像我预期的那样，"我们"两个字对于蜜西娅来说，悦耳程度不亚于音乐。"我明天给你打电话，"她急切地说。"可怜的人，你这么一说我也发现了，他近来看上去都不太好。"我转身跟着其他人准备登上车子的时候，蜜西娅充满恶意地继续说："你现在对自己一定非常满意吧。到哪儿人们都认得出你来，登上杂志和报纸的头版，全巴黎最具名望的女设计师，现在还成了每个落魄艺术家的缪斯女神。没人记得，亲爱的，当初是我，是我教你如何欣赏现代艺术的。我猜要不了多久，你就会选上其中的一个，邀请他们上你的床了吧？"

　　我怒瞪着她，她的尖刻总是能准确地触及别人的神经。

　　我坐上劳斯莱斯的后座，拉开玻璃隔门，告诉司机可以开车了。维拉带着不屑的表情看了我一眼。"蜜西娅·塞特看来是知道得太多了，不是吗？"显然她全部都听到了。

　　"确实如此，"我回答，"你刚刚提到的这位英国人，给我多讲讲他吧。"

　　我一直工作到最后一分钟，才出发前往蒙特卡洛，参加自己的四十岁生日派对。我先见了巴黎老佛爷百货的所有人，希望在那里销售香奈儿五号，同时也希望增长的订单可以增加产量。然而老佛爷百货的所有者对我说，像鲍这样的"鼻子"，做调香师没有问题，然而却是无法生产出可以满足百货公司销售需求的产品量级的。他给皮埃尔·韦特海默（**Pierre Wertheimer**）致电，皮埃尔是法国最大的香水与化妆品公司贝姿华（**Bourjois**）的所有者之一。之后皮埃尔表示有意向帮我，于是我即刻赶过去讨论合作细节，那是我与博伊第一次相遇的跑马场。在到达之前，我给巴桑打了电话，听取他的意见。巴桑在商场人脉颇广，他也提醒我要警惕——皮埃尔和保罗两兄弟拥有着庞大的商业帝国，他们在商场上对待生意伙伴也是残酷无情的，因为，据巴桑所说，他们是犹太人。

　　我并不在乎他们是否有犹太血统。在观看他那匹纯血马比赛的间隙，矮壮敦实的皮埃尔大喊着告诉我，如果我想要通过他的百货公司销售香奈儿五号香水的话，就必须要与他们的公司合并，我大吃了一惊。

　　"我们可以帮你销售香水，"他说，"但是你得和我们签订协议。"

　　我讨厌签协议这样的事情。回想起博伊曾经对我说的话，"专注在你擅长的事情上，把不擅长的事情交给擅长的人去做。"我回答道，"好吧。但你不能要我公司的股权，也不允许以我的名义销售任何品质低劣的产品。我认为利润的 **10%** 是可以接受的。至于其他的，我不会听任何人的指挥。除非我自己提出要换，否则鲍会一直是我的专属调香师。"

皮埃尔同意了我的条件。我带着一份协议草案回到了巴黎，随即投入即将发布的系列产品的设计中去。这个系列以无袖紧身裙设计为主，材质为丝与羊毛的双绉纱，掩饰了女性的腰、胸和臀，并以珠绣进行装饰。同时我开始尝试制造人造珠宝。狄米崔大公的主意给了我很好的方向。很快，我将会推出一系列用超大玻璃制作的拜占庭与文艺复兴风格的项链，以及多色的珍珠项链。我佩戴自己设计的珠宝时总是能取得最佳的效果，我甚至同时佩戴一黑一白两色的珍珠耳环，手腕上则层叠套着陶瓷和马赛克材质的手环，或饰有金币的链子，这些首饰强调了我设计的那些服装的简约轮廓。

现在，我即将四十岁，穿着纯黑色的紧身晚礼服（今晚只有我可以穿黑色，我是这样在邀请函上规定的），站在蒙特卡罗一条租来的游艇上，游艇随着海波轻轻摇曳，乐队在船上奏曲。我认识的所有人都来了，希望认识我的人也来了。今晚是满月，象征着我来年在服装品牌和香水领域更大的成功，我计划之后在摩纳哥的赌场里玩儿一把。

维拉所说的那位一直希望认识我的英国绅士，在朋友中间人称本德（**Bendor**）。而对于其他人来说，他是第二代威斯敏斯特公爵（**Duke of Westminster**），休·理查德·阿瑟·格洛斯芬诺（**Hugh Richard Arthur Grosvenor**），世上最富有的男人之一。我见过他那艘著名的游艇——银云号缓缓驶入海港的情景，那是一艘大船，灯火通明，在海面上熠熠生辉，银云号的出现让所有旁边的游艇都黯然失色，也包括我们这一艘。对于我来说，银云号只不过是对财富的赤裸炫耀，与其说是游艇，不如说是一座移动的酒店，里面管家、女佣和勤杂人等样样齐全。

"他邀请我们稍晚上他的船，"维拉说，"上去喝一杯开胃酒。"

我笑着，"到时候再说吧，"此刻我不想勉强自己。本德公爵此刻应该没有心情与我共饮开胃酒，最近他正因为与第二任妻子的离婚事宜而焦头烂额。他的离婚案闹得满城风雨，并且成了头条新闻。他的第二任妻子声称公爵在婚姻中屡次不忠，这也是她为什么最终未能给他生下任何继承人的原因。他的第一次婚姻也以离婚告终，他的上任妻子为他生下了一个儿子，然而仅仅长到四岁即死去，另外他还有两个女儿，然而根据英格兰的继承法，他的两个女儿都无法成为合法继承人。

"他目前正在物色一位妻子，离婚案只要一结束就结婚，"维拉解释，"不幸的是，他遇到的大多数女人都无聊到让他打哈欠。他不是你想象的那种人，他非常欣赏有事业和自我的女性。他说贵族阶级会让他想到烤野猪头，他得知道在他身边有很多贵族阶级，也有很多烤野猪头。"

管他想要做什么，我却并没有期待找个丈夫。此刻的我对此没有一丝一毫的期待。在转述了维拉的话之后，蜜西娅即刻用她那灵敏的嗅觉和探知手段，打听到了关于本德的一切其他传言。

他是个非常让人讨厌的贵族。他讨厌所有需要工作的人，除非是为他工作。同时他具有强烈的偏见。他讨厌犹太人，讨厌同性恋者，也讨厌社会主义者。他曾经说这些人会毁掉欧洲的经济。

"同性恋？"我提起了兴趣。"同性恋跟欧洲经济有什么关系？首饰跟化妆品倒是有可能，同性恋者总是希望我们多多用首饰和化妆品。但钱？我们认识的大多数同性恋都穷到像街头老鼠。只要看看我们的科克托就知道了。"

可怜的科克托此刻并不在我的派对上。我说服他去了一家以帮瘾君子戒除毒瘾而闻名的疗养机构。我对他说，不但我会帮他付钱，他的朋友哈第盖还可以陪着他一起去。哈第盖拒绝了，但科克托去了，因为如果他再不去戒毒，他和哈第盖两个人迟早会因为吸毒过量而丧命。

我将目光从本德公爵的那艘巨大游艇上转回来，看着今晚我邀请来的客人们彼此畅谈，欢快地跳着最新流行的舞步——查尔斯顿舞步，像鸽子一样跺着脚，像鹅一样展开翅膀——他们将玻璃杯豪掷在甲板上，肆意狂欢着，做着一些用自己的钱绝对不会去做的事情。

维拉看到我正斜倚在舷杆上，于是她穿过人群小心地向我走来。她穿着我设计的猩红色晚装，曲线更加突出，时髦的长珍珠项链绕在她的颈子上，卷发上别着一朵丝制的山茶花。

"怎么样？"她问道。"准备好接受本德公爵的邀请了吗？你离开之后他就给你家里打了电话。他非常想早点见到你。"

"好啊。"我说，伸手在我的流苏手包里找香烟。维拉的一位高个子又打扮时髦的朋友，我之前从未见过因此并不认识，正站在不远处盯着我，他的目光让我有些不自在。我转过身去，点燃香烟，问维拉。"我很好奇，你的公爵为什么这么着急？是不是你对他讲了那些关于我的传闻？"

"我只讲了你是一个多么富有魅力的女人。他已经知道你有多么成功，而且也知道你现在还并没有固定的男友——"

"我一直就是这样啊，"我微笑着打断了她，"我一直没有固定的男友，除了一件事，我的工作，不过我们的关系是永远的。我甚至可以戴上婚戒嫁给香奈儿。"

"是的，是的。"维拉挥着手赶走我的香烟味。她是我认识的人当中少有的不喜欢香烟味道的人。"这他也知道，他很欣赏你这点。我和你说过了，他很欣赏白手起家的人，而你是少数几个靠着白手起家打出一片江山的女——"

"狄米崔！"我从维拉旁边跑开，奔向我的狄米崔大公，他刚刚到。他整个人看上去好极了，健康，皮肤晒成橄榄色，这得益于他在比亚里茨的悠闲日子。他穿着白色的燕尾服，袖口别着以银和玛瑙装饰的袖扣。"我一直想着你。"我喘息道，吻上了他的嘴唇，狄米崔一愣，之后露出了会意的表情。

"你在躲谁？"

"所有人。"我挽上他的手臂，把他带向维拉。"你还没见过狄米崔大公吧？"

维拉咧着嘴傻笑，拉起裙子行了一个屈膝礼："您好，殿下。"露出了膝盖上的红印，让狄米崔莞尔一笑。

"你要小心，"我拉着狄米崔穿过人群，从那个蓝眼睛的陌生人旁边走过，对狄米崔说："她满脑子里想的都是怎么钓到男人，越有钱，越有名望的越好。"

"现在我这两者都不是，"他说，"不过也有可能很快就是了。"他放低了声音："我遇到了一个美国女人，她是地产继承人，我想向她求婚。"

"你爱她？"我冷嘲热讽。

"一定要爱吗？"他回答，也带着同样的嘲讽口气。

我们大笑起来。我们从前的那段关系已经结束了，但我仍感觉到他的吸引力，特别是现在我不需要负担他的生活开销之后。

"你的那位英国女友想安排你见谁？"狄米崔问我，我们两个在喝着香槟。期间我的朋友们不断走过来打招呼，他们很惊讶这样一位前罗曼诺夫家族的后裔竟然是我的客人。

"威斯敏斯特公爵。"

"真的？"狄米崔的眼睛瞪大了，"他富可敌国。"

"他们也是这样说的。他邀请我今晚去他的那艘游艇。既然你来了，我在考虑是不是不应该去。"

"为什么不去？我也想看看他的那艘大船，听说非常大。如果他想——倒不是说他真的会这么做，足可以在上面住上一整年。"

我顿了顿，手指扶在腰间。"你想看他的游艇吗？"

他耸了耸肩。"为什么不呢？而且我和你一道去，别人也不会说什么。我不认为英国公爵会对你怎样，毕竟俄罗斯王子也在船上。"

"说实话，狄米崔，如果你是打算向他借钱的话……"

"我连想都没有想过。"他优雅地鞠了个躬，在她身后跳着查尔斯顿舞的女人跟踉跄了一下。"但是，"他挤了挤眼睛，"我可以向你借钱。"

我们是在午夜之后过去的。我的生日派对已经进入高潮，也就是那些还没有喝醉的客人们在这个时候看到我离去也不会不满的时刻。本德派了一艘摩托艇接我们过去。我系了一条头巾，防止头发被吹乱。狄米崔打趣我看上去就像一个"被风吹透了的俄罗斯女人"。

本德在甲板上等着我们。他是一位高个子的男人，面色微带着红润，额头宽阔，深金色的头发用发蜡服帖地梳成中分。嘴唇性感，有一双浅蓝色的眼睛。穿着一条有褶皱的白色亚麻裤子，一件开领衬衫，露出一点古铜色的脖颈，还有一件我当时就认出来的蓝色的水手夹克衫。他很优雅，又很得体，男人味十足却一点不粗野。让我惊讶的是，我当即就受到了他的吸引，似乎也是并不会出乎他意料的事实。他这样的男人，毫无疑问非常明白自己对于女人的吸引力。

维拉用法国人的问候方式，吻着他的两颊，让他有些脸红。"香奈儿小姐，"他说，转身面向我，"很荣幸见到你。"

"哦，别这样说，"我随意地说，"我才是感到荣幸的那个。"

本德带我们参观了他的游艇，内部装饰得比外部更加豪华，收藏着艺术大师的画作。他嗓音低沉，说话简短清晰，告诉我们他如何爱航海胜过爱任何事情。我们在抛光红木装饰的船长室享用着香槟酒和鱼子酱，一支吉卜赛乐队在外面弹奏着曼陀林。我喝得有点儿多了，狄米崔则保持着微笑，尽力躲开维拉的注意力，一边注意着我和本德调情。我打开随身携带的香烟盒，惊呼忘记了打火机，要他为我点烟。我问了很多问题，都是关于游艇的，本德一一为我解释，尽管我对改装引擎或导航系统毫无兴趣。

我并不知道上述行为背后的心理是什么，我只是想看看这样是否会让他不满，以此判断他的动机，究竟是仅仅多征服一个女人，还是真的希望了解我，整个过程让我颇感有趣。当晚当一切渐进尾声，我仍然未下定任何决心。本德问了我的生意，听我讲起最新的商业动态，他只是沉默地点着头。我平时并非多话之人，然而当晚的香槟却让我说个不停。整晚他都没有亲近的举动，直到他送我上摩托艇准备上岸时，我才感觉到他扶上了我的手臂。

本德的举止非常得体，反而引起我对他的好奇。登上摩托艇之前，仿佛担心我会拒绝似的，他迟疑地说："香奈儿小姐，我在多维尔有一间别墅，如果我没记错的话，你在多维尔也有间时装店。希望下次我在多维尔时可以去看望你，如果你乐意的话，我会很高兴的。"

我将名片递给他："给我打电话吧。"

当我登上摩托艇的时候，本德的脸上并没有笑容，然而他凝视我的目光中有一些东西，让我确信我们会再次相见。

我与狄米崔道了晚安，之后维拉和我返回巴黎酒店。维拉一路上不停地在讲狄米崔大公是多么迷人和优秀。我收起了笑容，因为维拉并不知道，她银行户头上的钱，少到远远无法引起狄米崔的注意。当我打开套房的门时，她突然说："本德迷上你了，我能看得出来。"

"你能看出来？"我拉开门。"很多人接受过他的邀请，去参观他的游艇或是他在多维尔的别墅。他的那一套并非是特意对我说的——"

突然我整个人都愣住了，维拉在我身后深吸了一口气——在我的套房里，所有能看到的地方都摆着大束纯白色的玫瑰和山茶花。

我呆住了，维拉绕过我走向最近的一束花，俯下身深深地嗅了一下，之后从花束上取下一张白色的卡片。

"小姐，"她大声念道，"我才是感到荣幸的那个。"

维拉爆发出一阵大笑，那种一些英国女人才有的满不在乎的姿态。"看到了吧？他被你迷住了！哦，可可，看看这个，你还想要什么样的证据？别告诉我你要他求你。"

"不，"我说，关上了房门，"不必求，但我会让他等。"

8

　　本德在英格兰的柴郡有一栋哥特式的占地数英亩的乡间别墅，本德亲昵地把那里称作"圣潘克拉斯车站"，而对于当地人来说，伊顿堂（**Eaton Hall**）这个名字更加广为人知。这栋别墅有一条富丽堂皇的楼梯从二楼通往大厅，楼梯的尽头还有两具中世纪的武士铠甲，每天早上当我走下楼梯，本德的两条心爱的腊肠犬就会冲到我的脚边，热切地在我的脚边打转。

　　在本德持续的追求之下，我终于接受了他。他将花园里所有的花摘了下来送到我住的地方，在盒子里装上稀有的兰花，豪掷千金买下昂贵的珠宝送给我——钻石和红宝石项链，镶着蓝宝石的铂金胸针，以及我一辈子都戴不完的珍珠项链。有一次，他用私人飞机从他的苏格兰城堡送了一打新鲜的三文鱼给我，鱼送到的时候，还在水箱里扭动着身体。

　　"你打算让他等多久？"维拉说道，"你越是不理他，他越是想得到你。"

　　"说得没错。"我说，但当时是 1925 年，我已经让本德等待了足够长的时间。我在国际装饰艺术及现代工业设计展上举行系列发布会，本德来到巴黎参加，我冷淡的态度也并没有让他退缩。在这次发布会上，我设计的尤领编织开衫小西装、百褶连衣裙、斜纹轻便外套，以及剪裁简洁的水手夹克首次公开亮相，而水手夹克的灵感则来自我第一次见到本德时他穿的衣服。

　　之后，本德带我出去吃晚餐，叫司机开车送我回家，并在我进家门之前接受了我在他脸颊的晚安之吻。本德也参观了我专门制作首饰的工作室，当时我的首饰生意已经利润颇丰，之后他又试闻了调香师鲍当时为我研发的香奈儿五号香水。我邀请本德来参加我的晚餐会，在那里他遇到了塞特、迪亚吉列夫和他当时 20 岁的新宠——俄罗斯芭蕾舞演员谢尔盖·李法尔（**Serge Lifar**），还有我亲爱的科克托。他刚刚从戒毒疗养院出来，就遇到了重大的打击——他的情人哈第盖因伤寒去世。当然，我支付了葬礼的费用。

类似这样的在我家举行的非正式聚会最后都被证明是灾难性的。本德的风格太英国、贵族气太浓，无法适应我们营造的那种底层且荤气十足的氛围。他和博伊一样，并不觉得塞特的那些下流笑话，或者是他的肠胃胀气问题有什么好笑。本德也全然不顾蜜西娅的反对，带着怀疑的神情盯着李法尔看。直到有一次，当科克托抱怨也许他该去追求哪个富有的女人，因为他即将 40 岁，不希望仍然还是穷人一个的时候，本德终于说话了。本德操持一口英国上层社会才会讲的法语，让所有人觉得恐怖的是，他是这样说的："如果你需要钱，先生，我会付钱给你，请你为我的狗写一本史书。"

我立刻明白他并非想故意羞辱谁。当晚，所有人离开之后，他带着迷惑的神情说："为什么所有人都用那样的表情看着我？好像是我叫他去打扫狗窝。我的猎犬以纯正的血统闻名，血统纯正的狗的史书一定会卖得很好。"

本德没能融入我在巴黎的朋友圈子，在他反复邀请过我多次之后，我终于不情愿地踏上了跨越海峡前往英国的旅程。

此前我还没有去过英国，对英国的印象也是一个做派老成的国家——处处葱绿，非常潮湿。伦敦烟雾沉积、挤作一团，完全无法和巴黎宽敞的大道、活力十足的咖啡馆，或者活色生香的夜生活相提并论。在我看来，英国人最喜欢的就是挤在不起眼的小酒馆里，大嚼盘子里那些难以下咽的菜。

然而本德在格罗夫纳广场（**Grosvenor Square**）旁边的私人别墅却十分优雅精致，他邀请了维拉和她那些英国上层社会的女客前来聊天喝茶。她们纷纷央求我在伦敦也开一家店。安德烈从寄宿学校里赶了过来，陪了我们一个周末，和我们流连在伦敦的各处景观之间。安德烈的得体再次给我留下了极深刻的印象。他称呼本德为"本德大人"，尽管本德几次告诉他不必拘泥礼节。

在伦敦，我终于屈从于本德的情感攻势。有次午夜的酒局过后，在他的起居室里，他害羞地拉住了我的手，羞涩地对我表白，说此前从未见过任何一个像我这样的女人，并且问我是否介意他吻我。

"你不吻我才会介意。"我回答，之后他吻了我，虽然他的吻在开始并不太让我来电，但却能引起我足够的兴趣，许可他探索更多。事后证明，本德是个优秀的情人，温柔又细心，唯一可挑剔的是有时候他太想要取悦我而花样百出。总体来说，本德让我满意。他是个非常富有的男人，比我富有很多，这让我觉得很有新鲜感，特别是与狄米崔交往之后。尽管维拉不断下定语，然而本德的离婚手续还在办理当中，他也并未表现出急于再次走入婚姻的样子。最重要的是他表现出了对我的真实的兴趣，让我欣喜，也让我心安。我在与本德的交往当中，似乎有可见的未来，甚至超过了我和博伊的那段日子。我没办法确信自己再次恋爱了，当然我也并未期待爱情。我已明白我和博伊的那段激情这辈子只会有一次。

之后，本德带我参观了他在乡间的地产，我惊讶于他资产的雄伟壮阔，全法国的乡村似乎都能轻而易举地装进去。本德的富有程度超过了我的想象，也超过了我所见到的所有人。似乎只有皇族或美国的行业寡头才能有财力穷奢极侈到这个程度。占地面积超过整个街区的马厩，村落大小的观赏花园，富丽堂皇的穹顶，皇族曾经在这穹顶下应邀赴晚宴，还有数百个空房间，虽然没人居住而且维护的价格不菲，但床单仍然定期更换。

蜜西娅（还能有谁呢？）曾经警告过我，英式的庄园生活是很古板无趣的，每天要在固定的时间里骑马、打猎、喝下午茶，之后绅士们会聚在书房里一起抽雪茄，女士们则在起居室里聊天。本德并未承袭这样的模式。尽管他的管家们像时钟一样精确地工作着，然而他自己却并未安排任何固定的时间做固定的事，他很享受随性的生活。

有天早上，我们起得很迟，本德起来穿衣，穿上鞋子的时候我简直笑出声了。

"怎么了？"他困惑地看着我。如果我有类似反应，起因总是因为他，他近来已经发现了这个规律。"这次我又做错了什么？"

"你的鞋子上有破洞，"我指着，"鞋子穿了多久了？"

他皱了皱眉，看着鞋上的洞，"我也不知道。"

"你也不知道？看起来差不多穿了至少十年。你没想过补一下，或者干脆买双新的吗？"

"我喜欢这双鞋，而且我的袜子也足够厚。袜子我有很多，我的管家每周都会帮我订一打。"

"每周！"我掀开床单，赤裸着身体跑向门口。手伸向门把手的那一刻我迟疑了一下，顽皮地回头向他看去。"我必须得见识一下。你的袜子放在哪个房间？我估计你的管家会专门找一个房间来放，因为五斗橱里一定放不下。"

"事实上，"他温和地说，"我的管家会帮我替换整打袜子。每次新袜子送来，他就把我还未穿的袜子分给仆人。这样更节约一些。"本德低头去穿鞋带。他没有抬头，继续说："如果你打算像马背上的戈黛娃夫人①那样去找我的袜子，请别叫我一起。我觉得这种丑事还是你一个人去干的好。"

本德也有风趣的这一面，这也让我想起博伊，让我对他生出亲近感。他的一些朋友我也很喜欢——真正的朋友，而不是几百个宣称认识本德的人。其中有一个之后也成了我的朋友：温斯顿·丘吉尔爵士。从外表看，他只是一个矮个头的微胖男人，发际线严重后退，讲话明显有些咬舌。然而他却是我所见到的最善于雄辩的，也是最具智慧的人。

他曾经在一个周末来伊顿堂参加猎狐活动。这是一项非常具有英国传统的活动，我此前从未见识过，因此一系列的传统仪式让我非常惊讶。绅士们纷纷穿上剪裁合体精良的红色骑马猎装和白色的马裤，由年长的绅士安排猎

---

① 戈黛娃夫人：戈黛娃夫人赤裸身躯骑马走过城中大街，仅以长发遮掩身体，全城人民全部留在屋内不偷望，伯爵因此宣布减税。

狐战术，之后被吓呆的狐狸从笼子里放出来，猎犬脖子上的绳套以十分具有仪式感的动作被解开。整个过程让我觉得十分好笑。最后，狐狸当然会被猎到并杀死，所有人纵马欢呼，仿佛都是第一次参加。只有丘吉尔，被塞进十分别扭的紧绷绷的猎装里，用完美的法语对我嘟囔："好了，现在你知道了，当英国人没事干的时候有多愚蠢。"

那次猎狐我并没有亲眼见到狐狸被杀死的那一刻。我的马在越过一条树桩之前犹豫了，我从马鞍上摔了下来，割伤了我的嘴唇，也扭到了脚踝。本德当时在马队的最前面——只要狩猎开始，即便我被野狼撕成碎片，他也不会发现的。是丘吉尔，他那匹大黑马一路在后面小跑着，他坐在马上大汗淋漓。丘吉尔立刻把马勒住来帮我。我靠在丘吉尔的肩头，苦着脸，因为疼痛，也因为不好意思，丘吉尔说："无妨无妨，我对没有能力抵抗的猎物没有兴趣。我倒是十分想了解久负盛名的香奈儿小姐。"

他是唯一一位这样称呼我的人。对于其他人来说，我是可可，是小姐，或者只是简单的香奈儿，但温斯顿·丘吉尔在两个人真正了解之前，绝对不会自诩熟络。我想，如果他开口，我很可能会愿意做他的情人，我不会在乎他当时已婚，如一只青蛙般相貌平平，并且仍然沉浸在失去长女的悲痛之中。

"可怕极了，"丘吉尔说，此时我已经坐到了书房的沙发上，肿起的脚踝上放着冰袋，弄破的嘴唇上涂着药膏。丘吉尔坐到一张扶手椅上，给自己点了一支雪茄。"当时我在本德这里打网球度周末，我接到了家庭女教师的急电，说我的女儿受了寒，不过应无大碍。但当我赶到家的时候，我亲爱的女儿已经奄奄一息。"他顿了顿，眼睛湿润了。"你曾经失去过珍爱的人吗，小姐？对你来说视若珍宝的人，无可替代，你甚至可以用自己的命去换她活？"

"是的，"我说，拼命抑制住涌出的泪水，"我有过，一次。"

他淡淡地笑了笑。"我觉得你也是。事情发生了之后，一切都不一样了，对吗？我们的生活还要继续，而且必须继续，但我们会变，不再是之前的自己。"

他一定听说了我和博伊的事。我们的这段故事并非秘密，丘吉尔和本德一样，对自己所处的圈子里的各种传闻耳熟能详，而且博伊的遗孀也在他们的圈子里。然而丘吉尔并没有提博伊的名字，也没有表现出他知道这个人的样子。丘吉尔自己是位绅士，所以他并不会做不绅士的事。

我们聊到了很多事。丘吉尔是位政客，当时的他正担任英国财政大臣，此前他曾经在古巴、印度、苏丹和埃及服役，并曾经在西线参战。"我希望再不会看到那样可怕的情景，"他说，"有些时候，我们要做的不仅仅是尽我们所能去做事而已，而是要把需要做的事情做成。打德国人就是需要做的事，尽管整个过程当中我们有成千上万的年轻人失去了生命。"

他对我说他喜欢猪，让我大笑不已。"狗仰视人类，猫看低人类，只有猪认为自己跟人是平等的。"他也很欣赏那些从不会被障碍所阻碍的人。

"我能感觉出来，小姐，你就是这样的人。从你的眼睛里可以看得出来，你无所畏惧。"丘吉尔说。我能感到他有一丝不能说的忧伤，仿佛一种看不见的重量压在肩头。"我的母亲就是这样的人，她是美国人。你确定你是法国人吗？"

我回答是的，在那个长长的、等待猎狐活动结束的漫长下午里，我对丘吉尔讲述了自己的故事，那个甚至从未与博伊分享的故事，那个被遗忘在孤儿院里的小女孩儿，是如何立志要出人头地的故事。我知道我的故事在他那里是安全的，对于丘吉尔来说，得人信任是神圣的美德。

我讲完之后，他严肃深沉地点了点头。"态度决定一切，"他慢慢地说，"我很敬仰你。你学会了顺势而行而不是硬逆势而上。有太多的人拼尽一切力量，以挣脱命运的安排，我们都知道，命运的安排往往并非我们真正想做的。"

本德终于回来了，因为途中找不到我，看上去十分懊恼。丘吉尔站起身，摇晃着走了出去，并在本德的肩头拍了拍说："你的这位小姐，真是位难得的人物，你要好好对她。"

"是可可，"我说道，丘吉尔顿了一顿。"叫我可可，"我对他说。

他微笑着歪了歪头。"那就叫你可可。"

本德撇了撇嘴："怎么，刚才那个无赖已经把你从我怀里勾跑了吗？"

"差一点儿，"我说，"你应该庆幸他是个已婚之人，而你还是独身。"

那一年，本德那场打得旷日持久的离婚官司终于结束了。很自然的，他已经和我在一起的这个事实已经成了新闻。甚至在我踏上英国土地之前，报纸就已经将我称为威斯敏斯特公爵夫人。本德对此有些困窘，而我则慌张地发现，自己开始幻想和本德两个人安定下来之后的未来生活。

在我们共同度过的那几周里，我们从伊顿堂前往他在苏格兰高地的城堡，在那个时候我意识到自己也许可以适应他的这种生活——我不必像在法国那样受到工作或名望的烦扰，为了应酬或排遣内心的孤寂而不断更换衣服和香水。我感到自己内心开始渴求承诺，而承诺是长久以来我所抗拒的东西，这让我有些害怕。我从未渴望承诺，甚至和博伊在一起的时候也不曾有过，或者至少在他跟别人结了婚之前都不曾有过。如果本德不向我求婚，这是否意味着他会再找别的女人？是否是这个念头让我不安？我当时是否只是想和他逢场作戏？我是否作好了准备，在将来的某一天，被某个有三个字名字的贵族女人和她肚子里的孩子取代？

这些想法扰乱了我的思维，而我和本德在一起的时候又从未怀孕。在威尼斯的时候，蜜西娅曾轻描淡写地对我说，希望我做足了避孕工作。事实上我并没有。当我和博伊在一起的时候他是采取措施的那个，因此在博伊之后我也从未在意过这件事。我相信自己的思维可以控制我的身体——我没有怀孕是因为我不想。而我和狄米崔在一起的时候，谁也没有想过避孕的事，因此我没有怀孕称得上幸运。而和本德在一起的时候，我们形成了默契，他是做措施的那个人，要么用工具，要么用时机，就像巴桑和我在一起的时候那样。

然而现在我开始忧虑和苦恼。四十一岁的生日即将到来，如果我的身体允许，可能很快就会怀孕。然而当我开始这样想的时候，内心中又有一些东西让我动摇。我已经有了安德烈，我视他如己出，而且他住在遥远的寄宿学校，日常起居有别人照顾。我完全明白远离家乡，缺乏父母之爱的童年是何感受。我尽自己所能照顾好安德烈，但却永远无法替代他的母亲，我是一个悉心照顾着他，关心着他，住得远远的姑妈。

如果我成为母亲，意味着需要牺牲很多自己的需要，这是一种挑战，十月怀胎只是其中一部分。我是否已经准备好，去牺牲掉如此辛苦奋斗才获得的这一切？我明白自己其实并没有，我知道我会十分厌恶那样的日子，有可能还会将之怪罪到自己的孩子身上。童年的阴影又一次尾随而来：

我到底怎么了？

我并未对本德说这些，只是简单地对本德说，我需要立刻动身返回巴黎，我已经离开工作室太久。

本德陪着我回到伦敦，送我上车。"别忘了，"他说，他穿着长长的外套，戴着帽子，有些不好意思，"别忘了，今年夏天我们会乘我的游艇去里维埃拉度假。你答应我会安排时间的。"

我微笑着点点头。"不会忘的。那我们在巴黎见？"

"当然。"他扶了一下帽檐致礼，之后转身上了车。没有吻别，没有在公开场合表达任何情感，这里四处潜伏着报纸记者。

在返回巴黎的火车上，我感到非常轻松。那一刻我忽然意识到，巴黎已经成了我的家，巴黎有我所有的记忆，包括欢乐与悲伤的，我属于巴黎。

我不禁怀疑，下一任威斯敏斯特公爵夫人能否享有我这样的自由。

9

1926 年，我设计出了小黑裙。在讨论数月之后，我终于让它在我的春季系列服装秀登台亮相。现在，黑色被我大量运用于晚装的设计中。在此之前，如果在白天穿黑色，一般会运用在校服、葬礼服装和修女身上。然而我决定冒一次险。我花了数月的时间，设计了一款新的服装，有窄窄的袖子，袖口绣有之字形金线，方形领口，裙长略低于膝盖，并在腰部打了倒 V 字形的强调曲线的褶子。我为这款裙子搭配了一顶饰有缎带的钟形帽，柔软的帽檐几乎遮住了模特的眼睛，还有黑色的珍珠和手套。当然还要搭配长筒袜，我认为长筒袜是四季皆宜的着装必备。

我设计的黑色裙装在时装界引起了轰动，然而并非我最初预想达到的效果。模特们在我的服装沙龙里鱼贯而行，手里拿着带有所穿服装数字编号的卡片，在场顾客鸦雀无声。从我所站的沙龙二层的高度上，可以通过安装镜子的反射，隐秘地监督整场服装表演。我从现场观看服装秀的人们，以及时尚记者们的脸上，看到了各种神情，包括震惊、不解，以及抗议。我从前就曾经有超前之举，然而从未像这一次达到这种程度。

"他们很不喜欢，"时装秀结束之后，艾德丽安翻看客户订单的时候说。"小黑裙太大胆了。没人会在白天穿黑色，加布里埃。我早和你说过，这一次太冒险了。"

我的首席裁缝奥贝尔女士则持乐观态度。"我们等等看，"当我犹豫是否该停掉这个设计的时候，她说，"现在下结论还为时过早。之前我们也有过相似的经验，客人们还是会慢慢接受的。"

"这次不一样。"我焦虑地点起一根香烟。"战争结束后一直到今天，哪次的发布会都没有像今天这么安静。"

"让我们等等吧，"奥贝尔女士说。

接下来的一周里，法国的各大主流时尚报刊纷纷发文，批评我设计的在白天穿着的黑裙。而美国的《时尚》杂志则宣称它是"一件每个女人都会穿的连衣裙"，并预测我将通过这件小黑裙打破传统，让每个可以买得起小黑裙的女人接触到时尚。《时尚》杂志说："香奈儿的小黑裙将成为女性的标准着装，就像福特汽车一样。"

订单开始陆续而来并逐渐增长，一开始很慢，之后增长的速度开始加快。当我的一些老客户，例如我的挚友凯蒂·德·罗斯柴尔德男爵夫人在读了《时尚》杂志的文章之后就来店里试穿小黑裙，之后她穿着小黑裙，戴着钟形帽、手套和珍珠项链走出了我的商店。"女人想要穿上每种色彩，却唯独想不到所有色彩都不存在的情况，"接受《时尚》杂志采访的时候我这样说。"黑色连衣裙是最难设计的，但当你给女人穿上黑色之后，你的眼睛里就只看得见她。"

就像之前的五号香水一样，我的小黑裙随后成为了我所有设计当中的销售之冠，小黑裙巩固了我在时尚领域的地位。美国好莱坞的米高梅电影公司给我发来了电报，表示愿意支付昂贵的旅行费用，邀请我为洛杉矶的明星设计着装。米高梅开出的价格高得惊人，接近一百万美元，艾德丽安惊呆了。

奥贝尔女士微笑着说。"看到了吗？小姐，他们在向你的勇气和你的时尚帝国致敬。"

"你准备接受吗？"蜜西娅屏息，"你去的话我也去。"蜜西娅一直非常想去美国。她已经游遍了欧洲，并且有些厌倦了。与此同时，她发现塞特跟他的一个艺术学生有染——一个遭到流放的俄罗斯公主。蜜西娅做了很大的努力对他们的关系视而不见，在对自己的婚姻幻灭的同时，她总是黏着我。

"你自己也可以成为明星啊，"她说，"想想媒体会怎么说？你一定会像当年的哥伦布一样，征服美洲。美国人会为你塑一尊像。"

"塑像？"我翻了翻白眼，"太粗俗了。"

我没有去美国，而且之后回复给米高梅，表示洛杉矶距离法国太远，而我的工作又太忙。随后我就开始休假，和本德一起出海巡游。

10

"你要让我看什么？"我把太阳眼镜拉下鼻梁，目光越过染色镜片寻找着，本德刚刚告诉司机停车。

整个夏天，我们都在地中海上巡游，遇到一些本德感兴趣的港口，他就会停泊上岸。然而让我不满的是，本德感兴趣的港口非常少。他更喜欢航行在大洋中间的感觉，四周都是蔚蓝无尽的海水——尽管我并没有表现出来，但航行到底无法引起我的兴趣，我甚至认为它极度无聊。

当我们终于在蒙特卡洛停泊，我已经感到双腿颤抖并且一直在晕船。我受不了再回到游艇上，于是借口说晚餐的蛤蜊弄坏了我的肠胃，我需要留在大陆上。本德立刻叫车带我来到罗克布吕纳这个小村旁的山顶上，这里遍生着高大的松树林，十分宜人，我们面对着摩纳哥湾令人屏息的美景，我们的一侧就是与意大利接壤的边境，另外一侧是白雪皑皑的阿尔卑斯山。

本德用钥匙打开铁门，带着我穿过一排占地足有数英亩的古老橄榄树丛，之后我看到了一栋宽敞的别墅，以及两栋客人房。本德带着我在这里参观，为我介绍所有的一切，我忽然意识到他是有意带我看的。

"我们在这里干什么？"我问道。

"在这里干什么，"他重复着我的话，"不干什么，可可。我只是想带你看看这处房子。"他顿了顿，"你喜欢吗？"

我没有直接回答，将手伸进肥大的亚麻布裤子口袋找我的烟盒，他说："在房间里不可以吸烟，房主不喜欢。"

"房主？"我确实看到了一些有人居住的痕迹，整栋房子装饰为洛可可风格，简直是场噩梦。"你为什么带我到这里来呢？你准备租一阵子吗？"

"不是，"本德以手叉腰，环顾四周。"我计划把这里买下来，送给你。"

我盯着本德，惊讶得合不拢嘴。他笑了起来："啊，我终于做成了别人不可能做到的事情——我让可可·香奈儿说不出话来了。"

接着我很想说我并不需要在这儿有一套房子，虽然极为美丽，但位置距离法国千里之遥，如果我喜欢的话，我也可以自己买下来，之后，我在脑海里听到了博伊的声音：骄傲会让你吃到苦头。于是我闭上了嘴，让本德继续带我四处游览，直到数小时之后，我们回到他的车子旁边，本德帮我点上一支香烟，继续说："现在热门度假地基本上都人满为患，我有很多朋友都在这里购置了房产，我知道这里有位设计师名叫罗伯特·斯特莱茨（**Robert Streitz**），他刚刚设计了附近的一所房子。我已经邀请他下周来游艇上参加鸡尾酒会，希望你不要介意。"

"我怎么会介意呢？"我回答道，"是你的游艇，也是你的房子。"

本德突然探身过来握住我的手。他此前从未有过类似突如其来的举动（他在公众场合的表现是我们俩常常说笑的话题），我僵住了。

"是我们的房子，可可。这房子是我们两个的。我希望这里可以成为属于我们的一处特殊的地方，我们可以在这里生活，躲开世俗的烦扰，我们需要这样一栋房子。我注意得到，当我们在海上的时候，你是多么烦躁不安。"本德说："你需要陪伴。如果我们在这儿买一栋房子，你可以在这里有一些娱乐，我也仍然有很多属于我的房间。"

本德并不是在暗示婚姻的承诺，但从他的表述当中我看到了一些郑重的东西，让我不能轻松视之。有钱的男人就是这样追求女人的，我想，之后吻了吻他的嘴唇。

"好吧，我同意。但如果是我们两个人的房子的话，你必须让我付钱。"

房主把这栋房子以**180**万法郎的价格卖给了我，比我此前买过的任何东西都贵。当我们见到建筑师斯特莱茨时，我立刻喜欢上了他。斯特莱茨十分谦逊又年轻，当时他只有二十八岁，然而他已经赢得了顾客很高的赞誉，并且随后拿出的设计方案也证实了他的设计天赋。斯特莱茨将会监督整栋主体建筑的拆除，会根据我的要求重建一栋，同时还将会把下方的小丘夷平，挖一个游泳池。"我要最好的材料，"我对他说。"白灰泥的墙面，当地手工烧制的瓦片，还要一个宽大的台阶。"斯特莱茨——记下，并迅速看了我一眼说："小姐对台阶的样式有没有具体的想法？"

本德斜靠在附近的甲板上，欣赏着这一幕。他那部分的工作已经完成了，包括带我参观房子，并提议以我们的名义买下（尽管并非我们生活所需），如今他把处理细节的工作交给了我。虽然如此，我还是犹豫了一下，暂时没有回答建筑师的问题，转而望向他。"给我你的笔，"我对斯特莱茨说，随即在他的笔记本上写下几个字，再将本子交还给他。

"这是我们两个之间的讨论，"我说，"如果你对任何人讲任何一个字，我就会立刻解雇你，并且叫你以后再也接不到工作。听明白了吗？"

"小姐，你是顾客，我本就应该保守顾客的秘密，就像律师或者医生那样。"

我大笑了起来，缓解了紧张情绪。"最好不是律师，我从来就不相信律师。"

斯特莱茨离开之后，本德看着我说："一切进行得如你所愿吗？"

"是的，"我闭上眼睛，享受着港口的温暖阳光。"它一定会是一栋非常美好的房子。"

我并没有告诉他，我把斯特莱茨送上了一次回溯我过去的特殊旅程，我叫斯特莱茨前往我儿时居住过的地方，坐落于群峰之间的奥巴辛修道院。在那里，有一段特殊的台阶，镶嵌着充满神秘与象征意义的符号；这段台阶是我过去与未来的通道。我希望它能够一模一样地出现在我的新房子里——向那些曾经培养我的辛勤修女们致敬。

"据说，抹大拉的马利亚在耶稣受难的时候，逃离了圣地，并躲到了这里的一座小教堂里，"我缓缓地说，"那座小教堂名叫静憩教堂（**La Pausa**）。你觉得我们的别墅叫这个名字怎么样？"

　　本德懒洋洋地笑了笑："静憩别墅。好啊，我很喜欢这个名字，可可。"

　　我舒了一口气："我也是。"

　　随后的一段日子里，我乘坐蓝色列车进出巴黎，在时装秀的间隙同时监督着这栋房子的重建工程。斯特莱茨已经从奥巴辛回来，并对我说院长嬷嬷如今年事已高并且身体状况十分虚弱，但她仍然记得我，这让我心里一动。斯特莱茨根据相片，按照原样画出了台阶的设计图，我通过了。

　　"我希望台阶看上去有一些年头了，"我对他说，"这栋房子所有的部分，除了陈设以外，都要有一些年代的气息，而不能像是什么新贵的度假别墅。我想要它成为四周环境的一部分，仿佛已经在这里很多年了。不要中央供暖系统，我最讨厌这个，每个房间安装壁炉。花园里要多种橄榄树、薰衣草、玫瑰花和鸢尾。不需要过度修剪，一切看上去都要自然。"

　　别墅的工程整整进行了一年，完工于 **1929** 年，花费不菲。然而当最终落成的时候，静憩别墅正是我所想要的样子——一栋宁静的庄园，比周围大多数邻居都要小巧，然而却又因为小巧而让人更感亲切。以我所钟爱的中性色调装饰：奶油色、珊瑚色和米色，本德和我的套间中间有一间宽敞的瓷砖浴室。另外还有七间十分宽敞的客房。在房子的中央，那段石质台阶占据了主要的位置，有着人工作旧的气息，朴素却又十分醒目，叫人心生好奇。

　　当时我相信，这里就是我和本德最终的居所。

　　然而，命运却把我送上了另外一条道路。

和以前一样，消息还是通过蜜西娅传给我的。

那是 1929 年的夏天，当时我带着蜜西娅在静憩别墅度假，远离巴黎，远离她和塞特之间那段业已失败的婚姻。塞特与俄罗斯公主之间的情事已经走向公开，此前塞特就有多次不忠之举，蜜西娅不是容忍就是默许。我们在丽兹酒店用午餐的时候，蜜西娅哭着说塞特提出了离婚，并就此陷入了间歇性爆发的痛苦。因为持续服用鸦片，她的脸色越来越苍白，状态也越来越糟糕，于是我督促她立刻启程去静憩别墅，并对她说我会和管家打招呼接待她，我则随后就到。

当本德给我打电话告诉我因为处理一些商务事宜晚些到的时候，我并未多想，告诉他我会先去静憩别墅。那里带有松香气息的空气和安静的气息总是能让我恢复精神，我像往常那样一直睡到了中午，之后去游泳。

我正在擦干身体上的水珠，蜜西娅走过来，将一份报纸扔在了玻璃茶几上，烟灰缸震动了一下。

"他有别人了。"

"是吗？"我并没有看那份报纸。"这样的话，算是好消息，不是吗？现在他可能不想离婚了，他就是喜欢去追求模特。"

蜜西娅面带怒容："不是塞特，是你的本德公爵。他近来一直在陪着一位有三个名字的淑女。你不就是这么称呼她们的？"

有那么一阵，我完全僵住了。蜜西娅站在我面前，穿着一件毫无设计感的裙装，头上是一顶破烂不堪的草编遮阳帽，脸上则是一副津津有味的热衷表情，我开始后悔邀请她过来度假；这一次我们三个准备乘坐本德的银云号一起出海，如今我已经能想象到本德到来之后的情景。蜜西娅的乐趣源泉永远是别人的不幸。

我将毛巾丢到一边，用湿手拿起报纸，不管水渍阴湿了墨字。读完了她之前圈出的社会新闻栏目，仿佛内心裂开一道巨壑，然而我将报纸丢回茶几上，仿佛什么都没看到。

"没事，都没有登上头条。他只不过是和她一起参加了社交活动，这很正常——"

"她的名字是洛伊丽娅·玛丽·庞森芘（**Loelia Mary Ponsonby**），一名爵士的女儿，"蜜西娅打断了我，"本德陪她去了乔治国王出席的晚宴，我可不会认为这算什么正常。"

"对于本德来说，这就是正常，"我说道，看到蜜西娅脸上兴奋的神情，我又反击道，"我们并未给予彼此终身承诺，如果他想陪洛伊丽娅·玛丽·庞森芘或者任何其他女人去赴晚宴，他有这个自由。"

蜜西娅犀利地盯着我，我避开了她的目光，仿佛我是一本她通读过很多次的书。"可可，亲爱的，我知道你多想他向你求婚。不然为什么要花这么多钱重新盖这栋房子——"她展开双臂，指着周围的这一切——"难道不是因为你想嫁给他？"

我盯着她，为她的直言不讳而惊呆，她总有办法说出我自己无法公开承认的事情。蜜西娅发现我并未反驳，于是越发满不在乎。"别以为我们都看不出来。他和迪亚吉列夫出发去威尼斯之前，李法尔曾说你近来越来越神秘，他都不知道该问候你什么。'当可可不出声的时候'，我对他说，'那就说明她正在计划事情'。除了将英国王子收入闺中，还有什么其他的？"

"你——你知道什么，"我小声说，握紧毛巾和报纸，冲回房间，我的声音越过肩膀飘向后方，"午餐一小时之后进行。游个泳或者洗个澡吧，亲爱的，你的好奇让你浑身发臭。"

当我终于回到楼上奶油色与珊瑚色相间的套房里之后，难过得几乎无法呼吸。我的指尖紧紧攥着那张报纸，展开报纸细读了一遍，只有简单的五六行字，写着威斯敏斯特公爵殿下陪伴庞森芘夫人前往——润湿的报纸在我的指尖分裂成碎片。

我的喉咙终于发出一声呜咽，那团报纸被我狠狠砸向了我的化妆台，击倒了我的发梳和面霜的瓶子。我听得见自己沉重的呼吸，几乎接不上气。我用双臂将浴巾抱在胸前，浸湿的浴袍贴着我的皮肤。

化妆台上的那面威尼斯镜子里倒映出了我的样子——一个蜷缩起来的人，面目扭曲。我将毛巾丢到一旁，放慢脚步走向自己，当距离足够近的时候，我闭上双眼，深吸一口气，再强迫自己睁开眼睛，正视自己。

我照过多少次镜子？也许有几千次？或者上万次？女人总是在照镜子，我们照镜子戴耳环和项链，整理一只不服帖的发卷，涂眼线，最后再上一次粉，或者是喷上一点点香水。在我的生命中，几乎每天都会在镜子中看到自己。我以为对自己的模样已经非常熟悉亲切。然而现在眼前的这个女人看上去却有些陌生，从唇边的皱纹到眼角的细纹，四十六岁的年龄一一在我的脸上显现出来。

我想起了曾经读过的一本小说，讲的是一位美丽的妓女叫人把房间里所有的镜子都打破，因为她无法忍受在镜子里看到自己变老的容貌。我曾认为她的行为荒唐可笑，我曾认为她过度纵容了自己的虚荣心，因为我认为，变老是长寿的代价，没有什么可羞愧的。我也并不认为自己的容貌有多么美艳动人，值得在镜子前长久流连。此时此刻，我仔细地研究着镜子中的自己，触摸下巴上皮肤的曲线，脸颊上皮肤微微松弛。我展开双臂，查看自己纤细手臂上紧实的皮肤，之后我摆出了一个姿势，就像我的工作室里的时装模特那样，向前向旁边伸展我的双腿。舞蹈课、游泳锻炼，以及活跃的生活方式让我的双腿肌肉紧实。我转过身查看我的后背，我的后背小巧平展，没有多余的赘肉，肩膀的线条明显。

我已经不再是个小女孩。不再是那个曾经迷住巴桑和博伊的年轻姑娘，我已经成为一个成熟的女人——极其富有和成功，世界在我的脚下，如果我想，我可以获得任何东西。

然而接下来我的双手抚摸到了我的有些松弛的腹部，也是能看得出我实际年龄的身体部分，我感到了空虚。

在女人一生中最重要的伟绩面前，其他成就是否不值一提？没有丈夫也没有孩子，这是事实，它是否成为了我不快乐的根源？就像艾德丽安和莫里斯男爵长久生活在一起，却没有一纸婚约或任何子嗣？

我用颤抖的手指摸索着寻找香烟。点燃一支，我又捡起了那团报纸，又重读了一遍，试图从中找到可以慰藉我的只言片语，然而那上面的用语不知所云难以理解，于是我让报纸再一次从指尖滑落。

熄灭香烟，我踏过地板上的报纸碎片，走向浴室。在午餐之前我准备洗一个热水澡。

尽管我还无法面对，然而我感觉到，我和本德的关系即将走向结束。

我们在游艇上的那段日子过得很不舒心，和我之前料想的一样。蜜西娅迅速沉浸在她与塞特未来离婚之后的哀恸之中，我则尽可能躲避着本德，直到蜜西娅喝醉了香槟，蹒跚着回到她的房间。本德在头等舱里找到了我，十分唐突地问："我可以知道到底发生了什么吗？我们离开蒙特卡洛之后你和我说过的话总共不超过三句。"

"是吗？"我转头看着他，发现自己正试图从他的外表中寻找某些让我不快的东西。他后退的发际线里多添了一些银发，下巴上还有一道明显的皱纹。"蜜西娅在船上，她总是希望获得别人全部的注意力。"

"是的，而且船上有很多仆人可以照顾好她。"本德绷直了肩膀，"可可，到底怎么了？你有什么事情隐瞒着我？我不喜欢这样。"

"是的，"我笑了出来，"我也不喜欢别人有事瞒着我，特别是当我第一次自己听说的时候。就像你们英国人常说的那样，被你发现了。"

他僵住了："啊，我大概明白这是怎么回事了。"

"我相信你明白了。"我走向边桌，"我的香烟呢？哦，糟糕，可能是忘在甲板上了。"在我即将从他身边走过的时候，他说："你知道我对此无能为力。"我收住了脚。尽管我并不想承认，但眼前的这一切叫我想起了博伊曾经对我说过的话，他对我说，这是家族对他的期望。

"无能为力？"我的声音开始尖了起来，"报道上是不是有写她当时手里拿着一把枪指着你的脑袋？我没有读到。"

"可可，"本德叹了口气，从口袋里拿出香烟盒子，我直接从他的手中夺了过来。"你不会真的以为我们会……"未说完的话当中有种懊悔的语调，如同解剖刀一般穿透了我的身体。本德垂下眼睛。"如果我给了你这样的感觉，我得向你道歉。你是我遇到的最具吸引力的女性。我不希望给你带来任何伤害。而且你也一定明白我们两个的婚姻是不可能的。我们来自不同的世界。你在我的世界里不会快乐，而我……当然，我也并不了解你的世界。"

"当然。"我从他的香烟盒里抽出一支烟，他为我点烟的时候我面带微笑。"我完全明白，我们两个有多么不合适。"我微笑着，尽管我并没有感到在笑，"尽管如此，我还是希望你能亲自告诉我。"

"我还没有告诉你，是因为还未决定任何事。"

"但你有可能作这个决定。"我吹出一口烟，思忖着他那位三个名字的夫人大概不抽烟，或者至少抽得不像我这样凶。我想放声大笑，嘲笑这件事的荒谬，嘲笑自己的愚蠢。我怎么会幻想他会考虑让我做伯爵夫人？更糟糕的是，我怎么会认为这是自己想要的？

本德接下来的话十分直接。"不是可能，我肯定会的。我必须再结婚，生一个儿子。这你是知道的。如果我没有继承人，我所有的财产将会交给我几乎从未谋面的一个表兄。我可以让女儿们生活无忧，但只有儿子才能保护我的财产和名声。这是我的职责，我的职责必须放在我的个人快乐前面。你并不明白，"他补充道，用忧伤的神情看着我，"因为你并不需要背负这样的责任。你要照顾的只有几间商店，你是个自由人。"

我简直不敢相信。我不敢相信自己怎么会让这样的事情发生，我在一开始怎么会允许自己堕入这样毁灭性的境地。常有人对我断言说我总是有自由做自己想做的任何事，然而所有人似乎都忘记了，我也是血肉之躯，并不比他们更坚强。尽管对本德的感情远远比不上我对博伊的爱，但今天的我已经不比当年年轻，我不仅觉得愤怒，更是感受到深深的羞辱。

"我真的……爱你，"本德继续说着，有些结巴。"即便我们在一起，我们也没能——你没有……"

我快步走向他，踮起脚吻向他的嘴唇。他看上去像个可怜的孩子，仿佛不得不放下喜欢的玩具。不会长久的，我想轻声告诉他。和博伊不一样，你的爱会过去的，一直是短暂的。只有我在努力让我们的爱变永恒，一直以为这是我们两个都想要的东西。

然而我并没有这样说，相反，我说道："定下来之后，你会告诉我吗？"

他点点头："我希望你能见见她。"

我强迫自己耸了耸肩。"当然，亲爱的。我还得亲自看看她的衣橱。"之后我走出房间走向甲板，用找香烟作为借口，掩饰我内心深深的绝望。

香烟一直在我的口袋里，一直都在。

在眼泪流出之前，我要走出他的房间。

三天之后，威尼斯发来一封急电。

迪亚吉列夫临终。

我们立刻赶回了他的酒店。在通往迪亚吉列夫房间的台阶上，我抓住蜜西娅的手臂："你最好不要太情绪化，这个时候任何人都不会想在床边看到一个痛哭流涕的人。"

房间里一片喧嚣，地板上到处散落着酒店的托盘，打开的行李箱里衣服四散。李法尔——迪亚吉列夫那位黑头发的乌克兰情人，走向了我。

"可可，"他喃喃道，深棕色的眼睛深深陷进眼窝里，"我担心他的状况很糟糕。他的风湿病……他不吃药。然后他就倒下了……"李法尔突然一阵呜咽："哦，天哪，没有他我们怎么办？"

我紧紧握住了他的手。"不要哭，好吗？我们要高兴些，好的心情可能给他带来奇迹。"

然而当李法尔把我带到迪亚吉列夫的床边时，蜜西娅已经先在那里坐下了，我看到迪亚吉列夫憔悴垂死的面容，知道一切都已经太迟。自从童年母亲去世之后，我再没有目睹过任何一位至亲的垂死之状。迪亚吉列夫的目光仿佛已经缥缈到了远方，直到他将眼睛转向了我们，认出了我们，之后他喃喃道："可可，蜜西娅，你们能来真是太好了。"

我听出他试着拿出一些幽默感，蜜西娅用手堵住了自己嘴巴，悲伤——蜜西娅一直在逃避的东西——在此刻吞没了她。我将双手扶在她的肩膀上，对她感同身受——曾经被父母抛弃，被婚姻抛弃，只有迪亚吉列夫一直视她为心目中的第一，如今他也要离开了。蜜西娅转身将头埋在我的衬衫里，发出一阵痛彻心扉的恸哭。

"其实没有看上去那么糟糕，"迪亚吉列夫虚弱地说，但当我迎向了他的目光时，我能看到他其实非常明白自己的状况，他的目光也认同着这一点。

"我们会陪你在一起。"我对他说，迪亚吉列夫笑了笑，又闭上了眼睛。

"好，"他出了口气，"这样很好。"

两天之后他死了。他死的时候，正是清晨，青绿色的海水冲刷着这座浮城，李法尔，他的情人，握着他的手。俄罗斯芭蕾舞团出不起葬礼的费用，于是我支付了。迪亚吉列夫生前患病的时候并没有得到很好的照顾，因此我们根本没有办法把他的遗体运回巴黎。迪亚吉列夫不得不就此被埋葬在威尼斯唯一的墓地，圣米歇尔岛（San Michele）上。葬礼也是我来安排的，一只白色的冈多拉小船载着他的棺材，引领着我们乘坐的黑色船队。

本德将游艇停泊在了威尼斯的外海，我设法给他送去了信息，然而他却并未在预定的时间出现。酒店的经理向我们表达了担忧，迪亚吉列夫死后留下了不少未付的账单，同时他也担心死亡的消息会给酒店的经营带来不好的影响。我支付了账单，并安排人在黎明之前，所有客人还未起身的时候，将遗体搬走。

当我们看着迪亚吉列夫的棺材被一点点降入墓地的时候，蜜西娅看上去像个幽灵。"他在这儿会很寂寞的，"她哀伤地说道，"离巴黎这么远，离所有他爱的人这么远。"

"他也很爱威尼斯，"我说，"不过话又说回来，他其实也不在这儿啊。"

李法尔随后出现，伴随着一声长号，他将自己整个身体扑在了迪亚吉列夫的棺木上，我们都没有想到会看到这样戏剧化的场面。我们将他拉起来，在那过程中他不住四下张望，仿佛这是一个残酷的玩笑，他在时刻等待着迪亚吉列夫从某个墓碑后面活生生地走出来，而我几乎也有同样的期待。当我们的船载我们驶回威尼斯城的时候，我不住地回头看，仿佛看到迪亚吉列夫发福的身体，穿着俄国羔羊皮外套和镶有珍珠的领带，在向我们挥手告别。

"得有人送消息给斯特拉温斯基，"我说，蜜西娅在用手帕擤着鼻子。"他会垮掉的。迪亚吉列夫就像他的亲兄弟一样。"

说得没错，斯特拉温斯基的反应会是这样，我思忖着，科克托、毕加索，还有他的芭蕾舞演员们，以及所有曾经有幸亲眼看到他那些古怪离奇、无比奢华又离经叛道的演出的人，都会有如此的反应。我们此生都无法再遇到像他这样的一位人物了。

谢尔盖·迪亚吉列夫只有一个。

迪亚吉列夫的死对我的影响远比我预想的大，然而我必须扛着我的哀伤，去照顾蜜西娅。蜜西娅似乎被打击到了最低点，失去了她的塞特，以及她挚爱的迪亚吉列夫，蜜西娅的世界彻底坍塌了，她再不是可以带给谁灵感的缪斯女神了。

我们在八月提前结束了度假，我和蜜西娅回到了巴黎。我将蜜西娅安置在我的一间客房里，她因此可以和也在我家住下的科克托互相安慰，也一同吸鸦片。我则回到了工作室，给了他们最大的自由度。

维拉·巴特近来刚与一位名叫阿尔贝托·隆巴迪（**Alberto Lombardi**）的意大利军官、骑术冠军订婚。维拉前来拜访，此前我将伦敦时装店的开张准备工作交给了她。维拉对我说，新店一开张，她就准备将之后的工作委任他人，因为隆巴迪希望他们举行婚礼之后就回意大利去。而在我这边，也有消息传来，狄米崔大公已经向他那位美国女继承人求婚，我的姑姑艾德丽安，则终于即将和她的莫里斯男爵举行婚礼——男爵的父亲一直强烈反对他儿子与艾德丽安的婚姻，而如今他的父亲正在病榻上奄奄一息；他死后，男爵终于如愿以偿，将艾德丽安娶进了家门。

"这么说来，大家都安定下来了，"维拉在吧台对我说，此刻我的朋友们都三三两两斜靠在沙发上，喝酒聊天。"就只有你了，最亲爱的可可。你看上去好像下定了决心要做一个谜一样的人——无法解读、魅力四射，永远独自一人。"

我微笑着说："总得有人来为这些聚会埋单。如果我结了婚，不再工作，大家该怎么办呢？"

"啊，"她说，我迅速扭过头去盯着她，比我应该有的反应快了一些，因为她接着说："我还在想本德到底出了什么状况。我在伦敦看到他了，他和一位爵士的女儿在一起，但是他看上去非常不开心。他问我伦敦的时装店开业的时候你会不会过去，我告诉他不知道。"她停了停，"我这么说没错吧？"

"当然没错，"聚会热闹的气氛开始退去，我回答道，"我的日程安排得太紧。我和本德之间有完美的协议。我们从未讨论过结婚的事情，如果你指的是这个的话。男人们都不了解我，他们会说，'不要担心，我会照顾好你，你什么都不用做。'然而他们真正的意思是，'你什么都不用做，只要随时随地等候我的召唤。'"我强迫自己笑了笑，转头望着她惊讶的表情。"这些都不在我的计划当中。我只是想像只小鸟一样偶尔在男人的肩头停一停，仅此而已。"

当晚我穿着黑色的晚礼服，戴着项链，在她作出反应之前，我快步走到桌子边上，在因为毒品而兴奋过度的科克托把它碰洒到地毯上之前，迅速出手挽救了一杯香槟酒。之后我和毕加索的妻子奥尔加聊了一会儿，她当晚穿着我新设计的时装和双色拼接的鞋，然而看上去却仿佛因为爱人的不忠行为而有些忧心忡忡。

我快速走上了二楼。近来我从不跟客人道晚安，他们也习惯了我的这种不告而别的方式。我的客人们会留下来继续饮酒，直到醉到无法回家，管家约瑟夫就会把他们安排到客房住下，或者他们会喝到一定程度就歪斜而去，找一个深夜仍然开放的卡巴莱夜总会继续娱乐。

我来到床上，忠心耿耿的狗儿们陪伴在我身边，尽管如此，孤独的重量仍然毫不留情地压在我的肩头。

1929

1945

V

远 离 时 尚
的 日 子

NOT THE TIME FOR FASHION

"我不会在今天假装知晓明天的事情。"

1

1929年10月29日，美国股市崩溃，短时间造成的影响和灾难性结果都是史无前例的。有消息传来，行业大亨和他们的妻子因为无法面对一夜之间成为赤贫而纷纷跳楼。不到一年，美国经济大萧条造成的影响波及了我们。海外的订单迅速减少，客人们开始考虑这次经济萧条，缩减了开支。

本德之前提醒过我，我们保持了朋友关系。本德向洛伊丽娅·玛丽·庞森芘求了婚，很自然，她同意了。在筹办婚礼的间隙，他把未婚妻带来巴黎和我见面喝茶（她漂亮、乏味、有贵族血统，像我之前预想的一样），并告诉我他的很多财务顾问已经看到了海外的经济灾难，并且担心有波及法国的趋势。我及时作好准备，通过辞退新雇佣的员工，并削减推出新设计来应对。然而经济危机的影响力仍然无法躲避，曾经蜂拥而来的美国和英国客人不见踪影，伦敦时装店开业之前曾经大张旗鼓地宣传，然而开业之时也悄无声响。我发现自己再一次被迫去适应一段艰难的时期。

在这样艰难朴素的时期，奢华的珠串与装饰已经不合时宜，同时也不是什么理性的生产投入。然而我设计的小黑裙销量开始上升，我想，也许是因为小黑裙符合了当时哀伤的调子。我为伦敦商店的开业设计了使用棉纺材质的低价时装，同时降低了成本，节约了我使用皮克（Piqué）凸纹面料、蝉翼纱、蕾丝以制作褶边和定制丝绸天鹅绒夹克的成本，同时通过增加印花布材质设计的服装，为手头紧张的女性顾客们增添了可选的新产品。之后又独家开发了专门使用丝绸和羊毛混织的布料，以及用衍缝皮革制作的肩背挎包。

NOT THE TIME FOR FASHION

在大萧条年代，我的设计选择回归简朴。少即是多，也是我一直信守的格言，我也从未在面临哪一个挑战时产生过任何动摇。在其他设计师面对客户的骤减束手无策的时候，我仍然有我的护身符——我的香奈儿五号。五号香水在萧条时期的销售量仍然出奇的好，仿佛女人们为了香奈儿五号放弃了其他消费。

尽管如此，生意的逐渐衰退终于开始困扰了我。在多维尔、戛纳、比亚里茨的几家时装店，曾经蜂拥而至的巨富客人数量剧减到只有涓涓细流。同时，在统治时尚界数年之后，新兴的设计师开始崭露头角，包括意大利的艾尔莎·夏帕瑞丽（**Elsa Schiaparelli**），她通过浴袍和滑雪服的设计为自己打下一片天下，声名鹊起，让我警惕。我知道我需要一些新东西来巩固自己的地位。夏天，在静憩别墅度假的时候，狄米崔带来了一个建议，在当时看来是一个绝好的机会。

正当大萧条横扫美国全境，狄米崔那位富有的美国女继承人却在危机中幸存了下来。她的家族注资了电影产业，现在这个产业当中的一个大人物塞缪尔·戈尔德温（**Samuel Goldwyn**）正在酝酿一部电影，并希望我的创意加盟。

"他很想带你去洛杉矶，全权委托你为他最有票房潜力的演艺明星设计服装，"我们在泳池边休息的时候，狄米崔这样说，蜜西娅戴着草帽和巨大的太阳镜，啜饮着马提尼。"下周他就会来蔚蓝海岸度假，为什么不由我来介绍你们认识呢。"

如果这件事发生在任何其他时候，我都有可能拒绝，我对美国那个俗艳的国家不感兴趣。和我大多数的朋友（也包括蜜西娅）不同，好莱坞的繁华在我看来无比虚假。即便如此，我仍然犹豫了一下。我设计的服装和香水在美国的销售一直极好。我有可能永远不会去美国，但如果那里的某位寡头执意邀约我为他工作，对我的名望会有很大好处。我皱着眉头，仍在犹豫，蜜西娅开始抱怨："可可，你会有什么损失呢？他显然非常感兴趣。这是他第二次邀约你了。"

狄米崔对我淡然一笑。现在的他看上去十分精致，正像一位有着足够多的银行存款和一位有钱老婆的男人的样子。也许我愿意尝试一下能否将他再次拉到床上，我想着。

　　"第二次？"他问道，"那么说来戈尔德温曾经邀请过可可了？"

　　"是的。他曾经对我发出过邀请……大概是两年或者三年之前。他开出的价码确实惊人，"我补充道，"甚至称得上是天价。"

　　狄米崔眯起了眼睛："这样的话，你一定要接受。"

　　"不接受。"我站了起来，将手臂伸到头顶上方，故意迈着撩人的步子走过狄米崔的旁边。"但我会去和他见一面。"之后我一跃跳入了游泳池。

　　戈尔德温是个矮个头的男人，爱出汗，浑身飘荡雪茄的烟臭。我在静憩别墅为他准备了午宴，并不过于精致，气氛轻松，有好酒和朋友陪伴。出于一些无法解释的理由，我感觉到需要他们的保护。当这位巨富穿着糟糕的夏威夷印花衬衫和走形的松垂裤子对着我的房子大肆夸奖，仿佛正在暗自估算价值时，这种感觉就更加明显了。之后他安排一头金发，做了美甲的妻子先去吃自助午餐，戈尔德温的英语是一连串刺耳的声音，我基本无法听懂，因为我自己的英语讲得并不流利。

　　"你看，香奈儿小姐。我邀请你为我的明星们设计服装，这是一个千载难逢的机会：斯旺森、嘉宝、科尔波特、诺玛·塔尔梅奇、易娜·克莱尔——这些著名的演员，在荧幕内外，将只穿由你设计的服装。你会大赚一笔！其他的设计师都无法获得这样的机会。全美国以及海外每一家电影院都将成为你的——呃，你们怎么叫来着？"

　　"工作室。"我微笑着说。

　　"工什么室？"

　　"也可以叫沙龙。要不要来一杯葡萄酒，戈尔德温先生？"

　　"不，从来不喝那玩意儿，喝了我容易胀气。"他大笑了起来。我皱了皱眉，在想他下一秒钟可能会当着我的面打出嗝来。我回想起塞特曾经拒绝去美国，因为美国人只吃白面包。显然，他们也很少喝葡萄酒。蜜西娅后来告诉我，塞特最终还是接受了洛克菲勒的邀约，为他在纽约诸多摩天大楼之中的一栋画了一幅壁画。经济萧条期间，这项合约的金额可能不太大，然而从戈尔德温滔滔不绝的讲述来看，美国仍然有足够的钱可供挥霍。

"那么，你是怎么考虑的？那个俄罗斯人，厄特[①] 来到好莱坞帮我做舞台设计，他本人很满意，和我签了一年的合同，我给了他一幢房子。我也可以给你一幢。"

"我有房子，"我径直说道。上帝啊，他让我想起了儿时在市场上见到的那些四处游走的推销员，在叠起的木板箱上摆着一副污渍斑斑的纸牌，骗那些容易上当的人。"而且我也不可能去一年，我的事业在这里。"

戈尔德温张口结舌地看着我。

"是在法国，"我解释道，伸手去拿了一支烟。"我的工作室在巴黎。我不可能离开一整年。"

"你没雇人为你工作吗？"他有些迷惑却又认真地说。

"是的，但是设计和生产的每一个环节仍然是我自己来做。所以你才希望与我合作，不是吗？"我弹了弹烟灰，"你需要的是我的设计才华，不是吗？"

"对，对，当然，"他说，然而我当即就能看出来他的言不由衷。"是的，你的才华，"他接着说，加快了推进的节奏，就像一列火车在起伏的铁轨上加速奔驰。"好吧，所以你无法离开一整年。你可以先过来，为我的女明星们设计一些服装，之后我们再决定。"

"你的女明星们，"我复述了一遍，之后对着他又笑了一笑："你的意思是她们不论在银幕上还是生活中，都会穿着我设计的服装？很抱歉，戈尔德温先生，但我对演艺界也有一定的了解，她们都是极具个性的人物，你无法要求她们一直穿香奈儿的品牌。"

"我叫她们做什么，她们都会照做的，"他刺耳地说，狄米崔在桌子的那

---

① 厄特：Erté，19世纪末新艺术主义时期画家。——译者注

头几乎要跳了起来，"我付钱给她们，让她们出名，她们都是我一手培养的。如果她们不照我说的做，我就换掉她们。就这么简单。"

"明白了。"我脸上的笑容更多了一些，因为我确实明白了，现在是非常明白了，而且戈尔德温此刻也很明白，因为他开始大嚼他盘子里的烤鸡肉，满嘴的食物，一边咀嚼一边说："我给你开出的价格是百万美元级的。根据合约，你可以来美国之后看一看都有哪些电影，如果你喜欢的话，我们再签约，确定时间表，你同意吗？"

餐桌忽然陷入一片寂静，我甚至听得到蜜西娅倒吸了一口凉气，狄米崔则扬起了眉毛。戈尔德温开出的价码确实是天价级的，我无法再次拒绝，除非我是个傻子。但即便如此，我仍然没有直接同意，餐桌上仍然寂静一片，只听得到戈尔德温的喘息声和蜜西娅探询的目光。最后戈尔德温补充道："我会支付你的一切费用——差旅、住宿，所有的一切。如果你愿意的话，可以带一个同伴，一个秘书，或者助理设计师之类的。我猜你总有这样的员工吧？"

蜜西娅的身子几乎要探到餐桌上，我凌厉地瞪了她一眼，之后我熄灭了香烟，举起了酒杯。"你会发出邀请？如果我同意的话，你也会尊重我对自己设计的全权把控？如果我不喜欢的话，可以随时返回法国？"

"当然，当然，但你一定会喜欢的，"他满脸堆笑，"人人都爱好莱坞。"

此刻我仍然没有全然放心，但在我说出"好吧"的那一刻，蜜西娅立刻爆发出一阵响亮的笑声，这是数个月以来第一次听到她笑，我认为这绝对将会是一次探险之旅。

在动身前往美国之前，我帮助姑姑艾德丽安的婚礼完成了婚纱的设计。在经过了近三十年的等待之后，她终于如愿以偿嫁给了莫里斯男爵。我最小的姑姑穿着白色的硬纱和丝绸材质剪裁的礼服，光芒四射。她的男爵现在已经大腹便便，但当他们交换誓言的时候，仍然是充满魅力的一对。我惊叹于他们对彼此的长久承诺。莫里斯男爵本可以像博伊或本德那样，娶一位家族认可的妻子，同时将艾德丽安留在身边，然而这么多年以来他恪守了承诺，他是我所知道的最重感情的男人。

婚礼之后，艾德丽安走过来对我说："可可，我希望婚礼之后就不再工作了，但我会给你留下充裕的时间，甚至可以等到你从美国回来，但莫里斯希望我和他一起住在他们家族的城堡里，而且……"她没有继续说，但我很明白。虽然她和我同龄，但仍然希望试着有个孩子。

"当然，"我说，"不要再让自己继续等了，去吧，做男爵的夫人。这一切都是你应得的。"

"但你怎么办呢？"

"我可以再找人选。海伦娜伯爵夫人（**Hélène de Leusse**）近来在问我有没有合适的职位。我们所有的客人她都认识。如果可以的话，希望你能在离开之前为她做个培训。"

艾德丽安点了点头，我吻了吻她的面颊，此时的她看上去有些闷闷不乐。"你可以随时回来。我希望你明白，我虽然能找到人接替你的工作，但没有人能替代你的角色。"

她整个人明亮了起来："谢谢你，加布里埃。"我并没有说出我相信她以后一定会回来，她看上去松了一口气。为这一天艾德丽安已经等待了太久，但与此同时她也在我事业的成功当中看到了一个女人独立的重要性。她不会离开太久的，除非她能奇迹般怀孕，这件事在她这个年纪，几乎不太可能。

看着艾德丽安与丈夫在舞池之中共舞，我仍然感到了一丝触动。他们之间的情感早已度过了对彼此痴迷的激情阶段，然而时至今日在他们对望的双眼中，毫无疑问看得到爱。巴桑带着新未婚妻从皇家地城堡赶来巴黎参加婚礼，让我意外的是，他也邀请我共舞。在这么多年之后，我又重回他的怀中，巴桑的性格仍像以前一样带棱带角，但现在他整个人也温和了很多，肚子也因为上了年纪而有些突出，顶在了我的胃部。

"你不能这样放任自己，"我说，我们两个在舞池中跳着华尔兹。"如果你再这么吃下去，你的马会得疝气的。"

"啊，是啊。上了年纪之后的心态如此：你会热爱美食，想起旧友，床上表现也会十分乏味——"他微笑着说。他也有和我相似的漫不经心的态度，这让我大笑起来。"但是你，可可，过了这么多年你一点都没变，时间一直对你毫无办法，你不向时间妥协，对吗？"

"我完全不明白你的意思。我，也一样，也在变老。"

"你跟我们这些人不一样。"他的笑容渐渐退去，神情慢慢变得温和起来，之后他说的话几乎让我忘记了舞步："你还想博伊吗？"

只有他敢这样问，其他人没有这样的胆量，我也只将这样的权利赋予他。"每一天都想。"我悄声说。

他把我抱紧了一些，"这很好。你曾经爱过，也曾经被爱过。这一辈子我们还求什么别的呢。有些人一辈子都没能体会到这些。"

当晚，我很早就离开了，对朋友们说我需要回家收拾行李。我以最快的速度坐上我的劳斯莱斯，仿佛酒店拉了火警。

司机将车子停在我家门前，我才意识到此刻的心境难以用悲伤描述。这种感受无法形容，仿佛一个时代的终结。艾德丽安曾经跟我一同经历了我少年时期为自己描绘的宏大梦想阶段；她曾经鼓励我，即便是我成为巴桑情妇的那段日子也不曾停止；在那段时间里，巴桑曾经是我的庇护人，他无意中将我领上了与博伊相识的命运之路。现在，博伊死了，艾德丽安和巴桑各自找到了人生伴侣，只有我仍然一个人。

房门打开，蜜西娅拖着沉重的步子走了出来，跟她在一起的是科克托，后者刚刚结束为期一个月的戒断治疗，充满活力，仿佛重获新生。"可可！"他恼怒地大叫着，"告诉她，她绝对不能戴着那顶丑到死的草帽去加利福尼亚，美国人会以为她是你的家庭教师！"

我大笑起来，从车子上迈下来。

我的周围还有这么多孤单人，我怎么还可以觉得自己孤独？

2

　　和蜜西娅一起被困在一艘横渡大洋的邮轮上，简直是一场炼狱。即便是在静憩别墅，有那么多空房间，只要蜜西娅在，就仍然觉得空间太小。蜜西娅的个人物品散落四处，她则口中说个不停，对任何事都可以评头论足。沉默对于她来说是折磨，然而于我却是慰藉。我的两条狗皮塔和鲍比已经长成十三岁的老狗，这一次需要将它们留在家里，也让我很苦恼。它们感染过霍乱，患有关节炎，牙齿也坏掉了，但现在对我仍然忠心耿耿，我也以同样的情感赋予它们。约瑟夫成功地劝服了我，他说长途旅行对于狗儿们来说并不好，并表示会代我好好照顾它们，同时科克托也表示会全天陪伴在皮塔和鲍比身边，然而他也因为我和蜜西娅抛下他去旅行而闷闷不乐（科克托此时身体仍然虚弱，我也担心他无法承受长途旅行）。

　　1931 年 3 月 1 日，我们登上了欧罗巴号邮轮（**SS Europa**）。起航之后，四周环绕着我们的只有大西洋，我们整天无所事事，在甲板上散步，吃饭、看书、闲聊，我仿佛又重新回到了和艾德丽安一起在穆朗的那段日子——和一位朋友亲密无间的日子，可以完全放松下来，忘掉我所肩负的责任的日子。

　　我们坐在甲板上的遮阳篷下，手里擎着饮料，我开始告诉她本德把他的未婚妻带到我家的情景，蜜西娅咯咯笑着，着实让她的好奇心过了一把瘾。

　　"你真该好好看看她脸上的表情。她看上去好像很怕我把她一口吞了。本德后来竟然找了个借口离开，就把我们两个留了下来，那个胆小鬼！如果我对他说，不行，我不同意，我觉得他没准儿都会对她说婚礼取消。"

"但你并没有，"蜜西娅的目光从她的墨镜上方看向我。"你希望他娶那个女人，因为这样他就娶不了你了。"

我耸了耸肩，喝着鸡尾酒。"她让我想起英国人很喜欢吃的那种蛋奶沙司——全都是奶油和糖，没有味道。当时我就是个斜靠在沙发椅上的女皇，戴着自己的珠宝，"我说，蜜西娅则嗤之以鼻。我继续说道，"皮塔和鲍比当时都蹲在椅子上，所以她不得不蹲坐在我脚边的一只圆凳上。我当时什么都没说。最后，她终于说话了，她说她的爸爸送了她一条我设计的项链做圣诞礼物，她好喜欢。你能想象吗？于是我叫她描述一下项链的样子。"

"然后呢？"蜜西娅说，露齿而笑。"是你设计的吗？"

"是的，但我对她说不是，我告诉她我不会允许在任何粗俗的产品上标我的名字。她当时吓呆了也窘迫极了。在那之后我们的谈话就结束了。之后本德打电话过来，说她觉得我和她预想的一样。"

蜜西娅笑出了声："她一定觉得你是个魔鬼！"

"显然如此，"我凝视着海水。"而且这下她也永远不会忘掉我了。"

蜜西娅陷入了沉思，当我也沉默的时候，她说，"你后悔吗？你本来有可能会成为他的妻子。他是爱你的，我相信他仍然爱着你。当一个男人把未婚妻带给情妇看的时候，是希望听到她说不合适。"

我思考了一阵。本德把洛伊丽娅·玛丽·庞森芘带来见我的真正原因难道是希望我对他说她有多甜腻乏味，从而破坏他们的婚约吗？见到她第一眼我就有这种感觉，要么她会让本德无聊到想着去找别的刺激，要么就是会带着他跳上 段愉快的双人舞，直到把他送进坟墓，之后她会很享受没有他的寡妇生活。我本可以破坏掉他的幻景，或者甚至在他们婚礼结束之后仍然让他当我的情人，但我并没有。我对他说她很可爱，并且祝福他们婚姻美满。

"不，"我最后说，"我并不后悔。上帝了解，我要的是爱。但当我必须在男人和我设计的裙子之间作选择的时候，我选后者。如果我和本德在一起，他一定会要我停止工作，这个我没办法做到。威斯敏斯特公爵有很多位，但可可·香奈儿只有一个。"

蜜西娅探身过来，紧紧握住我的手。"所有人都非常欣赏你这点。瞧瞧我，离婚三次，我又曾经做出了什么事情？我现在已经快六十岁了。谁又会再爱我？"

"我爱你，"我对她说，意识到我是爱着她的。这些年来，她一直出现在我的生命里，她可以把我轻易激怒，然而她也通过她自己独特的方式，比任何人都了解我。她对我一直诚实，即便有时候我并不感激她的诚实。

"是的，可惜我们不是同性恋，"她接着我的话说道，我笑了起来，她又说："而且，我认为你做的是对的。本德并非他表现出来的那副侠义样子。我们出发之前你看报纸了吗？没看？好吧，他送了未婚妻一份很好的结婚礼物。他对国王告发，说他未婚妻的哥哥，波尚伯爵威廉·利贡（**William Lygon, Earl of Beauchamp**）是同性恋，破坏了那个男人的名声。这简直是羞耻。结果国王免掉了利贡的职位，他的妻子也正在同他办理离婚。"

我目瞪口呆地瞪着她："报纸上才没写！"

她恶作剧地一笑。"没写？那我一定是从别的什么地方听来的。你的本德是个缺乏教养的人。他还多次在议会发表演讲，说造成美国证券市场瘫痪的原因应该归咎于犹太人的贪婪。如果欧洲不做点儿什么阻止他们继续这样下去，我们很快会重蹈美国的覆辙。他不是你想与他有什么牵扯的那种人，他也在疏远你所有的朋友，时间久了你会因此而受不了他。"

蜜西娅的这番话让我不安，她在这件事上似乎参与得太多了。蜜西娅一直热衷八卦丑闻，因此我并不怀疑她所转述信息的可能性。而且，我自己也曾经耳闻本德贬低犹太人的言论；不过那在他所处的社交圈子里是个公认的观点。和博伊一样，本德对同性恋深恶痛绝，然而同样的，这种现象在他的圈层里也为数不少，我之前并没有往这个方向想太多。而且，当他和我的那些离经叛道的朋友们（其中很多是犹太人，其他的一些则个性古怪）在一起的时候，他表现得十分有理有节，除了有一次，在十分天真的态度下，他曾经建议科克托为他的狗写一本史书。

我发现自己在发抖，空气中有一些凉意，起风了，海面开始起浪。遮阳篷的影子遮住了我，我转头对蜜西娅说："我们回去吧，睡到晚餐时再起来。我有些累了。"

"好吧，"她叹了口气，"我也累了。"

纽约是一个大杂烩，那么多高到不可思议的大楼直耸天际，在它们的脚下，数千人急匆匆地穿梭在楼群之间。你的周围随时闪动着数百盏霓虹灯，汽车喇叭的轰鸣和人们的叫嚷声永无休止，所有这些汇成一股震耳欲聋的噪声，让我只想堵住自己的耳朵。

刚一上岸我就病倒了，感冒变成了高烧和喷嚏，这是我多年以来第一次生病。蜜西娅为我准备了热汤，我躺在酒店套间的床上等着出汗，在酒店的大堂里，一群记者已经蜂拥而至，希望一窥我的样貌。

当我感到身体恢复得差不多时，就穿上带有圆领和白色袖口的红色连衣裙，尽量掩饰住对他们那么想要采访我而感到的惊讶。他们想知道的就是我在好莱坞要做什么事情。

"我还没有把裁缝剪刀带过来，"我对他们说，"我来只是了解一下工作室可以做什么。我这次是受邀来访的，并不承诺什么。"第二天早晨，报纸上就出现了各种以我的口吻发布的错误言论。蜜西娅大声念道，"长发将要回归时尚，"以及我认为"用香水的男人很恶心"。记者们也得出一个结论，即根据我以往的工作作风，在工作室里完成服装的设计，之后就转交给其他人继续完成，好莱坞对于我来说将会是个挑战。戈尔德温先生的电影明星们，《纽约时报》记者这样写道，希望香奈儿能给予她们更为私人化的着装建议。

"这一点我倒是不怀疑。"我抱怨道。

随后我们搭乘火车，开始了从纽约前往加利福尼亚州的 **20** 个小时的悲惨旅程，窗外不断掠过破旧不堪的小镇，在每一站都能看到无业游民或流浪汉的身影。这些贫穷的景象让我想起了我极想要忘掉的童年时代，于是我拉上了窗帘。同行的记者仍然向我提出一连串的问题，仿佛我已经规划了雄心壮志，准备将眼力所及的每个女演员都套上粗花呢和运动衫。

洛杉矶是一座非常……明亮的城市。除此之外我再没有其他形容词。尽管刚到三月末，炽热的阳光已经开始无情地炙烤着城市中耸立的摩天大楼。白昼如此耀眼，无边无际，仿佛整座城市就是一座电影布景。美国的任何东西看上去对我来说都是超大的——建筑和汽车，人群的数量，百货商场摆放的数量巨大的货品，望不到边的海滩上挤满了怀揣希望的人和曾经怀揣希望的人，好莱坞的标志仿佛一位神祇般在山顶俯视着这座城市。

我到达美国仅仅两周，然而已经开始思念巴黎。感冒并未痊愈，本希望能和蜜西娅一起在戈尔德温帮我们租住的酒店豪华套房里休息，然而我却不得不带病参加新闻发布会，整个发布会期间我都坐在他旁边擤鼻子，戈尔德温则利用这个机会大展口才。而我则惊讶地注意到那些荧幕上著名的女演员们本人是多么的小巧可人，她们纷纷向我行屈膝礼，并说："哦，香奈儿小姐，你绝对是我最喜欢的设计师！"显而易见，她们都不曾穿过我设计的衣服。如果不是一直在擤鼻子，在整个发布会期间我很有可能会抑制不住笑出声来。只有见到葛丽泰·嘉宝才让我产生兴趣，她有一双哀伤的眼睛，还有一双尺寸惊人的大脚，同样引起我注意的还有她对我说的悄悄话，"我出门一定要穿你设计的雨衣，戴你设计的帽子，小姐。"那是我为女性设计的雨装系列，我计划为嘉宝的下一部电影设计服装。

第二天，我参观了戈尔德温十分巨大的舞台，舞台的灯光由顶棚的数排射灯照亮。这让我印象十分深刻。怎么会不深刻？戈尔德温通过制造和兜售幻想，已经赚了数百万美元。然而我仍然并不确定这里将会是我未来工作的地方。事实上，随着工作一天天开展，我开始逼着自己去读那些糟糕透顶的剧本，以了解剧情与人物的设置，这是为她们设计剧中服装的前提。我开始有了一些职业早期的熟悉感受——不安全感。

我知道我的设计是成功的，数千位女性顾客的支持是不会错的。然而我那些极简的设计风格，能否适应这块喜欢极尽奢华与夸张的银幕，这块强调人造美感，远远超过天然与真实的银幕？我的成功事业是建立在舒适与简洁风格上的，即便单品的售价极其昂贵，我仍然坚信只有走在大街上的女人穿上之后，时尚之风才算刮了起来。我希望我的设计不仅仅与两年的电影拍摄工作相关，更希望能在电影之外，让穿上它的女明星们更加具有女性的魅力。

如今，我陷入了一场让我最为困惑的境地，进退两难。从这次合作一开始，我就隐隐有种不安的感觉，我这一次不会成功。

然而戈尔德温十分坚持，他将我引荐给每一个人，他们都对我充满了溢美之词。在美国，我确实已经是位传奇人物。我和戈尔德温签订了一年的、价值一百万美元的协议，根据协议上的内容，我将会在巴黎完成服装的设计，并将设计发给美国的制装工，在好莱坞完成服装生产的最后工序。

我为第一部电影设计的初稿通过之后，我就把蜜西娅派回了巴黎。在纽约，我还将会接受大量记者的采访，和杂志编辑面谈，他们将会报道我的故事。

《时尚》杂志带我参观了纽约的热门区域，第五大道的高端时尚精品店。我发现这里正在销售我的香奈儿五号香水，销售的速度快到几乎不会产生库存。这引起了我的担忧。和我签订销售代理合同的是韦特海默兄弟，合同保证他们的销售利润是 **10%**，他们的这种做法显然是在降低我的名誉。回到巴黎之后，我决定向律师咨询。韦特海默兄弟这种薄利多销的方式显然不能让我满意。

我也欣喜并震惊于这里成衣销售需求的旺盛。在联合广场打折销售商品的克莱恩氏（**Klein's**）商店，蜜西娅在一旁打着哈欠，脚趾敲地，我则观察到大量女性顾客正把衣服从简陋的晾衣架上摘下来，再拿到同样简陋的试衣间里试穿，试衣间的门口挂着偷拿衣服的人将会被报送警局的牌子。令我难以置信的是，有一部分服装的标价竟然不足一美元！《时尚》杂志的陪同人员告诉我，如此下来，这样的营收少得可怜。如果某件商品无法在两个月的时间内卖出去，就会被以成本价出清，给新商品腾地方——新商品的供给源源不绝。由大型制衣厂大批量生产出来的服装，如今替代了以前定制成衣服装加工、试穿缓慢又费时的程序。我强迫自己走进陈列架，逐一浏览。很快，我竟然在其中发现了一件出自我手的纯棉质地的服装。

"这是我设计的，"我说，"这个款式去年刚刚在伦敦推出。"

陪同我一起的女孩做了个鬼脸："制造商们会放出间谍，他们会伪装成记者，钻进各个时装秀场。把看到的款式都画下来。之后就会用便宜的布料和拉锁之类的配件进行仿制。看到了吗？这件裙子在身体的侧面有一条拉链，我相信你的设计里没有这部分。"

确实如此，我发现这样的改造既可怕又狡猾。只要花五块钱的成本，加上一条拉链，买下这条裙子的人就可以穿上香奈儿的设计，即便并没有贴上我的商标，但却是我的创意。

就在那个时刻，我看到了未来。我忽然有所领悟，就像让我最初决定开第一家时装店时候的那种领悟。大萧条之下，滋生出了很多的机会，这就是其一。成衣销售即将成为绝大多数女人购买服装的方式。1931年4月，我带着一个新的目标，登上了返回巴黎的邮轮。

好莱坞并不适合我，而且坦白地说，整个美国都不适合我。然而此行让我更加笃信长久以来的信念——拒绝进化就意味着自我灭亡。

然而在巴黎，还有其他令我不快的消息等待着我。

第一件事，也是最让我心痛的，就是我失去了皮塔和鲍比。约瑟夫告诉我，在我离开之后，它们两个迅速虚弱下去，它们一直在耐心坚定地等着我，但直到最终也没有坚持到我回来的这天，它们两个先后死去。自博伊去世之后，我还没有这样哭过，博伊的死仿佛重新又来过一遍。我请人将它们的尸体火化，保存在白色的盒子里，盒子就放在陈列柜中。在那之后的数天里，我悲伤到几乎无法说话，也无法出门。直到我接到本德的电话，邀请我到伦敦去，我在电话里哭了出来。本德答应买给我一只大丹幼犬，他的一个朋友养的狗很快就要生下一窝小狗。这就是本德典型的思维方式，用新的东西填补失去的东西，但至少本德并没有像蜜西娅那样，指责我哭泣狗儿的死亡，并说那是十分荒谬的事情。

第二件事则深深刺伤了我。意大利设计师夏帕瑞丽此时已经声名鹊起，并且妄然将她的商店开在了旺多姆广场。夏帕瑞丽曾经一度面临彻底失败，然而她最终从西班牙超现实主义画家萨尔瓦多·达利的作品中获得了灵感，推出了视觉错觉和印有粉红色龙虾的惊人礼服设计，把女性的身体当作料理拼盘。

当我看到1932年的《时尚》杂志上刊登出的她的设计作品之后，不禁切齿笑了出来。"她的设计只会让女人看上去很愚蠢，"我如此宣告。特别是杂志还对夏帕瑞丽的设计大肆奉承，然而在同一页面的边栏里，她们还将我放了进去，说我给好莱坞女星易娜·克莱尔设计的白色丝绸睡裙，正在给好莱坞女星带来革命性的改变。《纽约客》杂志的编辑评论栏写道："香奈儿希望让女人看上去像女人，但好莱坞却是让女人看上去像两个女人。"评论还赞赏我是一位有原则的设计师。然而，传递出来的信息却十分清晰——

我的设计缺乏个性。

仿佛坏消息还不够多似的，我参与设计服装的那部电影票房惨败。巴黎的时尚报道纷纷发布愉快的消息，说香奈儿没有办法保证票房收入。愤怒当中，我应本德的邀请，飞去伦敦找他。我之前的判断是准确的，我的设计并非为大银幕而生，只不过最后的结果更加苦涩。虽然我的身价增加了一百万美元，然而这却是我职业生涯中的一次败笔。

"好莱坞怎么会懂什么是时尚？"我大叫道，手里擎着酒杯，四处踱步。本德坐在扶手椅上看着我。他的婚姻已经开始出现问题，他年轻的妻子发现自己完全无法忍受他的生活，并且拒绝和他一起参加那些无休无止的游艇巡游，或者是狩猎活动，因此本德非常期待我的到来。如果我此时并不是这个状态，他一定会想要带我上床。

"因为该死的经济大萧条，我不得不把售价降低了一半，但是那该死的韦特海默兄弟——"我叫道，在空气中挥舞着香烟，"他们这是赤裸裸的抢劫！我的香水仅仅在美国就赚了百万美元，他们竟然拒绝和我的律师说话。"我将杯中的酒一饮而尽。

本德慢悠悠地说："你指望什么呢？可可？犹太人谁的钱都会抢。"本德站了起来，慢慢走到吧台添满我的空杯子。之后他一边敲碎冰块，一边说道："你最开始就不该跟犹太人签什么合同。犹太人最擅长抢劫勒索。"

我呆住了。蜜西娅对于他的描述是准确的，但亲耳听到他对犹太人的如此评价还是让我吓了一跳。"不过他们确实兑现了承诺，让我的五号香水入驻了百货商场，"我说道，"五号香水现在在全美都有销售，没有他们，我不可能——"

"你的成功不是他们的功劳，"本德打断了我，"你创造了五号香水，他们从中获益。犹太人永远想从别人身上获得好处，自己不做任何实际的事情。他们只是找到一种最简单的从别人身上榨油水的办法，就像吸血鬼。我给你介绍一位在伦敦的律师吧。你得尽早和他们终止合同，不然就会太迟。"

我顿住了，玻璃杯子半举到我的嘴边。一瞬间的寒意穿透了我的身体，这种感觉就像那天和蜜西娅在欧罗巴号邮轮上的那个下午一样。"你的意思是？"

"你没注意到吗？阿道夫·希特勒即将接任德国的总理，他早已准备要推行一个计划，针对马克思主义者的威胁，以及那些推行马克思主义的犹太人。"本德回到桌边的椅子，从四周堆起的书堆中抽出了一册。"这就是他出版的论文《我的奋斗》。你该读一读，写得非常好。书里写到了犹太人在美国人的唆使下企图征服世界的阴谋。让德国人痛苦的是德国魏玛共和国、犹太人、社会主义，还有该死的马克思主义者。如果他有能力的话，一定会将他们都扫除掉。"

我惊呆了："德国人上次战争中几乎把我们整个摧毁。在他们做了那么多事情之后，你竟然会支持他们？"

"我们需要一个更加强大的欧洲，"本德草草地说，"德国本来就是欧洲的一部分，希特勒并不想和我们开战。他只是打算为那些值得的人重塑德国。"

我强迫自己耸了耸肩，将一口没碰的酒杯放下来。"我只是个服装设计师，并不懂得政治，但有些事你可以为我做，"我继续道，开始讲起了令我不安的纽约之行。"我想创立一种全新的模式——我会创立一个全新的系列，并将创意授权给那些制造商，只要和我签约的制造商都可以使用我的设计。我可以在这儿——在你这里举办一场服装秀，并把我们认识的所有人都邀请到场。如此就可以给夏帕瑞丽一个回击，她的设计利润率都很高，她眼下没有能力让别人免费用她的设计。"

本德笑了笑，"你是知道的，我随时愿意助你一臂之力。"他将书本放到一边，走向我。"我刚才提到的另外那位律师，我猜你会乐意和他见一见。变革的时代即将到来。你不能让犹太人偷走你花费了很多心血的设计作品。"

我点了点头。"发布会之后我就见他。为什么不呢？"

为了避免接下来可能的亲密接触，我找借口说自己需要休息就离开了。踏上楼梯走进我的套房，我仿佛听到蜜西娅在我耳边说："他不是那种你希望跟他有关系的男人……"

他并不曾向我求婚，此刻我感到如释重负。然而当时的我正为自己的名望所累，并没有发现将会有什么样的未来等待着我们。

　　我的成衣时装秀成功地帮助我重树声望，并从与服装生产商签订的生产合同中获得了极为可观的收益。就像我之前预想的那样，夏帕瑞丽开始公开对我大肆批评，并说我允许制造商拷贝设计是"对时装的背叛"。当《每日邮报》的记者就这个问题采访我的时候，我回答道，"我们制造衣服的目的就是要被穿着、被替换。谁也无法保护已经死掉的东西。"

　　尽管如此，我的订单数量仍然在逐渐减少。我不得不将 4 000 名制衣工裁到了 3 000 名，并且开始选择更节约成本的面料。

　　1933 年春季，我推出了一系列炫目的服装款式，一改 20 世纪 20 年代时期的"女公子"风。我使用丝棉与雪纺的材质，强调出女人味，腰部宽松，或者使用莱茵石装饰的饰带交叉装饰在肩膀和背部，此外还推出了中性风格的裤装，以及以山茶花为设计灵感的黑色套装。《时尚》杂志大力赞扬我的创新，然而越来越多的客人受到了夏帕瑞丽以及她与艺术家达利联袂的吸引，从我这里流失。对此，我使用新香料，扩大了我的香水系列：香奈儿二十二号，魅力，以及栀子花淡香水。然而每　款都无法比拟五号的成功——也不会再有什么香水会像五号这么成功。我与香水代理商韦特海默兄弟间的合约纠纷继续着，并且有愈演愈烈之势，我动用了所有的资源和力量投入这场纠纷，包括付费向本德的律师咨询，以给我在法国的律师提供建议。我想终止几年前草率签下的那个合约，想尽办法，不惜代价。

　　终于，皮耶尔·韦特海默来到我的工作室与我见面。他到达的时候，只提了一只公文包，穿在外套里面的身材略微发福，意志坚定，语调哀伤。

"经过长时间的讨论商议，我和我的兄弟保罗一致同意，将你的销售利润调高 5%。我们不希望我们与香奈儿小姐之间产生任何的法律问题，这绝对违背我们的共同利益。"

"我绝不可能接受，"我说，"香水瓶子上印着我的名字，我该获得的价值远远超过目前的比例。至少你忘记了，是我雇佣你为我服务，先生，而不是你雇佣我。"

"是的，你雇佣我们帮你做分销，小姐。"他笑了笑，"写在合同里的承诺我们已经做到了。"他敲一敲文件，像是在提醒我的注意。"不能因为香水的销售状况比你预想的成功，你就告诉我们要修改合同，香水的成功正是因为我们非常努力地推销。"

"但是，我创造了它。"我倾身向前，看到他脸上一掠而过的不安神情。"我的名字赋予了香水价值，因此仅仅提高 5% 的销售分成简直不值一提。你们装进自己腰包里的钱何止百万美元。"

他沉默地坐了一会儿，看着我，将合同一页一页向后翻着，叹了一口气。他示意我看一下，而我拒绝，他随后说："这项条款限定了您在合同有效期内的权利，这下面是您的签名吗？"

"你知道那是我签的，"我说，"我真希望我当初没签。"

"那么我只能说很抱歉了，小姐，这是生意，而且您签署了这份具有约束力的合同，个人感受并非影响因素。"

"并非影响因素？"我重复道，在这一刻我感到心底一直在拼命抑制的东西彻底地瓦解了，我死死地捏住桌角，直到手指发白。"当然是影响的因素，我的感受是最重要的。"

"也许在您经营自己的时装店时，是这样的，"他回答道，情绪甚至比刚才还要平稳，"但在我们经营的贝姿华公司这里就不是这样了。如果如您所说的话，我们在任何生意上就都无法赚钱了——"

"你这个阴险的骗子，"我嘶叫道，打断了他。"你竟敢堂而皇之地坐在那儿告诉我，我的感受并非影响因素？你们的公司利用我的名字大肆敛财！我绝不会容忍这件事情继续下去。"我用手指直指他："你们的合同是无效的；我签字的时候，并不知道这份合同意味着什么。你必须要给我合理的利润，否则我会把你们告上法庭。"

他的表情僵硬了一下："即便侮辱我也不会改变任何事情，小姐，我非常尊敬您，我觉得您刚才说的话实在有辱您的身份。"他站了起来，将合同留在了桌上。"您可以和那位律师，或者您喜欢的其他任何律师商量。然而，任何事情都无法改变一份有法律效力的合同。并且，"他说，"我觉得现在有必要提醒您，作为香奈儿香水公司多数股份的持有人，我们有权捍卫我们的权益。"

"你们的权益？"我气得浑身发抖，几乎要绕过桌子对着他的脸大吼："你现在是在威胁我吗？"

"我只是提醒您：如果您继续和我们对着干，我们会考虑把您赶出董事会。"

这是最后的那根稻草。我伸出手将桌子上包括那份合同在内的其他东西统统扫到了地上，纸张、笔和小摆件纷纷落地，我气急败坏地拿起一把裁纸刀对他挥舞并大喊，"胆敢试一下，我一定会让你们后悔，我说话算话！"

他对我点了点头，抓起公文包和帽子。"也许吧，"他说，之后转身离开。真是一位有胆量的男人，放心以后背对我，只差几秒钟我就会把裁纸刀扔出去。

他离开后，我像一头困兽一样坐在桌子前喘息。我抓起电话打给我的律师瑞内（René），"起诉他们！我要终止那份合同。让他们上法庭，给他们发律师函。我再不要和他们做生意了！"

瑞内对此毫无办法。相反，一周之后他打电话给我，说韦特海默兄弟已经把我逐出董事会，并且对我提起了反诉讼，起诉我污蔑他们的名誉。而这场官司更可能将我牵扯上数月的时间，我发誓我会报复，不惜一切代价，切断我与韦特海默兄弟之间的关系。没有人能控制我，我今天的一切都是靠自己的双手获得，我通过极强大的意志力战胜了贫穷和其他障碍。我绝不允许自己因为一时之失而受制于人。

内心深处，我也看到了自己非理性的那一面。数年之前，巴桑曾经警告我小心，但我并没有在意，匆忙间在合同上签了字，这是我的错误。但我害怕继续遭受盘剥，加上好莱坞之旅的苦果，以及萎缩中的业务，还有我投入满腔热忱创造的东西却正在填满别人的银行账户，这一切瞬间把我压垮。

我所能看到的和所有能想到的，就是韦特海默兄弟是彻头彻尾的贼。

他们现在已经成了我的敌人。

正是在这样愤怒情绪的笼罩之下，我遇到了保罗·艾里布（Paul Iribe）。本德把他介绍给了我，尽管他在此之前已经有闻我的名望——他是巴斯克人的后裔，一位漫画家，曾经为保罗·波烈画过时尚设计手册，直到他结了第二次婚，娶了一位女继承人，才得以拓展到室内设计的领域。本德是他主编的《目击者》（*Le Témoin*）杂志的忠实读者，艾里布在多年之前创立，如今已经不再出版。

"你应该帮他把那本杂志重新办起来，"本德对我说，"他现在有了一个新点子，而且你也一直说正在寻找新的投资项目。为什么不从这里开始呢？我敢肯定杂志一定会大受欢迎。"

本德非常清楚用什么样的方式能吸引到我，因此我答应和艾里布见面。

出来迎接我的这个男人个子像塞特那样矮小，只不过肤色没有那么蜡黄——无论从什么角度看都称不上帅气，然而在那副厚厚镜片之后的眼睛，却闪烁着具有洞察力的目光。同时他浑身散发着非凡的领袖气质，他也非常清楚如何运用自己的优势。

艾里布的设计非常精致，特别是首饰。我在他的陈列柜前流连，为那些巴洛克风格的首饰而着迷不已。"这些作品是受国际钻石商人公会委托设计的，"他解释道，"如果你喜欢，我会把你推荐给他们，小——姐。"他把这个法语单词念得十分清晰，每一个音节都努力念得十分到位，这提醒我他的母语应该是加泰罗尼亚语。

"为什么？"我说，"这些首饰当然十分漂亮，但现在谁还买得起珠宝？"我发现自己即便是这么说，但脑子里却在考虑他刚才的提议。接着他补充道："因为上面有香奈儿的名字，谁能忍住不想要呢？"我心里涌起一股冲动。

我点了点头，想着这件事大概不会有结果。显而易见他正在和我调情，向我保证会尽力协调他的日程表。之后他给我看了新规划的《目击者》杂志的设计与样章。读的时候我一直在皱眉头——本德是这本杂志的忠实读者，因此内容可想而知。艾里布在杂志里滔滔雄辩，是一个热忱的民族主义者，宣扬着反马克思主义和对犹太人的仇恨。我虽然并未被冒犯，但也并不觉得于我有什么魅力。我对他说需要好好想一想。他有一位富有的太太，我很好奇为什么仍然还需要向外人寻求资助。之后，即将离开的时候，他自己解答了我心中的疑问。"我希望能再次见到你，小姐，在私下里。"

我惊讶于他的直接，转身面向他。已经很久没有男人对我这样直接了——他的意图非常明确——我也有意拒绝，只为了要看一看他如何反应。相反，他的目光牢牢盯住了我，既没有回避也无歉意，我有意问他，"你不是已经结婚了吗？"

"是的，这有什么问题吗？"

"你的太太——可能会有问题。"

他耸了耸肩，"可能吧，"他用粗鲁的目光盯着我，我却几乎从中获得了一丝近乎乐趣的感觉。"重要的是，你觉得这有什么问题么？因为我向你保证，对于我自己来说这完全不是问题。"他说。

我大笑了出来。真是个混蛋！但不管怎样倒是个有趣的混蛋。我一直对那些追求手段很有风格的男人有好感，或者说是我天生的弱点。特别是在我这个年龄，这样的男人让我觉得耳目一新。

"我们还是先说说委托协议的事情吧，好吗？"我如此回答，之后就离开了他的商店，感到他的目光穿过玻璃窗，灼热地盯着我的后背。

两周之后，委托协议来了。协会对于我的参与非常高兴，我将为他们设计一款用于公益慈善事业的作品。他们将会为我的设计付费，但如果销售出去，我将不会从中获得任何收益。我叫来了蜜西娅帮我，因为她也需要打发一些时间。从巴黎回来之后，蜜西娅做的事就是让我或者她的公寓鸡犬不宁。我们决定从天文学入手，翻阅大量的书籍以获取灵感。进入 11 月，在我的住所举行了发布仪式，首饰佩戴在蜡质的半身模特身上，摆放在陈列柜里，由警察守卫。价值连城的钻石被镶嵌成不对称的星形设计，没有人知道我在其中加入了奥巴辛修道院的马赛克图案；彗星形状的项链拖着一条喷射状的尾巴，黄金手镯和新月形的发箍，太阳系群星为灵感的别针用藏红花染色宝石装饰，还有瀑布形状的王冠。发布会吸引了数千人排队参观。

几乎每一份报纸和杂志都报道了这次展览，并让戴比尔斯（De Beers）的钻石销量以火箭般的速度上涨。人们在街头巷尾谈论着我的名字。我设计的这一系列首饰效仿了我设计的那些服装的风格，首饰可以拆分使用：王冠可以变成手镯，耳环可以改成胸针，星形项链可以用来装饰鞋子或腰带。为了提高发布会的知名度，我接受了很多家媒体的采访，并说"珠宝的目的并非要让佩戴的女人显得多有钱，更多的是要去装扮她"，以及"钻石体积最小价值却最高"——这是戴比尔斯当时的广告语。

当晚，在所有客人离开之后，我把保罗·艾里布邀请到了床上。他表现得激情十足，唤起了我内心久未感受过的火焰。他是博伊以外的第二个用手指和舌头满足我的人。他也表现出了十足的耐力，一定拿先满足我。而在这一点上，倒显得我和本德除了平日里相处融洽之外，在被单下并不和谐。

然而艾里布在床第之外的事情上却并不那么融通。尽管他热衷奢华，却很不喜欢我的家。"你把这里变成了钻石博物馆，这里就做博物馆好了。那么多空房间，是巨大的浪费，这儿成了一间墓地，这简直太荒唐了。你难道想和你的那些中国屏风一起被永远埋在这里吗？"

当时，我们就住在丽兹酒店租下的套房里，而我早已为了珠宝展，将家中的空间清理干净。他这样说过之后，我才意识到，在我回家看到自己疼爱的两条狗已经死掉之后，我已无法继续住在那里了。管家约瑟夫的妻子玛丽，最近也刚刚去世，约瑟夫成了孤独的鳏夫。就像我以前住过的很多地方一样，不愉快的回忆渐渐笼罩了这里。

"如果我们在这儿住，"艾里布站在丽兹酒店的套房里，窗外就是旺多姆广场，艾里布凝视着我说，"我们就会舒适很多。这里没有什么过去，没有你任何前任情人的影子。在这里，我甚至可能考虑和你结婚。"

"和我结婚？"我大笑一声，掩饰住惊讶，说："你已经结婚了。"

"我会跟她离婚，"艾里布瞪着我，"我并不爱她。从来没爱过。我想要的是你。我和本德或者你那位英国人不一样，我不在乎什么家族血统或者什么家族继承人。"

真是残忍无情，特别是在希望法国重复国家荣耀这件事上，他有着极大的热情。在他最近出版的一期杂志上，他把我描绘成法国国家形象的象征，自由女神，躺在掘墓人的脚下，而后者即将把法国埋葬。此刻我能看得出他是在讲真的，同时也打开了我心中的那扇门，那扇门在我与本德的关系结束之后就关闭了。

"或者说你不想结婚？"他说，"如果你不想，那我就不会再问。"

如此简单的一个问题——我却无法轻松回答。**1933** 年 **8** 月，我 **50** 岁。我希望下半辈子继续这样生活吗？从一个男人身边走到另外一个男人身边，直到男人不再注意我。现在，我已经接受了命运的安排——我已经嫁给了我的工作和朋友们。我很难将艾里布想象为合适的结婚人选。他跟博伊或本德完全不同——出身普通而且十分粗鲁，野心十足，对别人的眼光不屑一顾。

NOT THE TIME FOR FASHION

当然，我也并不希望独自终老，或者，哦，求上帝宽恕，或者下辈子就此和蜜西娅绑在一起。孩子已经不再是我想要的，何况我有侄子安德烈，他此时已经完成了学业，目前正在管理着我的一间工作室。他和一位可爱的荷兰女人结了婚，而且已经有了个女儿，他们给她起名加布里埃，以向我致敬。艾德丽安也已经和莫里斯男爵在利摩日（**Limoges**）安顿了下来。尽管她并没有怀孕，却对此刻的生活非常满足，她是一个快乐的妻子，同时也是夫家侄女和侄子的好舅妈。我是否已经到了终于该选择一位丈夫与我共度余生的时刻？是否有一天，这样的选择也会对我永远关上大门？

"如果我们搬到丽兹酒店住，你就会和我结婚？我觉得这可算不上什么浪漫。"

"也许不浪漫。"他走到我的床边，扯掉睡袍，裸露多毛的身体。他已经兴奋起来了，他的性器此时在他的手里高昂着头，"我每天晚上都要你，可可，我会让你每晚都得到满足。我长得丑又贪婪——然而你喜欢我，我也喜欢你，非常喜欢。我们为什么不能结婚？只要在一起，我们就有无限的可能。"

一点都不浪漫，而且我也不再是憧憬浪漫的年纪，于是我大笑起来，他滚到床单上，死死压住我，在我的耳边喃喃低语，他的声音沙哑且充满激情，"答应我吧，答应我，我会成为全法国最幸福的男人。"

"我……我不知道，"然而他的手指开始抚摸我的身体，"我会想一想……"我说。

之前他请求我资助他的杂志，我也给了他同样的回答，不过最后，我还是给他开了一张支票。而现在，我在他的身下颤抖，我意识到也许这一次我也会同意。

他是对的，我可以选择快乐，当机会到来，为什么不抓住呢？

"嫁给他？"蜜西娅打量着我，脸上带着惊骇的表情，我们正坐在丽兹酒店餐厅里。窗外，正是 **1934** 年的春天，二月降雪降低了室外的温度，飘散在整个城市上空。"你疯了吗？他是个可怕的魔鬼，一个投机分子！他办的那本杂志除了垃圾什么都没有。他像喝酒一样享用女人和金钱，他会榨干你的每一滴血。每个人都这么说。"

"每个人都和你一样，"我反驳道，"我在想你关心的究竟是不是我本人？开始是博伊，你说他是个势利小人，之后说本德是政治偏执狂，现在艾里布是魔鬼。也许你需要的就是让我一直陪在你身边，因为你自己的三次婚姻都失败了。"

她哆嗦着说："你……这么说太可怕了。我当然希望你快乐，但是艾里布——"

我打断了她，"你不要再说下去了。他已经向他的妻子发出了离婚协议，他也会跟我一起去静憩别墅计划我们的婚礼。我很快会搬到丽兹酒店住。我已经跟约瑟夫说了，因为我应该不会再需要管家。我的个人物品将会搬到康朋街的工作室。"

"你把约瑟夫辞退了……"蜜西娅脸色发白。"可可，他为你服务了那么多年！求你，想一想你这是在干什么——"她再次停了下来，但这一次，我什么都没有说。就在这个时候，餐厅里所有的人都僵在了这一刻，脸上露出困惑的表情，在远处，隐隐传来雷声——接着是嘈杂的呐喊和越来越近的脚步声。紧接着服务员冲了进来，叫我们每个人都待在座位上。

"怎么了？"我问道，"出什么事了？"

"外面有游行，"他回答道。"外面有数千人，他们正前往协和广场。警察警告过，待在酒店里面最安全，我们把门都锁上了。"

"简直不敢相信！"我拉着蜜西娅回到我位于顶楼的套房，从那里可以看到广场对面，眼前的情景让我有些担忧。催泪弹的烟雾、扬起的拳头、警察冲进示威的人群，那些戴着贝雷帽的年轻人大吼着，用削尖了的木棍戳着写有标语的横幅。

蜜西娅在我身边问道，"他们是什么人？"

"我不知道。"人群和警察发生的冲突越来越激烈，示威的人群将警察从马鞍上猛拽下来，其他人脸上带着血痕，在催泪弹的烟幕中咳嗽着、踉跄着。"快来，"我拉着蜜西娅远离了窗户，"我们得等在这儿。我会给店里打个电话，确保大家都没事。保罗会很快赶过来的，他会告诉我们外面发生了什么事。"

我给店里打了电话。他们已经将店门关了起来，全员放假，然而店经理海伦娜对我说，我们的工人今天早上并没有出现。"他们都去参加反政府示威游行了。他们走到了下议院和爱丽舍宫，要求政府全体下台——"她深吸了一口气的间隙，我听到从话筒中传来的街上的嘈杂声。"愿上帝保佑我们，小姐，就像布尔什维克革命一样。他们想让所有人下台！"

"上楼，到我的房间里去，"我命令道，"把门窗都锁好，放下百叶窗，就待在里面，在一切结束之前不要出来。我会尽快过来找你。"

我现在就想走了，担心暴力行为会愈演愈烈，抢劫和洗劫行为不可避免。我转头看向蜜西娅，她一定已经看到了，因为她哀求道，"别把我一个人留在这儿。你不能出去。他们这是在抢劫！"

"我不会的，"我让她放心。之后倒了两杯伏特加，蜜西娅给她的那杯里习惯性地加了几滴蓝色的液体，而我拒绝了。我几乎已经戒掉了，因为艾里布讨厌我睡觉之前对它的依赖。我则开始一根接一根地吸烟，和蜜西娅一起躺在酒店套房的沙发上，外面的喧嚣声持续了数个小时。

黄昏的时候，艾里布赶到，尽管外面下着雪，他仍然出着汗。暴乱已经被镇压下去，但无可否认这是自 1871 年巴黎公社以来最严重的一次。之后报纸刊登告示，死者有 17 名，伤者有 2 000 名。总理此刻面临 1936 年的大选，艰难地考虑着对暴乱作出妥协。艾里布对此嗤之以鼻，并在新一期杂志里宣称这是联合政府的失败。

巴黎处境维艰。到处传来商店遭到抢劫和破坏的消息，然而我的商店并未遭此厄运。我想离开巴黎，动身去静憩别墅。艾里布却推迟了我们的婚约，这让我的心情更糟。他的妻子拒绝了他的离婚申请，更糟糕的是，由于艾里布在动荡期间不断在杂志上发表民族主义观点，他的杂志销售一路走高，拥有了更为广泛的读者群。在我的资助下，他每个月都会出一本新杂志，这让我感到不是滋味。然而我当时也有棘手的事情处理，主要是和艾尔莎·夏帕瑞丽之间。由于她新推出的设计，《时尚》杂志让她上了封面。愤怒之下，我给编辑打了电话，要求获得同样的待遇，他们也应该就我新推出的设计系列——以不对称领口的晚礼服和披风为主要设计灵感的时装——采访我。"我设计的是风格，而不是什么马戏团的戏服，"我在电话里怒吼："你们这么干等于让所有人退回到了一百年前！"

《时尚》杂志的反应是，在我情绪稳定之后，他们才会考虑让我上封面。我没有管艾里布，带着蜜西娅去了静憩别墅，李法尔和其他人也很快到那里与我们相聚。在我的别墅里，在橄榄树之间，在海岸线的环绕之下，我试着慢慢让自己的愤怒与恐惧消散——我害怕的这一天终于来了，我可能会在时尚界失去号召力，变成可有可无的人。

正是在这样无暇他顾的盲目之下，我不允许任何人在我的别墅里谈论报纸或者任何政治话题。在我选择逃避的时候，时间正在一分一秒地流逝。

5

1935 年到来的时候，我已经有了新的办法。

夏帕瑞丽推出了一系列以军队为主题的设计，让各杂志陷入了极度兴奋的状态；报纸上说，美国那位离了婚的女人华里丝·辛普森（**Wallis Simpson**），也就是和威尔士的王子爆出丑闻的那个女人，参观了夏帕瑞丽的工作室并定制服装，这让我想要尖叫。我的首席服装设计助理建议我顺应时代的审美需求，在设计中加入一些超现实主义元素，我拒绝了。在静憩别墅度假的这年夏天，我已经在里维埃拉地区四处看到人们穿着我设计的沙滩裤。我还没有被打倒，并开始推出半袖波莱罗夹克衫，材质使用天鹅绒，带有交叠的 **V** 字形领子，以及有两排纽扣的收腰粗花呢套装，挺括的褶边衬衫，还有后来成为我标志性设计的双色鞋。

我的这一系列设计获得了成功。英国版《时尚》杂志联系到我，求我在度假别墅里让摄影师拍一些照片。我提早从巴黎出发，前往别墅做准备。艾里布说会在完成当期杂志印刷之后赶到。我们的关系在当时已经冷静了下来，他为政治话题着迷不已。然而我却认为当他离开巴黎，和我待在度假别墅的时候，我们才可以讨论两个人的未来。我开始后悔当初如此仓促就答应嫁给他。我不但并不确定我们是否爱彼此，而且我担心我们当中的任何一个都不具备经营婚姻的能力。我仍然有意愿尝试，但首先我必须要确定他和我对未来生活的期待是一致的。

这是静憩别墅光芒四射的一年，鸢尾花和玫瑰争相开放，整幢别墅飘散着花朵的香气。时尚杂志雇佣的这位摄影师是个流亡的俄罗斯男爵，他说他的父亲曾经拒绝向德国皇帝致礼，因为与他们高贵的血统相比，他们认为后者只是一个暴发户。我提到我与狄米崔熟识，他目前正在法国四处演讲，抵制那位众所周知的德国人。蜜西娅则动用浑身解数，以博这位摄影师一笑。

艾里布来电话说会搭乘从巴黎出发的过夜快车，我们在戛纳火车站接到了他。在前往别墅的路上，我注意到他脸色发白，到达别墅之后他已经有些站立不稳。"我只是有些累，又饿了，"他嘟囔道，让我稍稍放了心。"让我休息一下，明天我们可以去打网球。新球场已经修好了吧？"

"是的，"我向他报以一个有些忧心的笑容，他看上去真的不好。"不急，还有几天我们的客人就来了，你可以多休息一些时间。"

他稍微吃了一些东西，之后就上楼去了，在本德以前的房间里休息。晚饭时他也没有下来，我用托盘送了些食物上楼。他睡得很沉，仍然在出汗，然而房间里却很凉爽。我帮他盖好被单，打开一扇窗户好让海风吹进来，之后就离开了。如果第二天他的情况没有好转，我就会带他去看医生。

第二天清晨，他恢复了。我们在露台上用早餐，他则花了很多时间来阐述政治观点，之后我们去打网球。我并不擅长这项运动，很快他就占了上风，大力抽球，让我整个人追着球跑来跑去，出了一身汗。整个早晨，我都在跑步，而不是在打球。最后我气愤地大吼，"你能不能不要这样羞辱我？"

他顿了顿，用毛巾擦去眉头的汗水，从眼镜上方看着我。"羞辱你……？"他重复着，之后，我看他的脸色迅速变白。他开始摇晃起来，球拍从他的手中掉落。"我觉得有些虚弱，"他低声说。突然之间，他跪倒在地，双手捂在胸前。我尖叫着跑到网子对面，当我赶到他身边的时候，他趴在地上呻吟着。"医生，"他的嘴唇毫无血色，"我的心脏……"

我将他抱在怀里，之后冲着别墅大喊叫人来帮忙，然而他发出了一阵痉挛，令我最为恐惧的是，之后他就一动不动了。

蜜西娅和仆人们冲出别墅，七手八脚把他抬到汽车上，用最快的速度驶往戛纳的诊所，但当我们最终赶到的时候，一切都已经太迟了。

这个男人死在 52 岁，和我同龄，他是我打算嫁的男人。

"可可，亲爱的，你必须得吃点什么。你不能让自己像这个样子。"蜜西娅站在房门外对我说。我没有抬头，回答道，"不要管我，我不饿。"

"但你得吃。"我听到她走进房间："已经四天了，这不是你的错，他的冠状动脉有问题。这是会发生的，他当时身体不舒服而且他——"

我站了起来。他死后数天，我再也没有照镜子，然而我可以想象出自己的样子，我也能从蜜西娅退缩的步子中看到自己。"闭嘴吧，"我嘶叫道，"是你想他死。你恨他！每一个我爱过的人你都恨。走开，我不要你待在这里。我再也不要看见你！"

"哦，可可，"她说，声音颤抖，她摊开双手伸向我。我心中那块冷酷的石头消失了，残余的希望和幻想也彻底破灭。我爱的人又一次离开了我，我又一次被命运抛弃，被迫去适应突如其来的一切。只是这一次，我仿佛失去了承受的力气。我意识到在他到达几天之前，我还曾怀疑他的承诺。这讽刺啃噬着我的心，内心中生出罪恶感，恐惧自己不值得被爱，这仿佛成了我一生的恐惧。我拿起身边一只半空的水杯，扔向蜜西娅。她躲了过去，杯子撞到她身后的墙上成了碎片。

"走开！"我尖叫道。

她冲出了房间，然而并没有离开，而是把李法尔派了上来。李法尔如期到达别墅，却发现了悲痛的我。"可可，"他走向我，没有一丝恐惧，优雅的体态中带着忧虑。"你不能这么做。蜜西娅只是想帮你。她担心极了。求你了，让我们做些事情，让你好受一些。"

"你们什么事也做不了，"我低声说。李法尔的到来让迪亚吉列夫去世的那段日子活灵活现地出现在我面前。我捂住嘴开始哭泣，李法尔将我拉到怀里。"你们什么事都做不了，谁也做不了。"我抽泣着说，"他把我一个人留下了。他们总是把我一个人留下，为什么？他们为什么不留下来？"

李法尔把我拉在他的胸前。之后我再没听到有谁走进我的房间，直到最后我听到他低语，"得去把医生找来，她有些歇斯底里，需要镇静剂……"

注射器刺透了我手臂的皮肤，一丝凉意推进我的身体，转而又变暖。戛纳一家诊所的大夫，也就是处理艾里布尸休的医生，对我微笑。"现在好了，这会帮你睡上一觉。小姐，你不要太过伤心。这会损害你的健康，你的朋友们都非常担心你。现在休息吧，明天你会感觉好很多。"

可怕的疼痛渐渐减轻，我坠入了想象中的虚无。

我叹了口气。无意识。

这是我现在最需要的。

NOT THE TIME FOR FASHION

6

我并没有恢复。我知道这一次之后，我永远都不会恢复了。自童年以来，每一次被抛弃，每一次目睹死亡，每一次遭到背叛——都被彻底翻了出来，剥掉外面层层的谎言和掩饰，彻底显露了出来。

一切都写在我的脸上，让我的心变硬。

这年秋天，当我回到巴黎的时候，已经变成了另外一个女人。

此前我给首席设计助理打电话，在电话中布置了新一季设计系列的发布，并不在乎这一次的发布会产生什么样的影响力，然而仍然反响极好。每当我个人的境遇遭到不幸，我的事业都会蒸蒸日上。我设计的无袖蓝色晚礼服引起了极大的轰动。我的员工立即发现了我身上的变化，我可以明显觉察到他们小心谨慎的态度。和我刚刚失去博伊时的愤怒不同，现在的我变得冷酷，不能容忍任何不合我意的事情发生。

也许是上帝，或者是其他主宰我们命运的神明，已经抛弃了我。

我永远不会抛弃自己。

我与夏帕瑞丽之间的战争在等着看好戏的媒体面前愈演愈烈。真正的大灾难到来前的最后几年时光飞驰而过，时尚设计趋势当中，裙摆的高度不断下降，一切设计都要缀满珠子和羽毛。晚上的时光在香槟酒派对与中国式灯笼照耀下的莺歌燕舞中度过，人们在地板上安装小型的喷泉，以保持舞场的热烈气氛。我动用了所有的资源来与夏帕瑞丽进行对抗。夏帕瑞丽的设计风格日趋极度奢侈和肤浅，她用红色缎面的指甲装饰黑色手套，在奢华的荷叶边裙装下穿着蓝色的紧身裤。我则在保持优雅设计风格的同时，也动用了垫肩与奢侈的月白色缎面材质。在一次采访当中，我对记者说，夏帕瑞丽是一个完全不知道如何表达未来的未来主义者，只是一个幻象。之后她对记者反驳道，"香奈儿率先使用了水手衫和短裙，我也用了水手衫，改变线条的设计，然后——香奈儿就完蛋了！"媒体也划分为两派，《时代》杂志让夏帕瑞丽登上封面，并封她为"时尚领域的新天才"。《芭莎》杂志则说，"在一个纵情声色的世界里，香奈儿把握住了克制的精髓。"杂志很乐于看到我们之间的战争，这直接促进了杂志的销售，我却处在一场捍卫名誉的战争中。

在戈蒙伯爵举行的年度豪华化装舞会上，夏帕瑞丽现身。她穿着印有水族馆图案的纱丽，戴着一顶可以拔升身高的假发，浑身挂满了两栖生物一般的便宜货。在此之前我从来没有近距离好好看过她，如今才发现她长着一张长脸和牛一样的眼睛。在她身边，站着留着怪胡子的西班牙艺术家萨尔瓦多·达利，以及他那很喜欢怒瞪别人的妻子加拉（Gala）。

我从头到脚都穿着白色的丝绸。我最近刚刚从海滨度假回来，因此浑身晒成了古铜色，短发是蓬松的发卷，几串珍珠项链荡漾在我的脖子上，我径直走上去自我介绍。夏帕瑞丽看上去有些困惑，达利对我表示，他"对我的敬意难以用言语表达"——我对他也如此，之后我对夏帕瑞丽说，"我们让媒体看看，我们在公众场合是不会吵架的，好吗？"之后我邀请她共舞一曲。作为一个很喜欢出风头的人，夏帕瑞丽很高兴。戈蒙伯爵的豪华舞会以两性自由尺度之大而声名远扬。男人穿着法国女皇的服装，女人则打扮成希特勒，唇上还要贴着标志性的小黑胡。夏帕瑞丽接受了我的挑战，我带着她旋转在舞池中，越来越靠近点燃在角落里的蜡烛。夏帕瑞丽不断将僵硬的笑容投向舞池外的客人，他们都对我们的双人舞感到迷惑不解。

之后蜡烛的火苗点燃了她的裙摆，我喘着气借机下场。目睹此景的客人们笑着拿着苏打水纷纷赶过来，浇湿了她的裙子，直到水从她的周身滴落，确保她不会燃成一团大火。夏普的假睫毛歪斜，睫毛膏在脸上晕开，我用小到只有她才能听到的声音说，"现在你总算明白，跟我斗你还差得远。"

突然传来一声尖笑，大家纷纷扭头看向餐桌。幸灾乐祸笑到前仰后合的，正是达利。

我冲他挤了挤眼。

1936年春天，法国选出了新的左翼联盟，人民阵线。我们的新社会主义总理是位犹太人，引得日报在头版上纷纷大喊："犹太人掌管了法国！"

艾里布死后，我已经不再关心政治话题。和其他人一样，从报纸（很多人不看报）以及别人口中（很多人道听途说）获知希特勒控制了整个德国，他谴责马克思主义，宣扬犹太人有害，以及犹太鼠疫已经席卷欧洲的激烈言论，但我并未放在心上。

然而我这种两耳不闻窗外事的状况并未持久，动乱很快到了门口。那年春天，工人阶级举行了有史以来规模最大的罢工，他们弄来了炸药箱，行进在街头。罢工行为开始迅速传播开来。有一天早上，我穿过旺多姆广场走向工作室，却发现入口被堵住了，我雇佣的缝纫女工和销售助理们站在门口，闪光灯拍个不停。她们不让我进去，对着我呼喊一些口号，此时记者的注意力开始转向了我。我逃回了丽兹酒店，我愤怒地给律师打电话，威胁要将所有人解雇。

瑞内建议我谨慎为之。由于此前他与韦特海默兄弟的战斗以惨败告终，因此这一回他建议我们与工人们谈判，倾听他们的诉求。

"谈判？"我叫道。"那我还是先把商店关掉吧。现在的一切都是我自己全心全力辛苦工作的结果。我不会为她们没有付出的努力支付一分钱。"

当时我的这番言论，如同风中喊话。几天之后，我们的新总理签署了一纸公文，同意了工人阶级在罢工中的所有诉求，这也是我之前预料到的。工人们走上街头庆祝他们的胜利。因为被自己的员工锁在了自己商店的门口，我解雇了300名员工。本来我计划解雇更多，但我的律师瑞内建议我要宽容一些，也以此避免产能遭到不可修复的打击。也有一些设计师，拒绝履行政府颁布的新规矩，最后发现工人都跑掉了，剩下空空如也的工作室。

我最后还是选择了宽容，实际上也因为我不得不如此。然而我制定了更为严格的工作标准，在过去的 **30** 年里我一直使用着这些标准，现在变得更加严苛了。为我工作的人都知道，只要犯了一点点错误，或者显露出一丝对工作的倦怠，都会被我立刻开除。

他们得到了更多好处，我也会让他们付出更多代价。

1937 年过去，**1938** 年到来。

静憩别墅成了我的避难所，每晚我都需要注射镇静剂。失眠的症状越来越严重，直到最后我必须依靠安眠药才能睡着。蜜西娅跟着我偷偷去了瑞士，在那里我们不需要医生处方就可以买到药片。我不愿意承认自己已经产生了药物依赖，即便后来目睹了成瘾造成的后果也不愿承认——塞特年轻的情妇死于肺结核晚期和对吗啡的依赖。

出于对经济不稳定性的担忧，大量有钱人开始将资产转移到法国以外，法兰西银行流失了数百万法郎，人民阵线的力量也遭到削弱。在西班牙，可怕的内战让数千难民跨出国境线。在英格兰，爱德华国王退位迎娶了沃利斯·辛普森。我给这对皇室新人送去了礼物，同时写了一封信安慰丘吉尔——退位演说是他写的，让他心力交瘁，我邀请他来别墅度假。

那年夏天，丘吉尔如约而来。丘吉尔称自己受到被他称为"黑狗"的忧郁情绪的困扰，只有当他写作或画水彩画的时候才能消解。

在别墅度假的数周里，丘吉尔一头钻进写作和水彩画艺术创作，我则和他的太太一起，对已经获得温莎公爵称号夫妇的所作所为连连摇头，他们真是将英国翻了个底儿朝天。离开之前，丘吉尔建议道，"你得尽快准备离开欧洲，我担心战争随时可能爆发。"

和其他人一样，我并没有认真考虑他的建议。

NOT THE TIME FOR FASHION

7

我们是如何允许大灾难发生的？其实非常简单。就像很多预想不到的事情一样，它在所有人没有在意的情况下从后门溜了进来，只有丘吉尔看到了它。

1939年的春天，我和夏帕瑞丽依然争斗不断。她以硫黄色和李子色的晚礼服出击，搭配巨大的螺纹帽子，并使用人脸图案和玻璃纸制作的蝴蝶作为装饰。我的回应则是山茶花印花连衣裙，挑衅式地使用国旗三色设计的吉卜赛晚礼服，以及包括短版压褶夹克和斜纹软呢休闲裤，并且为体态娇小的顾客准备了超小号——这也是业内首创。

九月，希特勒入侵了波兰，我们坐在静憩别墅里，目瞪口呆地听着无线电广播里的新闻播报。蜜西娅报以一声绝望的长嚎——那是她的祖国波兰。法国开始全国动员，准备对抗德国。我回到巴黎丽兹酒店不久，就收到侄子安德烈的信，他当时和家人一起住在比利牛斯山脉附近的朗贝埃，在他支气管炎症状恶化之后，我在那里为他们一家购置了一处房产。尽管他的身体状况不佳，他还是收到了来自政府的征兵召集令。他将妻子卡塔里娜（**Katharina**）和女儿托付给了我。

我拿着安德烈的电报，转身对蜜西娅说。"我觉得应该关店了。"这个念头仿佛是临时起意，然而就在我说出口的那一刻，我才意识到，这个念头其实在大罢工时期，也就是我被迫向工人妥协之时就有了。我有足够的钱，存起的比花掉的多，我节俭的生活习惯自儿时就培养起来了。此时此刻，我感觉到，是时候退休了。

毫无疑问我将会适应很久，可能将来会后悔今天的决定，然而现在每天都有可怕的消息传来，我应该与我的国家一起战斗。战争，又一次带给我机会。只不过这一次，这个机会与经营收入无关，我将高昂着头退场。

"你决定了？"蜜西娅瞪着空洞洞的眼睛看着我。我本期待她会对此大笑一场，然而过去这么多年的时光，谁又能轻松对待这个决定？然而她落寞的神情和之后的沉默正是我自己此刻感受的写照。这一次，她没有像往常那样发表反对意见。我们曾经经历过一场战争并在战争中幸存，然而我们两个都知道，这一次不一样。希特勒在波兰的土地上肆虐，之后很快无情地横扫欧洲，显示德国的野心。在上一次战争中，德国被盟军逼到角落并不得不签订和平条约，这一次他们的报复机会来了。

"现在不是讲求时尚的年代，"我说，"我们已经进入战争时期，现在设计师都没有什么可设计了。"

在那时，我是否已经预见到了将要发生的事情？我相信是的。我作出闭店的决定后，召集全体员工开会并将决定告诉了他们，我也是全巴黎唯一一个这样做的设计师。我决定无限期关闭自己在康朋街的工作室，以及在比亚里茨、多维尔和戛纳的服装店。我不会再制造服装，但会继续销售香水和珠宝，因此只保留了很少一部分的员工。剩下的那一批将会在本周末统一离店。员工们非常愤怒，他们确信这是我的报复，因为我是在惩罚他们此前在大罢工里的行为，因此向劳工局申诉。法国时装联合会主席吕西安·勒隆（**Lucien Lelong**）当时在监督管理着巴黎时装行业，他邀请我共进午餐，并劝说我不要关掉商店。并以第一次世界大战为例，说在战争中人们也是要举行慈善时装秀和时尚拍卖的，甚至是为军队设计军装。

我哼了一声："我觉得很难用万字纹设计出什么好看的配饰来。"

也许还有其他的动因促动了我，一些我自己并未说出来的原因——我生命中那些一一破灭的幻想，艾里布的突然死去，我和夏帕瑞丽之间永恒的斗争，一触即发的第二次世界大战。一切都迫使我相信，整个世界正在陷入一场混乱。这些事情最终切断了我那曾经永不枯竭的驱动力。

晚上，我独自待在丽兹酒店的套房里，吸着香烟，俯瞰着旺多姆广场和远处的街道。为了预防空袭，街灯都熄灭了。德国人最近刚刚横扫了丹麦和挪威，然而在巴黎，人们的生活依然宁静。李法尔依然在俄罗斯芭蕾舞团演出，有卡巴莱舞蹈表演的小酒馆，各个酒吧和餐厅依旧生意火爆。我关闭了商店，然而巴黎城依然歌舞升平，虽然每个酒吧和餐厅都没有男性服务员，每个家庭都有男人应征入伍。出于安全的考虑家庭将年幼的孩子们送到暂时安全的地方，家里凡是有价值的东西都存入银行保险箱，之后再搬到已经半空的酒店。关于上一次战争的记忆仍然渗透在我们的生活里。只是现在，这种似曾相识的感觉让我们筋疲力尽，无奈地等待着它的发生。我身边亲近的人，包括蜜西娅和科克托在内，都宣称他们不会离开巴黎。毕竟德国人上一次就没有打到巴黎来。我与他们感同身受，同时我也觉得他们的决定听上去绝望更多一些。

与此同时，我也产生了自我怀疑。关掉商店是否是个太过冲动的决定？我是否对战争的状况判断有失偏颇？

只有时间知道答案，我想着，转身回到了酒店套房。踏上通往阁楼卧室的楼梯，这里装饰简朴，像个修女的房间。这个房间是我专门付钱给酒店准备的，是我安静休息的地方。在这里陪伴我的只有博伊留下的那块手表，嘀嗒作响，我每天都会给它上弦。我躺在新换的白色被单上，让思绪回转，回到穆朗，回到维希，回到皇家地城堡，重新经历少女时期那段想要逃离的渴望与冲动，最初做出来的那几顶十分稚拙的帽子，以及我当时感受到的失望与妥协，直到我回忆到了那一刻，博伊握住我双手的那一刻。

他仍然在我身边，我感受得到他的存在，他深绿色的眼睛是如此温暖，黝黑的头发乱蓬蓬的，他俯身过来，如同森林之灵，他悄声说："记住，可可，你只不过是个女人……"

这么多年以来，今晚是我第一次在没有镇静剂的帮助下入睡。

急促的敲门声和电话铃声同时响起，我从睡梦中惊醒过来，跌跌撞撞地走下楼梯，抓起电话听筒，电话的另外一头是蜜西娅，说话含糊不清却情绪狂乱："他们往巴黎来了，可可！德国人——他们入侵法国了。你必须现在过来，塞特现在也和我在一起。我们得藏起来然后——"

"蜜西娅，"我打断了她，在过去的几个星期里她已经给我打过几次类似的电话了，"我稍后回你的电话，有人在敲门。"

我打开门，丽兹酒店的经理站在门外，微微低头，带着抱歉的姿态，这次他又把蜜西娅告诉我的可怕消息重复了一遍，然而他的表情看起来仿佛他将要告诉我的是酒店暂时无法供应热水。"小姐，我恐怕要告诉你，法国的防线已经被冲破了。无线电里说德国人的军队已经进入阿登地区，他们往巴黎来了。我们很可能即将遭受到纳粹德国空军的空袭，地铁已经停运。艾米格先生要我对所有的客人表达一个意思，就是我们不会关门，会尽我们所能保证酒店客人的居住需要，但是我们无法确保客人的人身安全。"

我之前听说丽兹酒店的总经理为军队服务，副总经理艾米格（**Herr Elminger**）是瑞士公民，他利用了瑞士保持中立国的优势，尽量维持着这间有 **150** 个房间酒店的正常运营，如同巴黎城里的避风港。如果连他都在传递这样的信息，那么说明这一次的状况正如蜜西娅所描述，她这一次并没有言过其实。

"我们还有多少时间？"我问道，脑子里在想着旺多姆广场对面的商店。自从我从家里搬出来，所有的艺术品和收藏品都被搬到了工作室上面的卧室里——价值不菲的雕塑和古董，我的礼服以及前半生游荡生活陆续留下来的一些小东西。我没有办法把它们都带走，一想到我拥有的东西可能会被四处掠夺的德国人抢走，我的胸口就紧张到透不过气来。

"我们没有太长的时间，"他回答道，"我个人建议尽早，小姐。很多客人都正在离开。出城的路已经多处堵车了。"

"是啊，肯定的。"我顿了顿，试图恢复镇定。"我希望预付几个月的房费，请你帮我保留这个房间，以防以后有意外的情况出现。这样可以吗？"

他点了点头。"我们会尽力而为，除非纳粹德国人要用房间。"

他的回答让我几乎大笑起来。"我需要一个司机，"我说，"如果可以的话，请帮我雇一位。多少钱我都会付。另外请派一个服务员帮我收拾行李。"

他再次点了点头，之后就离开了。我茫然走回房间。有那么一会儿，完全不知道接下来该干什么。我穿着睡衣，光着脚站在地板上，攥起拳头又松开，迷惑得就像当初站在奥巴辛修道院门前的那个小女孩。

女客房服务员慌慌张张地赶到，我叫她去帮我收拾行李，我则将博伊的表小心地包在手帕里，将它塞进外套的口袋，之后走出酒店房间，跟随着离店客人组成的慌乱人潮，沿着狭窄的楼梯，走下酒店的大堂。之后从酒店吧台走出后门，沿着一条小夹道走上了康朋街。

在远处，埃菲尔铁塔正播放着空袭警报令人不安的哨音，响彻六月的风中。在商店的门口，空无一人，这是一番奇怪的景象，仿佛某个清晨商店还未开张，人们刚刚起床，都在睡眼惺忪地煮着咖啡。在商店里面，我看到了海伦娜和我忠心耿耿的首席设计助理——奥贝托女士。她们是我留下来的最后两位员工，她们像往常一样梳理停当，穿好黑色的工作服，站在柜台后面待命。看到我的出现，她们两个都露出了惊愕的表情。我冲着她们大叫："你们两个还在这里干什么？像两个傻瓜一样，等着顾客来买东西吗？你们没听说吗？德国人打过来了。快，我们得把商店关掉。那些香水和珠宝"——我指着珠宝匣——"把它们都搬到楼上我的卧室里去。"

我把她们留在下面，自己沿着楼梯走到三楼，抖出钥匙，打开镶着镜子的双层门。门打开了，也像是打开了一处完全静止的时空。触景生情，本来嘈杂不堪的脑中仿佛出现一块宁静的绿洲，我停了下来。

我的那块科罗曼多屏风静静地站在走廊里，屏风上的东方女人穿着和服，骑跨在迎风起飞的鸳鸯鸟身上，背后是筋骨凸起的云朵以及喷发中的火山——这一切又引得我流连忘返，完全坠入屏风中永恒宁静的时空。

蜜西娅送给我的那对非洲黑人雕像，如今仿佛在无声地欢迎着我。我的脚步声被厚厚的地毯吸掉，走过沙龙当中放着的玻璃万花筒，我调转方向，从餐厅走向起居室，我看到了更多的镜子——古董镜子，或者是极为稀有罕见的设计，从博伊那里继承而来——有的生了绿锈，有的依然闪烁着猩红色的光，在一片中色调家具当中如同火焰，旁边的书架上从上到下摆放着我的皮面装订书。

窗口透进一丝光线。我坐在工作台前面，目光从桌上那幅狮子的小画开始，向下看到缀着乳白色珠母的玳瑁扇子，被随意地放在奶油色浮雕文具的旁边。

我拿起扇子轻轻抚摸，在这一刻忽然强烈地感受到生命的脆弱与瞬息万变。有生之年我还会看到这些东西吗？它们仿佛是我的生命，我什么时候，又是否可能再次回到这里呢？

"小姐？"

我猛然转头，看到海伦娜和奥贝托夫人站在门口，怀里抱着塞满香水和珠宝的盒子。"这些我们要放在哪里？"

我开口讲话，但是声音是沙哑的："放在餐厅桌子下面。放好之后把窗帘都拉上，之后你们两个都走吧，这里没有什么其他事情了。"

奥贝托离开了，然而海伦娜仍然徘徊在门廊，犹豫不决。"您会留下来吗？"她低声问。

我摇了摇头，将目光重新放在扇子上。"不，这里也没有什么我要留下来的理由。"之后我从椅子上站了起来，背对着她等待着，直到我听到她的脚步声渐渐走远。在那之后，我才从口袋里掏出博伊的表，并将它小心地放到了抽屉的最里侧。我给自己留了很短的时间去伤感，我只允许自己在这一瞬间流露脆弱，哀恸今天我所失去的一切，之后，我锁好门，离开了康朋街，跑回丽兹酒店，我也要走了。

我走了，没有回头。

NOT THE TIME FOR FASHION

酒店为我找到的司机名叫拉尔谢 (Larcher)，他趁机对我开出了极高的价钱。他拒绝开我的劳斯莱斯，理由是太引人注目。我不得不把自己的轿车留在丽兹酒店的车库里，而他那辆叮当作响的凯迪拉克那油腻不堪的后座上，已经挤满了他自己的家当。现在，越来越多的人正在逃离巴黎，不再有社会层级，曾经最有特权的人如今也要为着争取自己逃离的方式和别人讨价还价。时局特殊，我没有时间发牢骚。我让门房在我所有的行李上拴上我的姓名牌存放在酒店，之后拎上一只行李箱离开了。希望有一天我回来的时候，我的东西还在，而不是被放在某位纳粹小姐的衣橱里。

我并没有提前想好自己要去哪里，也一直在犹豫要不要去找艾德丽安。最后我决定放弃这念头，她的家此刻一定住满了避难的人。于是我决定在有新状况出现之前，先转而向南，去我的静憩别墅。

司机硬着头皮一寸一寸开上了拥挤的公路。公路上有堆着行李和坐满老人的大车，有人满为患的公共汽车和私家车，它们和驴拉的车并排走着，此间还有无数的人，用人力拉着拖车，车上坐着他们的小孩子，每当有飞机滑过天空，他们的脸上就浮现出忧心的神情。没过多久我就发现，我不可能及时赶到静憩别墅。

在路上第三天，消息传来，意大利加入了德国的阵营，他们轰炸了里维埃拉，也就是静憩别墅的所在地，作为英国人轰炸都灵的报复。在我们身后，巴黎郊区遭到了燃烧弹的袭击，陷入恐慌的城郊居民纷纷弃家逃亡。即便我想回巴黎也不可能了。

　　"我们去科尔贝尔，"我对拉尔谢说道，他是一个乱世趁火打劫的人，我给他支付的车费比钻石还贵。"我的侄子在那儿有套房子。"

　　科尔贝尔位于波市附近，接近法国与西班牙接壤的比利牛斯山脉。据说西班牙法西斯主义独裁者弗朗西斯科·佛朗哥和希特勒达成了协议，也许那里会相对安全。

　　往日的记忆在此刻又重袭心头，让我痛苦不已。孤身一人，只有零星行李相伴的日子，只在我童年的孤儿院生涯出现过，我握紧了行李箱和手提包，仿佛它们是我的武器。一旦局势动荡，人也很有可能会变得野蛮。在我们行进的路上，已经看到了无数这样的景象。倾盆大雨之下，逃难的人遭到了袭击，脸上挂着被打出来的血渍，坐在泥塘里，他的妻子和孩子则无助地站在旁边，散落脚边的行李显然已经遭到了一轮搜刮。

　　在路上艰难跋涉了数天之后，我们终于到达了波市，一场午后的大雨带来了阳光。我本来想在波市待几天，然而我还是抵抗住了诱惑，叫司机开车带我直接前往朗贝埃村。直到现在，我仍然对目的地茫然无头绪。我并不知道离开之后巴黎的命运如何，德国人是否已经踏平了巴黎城，是否已经把它烧成了一堆废墟？我们这些逃在路上的内心绝望的人，是否最终不得不需要跨越国境逃到瑞士或西班牙去？

　　当我们最终抵达我侄子一家位于科尔贝尔的红瓦房子时，我已经筋疲力尽。当我从泥迹斑驳的车上蹒跚下来的时候，浑身每一块地方都酸痛不已，安德烈的荷兰妻子卡特琳娜带着孩子一起冲出来迎接我。卡特琳娜把我紧紧拥抱住，不住地说，"加布里埃，感谢上帝。我们以为你遭受了不幸，新闻里说巴黎……太可怕了。"

　　我一路上都没有听到新闻，现在也能想象在巴黎发生了最糟糕的状况。我喃喃道：我只是累了，其他都好，之后我转身面向卡特琳娜只有 9 岁的女儿，她已经比我几年前看到她时长大了很多，当时安德烈和卡特琳娜一家来巴黎看我，我带他们去丽兹酒店喝下午茶，印象中当时他们的女儿正在蹒跚学步，是个有着一头漂亮卷发的结实的小家伙。不停地往嘴巴里塞巧克力泡芙，直到卡特琳娜警告她如果继续吃下去就会肚子疼，后来果然闹了肚子疼。现在，小姑娘严肃地看着我，她继承了妈妈蓝色的眼睛和爸爸生动的脸庞，她的面容让我不由得心里一动，想起了妹妹安托瓦内特在相仿年龄时的模样。我发现泪水渐渐浮上眼眶，我眨了眨眼。

"蒂普西，"我柔声叫着她的小名，"你还记得我吗？"

她点了点头。"你是可可姑妈，戴珍珠的女士。我们去巴黎看你的时候，你给我买巧克力泡芙吃。"

虽然此刻疲倦至极，但我还是对她笑了起来。"对，我就是可可姑妈。但这一次恐怕我没有珍珠项链，也没有巧克力泡芙了。"我向蒂普西伸出手去，"你可以带我进去吗？"

蒂普西没有说一句话，拉着我的手走进了他们温馨小巧的家。司机拉尔谢在后面帮我把行李从车上搬了下来。

我足足睡了十二个小时，当我最终起床，走进浴室沐浴的时候——从我的身上冲刷下来大量混杂了煤灰的黑水。我走下楼梯，在厨房找到卡特琳娜并和她一起坐了下来。蒂普西靠在我的身边，脸色凝重地和我们一道听无线电广播里的战事进程，里面传来的消息让我们确信，巴黎已经向德国人投降。德国人列着队，开着重型坦克车进了巴黎。当他们在香榭丽舍大街上列队前进的时候，街边上站满了沉默的巴黎人，他们要么是来不及逃离，要么在出城的路上遇到了纳粹士兵的路障。在凯旋门和埃菲尔铁塔，悬挂着他们印有万字符号的红色旗帜。希特勒宣称他将会在参观巴黎城之后决定巴黎的命运。而我们自己的政府则一路退到了维希，法国南部的首都，那里也是我第一次进行商业试水的地方。法国政府为了避免遭受更大的打击，主动提出取消法兰西共和国，并提出在被占区和法国南部地区之间建立合作分部。

我再也无法抑制悲伤，感觉到一股巨大的情绪从心底冲了出来，这是一种肝肠寸断的感觉，我坐在椅子上，眼泪顺着脸颊滑落下来，我啜泣着喃喃道："他们居然一枪未放。没有任何人，哪怕是动一动手指的念头都没有。"

卡特琳娜走过来要拥抱我，然而蒂普西先抱住了我，用她那纤细的手臂环绕住了我的脖子。"别哭，可可姑妈。别难过，巴黎没有死。"

蒂普西瘦小的身体紧贴着我，叫我再说不出一句话。过去数天以来我一直压抑着情绪。蜜西娅和科克托；存放着我私人物品的公寓；我的商店——它们都在巴黎。

巴黎并没有死。但在我的心里，从此一切都不一样了。

无线电有时候会陷入沉寂，只有偶尔的噼啪声，这反而叫人觉得比任何消息更可怕。然而最终我们还是从无线电中得知，希特勒放弃了摧毁巴黎的念头，相反决定把巴黎作为第三帝国扬扬得意的战利品。德国人花钱雇佣了播音员，叫他们在无线电里大肆宣扬纳粹德国人是朋友，法国人不该怕朋友——"犹太人或共产主义者除外，"我对卡特琳娜如此说。"他们最好还是躲在酒窖里。"休息过后，我感觉自己的活力正在一点点恢复。科尔贝尔的田园风光在我的身上起到了神奇的效果。尽管发生了那么多事，我至少还活着。

不幸的是，卡特琳娜从村里打探消息的人那里听说，德国人逮捕了数千名法国士兵。尽管我们此刻并不知道安德烈在哪里，但这个消息仍然叫我们非常忧心。卡特琳娜撬开了木地板翻找藏在下面的锡罐，里面藏着他们的钱，这让我想起在穆朗的日子，我也曾经这样藏钱，不由得微笑了起来。之后我们一起去村子里，打点那位带来消息的人，叫他再打听仔细一些。他在当地的乡村电报局工作，并且向我们保证他会尽力，但我几乎当时就可以看得出来，他一定弄不出来更多的消息了。

"我们得在巴黎，才能打探到有用的消息，"和卡特琳娜走在回家的小路上，我对她说。道边的野花被我们的鞋子踏平，远处是雄伟的山影。"也许我应该去巴黎自己弄个明白。"

她惊骇地看了我一眼。"你刚刚从巴黎逃出来，无线电里说德国人不会继续再入侵了。他们至少不会跑到这里来侵犯我们的。"

"是的，但是安德烈不是，如果他被捕了那他就很危险。得有人去找到他，而你要照顾蒂普西。你必须留在这儿，"我若无其事地耸了耸肩，"我自己没有什么可担心的。"

她并没有同意。然而几天之后，蒂普西拉着我和她玩儿扔球，并在我们的头发上扎上雏菊。就在这个时候，我想到了一个计划。这个计划目前还很初级，听上去有些冒险，然而至少我在巴黎还算得上是个人物，于是我对卡特琳娜解释说，"我是著名的时尚设计师。我预先在丽兹酒店支付了房钱。我认识很多人。德国人是不会把我怎么样的。"

她咬着嘴唇，低头看着她那双因为家务而操劳的手。尽管我给安德烈提供了富裕的金钱资助，然而他和妻子仍然选择过简单的生活。他们的家里十分简朴整洁，日常所需也是最低的标准。她的储蓄足够支撑他们未来数月的生活，然而我却没有。离开巴黎的时候我只带了极少的几件衣服，镇静剂也只剩下最后的几滴，我还有更多，然而却被我留在丽兹酒店的箱子中。这些天我睡得并不好。我甚至没办法照镜子，无法面对镜子里的自己憔悴的模样。镜子中的我有糟糕的黑眼圈，失去活力的脸颊，发黄的皮肤和干燥的嘴唇，即便用了唇膏或者脂粉也掩盖不住。这副模样让我想起那年在维希巴桑找到我的那晚——一个在年华之前衰老的女人，只不过现在的我早已不比当年。

"我快 58 岁了，没人想要我这个老太婆难民，"我接着说道，伸出手握住卡特琳娜的手。"我不能再在这里待下去，必须得走，安德烈需要我。"

最后她终于点了头。"但你一定不要委屈自己。答应我。安德烈也不希望这样，如果你觉得有危险了，必须回来。"

"当然。"我叫她安心。抑制住冲动说出再回到这里的难度可能要比当初从巴黎逃出来还大。这次一旦我回到巴黎，就一定会引起注目。德国人——包括德国军官——也认得出我。

"你一定要小心，"卡特琳娜说，"一直有传言，犹太人……听说德国人在波兰已经开始了，他们把犹太人像赶牛一样赶进了集中营。"

"我不是犹太人，你不需要担心这个。我会把安德烈找到带回来。可可姑妈在这个年纪没有什么好用的了，除非是去当间谍。"

一语成谶，只是当时的我还不知道。之后我吻了她的面颊道晚安，顺着楼梯来到我的房间收拾行李，然而我不敢说出来的是自己有多害怕。

生平第一次，回到巴黎的念头，让我心生恐惧。

我找到拉尔谢，他已经吃了太多的山羊奶酪和火腿，几乎一个人喝空了村里的小酒馆。我叫他开车带我去维希。摇摇欲坠的法国政府即将执行希特勒的新政策，由于通往曾经的度假天堂里维埃拉的道路被德国人炸毁了，因此很多巴黎的名流暂时住到了这里。

到达维希的时候，车子已经开始冒烟。眼前的一幕让我惊呆了——小酒馆和餐厅正常营业并且人满为患，城市大道上仍然有很多穿着时髦的人像战事未发生一样闲逛。我注意到女人们都戴着巨大的而且装饰过度的帽子，这是最近流行的时尚，然而于我来说，这样的着装风格却像 1910 年代一样浮夸。他们告诉我，所有的酒店都已经住满了人，于是在四处经过一番自我介绍之后，我在一家宪兵公寓找到了一间阁楼。我在阁楼里那只染着石灰渍的浴缸里洗了个温吞水的澡，之后穿上我最好的衣服，化了妆，去温泉餐厅吃晚饭。

我点了清炖肉汤，第一口还没有喝下去，就听到旁边传来的一声惊呼，"可可！可可，是你吗，亲爱的？"一个年轻俊俏的褐发女人，穿着粗花呢裙装和剪裁得体的外套，向我冲了过来。她微笑着，带着一种如释重负的表情。"真的是你！哦，能看到一个熟悉的人真是太好了！"

我则花了一阵才认出她：玛丽-路易丝·布斯凯（**Marie-Louise Bousquet**），我曾经在战前的化装舞会上见过她，也是诸多社交名媛中的一个。她注意到了我的迟疑，嘟起了嘴唇说："你不记得我了吗？我从你的商店买了很多衣服——你看，现在穿的这身就是。"

"我当然记得你，"我说，站起身来吻了吻她的面颊，尽管我很少这么做。"来吧，和我一起吃晚饭。你在维希做什么？"

于是她对我讲了一个我十分熟悉的故事，可能也是其他成千上万人会谙熟于心的故事。纳粹德国人刚一到达巴黎城，她就逃离了，带着所有能拿得走的个人物品。然而现在，"我真是无聊死了。维希真是个小地方，无聊透顶。这些人什么都不关心，只是对我说没有什么可担心的。"

"是的，"我瞥了一眼附近的一对男女，他们正在举着香槟杯大笑，"简直像是在度假。"

我的尖酸评论被邻桌的男人听到了，他把椅子转向了我，盯着我问道："你这么说是什么意思？"

"我的意思是，"我回答，"人们看上去很高兴。"

玛丽-路易丝社交名媛的身份并非浪得虚名，她绽放出一个灿烂的笑容，对着正在发火的男人柔声说，"先生，你知道这位是谁吗？她是可可·香奈儿。"

那男人嘟囔着，显然并不知道也不在乎我是谁，但是他身边的妻子意识到了，她紧张地碰了碰他的肩膀，之后带着歉意看了看我，之后她轻声说，"别这么不礼貌，亲爱的。她非常有名。"

"是吗？"男人把椅子转回了餐桌："什么时候有名的？她看上去恐怕已经 100 多岁了。"

我攥紧了手里的叉子。玛丽-路易丝对他摆了摆手，之后对我说："我希望你也有回巴黎的打算。快说你正有此意。我都要绝望了。我们的好多朋友仍然在巴黎，他们和我说巴黎对我们来说其实是很安全的。"

我当然注意到她说这句话的时候特意强调了"我们"。她指的是所有可以有办法免于受到这场战乱威胁的人。

"德国人并不恨我们，"她继续说道。"他们爱法国。德国人现在住在丽兹酒店里，之后去歌剧院看歌剧，去外面的餐馆吃饭。他们有钱，在巴黎花钱，就像以前似的。这简直是太美好了！"之后她大笑了起来，笑得和旁边那桌的夫妇一样开心，我忍着胃里传来的阵阵绞痛。"你要不要跟我一起去？"她问道，"在这阵子女人一个人旅行总是不太安全，但如果我们是两个人一起的话……"她顿了顿，"我猜，你有司机吧？"

我点了点头。"但是没有汽油了，我们差点儿就到不了维希。"

"我认识一个在政府当官的人，他可以卖给我们一些配给的汽油！"她说，快活地一拍手。之后她做了个鬼脸，环顾四周，"如今所有人都想要汽油，"她压低了声音，"现在汽油也有走私的了，除了汽油还有肉。"

"配给的汽油肯定不够我们开到巴黎的，"我想了想之后说，"不过至少可以让我们启程出发……"

于是我们就此决定了下来，玛丽-路易丝会和我一起回巴黎。我们决定第二天清晨就出发，避免路上交通堵塞。我环顾四周，感觉周围这些在维希享受歌舞升平的白痴们并没有急着要离开的意思。

第二天，拉尔谢先准备装车——玛丽-路易丝和她的行李一同现身——之前曾经说自己没什么行李的她带着两个塞得满满的行李，几乎快要把箱子撑破了，里面装的全是衣服——我短暂离开了一下去抽了一支烟（教我痛恨的是，香烟很快也要成为稀缺货）。我随性漫步，停在一堵罗马时期修建的残垣旁边，看到一个穿着破烂短裤的男孩正坐在围墙的一头。男孩有着饥饿的眼神，纤细瘦弱的脚踝和手腕，这一幕突然紧紧抓住了我的心。时间停止、倒退：我看到儿时的自己和妹妹们，穿着姐姐传下来的旧衣服，过长的裙边折起来缝住，蹦跳着穿梭在墓园里。我开始慢慢向男孩靠近；突然之间，男孩看到了我，仿佛受到了惊吓，轻吸了一口气，之后就从围墙上倒了下来。

在我跑过去之前他已经摔在了石头地上，因为受了疼而大叫一声。我在他身边跪下身来，之后听到身后跑来的脚步声，一个焦急的声音喊道，"这是我儿子！"我抬头看到一个怀孕的女人，穿着污渍斑斑的家居袍，隆起的肚子挺了出来。男孩捂着手臂低声呻吟着。我转过身来说，"我们先不要移动他。快去找医生。他的手臂，可能骨折了。"

男孩抬起眼睛流露出哀伤的神情。"医生？"她惊呼，"我们怎么付得起？"

我打开一直挂在手臂上的手提包，从里面掏出一张弄皱了的百元法郎钞票。我的现金已经所剩无几，然而我没办法看着男孩这样受罪。饥饿与疼痛，是我非常熟悉的。在我的少年时代，在同一座城市里，我尝够了它们的味道。我冲着男孩微笑着，将钞票递给他，他脸上的表情迅速一变。用令人惊讶的速度从我的手中抽走，之后一跃而起，用他那双瘦弱的腿飞也似的跑走了。

我仍然保持着刚才的姿势，叹了口气，之后又看向男孩的妈妈。她哼了一下说道，"谢谢你，这位不知道怎么称呼的夫人。现在，我和我的儿子今晚能吃上饭了。"

她摇晃着走了，嘴里呼唤着她那个小小的同谋犯。我慢慢站起身来，掸掉裤子上的尘土，禁不住笑了出来。法国处在特殊的时局之下，我竟然被这么普通的伎俩骗了。

然而我并不知道，这并非最后一次。

在巴黎的奥尔良门，沙袋堆成的路障和拿着步枪的德国兵迫使我们停了下来。拉尔谢说："我们只能到这儿了，小姐们。"

玛丽-路易丝下车，开始从后备箱里向外拿行李，我从钱包里抓出一把法郎，塞进拉尔谢的手里。"谢谢你。如果有什么我能帮到你的话，你可以在丽兹饭店找到我。"我是真诚的，没有拉尔谢的帮助，我不可能回到这里。

"祝你们好运。"拉尔谢将钱塞进口袋里，之后帮我把行李搬下汽车。拉尔谢站在车旁，衬衫和裤子上都沾满了泥巴，浑身散发着汗臭。玛丽-路易丝此刻已经两只行李在手，头发蓬乱，然而她却兴致盎然，愉快地说："准备出发了吗？可可？"

德国哨兵正在依次检查每个排队等待回到巴黎的人的证件，我用手指整理着头发，"最好现在检查一下你的护照，"拉尔谢建议道，"他们问什么就回答什么好了，别多说。"他吐了一大口吐沫："这些该死的德国人。我再也不想看到这场面，德国佬竟然来巴黎逞威风。"

我和玛丽-路易丝加入了等待的队伍，之后听到汽车启动疾驰而去的声音。站在八月灼人的阳光之下，我突然发现之前并不知道拉尔谢从哪里来，也不知道他现在到哪里去，我们的人生轨迹也许就此不会重逢。

我们花了两个小时才排到检查点。年轻的德国兵脸上生着粉刺，一副闷闷不乐的样子。然而他检查过我们的证件之后，直接对玛丽-路易丝说了一番十分露骨的话，玛丽-路易丝则做出一副扭捏的姿态，露出谄媚的笑容，而年轻士兵对我则只是草草一瞥。我们的护照符合条件，于是士兵挥挥手叫我们通过。此时身后传来一阵骚动，我回头瞥见两个穿着黑衣的德国人举着毛瑟枪指着一对上了年纪的夫妇，他们拿着行李蹒跚而行，被粗暴地驱赶到了隔离区域之外的一个地方。

"别看，"玛丽－路易丝低声快速地说，"他们可能是犹太人，那些男人是盖世太保。"

我迅速转回头继续走，感到胃里搅作一团。这件事情尽管早已耳闻，然而亲眼看着纳粹这么干则是另一番感受。那对夫妇年事已高，看上去已经快要昏过去了。

"他们会被带到哪里去？"当我们距离哨卡足够远，可以放心交谈的时候，我问道。在我们周围，路上的巴黎人和往常一样仿佛正在忙碌地生活着，然而空气中确实有一种完全不同的气息，每个人的脸上都看得到不安和恐慌。没有人做眼神的交流，甚至没有人看我们，仿佛两个衣冠不整、自己提着行李的女人是再平常不过的日常景象。

玛丽－路易丝耸了耸肩："谁知道呢？这些不关我们的事情，不是吗？"

我猜她是对的。当然，我有更重要的事情需要思考，其中之一就是怎么去丽兹酒店，回到自己的房间。

"我没办法一路这么走过去，"我说，停下来喘口气，随手把行李丢在地上，揉着肌肉痉挛的地方，"得叫辆出租车。"

玛丽－路易丝停了下来，看着大街的方向。街上仍然跑着车，然而数量却比以前明显少了很多。"我们可以试试地铁，现在八成已经开通了。"

我恼火地看了她一眼，我这副模样看上去能坐得了地铁吗？在她说出反对之前，我一步踏上人行道，很醒目地扬起了手里的一团法郎。不一会儿，一辆车停了下来。司机是一个戴着贝雷帽的年轻人，嘴边叼着一根香烟，他摇下车窗问，"坐车吗，女士们？"

"是的，谢谢。"我说道，在玛丽－路易丝惊讶的目光中，自己拉开了后车门，将行李丢到后座上，让门开着，自己坐到了副驾驶的位子。她挤进了后排座位行李中间，甚至都还没有坐稳，司机已经发动汽车挤进了车流。"你们是法国人？"他问。

"是的。"我说道，盯着他的衬衫口袋里露出一角的高卢牌香烟。他看到后将香烟和一盒火柴抽出来递给我。"德国人在免费发这些东西，像发糖果一样，"他说。我点起一根吸了一口，之后叹了一口气，让烟雾充满了我的肺叶，之后向后靠坐在座椅上。之后年轻人开始讲述我们离开巴黎城这些天当中发生的事情，车子继续向丽兹酒店所在的第一区开着。他讲的每一件事都让我更加忧虑。

"到处都是德国人。他们已经接手了最高法院和下议院，还有卢森堡花园里的参议员。所有主要的酒店——丽兹酒店、基多酒店、乔治五世酒店，还有拉斐尔酒店，还有大多数比较好的公寓都被他们征用了。我们还有电和煤气用，法国警察也仍然继续履行职责，然而德国人把法国国旗都换成了德国的。毫无疑问，巴黎现在是德国人的。"年轻人吐了一口烟，眼神黯淡了下来。"他们就像蝗虫一样。这一切一定是预先谋划好的。用这么快的速度就占领了巴黎，在我们还没有明白是怎么回事之前，成千上万的德国兵已经进了城，后面跟着的是根本想象不到的数量巨大的坦克车和装甲部队。"

我闭上了眼睛，继续吸着那刺鼻的烟气。这是一副想象得出的画面，然而我不想去想它。车子驶过旺多姆广场，丽兹酒店进入眼帘，酒店门口的路障沙包上醒目地插着那面可怕的旗子，而把守着酒店大门的德国士兵手臂上，则都带着有万字标志的袖标。

玛丽-路易丝拍了拍我的肩膀。"可可，你真的想待在这儿吗？他们已经接手了丽兹酒店……我觉得你跟我和我的朋友们在一起会更好些。"

"不用了，我会没事的。"我挤出一个笑容。年轻人跳下车帮我拿行李，我转头对玛丽-路易丝说："之后给我打电话吧，好吗？我会待在酒店房间里。"她扬起一只眉毛，一副怀疑的表情，仿佛确信我一定不会待在自己的房间里，她的神情反而叫我更加笃定。我下了车，拿了行李，之后转身走向酒店的大门，年轻人说，"你就是那个可可·香奈儿吗？"

我停住了，带着疑问的表情看着他，"我是。"

他脱下贝雷帽向我致意："真是我的荣幸，小姐。我的妈妈总是在谈论你，说你有多么的时髦，思想有多前卫。她很喜欢你设计的服装，虽然她自己永远买不起。还有你的香水，老佛爷百货促销的时候我给她买了一瓶。她每天都会用一点，一直到她去世。她说香奈儿五号香水是永恒的，比爱永恒。"

冲动之中，我俯身过去，吻了他的面颊。他的身上有一种汗水混合烟草的味道，还有年轻人身上才有的那种无所畏惧的乐观，他的脸立刻红了。我低声说："你妈妈是对的。"

"你得有通行证，"在酒店门口站岗的德国兵拦住了我的去路。"通行许可证，"他用糟糕的法语又说了一遍。在他身后的大堂里，我能看到一些身穿制服的军官，以及少数的住店客人。我的目光越过士兵，试图在人群当中找到某张熟悉的面孔，然而士兵这个时候开始挥手叫我离开。突然之间，我看到了当天为我通报德国人入侵巴黎消息的那位酒店管家，他也正好看到我，突然愣住了，之后眉头蹙了起来。

有那么一瞬，我担心他会假装没看到我，然而之后我却看到他穿过大堂走到入口，对德国兵说，"这位是我们店的贵宾，可可·香奈儿小姐，请让她进来。"

那个德国兵，看上去年龄不会超过 **20** 岁，听到这里反而绷紧了肩膀："她没有许可证，必须要先见指挥官。"

"像我现在脏成这个样子，也要去吗？"我反驳道，虽然此时酒店管家已经微微倾身点头说："是的，这件事情我会安排，我保证。"随即他拿起了我的行李。我浑身上下已经被汗水浸湿，衣服早已脏透，多日的旅行让我疲怠不堪。当我跟着管家走过士兵的身边时，瞥见士兵腋下枪套里佩着的手枪，膝盖不禁有些发软。我担心他会突然拦住我，脑海里又想起在奥尔良门附近看到的那对老夫妻的情景。然而年轻的德国兵稍微迟疑了一下，管家利用了这个机会，拎起我的行李，把我带进了酒店。

"上帝啊，"当我跟着管家走到前台附近时，我轻声说，"他们都是这个样子吗？"

他点了点头。"我们现在做什么事都需要许可证。这件事交给我来办吧，小姐，你不用担心，你永远是我们的客人。你留下来的行李都原样保存得好好的，我把它们都搬到储藏室里了。要不要我叫人把它们送到你的房间去？"管家在前台的一串钥匙里寻找着。之后他递了一把给我，却不是我的房间。面对我询问的眼神，他说："小姐之前的房间被德国人征用了，他们连预订都没有。于是我把你所有的家具物品都搬到了你商店上层的公寓房间里。我可以在酒店面对康朋街的那一侧给你安排一个三层的房间，离你的工作室近一些，你觉得可以吗？"

"当然可以，谢谢你。"此刻我什么也不在乎，不管房间还是阁楼，只要有浴室，而且水管子里有水就行。之后他按铃叫人，一个服务员应声而来带我去房间。"你的行李稍后会送到房间里，"管家说道，"祝您在丽兹酒店过得愉快，香奈儿小姐。"

管家表现得和往常一样高效而专业，然而很快他的目光开始望向我身后，那些德国军官所在的方向。我立刻读懂了他的潜台词，意思是快速离开这里。

和我之前的套房相比，这个房间简直太小，不过房间里面仍然有一张结实的床，一个丽兹酒店坚持在每个房间安置的嵌在墙壁里的衣柜，还有一间和衣柜相连的铺着瓷砖的浴室。我脱下脏衣服，洗了一个奢侈的热水澡，之后好好睡了一觉。起来之后，我叫客房服务送来一些茶，之后换上一件舒适的白色浴袍，给蜜西娅打了通电话，告诉她我已经回来了。电话铃响了好几遍，蜜西娅才接起来。蜜西娅在电话的那一头听上去有些上气不接下气，而电话线的静电干扰又十分厉害，我几乎听不清她在说什么。

"我在巴黎，"我对着话筒喊，"在丽兹酒店。"

"丽兹酒店？"后面的话被静电盖住了，然而我仍然听得出来她在愤怒地说着什么。"为什么……那里都是纳粹……你必须……我和塞特……一定！"

我喊了回去，"我住在哪里又有什么区别呢？巴黎的所有酒店都被占领了。"

我可不想跟蜜西娅和塞特一起住在他们在里沃利街的房子里，忍受着他们两个无休无止的争吵和永远填不饱的肚子。塞特在情妇死去之后回到了蜜西娅的身边，但我怀疑他们两个这一次能维持多久，因此对他们的关系并不抱太多乐观态度。更重要的是，为了找到安德烈，我必须留在信息交流的中心位置。我在酒店大堂看到了很多高职位的德国军官，我相信，丽兹酒店就是这么一个信息交流的中心。

"你这样就是不爱国，"我仿佛看到电话那一头的蜜西娅气得七窍生烟，"德国人是入侵者！你必须来我们这一边。"

由于担心酒店的电话线会被窃听，我略有唐突地说，"我已经安顿下来了。房间的费用是预付的，而且我也需要照看我的商店，我过几天去看你们，"之后我就挂掉了电话。

蜜西娅就是这样固执己见，不愿意去听别人做事情的理由，即便在非常时期也是。我打开了行李箱，里面的东西都没有被动过。我的注射器和装着镇静剂的小药瓶都仍然藏在内衣下面的隐蔽口袋里。我选出了一件朴素的黑色晚礼服和一条珍珠项链，仿佛失而复得的心情让我快乐得像个小女孩。我必须让自己出现的时候让人眼前一亮，要比以前的形象更好，我要让自己有无可挑剔的优雅。

今晚，我会盛装去吃晚餐，我要让全巴黎都知道，我回来了。

MADEMOISELLE CHANEL

酒店餐厅像往常一样热闹。只不过这一次的客人里，少了以往那些有钱的富人，少了那些和处在无聊婚姻当中的贵族女人睡觉的穷文人，少了那些总是怨声载道的常住客人。当然仍然有不少客人我认得出，我走向自己的桌子，一路上和他们优雅地打着招呼：那里有富有的美国女继承人、离了婚的芳拉·梅克里甘（**Laura Mae Corrigan**），她在丽兹酒店有豪华套房并长年住在这里；法国电影演员，同时也偶尔会是我的客人的阿列蒂（**Arletty**）；还有另外几位经过精心打扮，有男性陪伴的女人。然而我也发现餐厅里的德国人比以往多得多，他们的着装剪裁得体，头发用润发油梳理得十分妥帖光亮，鞋子更是叫人擦到发亮，可以当镜子照，他们脸色红润，眼睛里透出胜利者的神态。

"小姐，您是一个人用餐吗？"侍者问道，给我的玻璃杯里倒上水，并把镶着金边的菜单放在我面前。

我点了点头，打开酒店浆洗过的餐巾，上面印着丽兹酒店的标志，一个大写的字母 **R**。我把餐巾铺在腿上，之后开始暗中环顾四周。短短几天之内，这里已经发生了太大的变化，我暗暗吃惊。然而一切看上去仿佛还是一样的：小提琴在柔和地演奏着背景音乐，刀叉轻触着高级瓷盘的声音，穿着黑色制服的侍者手捧着美食穿梭在铺着白色桌布的餐桌之间。我看到了碎冰上的新鲜生蚝，我看到挂着血丝的鲜嫩牛排搭配着炸薯条和新鲜蔬菜，龙虾、海蟹，还有其他的海产——丽兹酒店餐厅就是因为这些丰盛极致的菜肴而获得了全巴黎最豪华餐厅的名号。

我点了鲜虾鸡尾酒冷盘和洋葱汤。在返回巴黎的途中我几乎没有吃什么东西，吃掉的是在沿途找到的一些糖果和快要烂掉的橘子，刚才穿上礼服的时候我发现自己已经消瘦了一些。然而现在我胃口不佳。我的脑袋里一直回响着蜜西娅在电话里喊的话——"你这样就是不爱国！德国人是侵略者！"——我开始有些怀疑自己留在这里的决定。也许从酒店搬出去住到蜜西娅那里是更好而且更理智的决定，于我个人可能会是个糟糕的决定，然而至少没人会指责我置国家困境不顾，只顾着自己的享受而去和纳粹待在一起。

就是在这个时候，我发现有人正在观察我。

开始只是一点探寻的目光，停留在我的后颈上。我没有理会，只是将注意力放在晚餐，以及跟阿列蒂的寒暄上。和往常一样，阿列蒂在脸上涂了太多的化妆品，仿佛随时需要上镜，而且此刻的她因为喝了太多香槟有些微醉。阿列蒂将她的男伴介绍给了我，显然是一位德国军官——一位体型瘦削精干的年轻人，他鞋跟轻碰，对我鞠躬示意并亲吻了我的手指，表示说能亲眼见到举世无双的香奈儿小姐是他的荣幸。

"我底下的士兵，"他说，"在巴黎因为您的商店分了不少心。每个人都想从时尚之都巴黎给他们的妻子或妹妹带回去一些什么纪念品，再没有什么比香奈儿五号香水更适合的了。"

我一定露出了讶异的表情，因为阿列蒂略略笑了出来。"亲爱的，你不知道吗，你的商店已经重新开业了？巴黎的生活渐渐走向正轨，你的店员已经回去上班了，香奈儿五号卖得非常好。你明天应该去店里面看一看，五号香水现在可是大热门。"

"我会的，"我说道，对他们微笑并道了晚安。他们离开之后，我向肩头后方一瞥，看到一位发福的纳粹德国军官，正在满头大汗地奋力大嚼他的晚餐。而在他的身边，一位看上去有些女性气息的年轻人手里拿着餐巾，正关切地看着他。

"那位是帝国元帅戈林（**Reichsmarschall Hermann Göering**），"从我身后传来一个低沉声音。"他是希特勒的副手，德国空军总司令。"

我从椅子上迅速转身，正好迎向一对目光炯炯的冰蓝色眼睛。

他看上去很有魅力，我当时就注意到了。而且尽管他当时对我弯着腰，我仍然知道他的个子很高。他长手长脚，有着骑士般的身材，穿着海军蓝的外套，在口袋里塞着一块红绸手帕，颜色刚好与他的领带相称。他的一头深金色的头发涂了发蜡，有着薄薄的嘴唇，刚毅的鹰钩鼻，高高的颧骨让我想起本德的贵族气质和博伊的无所畏惧。

我牢牢地盯着他，他向后退了一步，之后用完美的法语说道，"请允许我介绍自己。我是汉斯·冈瑟·冯·丁克拉格男爵（**Baron Hans Gunther von Dincklage**），朋友们叫我斯巴茨，在德语里是麻雀的意思。我想，您一定是……"

"我想你猜得没错，"我略显尖刻地说道。

回到巴黎不到一天，就已经有人周旋在我的身边——样貌英俊，比我年轻几岁，然而是一位德国人。

"当然，"他把一只手按在胸前，食指上戴着一支银戒，"我知道你是谁。实际上我很早以前就知道你，我们以前见过面。"

"我们见过面？"我仔细端详他的脸，"好像并没有，先生。不然我一定会记得。"

就在我准备回过身子继续吃晚饭的时候，我听到他说，"是几年前，在蒙特拉罗。当晚你也穿着今天这件裙子，还有珍珠项链。当天晚上你似乎和一位俄罗斯大公在一起，所以我没有和你打招呼。"

我愣住了，随即迅速转身，他正在对我微笑。记忆瞬间回到我 40 岁生日那天，我仿佛看到他就站在我租下的那艘游艇的甲板上，一个外表精干的男人，一直用目光追随着我。那天他曾经和维拉说过话。

"啊，"他笑了，"我想你现在记起来了。"

"你曾经参加过我的生日聚会。我在那天晚上遇到——"我及时闭上了嘴，我不该乱说我和本德之间的关系。虽然他曾经四处宣称自己支持希特勒的言论，但他仍然是个英国人，有可能被第三帝国视为潜在敌人。

"是的，"他看了一眼我身边的空椅子，"我可以和你一起坐吗？"

我怎么会拒绝？我正坐在一间到处都是德国人的餐厅里，距离希特勒的头号走狗仅有几步之遥。

我点了点头，他坐了下来。侍者随即走上来，斯巴茨点了一支价值不菲的红酒。侍者帮我们开了酒，等待酒醒的时候，他随口问道，"可以问问你为什么会在巴黎吗？我听说之前你把商店关了之后就离开了。"

我以一只手轻轻托着下巴，摆出一副漫不经心的模样。难道我的出现已经引起了注意？我告诉自己要保持冷静，我并没有做什么不利于自己的事。

"我的家就在巴黎，其实就是丽兹酒店这里，我的商店已经重新开业，只不过在做自己的生意，这有什么可奇怪的呢？"

"当然没有，"斯巴茨从侍者手里接过红酒，倒满了我的空杯子。在尝酒之前，他先闻了闻酒香，"啊，很好。红酒只有法国人才酿得好。"

"德国没有红酒吗？"我刻薄地问道，随即又后悔自己不该这么说。照此下去过不完今晚，我可能就会被逮捕了。

"我们也有红酒，不过——"他倾身过来，脸上带着孩子气的笑容，眼角有几道鱼尾纹——"但我们的红酒不怎么样，太偏果味了，何况，"他靠回椅背继续说道，"我在法国生活的时间远远超过了在德国的时间。我一直在里尔街德国大使馆任参赞，从 1928 年开始就在法国生活。我自认为自己已经不是一个纯正的德国人。我的妈妈是英国人，我的家乡在汉诺威，我还在多维尔打过马球。"他顿了顿，用浅蓝色的眼睛端详着我。"相信你对这项运动很熟悉吧？"

"是的，"我说，考虑着自己应该找个借口离座还是该让他继续说下去。他的确勾起了我的好奇，因为他对我的了解比我预想的多很多。

"我目前在为外交部部长冯·里宾特洛甫（**von Ribbentrop**）工作，外交部长由元首委任并在巴黎处理重要外交事宜，"他主动解释道，"我直接负责的是军队纺织部门。纺织材料也是你的领域，对吗？"

"你是知道的，我是个设计师。所以，对，这么说没错。"喝下去的红酒立刻让我感到头晕，我已经有几周没有碰过红酒了。我发现自己对他产生了一些念头，这种冲动的感觉很难说清，如果蜜西娅知道一定会说我这样子"不可饶恕"。他是个德国人，是侵略者，然而在他身上有一种东西，这种东西吸引了我。他有种自嘲式的幽默感，这里有一屋子的德国侵略者，而我在和其中的一个聊天，我感到整个屋子都开始旋转了起来。

"你一定认识很多人，"我最后说道，随手伸向手包拿出烟盒，再抬起头来，他已经把打火机递了过来。和我的一样，是卡地亚的。他帮我点燃了香烟，微笑着。"你一定认识很多重要人士，"我继续说道。我在试探他，打探他，他很清楚。我能看到他眼中闪动着的东西，有些好奇，有些恶作剧的成分，我的对手已经准备好上场。很显然他精于世故，熟知社会规则，我的试探意图很明显。

他又向我探过身来，悄声说，"我知道戈林元帅吸吗啡上瘾，丽兹酒店的经理不得不帮他在他的套房里装了一个超大的浴缸，因为他相信用极热的水泡澡可以帮他戒掉毒瘾。"

我抑制住冲动，尽量表现得若无其事，然后漫不经心地转头瞥向那位肥胖的德国空军指挥官。冯·丁克拉格压低了声音，仿佛在分享秘密："不过再烫的热水澡也戒不掉他对女人衣服和钻石的瘾头。有一次克里甘夫人（**Madame Corrigan**）发现了他这个秘密。元帅现在住的是克里甘夫人的房间，他把她赶了出去，她现在不得不自己到外面租房，房租来自她变卖的那些价值连城的衣服。衣服卖给了元帅本人，元帅喜欢穿着女装，披着紫色纱巾和绸缎和他养的男孩子跳华尔兹。"

我必须埋着头，用牙齿狠狠咬着指节，才不至于笑出声来。斯巴茨靠回椅子上，脸上的笑容没有任何变化。"知道这个显然于工作没有助益，不过，"他举起红酒杯，"还是很有趣味的，你不这么认为吗？"

我赞同。在纳粹德国人入侵巴黎之后，我第一次可以用一种不一样的眼光去看他们令人恐惧的深色制服，脑海里想象着戈林元帅穿着女士晚礼服，头上戴着克里甘夫人的钻石皇冠的情景。

NOT THE TIME FOR FASHION

"我们毕竟都是人类，"斯巴茨补充道，他读懂了我此刻的念头。"现在我们掌握着权力，但是，"他耸了耸肩，"谁知道能持续多长时间呢？像我们这样，处在中间位置，上不去也下不来的这些人，小姐……历史已经告诉我们了，我们需要找到活下去的办法。"

　　我发现自己在微微点头："是的，我们必须。我当然也希望如此。"

　　他满意的轻哼了一下，声音充满磁性："我想你也会的。那么，我告诉了你一个秘密。作为交换，你也得告诉我一个。比如，你为什么会在巴黎？我保证不会告诉任何人。我是一个信守诺言的男人。"他的声音变得严肃起来。"如果你需要的话，我可以帮你。我能感觉得出来，你在找什么东西。"

　　"是吗？"我点起第二根香烟。"好吧，我确实在找一个人，准确地讲是我的侄子。此外既然我们有望成为朋友，首先你要改叫我可可。"

斯巴茨并没有住在丽兹酒店。他的态度中有种漫不经心的味道，所有的事情经他讲出来都是轻描淡写不足挂心。他告诉我他在佩格莱西街有一间公寓——是他从最近一段情事中获得的战利品——"她是个很有魅力且非常富有的巴黎女人，"斯巴茨挤了挤眼，"而且她自己的血统并不纯正。"所以她的情人和丈夫离开了巴黎，她则把那套公寓放心地委托他照看。

斯巴茨是我所见过的男人中最懂得如何使用魅力的。虽然看得出他对我的兴趣出于真心，我也仍然能感觉到他另有所图。当晚道别的时候他表现得十分明确，他执意帮我支付了晚餐的费用，并陪着我走到酒店前台附近，这里有很多德国军官正在和他们的女伴们交谈，吸烟，喝着薄荷酒。

我们点起饭后的第一根烟，斯巴茨问道，"明天我可以给你打电话吗？"从我的位置正好可以看到阿列蒂，她正斜靠在窗边的长椅上，眼中含情地望着她那位年轻的德国军官，并显然对后者的故事听得入迷。我控制着自己的表情，抑制住对她怒目而视的冲动。我也看到周围其他年轻的法国女性，洒过香水的手腕轻抚着穿着军官制服的手臂，精心刷过睫毛膏的眼睛流露着暧昧的目光。就像阿列蒂自己说过的那样，显然，生活必须重回正轨——如果逢迎纳粹德国军官也能叫重回正轨的话。

"明天不行，明天我很忙。"我说，"我需要去店里看一看，之后去拜访几位朋友。"之后我对他尽量笑了笑，使我拒绝的态度不那么生硬。经过今晚之后，我并不讨厌与他交谈，然而在他许诺带回安德烈的消息之前，我也不会给他更多。"我酒店房间和店里的电话号码你都有，"我补了一句，"如果你有什么发现，可以给我打电话。"

"但你明天晚上并没有什么预先安排好的事情吧？"他坚持道，仍然是那样一副漫不经心的模样，仿佛我的拒绝一点都没有影响到他。

我顿了顿，之后在烟灰缸里熄灭了剩下的香烟。"谁知道明天会有什么事呢？"我对他伸出了一只手。如果他上来捉住我的手并亲吻我的手指，我就会让我们的关系到这里为止，无论他是否能带回安德烈的任何消息。我并不想让自己成为这位人脉广泛的使馆参赞花名册上新增加的某个名字。

然而让我有些慌乱的是，他只是和我握了一下手就随即放开了，"晚安，可可，"说完这句话他就转身离开，将我一个人留在那里，我多少感到有些困惑。

他让我感到有些意外，没有多少人会让我意外了。

当天晚上是德国人入侵巴黎以来我睡得最好的一觉，睡前我用了一点点镇静剂。近来我在逐渐减少镇静剂的用量。当我第二天清晨起来，并没有感到以前常有的那种昏沉的时候，我意识到自己已经脱离了药物依赖。脑海里想着戈林在滚烫的浴缸里泡澡的情景，这情景提醒着我：我可不想在德国人占领巴黎的时候让自己沾染上毒瘾，免得最后落得只有在黑市买高价毒品的下场。

刚刚穿好衣服，电话铃就响了。我并没有立刻接起，也许是斯巴茨打来的。如果是他，完全可以在前台留言。因为我并不认为在如此短的时间里他能探听出什么来。电话铃声断了，之后很快就再次响了起来。我接起来听到蜜西娅在大喊，"亲爱的，你那儿还有我们的那种药吗？"

蜜西娅在电话里听上去上气不接下气，几乎陷入疯狂，我立刻就明白了。她仍然在巴黎，和塞特以及塞特式的幽默一起隐居在房子里。蜜西娅目睹了德国人进城的全过程，之后她就一直在用药物麻痹自己，直到现在突然发现药物消耗得太快。

"我还有，今天下午我会带一些过来，"我一边咬着牙一边对她说。除了叫自己控制住情绪之外我没有其他选择，因为按照我对蜜西娅的了解，一旦她知道我这里还有，她一定会叫我都送去。

"哦，太好了，感谢上帝。"她长舒了一口气。"我快要绝望了。但是塞特并没有把这当一回事。他想邀请那些人来我们家——来我们家里！他说我们需要钱。毕加索和其他艺术家已经被他们贴上了堕落艺术家的标签，但是他们真的是看到什么画都会买下。塞特觉得也许我们能多少挣一些——"

我打断了她。"好了，好了。我们之后再谈。我现在得去店里了。"

她突然不说话了，之后她用一种难以置信的语气说，"店？你不是已经把店关了吗？你不会是想把衣服卖给那些野人吧？"

"蜜西娅，"我担心线路有人窃听，控制着自己的语调。"他们命令所有商业重张开业。所有的商业，商店、电影院和剧院，出版社和服装沙龙，都开业了。包括吕西安·勒隆（**Lucien Lelong**），格蕾夫人（**Madame Grès**），还有巴黎世家（**Balenciaga**），还有其他时装设计师们，甚至就在我们现在说话的时候，他们已经准备推出新的设计作品系列了。我肯定不能——"

"夏帕瑞丽并没有！她去了美国，曼波谢尔（**Mainbocher**）也去了。薇欧芮（**Vionnet**）把商店关了，莫利纽克斯（**Molyneux**）目前在伦敦。"之后她深吸了一口气，说道，"可可，如果你重新开业的话，将会成为一桩国家级别的丑闻。刚才那些设计师都没有你有名。你怎么知道其他那些设计师都已经复工了？你昨天才刚回来。"

我沉默了。电话线里又传来静电的噼啪声。斯巴茨昨天告诉我外交部已经下令巴黎所有的商业必须正常营业，除了报纸和无线电广播之外，因为这二者目前需要通过审查手续。

"这样做带来的后果，你是不会喜欢的……"蜜西娅继续说。之后她似乎明白最好不要再继续谴责我，因为她知道我的脾气，如果我不再说话，之后很可能会直接挂掉。"好吧，"她说，"你想做什么就做好了。不管我怎么说，你总会是这样。"

"就是香水，"我说，"仅此而已，我的员工不得不让商店重张开业。店里卖的就是香奈儿五号和其他香水，仅此而已。我的服装店会继续关着。"

"哦，"她安静了一会儿，"我希望你并没有其他更好的选择。"

"我没有其他选择。蜜西娅，我得挂电话了。一会儿见。请你不要担心。我很好，真的。我必须得这么做。安德烈，他……他是——"我的嗓子突然哑掉了。就在我即将讲出不该在电话里说的事情之前，我把听筒放了回去，挂掉了这通电话。

我从箱子里翻出了三支注射器和装着药剂的小瓶。我很想尽力帮她，但我想鉴于目前的情势，我需要至少让自己能安全走出酒店的大门。

海伦娜和奥贝托夫人见到我回到巴黎，并且对于她们已经让商店重张开业表示理解的时候，她们都很高兴。我们的生意十分红火，预备离开巴黎的德国士兵排着队在我的店里买我的香水。我从后门走了进去。海伦娜给我看了空空如也的商店，说，"小姐，他们甚至把样品都买走了。他们要拿着你的香水回去证明他们曾经来过巴黎。他们也不是所有人都很粗鲁，而且我们不可能一直让货压在店里。为了应付这么大的需求，我们得再请五位员工回来。现在香水只剩下最后不到一百瓶，明天或者顶多后天就会全部卖光。"

我核对了账目和库存，发现她说得没错。我抬起眼睛望着她。"楼上我的房间里不是还有一些吗？"

"也都取下来了，"她说，"很抱歉，小姐，我们没有其他的选择。"

"不，他们想要的是香水，他们也下令我们卖香水，"我回想起蜜西娅的话。"让我联系皮埃尔·韦特海默试试看。只要他让经销商提高长期订单的数量就行。他给我找了那么多麻烦，这点忙他还是能帮到的。"

奥贝特夫人说，"我们已经联系过了。韦特海默先生现在联系不到。"

我皱了皱眉，"为什么？"

"他现在人不在法国。他和他的兄弟一起去了纽约。我们联系到经销商的时候，他们说韦特海默兄弟经营的贝姿华公司全权委托给他们的表兄雷蒙德·波拉克（Raymond Bollack）管理。他拒绝接听我们的电话，他只和你直接对话。"

"好吧，"我拿着账本走上了楼梯，"我会从房间给他打个电话。库里还有多少就卖多少，我会再弄一些过来。"

整个下午我都在电话中和雷蒙德争执不休——委任管理香奈儿公司的一个新管理层人物。他和所有韦特海默家的人一样顽固。为了从他那里拿到更多的货物，我不得不接受他苛刻的条件，诸如提高销售分成，以及支付更高的运输成本，而这是我自己的香水，这着实让我十分恼火。我在房间里从一头走到另一头，对着话筒大叫，电话线拖在身后，快要被我从墙上拽下来。最后我不得不同意了，因为没有其他的可能性。挂断电话之后，我再一次决定，一定要摆脱这对兄弟对我的控制，我与他们已经合作了18年。我曾经向法庭申请禁令，或者干脆申请过法律诉讼，但是都以失败告终；在支付了高额的诉讼费之后，我也不再在自己的公司董事会拥有任何席位。照此下去我不可能忍太久。

我在房间里接电话的声音一定已经传到了楼下，因为当我走下楼梯回到店里的时候，看到店里挤满了德国人，奥贝特夫人看了我一眼，一脸的调皮相。

"他简直是不可理喻，"我说，"我明天再过来。"之后我冲出店门，叫住一辆出租车，叫他送我去里沃利大街。我气到简直要发疯，要不是天色未晚而我又是在公共场合，我真的恨不得在车上就先给自己打一针。

和蜜西娅待了一会儿后，才让我感觉好一些。塞特说话仍然和以前一样刻薄，整晚讲着俏皮话，说德国人最后一定会逼得他喜欢上德国香肠的味道。蜜西娅躺在卧室里，她的手抖得厉害，我只好帮她扶着药液，平静下来之后，蜜西娅说，科克托和他的演员情人让·马莱（**Jean Marais**）已经躲去了蔚蓝海岸，在作家科莱特（**Colette**）和她的犹太丈夫那里寻求庇护。

"他们去找科莱特了？"我哼了一声，"为什么要去找她？她对我们这群人不是从来就没有什么好感吗？她得知我准备嫁给艾里布的时候不是对你说她觉得太可怕了吗？"

"哦，没错，她是这么说的。"蜜西娅又恢复到了以往那副热衷的样子，由于在屋子里待了太久，现在只有这样的八卦消息能让她眼前一亮。"没错，所以当有一回她发现科克托和他的情人好像世界末日那样猛打鸦片针，猛喝她的存酒之后，科莱特就把他们赶了出去。她非常担心那一对闹得太大，会把德国人引来，把他的犹太丈夫抓走。"

"我不明白她在担心什么？德国人又没有占领南部。"

蜜西娅瞥了一眼塞特，他刚刚吃了一大盘牛下水，灌了一整瓶廉价葡萄酒，此刻正躺在沙发上呼呼大睡。"有传言说维希政府会对德国人有求必应，要他们做什么他们都会同意的。"蜜西娅说，之后转向我。"奥托·阿贝茨（**Otto Abetz**），德国驻法国全权大使，痛恨犹太人。所有人都知道他对犹太人的态度跟希特勒一样。"

有趣。即便是在被占领时期，当信息如此匮乏难得，蜜西娅仍然能从外面多少获得一些有用的消息。听到纳粹德国人已经公开了对犹太人的态度之后，同时想到德国人就在巴黎城里逡巡，我感到了一丝寒意。

"李法尔呢？"我换了个话题。"我还没告诉他我已经回来了，他还在跳舞吗？"

"他从来就没有停止过跳舞。"蜜西娅做出了一个深恶痛绝的表情。"当希特勒来巴黎的时候，他甚至亲自去'拜见了元首'。李法尔带着希特勒参观了巴黎歌剧院。据他说，希特勒很喜欢他，而且自打迪亚吉列夫之后还没有人对他这么好过。"

"是吗，好吧，"我轻声笑了起来，"一贯这么自负，他就是认为自己漂亮到可以征服任何人。"

在开口之前，蜜西娅先露出了个自命不凡的笑容："当然，有可能是真的，传说希特勒有一些非常古怪的癖好，而李法尔在任何一个社交场所都一定会成为焦点。他本来应该小心一些，不是所有人都像他这样欢迎德国人的。"蜜西娅停了下来，用一种让人不舒服的眼光盯着我。"你呢，亲爱的，你有什么计划？你自己有没有被一两个纳粹盯上？"

"求你了。"我翻了个白眼，但她总能很快看透我。"是哪个？"她问道，"别告诉我说是戈林那个层级的某个纳粹高官。"

"戈林？"我爆发出一阵笑声。"我来告诉你这个让人胆寒的帝国元帅的真面目……"我讲的故事让蜜西娅咯咯大笑了好一阵，甚至都忘了之前她想从我这里打听什么。

天色渐晚，德国人规定夜里九点为宵禁时间，因此我得在九点之前赶回去——没人希望自己在大街上被抓走。蜜西娅帮我穿上外套，说："不管你现在是在做什么，一定要小心。你为安德烈做的一切都让人敬佩，不过你还是要考虑到这样做的后果。李法尔的话已经得到证实了。自由法国（**Free French**）的人有很多眼线，所以最后当我们把这些德国蠢猪踢出国境之外的时候，你很可能会因为现在做的事情受到牵连。"

我点了点头，吻了吻她。"这些天我一直像修女一样洁身自好，"我开玩笑地说，然而当我走出门外拦出租车的时候，蜜西娅的话一直在我的脑海盘绕不去。

也许我应该装作从来没见过斯巴茨·冯·丁克拉格。

接下来的几周里，九月暑气渐消，十月的凉爽袭来。我忙于商店里的生意，也会不时参加塞特和蜜西娅家里举行的非正式聚会。李法尔过来看我，他还和以前一样，身材纤细，皮肤晒成古铜色。他看到我非常高兴，热情地吻着我，用各种道听途说来的德国军官的绯闻逸事博我一笑。那些德国军官会带着他们的法国情妇或者很容易无聊的太太们来看他跳舞，不过会在演出结束后偷偷到后台和他乱搞，"好像我是个妓女。"

"你不是吗？"我说道，他大笑起来。

"我有什么办法？告诉你，他们都是金发，肌肉那么好，个个都是雅利安血统。"他咧着嘴一边笑一边凑到我的耳边说，"我们得让科克托赶紧回来。今年巴黎的行情真是好极了！"

只不过是说说而已，或者仅仅对于李法尔才意味着更多的东西。他已经受邀参加即将在柏林举行的俄罗斯芭蕾舞团巡演——刚刚说出这番话来，立刻遭到了蜜西娅的怒视。"你敢！难道你也会在希特勒面前跳舞？"

"我已经跳过了，"李法尔得意地一笑，"所以他才会邀请我。"

玛丽-路易丝当晚也在现场，她说她曾经组织过一些午餐聚会，并邀请了一些"令人愉快的"讲法语的德国人，其中就有纳粹宣传总监海勒（Heller）。他们来品尝她从黑市上弄来的食物，听人读诗，欣赏卡莉亚蒂丝（Caryathis）的舞蹈。

我坐到钢琴旁边，开始弹奏一首我在穆朗时期时常唱起的老歌。"你难道从来就没想过从她那里学到点儿什么吗？"她对我说。"那天她对我们说你是一个多么专注的人。你想成为一名专业的舞者，至少她是这么说的。"

我嗤笑了一声。"我从来没想过要成为舞蹈演员。像埃莉斯大概已经七十多岁了吧，还在跳舞。我能想象这画面不会太好看。"

"其实，"玛丽-路易丝说道，"亲爱的可可，我觉得她跟你的年纪差不多大。"

我瞥了她一眼。之前一路横穿法国的那次旅程我已经受够了她，难道我现在还得忍受她的愚蠢？不过紧接着玛丽-路易丝说了一个消息，她听说德国人有计划释放之前俘获的三十万法国士兵，由于德国人与维希政府之间的协议，战事暂停。听到这里，我自然向玛丽-路易丝问了很多相关的问题。

"释放士兵的工作由谁主持？"我问道。"士兵们会被送到哪里去呢？"

玛丽-路易丝撇了撇嘴:"我也不知道。你为什么好奇这个?"

"不为什么,"我如此回答道,蜜西娅这时瞪了我一眼,"只是好奇而已。"

当晚之后,蜜西娅这样警告我:"玛丽-路易丝和她那一群朋友跟纳粹德国人的关系非比寻常。她这个人不可以信任。为了一块牛排,她连自己的亲妈都能出卖。"

当晚我感到很疲惫,回到丽兹酒店之后,一直犹豫要不要给斯巴茨打个电话。自从上次见面之后,他曾经打电话到店里,说正在就我们讨论过的事情打听消息。此外他并没有表现出希望再次见到我的意思,这比我预想到的还要让我沮丧,我开始伤感自己青春不再。我知道他今年四十五岁,整整比我小十三岁。我告诫自己与他保持这样的距离是明智的。不管怎样,即使是有一半英国血统但他还是德国外交官,斯巴茨仍然属于与我对立的阵营。塞特告诉我,我有一些法国朋友,此时的行为堪称鲁莽,比如阿列蒂,如今因为她有个纳粹德国情人,已经成了巴黎举城皆知的丑闻。而李法尔则被巴黎抵抗组织列入了头号死亡名单。然而他们两个对此似乎并不在意——李法尔经常大开玩笑,说如果自己真的被送上绞首架,一定会戴上一顶像路易十六王后玛丽·安托瓦内特那样的白色假发——蜜西娅说,如果战争局势开始向不利于德国的方向扭转,法国一定会借机反扑。

即便如此,我仍然对斯巴茨就此失去消息耿耿于怀,并且感到斯巴茨并没有坚持与我发展更深的关系而感觉受到了侮辱。

我已经魅力不再了吗?

几周之后,结束店里一天的忙碌,我走进丽兹酒店的大堂,忽然看到了斯巴茨。

看到我的那一刻,斯巴茨就从椅子上站了起来,帽子拿在手里。他那天穿着一身灰色的西服套装,刚好衬托他的那双蓝眼睛。他的金发没有涂抹发蜡,蓬乱地散乱着。他的出现让我突然停住了脚步,心跳开始加快了起来。

NOT THE TIME FOR FASHION

我并不喜欢自己的这种反应。

我慢慢走向他，之后听到他静静地说，"我打听到一些消息。"

我站住脚，冷冷地看着他："你知道我的房间号码，十分钟之后来找我。"

一回到房间，我颤抖着手迅速锁上了门，之后站在了卫生间的镜子前。不出所料，我的样子和自己想象的一样——眼睛下有深深的黑眼圈，由于一直和供货商在电话中吵架，我的嘴唇被自己咬得不成样子。工作的疲惫，以及居住在这样一个狭小的空间，已经让我逐渐失去了以往的神采。

我给自己涂上最喜欢的口红，又擦了些在颧骨下，让自己恢复些气色。用梳子草草梳了下头发，遮住白色的发根。又该染头发了，这就意味着我需要在货物所剩无几的百货公司里寻找合适的染发剂，或者去央求令人讨厌的玛丽-路易丝帮我从黑市上弄些出来。就在我准备喷香水的时候，敲门声响起，我放下了香水瓶。他一定能闻出是刚刚喷的，我不想让他觉得我很急切。

我打开门，让斯巴茨进来——于我来说仿佛打开了内心深处关闭很久的东西。我环抱着双臂，看着斯巴茨犹豫地走进了门廊，看上去比在大堂里高大了一些。

"所以，"我说，尽量保持着声音的平静。"你刚才说打听到一些消息？"

他点了点头，转着手中的帽子。"在释放人员名单中，没有你的侄子安德烈·巴拉斯的名字。我也不知道为什么会这样，这在我的职权范围之外。有些信息我也无法获得，他们为什么要这么做也不会告诉我。"

"天哪，"我开始四处找香烟，抓起之前丢到梳妆台上的手包，我在里面翻到了香烟，之后点燃一颗，吸了几口。烟雾中我看到他并没有走，距离门口不过一步之遥，然而他好像害怕到没办法动弹。

"我觉得还是能帮上一些忙的，"他说，"我有一个从小一起长大的朋友，西奥多·莫姆上尉（**Theodore Momm**），他最近被委任负责管理全法国的纺织工业，为战争服务。我可以让他去——"

然而我沉浸在听到消息之后的痛楚之中，突然之间，我陷入了无法自控的状态，也不再在乎他究竟打算引诱我还是在怀里配着手枪。"你们到底想要干什么？为什么不直接说呢？"我转身面向他。"不是我们要打仗的；我从来没有想要过现在这样的生活。你们这些德国人——给我们带来了这么多灾难，现在连我的侄子也有可能因此而丧命。"

　　我知道自己不该说这些。我应该首先拿出客气而且顺从的态度，之后感谢他的费心帮助，之后再和他礼貌道别。然而在当时的情境之下，我完全无意考虑这些。我对安德烈性命安全的担忧，对自己试图留住昔日魅力而尝到的耻辱——在一瞬之间忽然全都爆发了出来。

　　"我讨厌所有的这一切，"我向他迈了一步，"可以说我鄙视这一切。那只叫戈林的猪，把别的女人赶出去，之后又偷她们的首饰。还有那个叫阿贝茨的肮脏的宣传家，正在玷污我们的古迹建筑。你说要我相信你们，你们是友好的。可这算什么友好？这是一场什么样的战争？你们入侵了我们的城市和国家，还要我们冲着你们那面丑陋的红旗喊什么'嗨希特勒'？这太荒唐了，简直是耻辱。我痛恨这一切。"

　　我离他非常近，近到差一点就挥拳揍到他的脸上。我差一点就伸出了拳头，而且我的指尖夹着香烟，我在想，也许在他漂亮的脸蛋上留下个烫伤痕迹也不错，然而他只轻轻说了一句话，就完全卸下了我的一切武装："我完全理解你的感受。"

　　我发出一声哀鸣："不，你不能理解。上一次战争之后，你们德国人就一直这么打算，要把我们踩在鞋底下。你们听命于元首，即便他是个疯子。"

　　他盯着我的眼睛："说完了吗？"

　　我站在那里一动不动，不发一语，直到香烟烫到了我的手指，我在床边的烟灰缸里把它捻灭，开始意识到我可能即将面临被逮捕的命运，而且这张逮捕令是我自己亲手发出的。我刚刚在这个德国人的面前污蔑了希特勒。而塞特曾经说，有些法国人只是因为说了几句话后就此人间蒸发。

NOT THE TIME FOR FASHION

斯巴茨说："很抱歉我让你难过了，这并不是我的本意。你侄子的事情我还是可能会帮上一点点忙，不过比我之前想象的难度要大得多。如果你改变了主意，你知道怎么找到我。"之后他转身离开，伸手去拉门的时候，我说，"等一下。"

我的话让他突然停住了。斯巴茨的存在刺激我流露出了真实的自己，我需要这样的刺激。"我现在有危险吗？"他并没有接话，我接着说道，"我想说的不是你以为的意思。当我们第一次见面的时候，我有一种感觉，你有目的，想从我这里获得一些东西。你找我是来寻求同情和安慰的吗？我已经上了你的名单吗？"

斯巴茨幽默地笑了笑。"我可没有打算和你玩儿什么游戏，小姐。你说的这些名单，是消灭人的武器。不过如果所有讨厌战争的人都被逮捕的话——那么现在巴黎已经变成了一座空城。有很多人并不认同希特勒，甚至包括很多远在德国国内的人，数量多到超乎你的想象。那些人完全看得出希特勒在谋划什么，然而他们和希特勒不一样，他们已经从过去的战争中得到了教训。"

"你同意吗？"尽管已经觉得自己刚才有些鲁莽，我还是挑衅地问道。

"上次那场战争当中我是个军人，"他淡淡地说，"我亲眼见到过战争的破坏性。我不希望它再次发生。"

"你站在哪一边？"

他举起一只手。"我此刻也并不知道更多，但可以肯定的是，我理解你担心自己的人身安全并未得到保障，每个人都有同样的担心，但据我所知你的名字并没有出现在任何一份名单上。"

我想相信他。我在他的表情中看不到欺骗，也看不出他打算耍任何花招，然而我还是迟疑了。我突然十分恐惧地意识到，我刚刚对这个德国人说了些什么。话已经说出去，收不回来，而且那些话足以让我丢掉性命。

"我刚刚骂了你，"我踌躇着说，"我……不该说那些话。"

"你确实不该。"他露出一个孩子气的笑容，眼角浮起一丝细纹，让我想起了生命中曾经出现却又消失的男人们。"你是一个强大的女人。我很敬佩你。感谢我们之间的这段小插曲，我永远不会忘掉。"

他又一次转身向门口走去。我又一次拦住了他，这一次我上前拉住了他的袖口。他站住片刻，之后他转过头望着我说，"你确定吗？"

我对他温柔地笑了笑。"并不确定，可又怎么样呢，以前我又有哪次完全知道自己在做什么？"

当天稍晚，斯巴茨熟睡在凌乱的床单上，宽厚的胸口随着呼吸一起一伏。我小心地爬了起来，踮着脚找到手提包里的香烟，之后光着身子走到窗边，望着下面的康朋街。

从这里刚好能看到我的商店。清冷的晚风吹拂着白色的遮阳篷。白色的遮阳布上印着我的名字，如今在冷风中上下翻飞变得无法辨认，如同我身处的这个世界。

斯巴茨在睡梦中喃喃呓语，我望着他，吸着烟，回想着我生命中出现过的男人们：我那位总是醉醺醺的抛弃了我们的父亲；对我漠不关心，一心养马的巴桑；还有对我来说无与伦比的博伊。然而当我试着想象他的模样时，却发现自己几乎忘掉了他眼睛的颜色和触摸他双手时的感觉。我发现自己并没有意识到，在博伊死后的漫长岁月里，他已经渐渐离我远去了。

熄灭香烟，我静悄悄地走到床上。斯巴茨用手臂环绕住我，将我紧紧拉进怀里，将脸埋在我的颈子上。他的身体又大又暖和。

我闭上了眼睛。今晚我不会用镇静剂，不希望让他看到我用药物。

是时候忘记了。

NOT THE TIME FOR FASHION

冬天随着寒风的肆虐降临，这是我记忆中最冷的冬天。寒风犹如带着尖牙，空气冷得像可以割破玻璃的银刃。巴黎遭到冰雪风暴的袭击，成为一座冰城，全城燃料短缺，经常断电，食物供给不足，德国人在城里分派食品券。有传言说见到饥饿的人在垃圾堆里翻找食物，妓院反倒开始生意兴隆，男男女女试图通过性爱让自己忘掉饥饿。面包、鸡蛋、葡萄酒和肉的价格贵若黄金，黑市的需求急剧增长。玛丽-路易丝和她那一伙人把羊肉、牛肉和火腿带到塞特家里，这些东西来自与巴黎城外农民之间的交易，后者借机敲巴黎人的竹杠，用来交换香烟，德国的香烟供给好像无穷无尽。

十二月的时候，我让斯巴茨引荐我认识了他的联络人西奥多·莫姆上尉。莫姆上尉在巴黎被占期间位居高职，和很多与他同类之人一样，十分油滑。令我惊讶的是，他与巴桑在多年之前就认识，而他本人也曾经培育出冠军赛马。莫姆上尉说认识我是一件"令人陶醉"之事。自然，他也说到，对我的名气早有耳闻，并且希望我可以在将来还他个人情。我能说什么呢？此时此刻我受制于他，于是我回答说那是当然，并且强调虽然其他的设计师都开始恢复工作并陆续开始筹备春季时装发布的工作，但我自己还没有做好准备——我并没有直说，那些设计师的客户只不过是德国军官的贪婪情妇，以及黑市暴发户那些粗鄙的老婆们。

莫姆佯装失望，发出一声叹息："是的，这太糟糕了，不是吗，但我们又能怎么办呢？你想想看，我们没有更好的选择。时局如此，我们也只有顺应。我们都不希望落到你侄子那样的境地。"

我离开莫姆的办公室，反复思索他最后的话，想着也许他刚刚含蓄地威胁了我，但斯巴茨让我放下心来，说莫姆和很多人一样，只在乎保全一己之利。"如果有人问起莫姆为什么释放了名单之外的士兵，"我们回到丽兹酒店之后，斯巴茨说，"他一定会说这是可可·香奈儿小姐本人要求的，作为条件，她已经表示愿意做任何程度的配合。"

"我可不会答应给他们设计服装，"我立即说道，"我有一些底线是永远无法退让的。如果他们想要香水，想买多少瓶都可以，我设计的首饰也是，虽然我听说德国人已经抢了不少货真价实的珠宝——但时装——永远不可能。"

斯巴茨笑着脱去衣服，牵我到床上。我对他怒目而视，思忖着在我们的关系发展到超出可控范围之前结束掉它。斯巴茨表面上在帮我的忙，然而无论我如何小心谨慎，他仍然是个德国人。我也仍然是个法国女人，和阿列蒂一样鲁莽，也和她一样，背后有很多人在指指点点。

只有斯巴茨的抚慰能让我暂时忘掉这些。斯巴茨对我很有耐心，也知晓更年期的女人往往无法像年轻女人那样愉悦地享受性爱。斯巴茨懂得用什么样的方式，渐渐让我曾因经历太多悲欢离合而失去的欲望再次爬上来。有那么短短的一刹那，我又回到了年轻时的自己。当他离开后，我竟然担心害怕，从房间的一头走到另一头，我先吸烟，之后还是服了镇静剂。

没有谁比我更了解自己，我可以帮助自己看到表象之下的真相。

几星期之后，在莫姆的办公室里，他告诉我，我的侄子安德烈被关在德国的一个战俘营里。这一次，我几乎同意了莫姆提出的所有要求，即便要我给希特勒的情妇设计晚礼服我也会同意的。莫姆甚至兴致盎然地说起他为打听安德烈的事冒了多大的个人风险。

"这件事情很复杂，需要巧妙圆通的处理方式，包括撰写大量的书面文件和数额不菲的花费，"他说道，"要从监狱里释放一个战犯是极为困难的。

我需要非常具有说服力的理由，因为他并不在那份释放人员名单上。我可不希望柏林方面质问我为什么要越权做事。"

"但肯定是出了某些管理层面的问题，安德烈没有犯任何罪。"

"他是个法国兵，这一条就足够了。"莫姆坐在宽大的堆满"重要"文件的办公桌后面，他的头发用发蜡薄薄地向后梳去，鼻梁上架着一副眼镜，带着一脸公事公办、漠不关心的神情，观察着我。我打了一个冷战。我有种感觉，他会以帮助我的名义，把我告发到盖世太保那里去。我点起一根烟，手指微微发抖，想着他会找个什么样的借口。

"你可以上报说需要安德烈为你工作，这个理由怎么样？"我突然闪过一个念头，"现在军工纺织的一切事务都是你在管，你肯定需要经验丰富的管理人员。安德烈曾经在我的工作室接受过专业训练，他负责监管香奈儿服装布料的生产，是我的得力助手。"

"这个想法挺有意思，"莫姆说道。我闭上嘴，摆出一副满不在乎的神态，等待他继续说下去。"有才华的男人，我一直求贤若渴，"他终于开口了，"有才华的女人更是世间少有。"

我心底一震，却在脸上挤出一个笑容，这个卑劣的鼠辈难道在向我求欢？"我实在难以胜任管理纺织厂的管理工作，莫姆先生，我其实是最不适合的人选。"

莫姆咧开嘴巴笑了起来，露出带有烟渍的牙齿。"我现在考虑的不是纺织厂的工作。"之后他开始沉默拖延，就在我几乎脱口说出如果他认为我会对他予求予给的话就大错特错了的时候，他又开口了："有了新消息我会及时通知你的，香奈儿小姐。我相信我们一定会达成一种互惠的合作关系。所以我以后可以联系你，对吗？"

我很清楚他并不是在征求我的同意。我简单地点了一下头，之后感谢他拨冗见我，之后逃出了他的办公室。当天晚上，斯巴茨来找我，我对他说了白天和莫姆见面的事，声音因为气愤而有些发抖。

"这个厚颜无耻的人，他难道真的以为我……饥渴到这个程度吗？他以为我会看得上他这号人物？"我大声咆哮着，同时也意识到这有多么讽刺，我会对别人以性作为交换条件的一点暗示而勃然大怒，而这和我与斯巴茨的关系又有什么本质不同？

斯巴茨叹了一口气，松开领带。"不是你想象的这样。你走了之后莫姆给我打了电话。他说他当然可以向上面提出让你的侄子负责纺织厂的管理工作，但他们押着你的侄子不放是有原因的，如果我们过于坚持，他们很有可能干脆把他处决掉。他们已经处决了数百名战俘。你得知道，莫姆是在比利时，而并非在德国长大的，但现在他为帝国工作，他行为处事就得极为小心，他们会怀疑他的忠诚度。"

"他们怀疑你吗？"我立刻问道，"似乎我们周围的所有人都有所谓苦衷或托词，我必须得找到那个能把安德烈带回来的人。"

斯巴茨沉默了片刻，之后说道："这件事为什么这么重要？现在是战争时期，每天都有成百甚至上千人遭到监禁或者被杀掉。你说安德烈是在英国长大的，你也只是在度假的时候见过他几次。为什么要为了他搭上你的性命安全？"

我咬着嘴唇，低头看着指间的香烟。我需要思考才知道该如何回答这个问题。最容易的回答是安德烈是我的亲人。但我也有其他亲人，我的亲兄弟们，我曾经持续资助他们的生活，然而当我关闭服装店之后即中断了对他们的资助，并说我手头没有其他盈余，自己也并未对此有过一丝愧疚不安。然而我知道自己在撒谎，我有很多的钱，虽然大部分被银行冻结，然而我仍然可以从香水和珠宝的销售收入中获利颇丰。显然我对安德烈的关照不仅仅是因为我们血脉相连。对于我来说，安德烈是个缩影，在他身上集中了我生命中所有好的那一面。他是我的救赎，我曾经在他的命里活着，然而现在，这一切都变得不确定了。

"他是我亲姐姐的儿子，"我说道，"除了这个还需要什么理由呢？"

"不需要其他理由了，"斯巴茨坐在我的床边，"但你得知道，现在柏林知道你拒绝恢复服装店的经营，而巴黎其他的设计师都已经答应了。你这样断然拒绝，实际上是对他们表明了一种强烈的态度。如果你不答应他们的条件，他们为什么要答应你的条件？"

我没有办法抬头看他。"我该怎么办呢？"

他没有说话。我点燃一根香烟，转头望着他。"那么，我该怎么做呢？你是为他们工作的，你总该知道些什么吧。告诉我，我该怎么做。他们希望我为谁设计时装吗？可以，我可以答应。我可以以纳粹旗子上的红黑两色为灵感推出一个系列。"

"小心点，可可。如果你并不情愿，就一定不要答应。莫姆会利用你这一点。他确实认为你很饥渴，但是他错了。你很富于魅力，他也无意羞辱你。他知道你跟我上了床——"

"错了，"我打断了他，"是你跟我上了床，这是不一样的。"

他点了点头，"确实如此，"他迎向了我的目光。"我并不清楚他们想从你这里得到什么，但我确信肯定有所图。也许他们自己都还没有想清楚。如果你继续向他们施加压力，很快我们就会知道了。他们手里有安德烈，肯定会开出个价码。"

我咬紧牙齿，站了起来。"无论他们需要我付出什么样的代价，我都会答应的。"我继续背对着他，说道，"我很累了，想一个人待一会儿。"

斯巴茨没说什么，抓起帽子和领带，拎着他的密码公文包走到门边，之后半转过身来对我说。

"我想应该告诉你，维希政府的贝当元帅（**Marshal Pétain**）已经表示会与柏林合作。莫姆跟我说在占领区内的所有犹太人和德国政府认为不受欢迎的人，维希政府都有义务将他们上报。之后这些人可能会被流放出去。现在新法已经开始施行，不允许犹太人拥有或者从事任何形式上的商业行为。我告诉你这些是因为也许了解这些会对你有帮助。"

说完之后斯巴茨就离开了，在身后关上了门。

我站在那里没有动，觉得脑袋里轰隆作响，此刻我需要一些镇静剂，只消用针头在我的手臂血管上一戳，之后我就会坠入无梦的无意识状态，即便只有几个小时也好。

然而我也明白，这种逃避只是暂时的。

12

我给蜜西娅打了通电话。我们已经没办法在丽兹酒店吃午餐了。酒店在白天严格执行着德国方面颁布的关于禁止法国平民与德国军方人员在酒店交流的禁令，不过一到晚上禁令就较为松懈。酒店的餐厅如今是纳粹德国人的地盘。

我们约定改在杜伊勒里宫见面。

有人把我和斯巴茨在一起的事情告诉了蜜西娅——我并不知道是谁讲的，但怀疑是玛丽-路易丝——我已经准备好接受蜜西娅的斥责，但蜜西娅的态度比我想象的更尖刻："最近好像很流行找个纳粹情人。亲爱的，你这是头一次没有走在时尚前端，这次你算是跟风。"

除了语气尖刻一些，蜜西娅仅此而已，也叫我有些意外。我们坐在卢浮宫旁边的露天咖啡座上，卢浮宫里的稀世珍宝早已被工作人员转移到安全的地方，以防被纳粹德国人掠夺去。我感到有些不安。自从德国人占领了巴黎，我和蜜西娅还从未在任何公开场合待过。我从墨镜镜片的边缘看出去，看到几个行人向协和广场的方向走去，他们眼睛发直，身上裹着披肩、帽子和手套，外表看上去凌乱不堪又无精打采。

蜜西娅干巴巴地说："你不必这么担心。很多事情会变，但两个上了年纪的女人在咖啡座喝咖啡是不会引起任何怀疑的。"

"这也叫咖啡？"我咧着嘴盯着杯子里漂着的咖啡渣。

"是啊，"蜜西娅说，"现在的东西比不上从前，塞特爱吃的那些烟熏火腿也是，他每次都能吃下去一磅多。"

　　她看上去有些憔悴，我注意到，蜜西娅比以往任何时候都要消瘦。"你有没有在吃东西？"

　　"哦，当然，"她用手指拨弄着咖啡杯，"只不过没有塞特吃得多，那男人简直像只牲口。任何时候胃口都非常好。"

　　之后是一阵令人不适的沉默。我熄灭香烟，紧接着又燃起一根，蜜西娅说，"你给我打电话的时候我很好奇，最近我们一直都能在聚会上碰面，但这次你把我叫了出来，出了什么事吗？"

　　我点了点头，又环顾四周。紧接着我感觉到她的手在桌子下面伸到我的水貂皮大衣之下，放在我的膝盖上。"你可不可以别像个间谍似的，"之后她向后倚在椅子上继续说道，"好了，告诉我出了什么事。你的情人开始对你感到厌倦了吗？"

　　蜜西娅的语气轻松，然而却十分尖刻。我想对她说你不必评判我，特别是如今你跟塞特还能吃到从黑市上买来的火腿的时候，然而我闭紧了嘴巴，没有让这些话说出口。不过和往常一样，蜜西娅总是能异乎寻常地准确猜出我心所想。

　　"我觉得厌倦这个词不太准确，"之后我低声把莫姆的把戏和斯巴茨的建议告诉了她。讲完之后，她把手指扶在下唇上，"你觉得他是什么意思？"她问道。

　　"一开始的时候我自己也不太确定，"我尽量保持神态镇定。"不过之后我给瑞内打了电话，他告诉我说在目前的新形势下，我已经可以对韦特海默兄弟公司控制的香奈儿香水公司提起诉讼，并且可以夺回公司的控制权。你知道他们是……"

　　"是的，我们都知道。这么说来，他们的表兄波拉克也是……"

　　我点了点头："我感觉是的。"

　　她扬起了眉毛。"那么就来吧。这么多年来你一直想夺回香奈儿香水公司的控制权。现在就是你的机会。你现在可以轻而易举地把他们推下台。"
她的声音里没有一丝感情色彩，仿佛在陈述着一件不可辩驳的实事。但我仍
然从她的目光中看到了没有说出的一些念头，这念头激怒了我。

"你的意思是我现在可以达到目的了，就因为他们是——"我及时压低
声音变成了愤怒的低语，"他们这么多年来一直在抢走我的东西。皮埃尔亲
口对我说这是生意——他说的没错。这是生意，可这是我的生意。跟他们是
不是犹太人没有关系。"

蜜西娅盯着我："没有关系吗？你有没有停下来想过我也许也是犹太人？"

我愣住了，突然之间，感到一阵彻骨的寒冷，我对她说："好了，蜜西
娅。你是天主教徒，大家都知道。"

蜜西娅仍然迎着我的目光。"会让你惊讶的。不是因为我，而是你会发
现竟然有那么多你认识的朋友是犹太人。你从来不关心，所以也从来没有费
事去问过。"接着她忽然笑了，"但是，当然，我知道你不会用这个办法来对
待我们中的任何一个——但我必须得说，你过去做过的那些事情其实已经初
露端倪。你先后跟本德和艾里布交往的时候，我就有了那么一点感觉。德国
人一定知道你曾经资助艾里布的《目击者》杂志。也许你向法庭起诉争夺香
水公司的时候，可以拿几本给法官看看。"

我瞪着蜜西娅："你怎么能对我说这些话，特别是现在这个时候？"

她咯咯笑了起来："现在不说，什么时候说？你和那些人一样，认为这
场战争给你们的生活带来了不便。你假装这些事情都不存在。假装不知情，
然后你就可以施行复仇计划。"

"简直太可怕了，你把我说得像玛丽-路易丝一样！"

"是的，确实太可怕了。连我们的科克托都夹着尾巴回来了，像一只小
老鼠一样听话，为了取悦德国人开始写新的剧本，李法尔领舞。"蜜西娅把
目光转向窗外，"我认为他们的行为都可以理解。没人想进集中营。"

"蜜西娅，"我不耐烦地把烟灰磕在地板上。

MADEMOISELLE CHANEL

"你说这些并没有帮到我，安德烈现在已经被关起来了。我只是有个机会夺回公司，这和我愿不愿意迎合德国人有什么关系呢？"

蜜西娅把目光收回来转向我。"如果你能收回公司当然没什么坏处，"之后她喝了一口咖啡。我认识蜜西娅这么多年，我第一次无法看懂她的表情。

"你觉得我不该这么做吗？你觉得如果我这么做了，别人会认为我趁火打劫吗？"

"从什么时候起你开始在乎我的意见了？你想做什么去做就好了。你总有自己的理由，而且每次的理由对于你来说都足够充分。"

"但你的意见对我来说确实很重要。"我哽咽了起来。上帝啊，我快要哭出来了。

"为什么？"她问道，如同给我重重的一击。她向前倾靠近我，我看到她的满头卷发已久未染过，毛线帽子下露出一截灰色的发根，双下巴松弛地挂在颈子下，皮下的血管清晰可辨，眼睛上仿佛蒙着层雾，说明她临出门之前刚刚用过那蓝色的药滴："你现在是真的需要一个朋友的意见，还是希望我安慰你告发犹太人是可以接受的？"

蜜西娅的话如同响亮的铃声。我不敢再看向四周，仿佛盖世太保随时会从不知什么地方跳出来。我说不出任何话，也无法动弹一丝一毫。蜜西娅继续说道："你觉得我的同意有用吗？你觉得我说什么或者做什么有多大作用吗？罗斯柴尔德男爵夫人，还有丽莉·罗斯柴尔德，她们都是你的客户。你明知道她们都嫁给了法国最富有的男人，然而就是因为罗斯柴尔德是个犹太家族，所以他们不得不离开法国。丽莉的丈夫去了英格兰，然而丽莉留了下来。结果当她试图拿着一份伪造的许可证进入巴黎的时候，被盖世太保逮捕了。我想把她保出来，跟他们说她是来巴黎看我的。但他们还是把她送进了劳工营。她不是犹太人，但这也没能保护得了她。可可，你和从前一样什么都看不到也什么都听不到。我们保护不了自己，德国人很清楚，没人能阻止得了他们。"

"我……不知道丽莉的事，"我惊呆了，"我从没听说过。"

她嗤之以鼻："当你和他们当中的某一个躺在丽兹酒店床上的时候，你是听不到这样的事的。"我要张嘴反驳，蜜西娅打断了我。"我不在乎他是不是站在我们这边，不管怎么样，他在给德国政府当差。我警告你，可可。我对你说过要小心，你的行为会产生间接的后果。你，李法尔，还有阿列蒂，你们从来不听别人的劝，然而现在竟然来找我拿主意？你期望听我说什么？"

我抖得太厉害，香烟掉到了地上。我用鞋底把烟踩灭，准备站起来，蜜西娅突然攥住了我的手，"起诉吧，"她说，"你会后悔的。也许不会立即后悔，也许有很长一段时间你不会后悔，但迟早有一天，你会的。看看四周——这状况不会太久的。即便我们没有阻止他们，英国人也会的。最后美国人也会加入进来，就像他们以前那样。战争会结束的，之后我们来收拾残局。你最好能保证你不是残局中被收拾的一个。"

"安德烈是我的侄子。"我抽回了手，"我才不会让他待在什么见鬼的战俘营里。他有妻子，有孩子，他没有做错任何事！"

蜜西娅带着难以置信的表情爆发出一阵大笑："所以所向无敌的可可出来拯救他了。你没能救得了博伊，所以你现在必须救安德烈，是这样吗？"

"见鬼去吧，蜜西娅，"我压低声音说，"下地狱去吧。"我从桌上猛地把手提包抽走，把咖啡杯丢回碟子里去。

"我已经在地狱里了，"我听到她轻声说，"我们都是。"我没有回头，径直走出了咖啡馆，走进了春日寒冷的阳光下。

如果之前我还在犹豫，那么现在我已经下定决心了。穿过杜伊勒里宫花园的时候我这样想，我对斯巴茨说过，无论代价是什么，我都能接受。

我会兑现诺言。

我给律师瑞内打了电话，要求他即刻启动对韦特海默兄弟的诉讼程序。我是个纯粹的法国人，我的血管里流着纯粹的法国血统。他们把我的公司从我手中夺走，还从中大笔渔利，已经过了太长的时间，现在是时候了。

晚上和斯巴茨在丽兹酒店用餐的时候，他鼓掌表明了态度："需要的正是这个。这消息会层层传到柏林去，这样他们才会认为你是他们那一边的。你刚刚已经为安德烈打开了监狱牢门。"

"我们会知道的，"我回答道。我忽然对他的态度感到极度的反感，"我相信消息会层层传到柏林，你的意思是莫姆吧。你会告诉他，之后他再告诉他们。"

他举起了葡萄酒杯说："如果你希望的话当然可以。但我敢肯定即便没有莫姆，他们也会有其他途径获悉。在巴黎发生的任何事情都逃不出他们的眼线。"

"是这样吗？"我抑制住想给他一耳光的冲动。"不管怎么样，我希望莫姆本人知道。我已经做了我这边的事情。现在，他必须去做他那边的事。也就是他所说的全部的书面材料的事情，他必须开始动手，立刻动手。"

"放心好了，"斯巴茨说。我并不确定斯巴茨是否察觉到了我对他的厌恶。一起吃完晚餐之后，我们一起回到房间，斯巴茨开始像往常一样在门廊大讲特讲自己与纳粹的关系，佯装出一副并没有打算和我上床的姿态。而我此刻有种冲动，想要把他永远推出门外然后插上插销。之后我想到了韦特海默兄弟，虽然我很清楚他们要得我团团转，但我仍然为自己的所作所为感到厌恶。我很清楚这不公平，然而我也在想，过去数年他们对我所做的一切难道是公平的？他们从香奈儿五号香水上赚取了巨额的利润，而我仅仅获得了其中的微薄一份。甚至韦特海默兄弟的表兄波拉克也胆敢在减量 50% 之后再向我收取双倍的价格，以提高利润。我明白，我利用了新行的反犹太法案，我越线了。

我站到了敌人的那边。

斯巴茨敲门的时候，我坐在床上等了一会儿。他试着拧了拧门把手，之后继续敲。然后他静静地站在门外没有走。我可以从门缝下照进来的走廊的光线看到他的影子。他只是静静地，耐心地站在那里。

最后他终于走了。然而我很肯定他会再回来，毫无疑问——但不是今晚。

我对韦特海默兄弟的公司发起的法律诉讼最后以一无所获告终。波拉克听到风声，立刻逃去了纽约，并将贝姿华公司转移到了一家法国航空公司旗下，那家公司的管理者是一个血统纯粹的法国人，就像我一样。这桩鲁莽行事的诉讼案让我失去了蜜西娅对我的尊敬，同时在早已拥挤不堪的法庭上遭到了一延再延而最终变得悄无声息。我的律师费尽力气之后发现束手无策，最后告诉我他也毫无办法。法官们都自顾不暇，没有人对香水纠纷感兴趣。

1941 年的夏天随着战事逐渐过去，我与蜜西娅保持着冷淡的关系。希特勒此时已经几乎将整个欧洲收入囊中，并且公开宣称他将进军苏联。与此同时，他指挥德国空军空袭了伦敦，投掷燃烧弹，将伦敦变成一片火海。此时的丘吉尔已经当选首相。我寄信给他并表示祝贺，然而并未收到回信。我甚至不知道这封信是否寄到了他那里。德国人控制了邮政系统、电话线和无线电等，任何可能会泄露情报或被用来当做宣传工具的渠道。我很清楚给丘吉尔写信可能会给自己带来风险，泄露了我站在他那一边的信息。然而我并不在乎。我恨不得能冲着他们的脸就此大喊出来，才能稍微消除我的内疚。

有天晚上，我从香榭丽舍大街信步走回酒店，恰好路过斯特拉温斯基和迪亚吉列夫曾经表演过《春之祭》的剧场。如今剧场的外立面悬挂起一支巨大的横幅，宣告即将开幕的展览：法国的犹太人。横幅上画着一幅看似怪异的漫画：一个长着巨大的鹰钩鼻的人牢牢看守着一大堆硬币，在他的脚边，一群饥饿的流浪儿在他的脚下恳求着他。这幅画让我感到寒意顺着皮肤爬上来。剧场外面，人们排着队等着入场参观，他们大笑着，聊着天，中间也有穿着军装的德国人。这不是我熟悉的那个巴黎，我已经认不出我自己的城市。巴黎已经变成了一座大马戏团——上演着一出荒唐可笑的滑稽剧，充斥着食尸鬼、长筒军靴，以及那些愿意为一块过期面包出卖灵魂的机会主义者们。

更重要的是，我已经不认识我自己了。我回头找了斯巴茨，他现在是我与柏林和安德烈之间的唯一纽带。斯巴茨向我保证，事情在进行着，只不过没有我预想的那么快。莫姆已经递送了必要的一切书面文件，我们现在能做的只有等待。我对斯巴茨暴怒一场，我因为斯巴茨而愤怒，因为莫姆以及其他德国人而愤怒。

我大声咒骂，把东西摔到墙上，直到斯巴茨不得不紧紧握住我的手腕并把我紧紧抱在怀里，我悲恸至极，陷入绝望。"我再也见不到他了，"我哭道，"我再也见不到安德烈了，他的妻子永远不会原谅我。我和她保证过一定会让他安全地回来！"

当晚，斯巴茨发现了我服用镇静剂的秘密。我猜他以前就知道，我的手臂内侧有注射过的针孔，他一定是看到了。不过我还是自己告诉了他，斯巴茨帮我打了一针，将药物推进了我的血管，我则躺在沙发上啜泣。

之后斯巴茨将我搂在怀里，镇静剂在我的血管里发挥着作用，世界暂时远离了我。第二天早上醒来的时候，他已经离开了。我歪扭着走进浴室，忽然意识到一件可怕的事情——斯巴茨知道了我的秘密，他随时可以用这个来对付我。之后我抬头，看到他用口红在浴室的镜子上写下的一句话：

收拾行李，我们去静憩别墅。

我完全不知道他是怎么安排的。斯巴茨弄来了通关需要的文书和一纸难求的通行证，又订到了火车上的头等包厢。在戛纳火车站，有一辆车子早已等待着我们，油箱里灌满了油，斯巴茨开车，载着我到了我的别墅。

别墅里的员工早已离开，并把门窗锁好。在数英里之外的里维埃拉海滩，有一部分海滩由于遭到轰炸已经面目全非。我走向别墅的大门，清理掉

NOT THE TIME FOR FASHION

一些落叶，打开门闩，花园飘来阵阵花香，混合着浓郁的茉莉花香和香水草的气息，还有大丛的玫瑰，一切都还是当初我相信本德会求婚那时的样子。

我相信这里遍布鬼魂，我相信它们在这栋我深爱的房子里四处游荡。那些曾经和我一起坐在乡村风格的大餐桌前用餐的朋友们，如今天各一方；所有那些逝去的朋友们，包括猝然倒在网球场上的艾里布，所有曾经来过这里的朋友们，如今已经把我的遁世之所变成了伤心之地。

我感到前所未有的空虚。只有壁炉上摆着的镜框提醒我昔日的快乐时光，在那段日子，我唯一需要打赢的战争就是让自己保持在时尚界的领军地位。

我和斯巴茨在那间我曾悼念艾里布的房间里做爱，所有的窗户都打开着，带着咸味的海风带来了松涛声。白天的时候，我们在山间散步，或者开车到村里购买面包、新鲜的黄油和果酱。尽管法国的南部地区并没有被占领，然而这里也弥漫着恐慌。维希政府开始了搜捕行动，很多难民逃到了海岸附近，处在逃难的绝望中。

我的建筑设计师罗伯特·斯特莱茨听说我回来了，特意来别墅看我。如果他没有自我介绍，我完全没办法认出他来。他整个人凌乱又憔悴不堪，眼窝深陷，皮肤像羊皮纸般。他看上去仿佛已经一周没有吃东西，我招待他吃饭，聊着无关紧要的话题，避免谈及眼前的战争。吃完饭之后，他请求我和他一同去检查一下泳池边开裂的瓷砖。

我明白他是希望避开斯巴茨说话，我们把他留在门廊处继续喝红酒，之后则向那座孤零零的泳池走去。泳池已经干涸，池底留着干枯植被和水藻的痕迹。斯特莱茨清了清喉咙，之后说，"香奈儿小姐，我可不可以……你可以留下我吗，我可以帮你把这些坏掉的瓷砖修好。"

我皱了皱眉，在长裤口袋里摸出香烟，之后递给他一支。他立刻抓了过去，仿佛已经几个月没有见过香烟。他吸烟的时候，眼睛半阖，我看到斯巴茨仍然待在门廊上，于是开口问道："你想要做什么？"

斯特莱茨先是顿了一会儿，香烟从他的鼻孔喷了出来，之后说："……我想……帮你补一补这些瓷砖。如果一直这样的话，这些裂缝会越来越大，最后就会——"

我摇了摇头打断了他："别管瓷砖了，我保证，不会把你对我说的告诉任何人。"对他笑了笑，消除他的不安，"告诉我你需要什么。"

他放低了目光："你的酒窖足够大，里面至少可以躲二十到三十个人。"

"我明白了。"我没有再问，但他继续说着，"很多人因为逃难来到这里。我们在想办法把他带到意大利去，但制作通行证需要时间，他们需要有地方躲；这附近的房子要么已经像你的别墅一样锁了起来，要么就是由看门狗或有人看守。我们怀疑德国人也在监视着这附近的一些别墅，因此无法信任其他的房主，而且这里也有很多德国人的眼线。如果我们能借用静憩别墅的话……"我看了一眼门廊的方向，斯特莱茨迅速压低了声音，"如果这让你为难了，我很理解，"他继续说道，"我只是想试一试，觉得你可能会……"

我把目光又移回到他身上。"你确定他们没在监视我的房子吗？"

"我确定。我知道你回来了，是因为我们一直密切关注着这里。但是似乎没有其他人注意到你们的动向。"

我陷入了沉默。"如果他们发现了你们，"我慢慢地说，"你明白那意味着什么，对吗？对于你和你想要保护的人意味着什么，对于你的朋友，以及我，可能意味着什么，你都知道吗？"

"我知道，但是我们没有别的办法了。这是我们必须要冒的风险。"

我应该拒绝。这确实在冒险，一个巨大的风险。就在我犹豫的时候，斯特莱茨补充道，"我们还会架设一台发射机，用于和边境对面的人联络，你在做决定之前应该知道这个。另外那台发射机架设在英国，为了躲避监听，信号都加了密，但并不是百分之百保险。"

我把银质香烟烟盒和卡地亚打火机递给他。"拿着，把它卖掉。看看能帮助你们做什么。"之后我开始转身向房子走去。他跟在我身后。在快要走到门廊的时候，我说，"几周之后我就会回巴黎。你可以留在这里把泳池的瓷砖修好。我可以先付钱。如果有人问的话，你就说是为我工作好了。我可以给你开个书面证明。"

"好的，"他低声说道，"上帝保佑你，香奈儿小姐。"

我对他微笑了一下。在我做了那么多事情之后，我现在只有祈求神灵的保佑。

我把斯特莱茨送出了大门，"没什么事吧？"斯巴茨问我，又开了一瓶葡萄酒，低头闻着酒香。想到脚下的那一间酒窖，而斯巴茨刚刚从那里拿了酒出来，我突然感到一阵紧张。

"没事。冬天的时候他会住在这里修缮房子、泳池和花园，等等。自从我离开这里之后，房子一直没有人管。既然他想打这份工，我觉得为什么不呢？"

"哦，"斯巴茨给我倒了一杯酒。我试着喝了一口，然而酒的味道尝起来却很酸涩。"就这些？"斯巴茨说，"他看上去很……急迫。"

"战争时期的人看上去就是这个样子，"我尖刻地说，把杯子放到一边。"我觉得有些头疼。晚饭前我想休息一会儿。"

我沿着斯特莱茨按照奥巴辛修道院设计的大台阶向上走去，听到斯巴茨叫我的名字，接着他唐突的语气让我浑身一震——"你为什么要撒谎？"

我转过身，他盯着我的眼睛。"撒谎？"我反问道，然而心脏开始狂跳起来。"刚刚已经告诉你了，泳池周围的瓷砖开裂——"

斯巴茨沿着楼梯走上几步，鞋子敲在楼梯上，发出雷鸣般的响声。"你到什么时候才会信任我？如果你永远不会信任我的话，我们的关系也应该到此为止。我和你在一起并不希望只是被利用的，我已经被长官们用得够多了。"

"利用你？"我轻笑了几声，"你觉得我在利用你？"

"我不知道。我已经做了该做的，然而显然你并不信任我。如果你信任我，现在就不会对我撒谎。"我并没有接话，紧紧握住栏杆，他补充说道，"他是抵抗力量的一员，不是吗？他想用你的别墅。"

"我觉得你应该直接问问他，"我说道，我的声音听上去干巴巴的。"这是我的房子。我想用来做什么都可以。"

斯巴茨又走上几步台阶面对我。突然之间，他看上去与同龄人并没有什么不同，皮肤有些松弛，鼻头上浮现的血管暴露了他对酒精的喜爱。"你觉得我是你的敌人吗？因为这个你才不告诉我实话？"

我从牙缝之间挤出了一句算是回答，"你没有权力质问我。"斯巴茨不耐烦地呼了一口气，在他开口说话之前，我又冷冷地补充了一句，"你真是愚蠢，难道认为我会认为你和他们不一样吗？"

"你简直不可救药，"斯巴茨说。

"他们就是这么说我的。"我转过身，他捉住我的手腕。我站住，盯着他的手，之后说道，"我以为你能帮我救出安德烈。"

"我正在努力，"他说道，"莫姆也在努力。你太没有耐心，期望奇迹发生——"

"奇迹？"我抽出手腕，"这件事有多困难，需要多少往来文书，需要花多少钱打点关系，这样的话我已经听腻了。你的借口已经让我厌恶至极。"

从门口突然传来胆怯的一声，"香奈儿小姐？"我倒吸一口气，转过头去，看到斯特莱茨站在那里，手里拿着我的烟盒。"您一定是不小心把这个掉了……这上面有您的姓名字母。"

我整个人僵住了，恐惧袭来。斯巴茨平静地说，"进来关上门吧，先生。我觉得我们得谈一谈。"他看了我一眼，之后说，"就我们两个谈，可以吗？"

我几乎想对斯特莱茨脱口喊出快跑吧，跑得越快越好，翻过山岭，去瑞士或者意大利，跑到他们找不到你的地方。但相反，我只是点了点头，之后看着斯巴茨带着我的设计师走进了起居室。我想我应该待在这儿，听一听他

NOT THE TIME FOR FASHION

们会谈什么，之后悄悄走近门外偷听。此时此刻我很希望手里有一支枪，想到这里的时候，我突然意识到我和斯巴茨的关系有多么危险、复杂，以及我将会面临做出什么样的妥协。

我甚至有了灭口的打算。

我沿着楼梯走回楼上的套房，关上门站着，不知道该做什么。之后我坐到窗边的一把椅子上，看着暮色慢慢降临，潮水退去，珊瑚色的大海逐渐过渡成深紫色，直到在最远的地方和天色相接。

斯巴茨敲门走进来的时候，好像已经过了好几个小时。

我没有抬头，问道："他告诉你了么？"

"他告诉我了。"毛绒地毯吸走了他的脚步声。"他想把难民藏在别墅的酒窖和花园里，作为把他们送到意大利之前的临时中转站，他还想放一台发射机，我建议他把发射机架设在酒窖里，因为酒窖墙壁的厚度可以防止静电的干扰。"斯巴茨在距离我几步之遥的地方停了下来，"他还有一个犹太朋友，是位教授，在维希被捕。他希望我能救他出来。我想试试看我能做什么。教授并没有被送到集中营里，而是当地的看守所，所以也许贿赂一下就可以了。"

我终于抬起头迎向他的目光。

"现在可以信任我了吗？"他问道。

"暂时可以，"我低声说，尽管内心深处自知并不确定，也并不知道将来是否会信任他。我已经和魔鬼签订了协议；现在无论如何，我都得承担结果。

"很好，"他转身离开，"一个小时之后我会把晚餐准备好；之后我会叫你。斯特莱茨得先去洗个澡，之后他会留下来和我们一起吃晚餐。你这位勇敢的设计师现在浑身臭烘烘的。"

13

1941 年 12 月 7 日，日军空袭珍珠港。

我已经回到了巴黎，正在丽兹酒店；当无线电传来消息的时候，酒店里的德国人传来一阵阵欢呼声，他们开了很多瓶香槟庆祝。他们本来担心美国人参战，但如今日军的偷袭成功证实了美国人的脆弱。

我感到厌恶至极，并且从此再也不去酒店餐厅用餐了。几天之后，科克托来找我，我们在时装店附近的小餐馆吃饭。让我惊讶的是，科克托看上去好极了。他曾经棱角分明的脸如今看上去圆润了些，杂草般的头发还像往常那样桀骜不驯，但他整个人的状态看上去很好，休息的这段时间显然让我恢复了一些体重，以往经常在他身上能感受到的焦虑也消失了。我认识科克托已经多年，他的这种变化显然让我吃了一惊。

"是战争，"当我夸赞他的外表的时候，他说道，"战争绝对是我的灵丹妙药。"

我猜想他带着他的舞蹈家情人辗转躲藏在蔚蓝海岸的友人家里时，已经戒掉了毒瘾。在战争时期，弄到类似可卡因、吗啡这样的毒品比登天还难，即便能从玛丽-路易丝依靠纳粹关系搞来的黑市货，开出的也是天价。

我和科克托一起吃着午餐，食物吃上去没有味道，看上去是黑灰色的，就像现在巴黎城的样子。"你应该跟我一起到蜜西娅那里去，"科克托说，"她一直在问关于你的事，打听你怎么样了。"

"是吗？"我用叉子叉起一块肉排——天知道是什么肉，被又湿又软的洋葱和卷心菜裹着——战争时期能吃到仅有的一两种蔬菜。"奇怪，我还以为她再也不想见到我了。"

"她说你那次把她扔下直接走了。"科克托上半身倾斜过来，脸上带着狡黠的表情，我所剩无几的一点胃口也彻底没了。这表情叫我想起在和博伊分开的那段日子，他来看我并且向我透露蜜西娅染上毒瘾的那次会面。"她说你彻底歇斯底里了。"

我苦涩地笑了笑，点燃一支香烟，去除嘴里不知名肉排的味道；"她当然会这么说。她怎么可能承认自己犯错？只要有人信，她甚至都有可能把爆发战争的原因怪罪到我头上。"

"可可，她真的很在乎你。"科克托摆出一副愁眉苦脸的神情，我不知道他是在说真话，还是只是期待在午餐后聊一聊八卦。科克托一定读懂了我的心情，于是他接着说："你们之间的那次争执让她很难过，尤其争论的是个德国人。"

科克托的这番话立刻激起了我的怒火。"并没有什么德国人，是其他的事情。"我顿了顿，透过烟雾看着他，"她有没有对你说是为什么？"

科克托耸了耸肩，然而他的表情因为期待而亮了起来，"她只讲了一点。对于蜜西娅来说，这可太不像她了，"科克托接着说，"所以你们吵架不是因为你最近交往的新情人咯？"

我抑制住拧灭香烟拂袖而去的冲动。"蜜西娅知道得不多，指手画脚倒很在行。"

"但是她说你想救你的侄子，他被关在了德国人的战俘营里，为这事你都快疯了。她怪的是时局，不是你。"

"她有没有告诉你她是犹太人？"我脱口而出，然而随即我又很想把话收回来。

他突然呆住了。"蜜西娅是……"他四顾了一下，之后快速把头压低，瞪着我们空空如也的餐桌，我感到一阵满足。这阵子，担心自己的谈话被别人听到已经成了人们的第二天性。科克托一改刚才侃侃而谈的神色，也叫我心满意足。"我以为她是天主教徒，她自己说她信仰天主教，在她的家里到处摆着圣像和十字架。"

"她是天主教徒。我只是想知道她有没有告诉过你。"

"她没有和我说过。"科克托舔了舔嘴唇。我感到一阵反胃，蜜西娅并没和我说过她是。但她曾经坐在我的对面，当着我的面告诉我她反对我的想法。于是此时此刻，我就坐在全巴黎最八卦的人面前，并且把一个足以让人致命的小道消息泄露给了他。

"她想让我同情她，"我说，尽量装出一副粗心大意的样子。"你也知道她是什么样的人。赶着一群马赶路，她一定是在里面装瘸的那匹。"

科克托笑了起来，让我松了一口气。科克托比任何人都热衷于八卦，我也刚刚发现自己可以轻而易举地让他相信任何事。"她确实就是这样的。蜜西娅很容易把自己放到受害者的角色。这些日子她简直像个隐士，几乎从不出门，她和塞特——"科克托有些发抖，"他们恨对方恨得要死，可他们还是在一起，我想这就是他们相处的方式，白天晚上都争论不休。塞特明明有自己的公寓，只要他想，随时可以搬过去住，可他仍然住在蜜西娅这里。"

"他们那不是恨。"我示意侍者把账单送来。"他们彼此需要，他们两个，"我补充道，"相处的方式和别人不一样。"

"那，你会来吗？"科克托用餐巾沾了沾唇边，他把盘子里的食物都吃光了，甚至连让我反胃的汤汁都用面包擦净吃掉。"李法尔结束演出，从柏林回来了。明天我们会聚一下，听他讲讲旅行中的事。可可，你一定得来，我们都很想你。"

"我会考虑一下，"我回答道，"我们散散步吧，给我讲讲你的这部新作品。"

这是我知道的一个老把戏：只要问作家关于作品的问题，就能开启一个全新的话题，足以忘掉我们刚刚在聊的事情。屡试不爽，这一次也一样。

NOT THE TIME FOR FASHION

我确实如约去了蜜西娅家的聚会，不过也带上了斯巴茨。这也是我第一次把斯巴茨介绍给我的圈子，我故意穿上了水貂皮的大衣，系上腰带，戴上珍珠，涂了口红，洒了香水。这一次聚会比以往人都多：有些是塞特那边的艺术家朋友，几个政府官员朋友，还有玛丽-路易丝，科克托和他的情人，以及日间场的演出明星玛莱，还有李法尔和他的舞伴。

蜜西娅看到斯巴茨帮我脱下外套，张大了嘴巴。塞特慢吞吞地走上来与斯巴茨握手。玛丽-路易丝对他眨了眨眼。这天斯巴茨只讲法语，这是来之前我们说好的。法语，英语也可以，但不能说德语。

丰盛的午餐过后，我坐在摆满了相框的三角钢琴旁——钢琴走音严重，早就需要调了——然而李法尔和科克托坐在我的身边，弹奏了几首我在穆朗时期的歌曲。这些歌曲曾经教那些军官们如此入迷，似乎已经是几个世纪以前的事情了。如今我的嗓音因吸烟过度变得沙哑，高音处无法再像从前那样圆润饱满，然而所有人都为我鼓掌，斯巴茨在微笑，于是我放开自己又唱了几首，有几处忘了词，李法尔及时用他的男中音补了进来。

蜜西娅什么都没说。

兴奋过后，塞特拿出一些不知道从哪里弄来的西班牙白兰地给大家喝。有人开始谈论起在珍珠港刚刚发生的灾难。开始大家仍然聊兴正高，直到斯巴茨说："美国人本不想掺和进来，但现在他们不加入也不行了——"

"是吗？"科克托尖叫起来，"美国人会怎样？或者说他们能怎么样？"

"说得没错，"李法尔的声音从一张躺椅上慢吞吞地传来。"他们损失了全部舰队，他们会从日本人那里找回尊严的。比如向他们扔一些口香糖之类的。"

"或者是可口可乐瓶子，"科克托拍着手说，"还有花生酱！"

之后大家都陷入了沉默。一起参加聚会的法国官员们——不顾他人死活，只顾塞满自己食品柜的法国官员们——满腹狐疑地看着屋子里的这些人。突然间，毫无任何征兆，蜜西娅对每个人怒目而视，之后大喊道："出去！"

没有人动。

"出去，"蜜西娅又说了一遍。之后她站了起来，对所有人怒目而视。她的裙子皱皱巴巴的——我注意到是一件我早期的设计作品——已经被穿得变了形，几乎认不出原来的样子——包裹在她丰满的胸部和大腿上。看到没有人有站起来的意思，蜜西娅转身向自己的卧室大步走去，狠狠地摔门，塞特的颜料瓶发出叮叮当当的碰撞声。

塞特翻了个白眼。"可可，你去看看她好吗，她最近几个星期以来一直是这个样子。"

我本想拒绝。不过我还是点了点头，抓起了我的手提包，走出客厅，走向蜜西娅的卧室。在我离开房间的刹那，整个屋子热闹了起来，所有人都在讨论着美国人会不会参战的话题，发表着各自猜测的观点，以及对那位跛脚总统罗斯福的口头上的贬低。

我猜蜜西娅并没有上锁，因此没有敲门，推门而入，看到蜜西娅颓废地坐在床角，手里紧攥着一只手帕。蜜西娅抬起充满泪水的眼睛看着我，之后又把目光转向一边。"你就是来炫耀的吗？"她喃喃道。

我把身后的门关拢，斜靠在门上之后环抱双手。"你打算演多久？我没有太多耐心，塞特也是。"我从手包里拿出三支小药瓶，放在她的梳妆台上。"给你。"

"谢谢。"蜜西娅说，没有看我。

"就这些？那好吧，不用客气。"我转过身。

"可可，等　等。"蜜西娅声音沙哑。"……对不起，我对那天和你说的那些话感到很抱歉。我那天状态非常不好。这场该死的战争……"她哽咽了起来。

我走到床边坐下来，握着她的双手。"我们当朋友已经当了超过二十年。朋友之间是会有争执的，有时候也会争执得很厉害，这很正常。我理解你的感受，我也感到很难过。我并不想对你发这么大的火。毕竟这不是你的错。"

蜜西娅吸了吸鼻子："我只是一个上了岁数的女人。我已经搞不明白这个世界了。"

"我们都一样。但今天，世界就是这个样子。"

她点了点头，攥紧了我的手，之后终于抬起眼睛看着我。我震动了一下，此时此刻我发现蜜西娅看上去竟然这么老。因为和她之间的这场争执，我已经忘记她已快要七十岁了。我仍然在想尽办法和时间对抗，而蜜西娅已经完全放弃了努力。

"他看上去人很好，"她说，"你带来的那位朋友，跟我预想的不一样。"

我笑了出来："他是不穿军服的，你是这个意思吗？他是外交官。"

"是的，看得出来。"她试着笑了笑，"你快乐吗？"

她的问题让我突然顿住了。我一直以来都在自问，于现在的情形下追求快乐似乎是不太可能的事情，或者至少不是今天的人会放在首位的事情。

"你不知道？"见我没有回答，蜜西娅接着问道，"可可，你爱他吗？"

"不，我不爱他。"我最终承认了，"但我需要他，就像你需要塞特一样。现在你明白了吗？如果没有斯巴茨，这样的生活就无法忍受。他能让我……"

"忘掉一些事情，"她点了点头，"是的，我完全明白。就像蓝色的小药瓶。"

"比那些要好很多，或者便宜很多。"蜜西娅的注意力转移到了梳妆台上的那三支小瓶。"需要我帮忙吗？"

她摇了摇头。"我可以自己来。但是……我之后不想见其他人。"

"当然。我会告诉他们你累了，想休息一下。"之后我吻了吻蜜西娅的脸颊。她闻上去有股香粉的味道，还混合着另外一丝微妙的味道。"你用了香奈儿五号香水？"我惊讶地问道。

"每天都用。"她挺直了肩膀，有那么一瞬间，又恢复了往日我熟悉的样子。"不用香水的女人没有未来，"蜜西娅学着我在广告片里说的话。

我大笑了起来，站起身走向门口，之后转过头对她说。"我不知道自己还会不会爱上男人，"我说，"但是我永远爱你，蜜西娅，无论发生什么。"

她给了我一个让人心碎的微笑。"我就是为这个活着。"

战争仍在继续，我们在战争中继续生活。在布料供给不足的情况下，我的那些所谓设计师同行们忍受着供给不足的原料，严格遵循着德国人对裙子长度的要求，一旦违反，可能面临高额的罚金。然而德国人并没有去检查我的经济收入状况。依靠店里销售香水的收入，我不需要动用以前的银行存款，目前的精力也主要放在确保香水的足量供给，以及夺回香奈儿香水公司的控制权上——到现在我已经不再视其为什么麻烦事。公司高层仍然坚持按照我们之前签订的那份合同执行。我做过很多让自己摆脱韦特海默兄弟的尝试和努力，却发现毫无办法，我提出了修改合同的要求，之后遭到了拒绝。

每个礼拜，我都让斯巴茨问一下莫姆，然而每次都带不回安德烈的任何消息。到这个时候，我支付给莫姆用于打通关节的钱已经足够他救出一整个军团的人。

然而从国外传来的消息让我看到了事情的进展。美国加入了盟军，同时在 1942 年底，德国人入侵苏联的野心以惨败告终。就像蜜西娅之前预测的那样，情势开始反弹，同时犹太裔法国人开始面临更大的威胁。仅仅在巴黎，他们就逮捕了超过一万三千名犹太人，这就是后来那场广为人知的埃菲尔铁塔附近的冬季赛车场（**Vélodrome d'Hiver**）大搜捕行动，他们在那里整整被关了一个星期。

1943 年的夏天，热浪袭来教人窒息。晚上的时候，我让酒店房间的窗户大开着，静静地坐着听斯巴茨给我讲那些犹太人所经历的恐怖。德国人把他们关在赛车场巨大的蓝色玻璃棚下炙烤了整整一个星期，没有饮水也没有遮阳篷。直到后来一位天主教牧师带着一队抗议者前来，要求释放犹太人。

"他们被催泪弹和枪子驱散了，"斯巴茨慢慢地说，他的手颤抖着，想给自己点根烟。"另外还有一些也被抓起来，和犹太人一起被带走。"我拿起打火机，帮他点燃了烟。

"我们什么也帮不上，"我说，却厌恶自己的无能和软弱，"我们没有办法阻止他们。"

斯巴茨咬着下唇。

"在静憩别墅，我们已经尽所能救了一些人，"我继续说道，"你帮忙释放了斯特莱茨的朋友。还有其他数不清的犹太人正在逃向边境。但是巴黎的这些犹太人……"我说不下去了。数以千计的犹太人被从家里和公司带走，被推上火车，之后就此消失。我们没有办法去救这些人。然而同时我也觉得自己有这种想法简直是伪善。纳粹德国人逮捕犹太人，我因为不是犹太人而免于受到迫害，对犹太人的逮捕令于我来说如同是保护令。蜜西娅曾经警告过我，她说我会后悔的。我祈求上帝的帮助，我已经感到后悔了。

"他们都会死的，"斯巴茨静静地说。他的声音在颤抖着，之后变得低沉。"这场战争将会是前所未有的惨烈，德国将会被打得几代人翻不了身。我们唯一的希望就是——"斯巴茨吸了一口烟，避开了我的眼神。斯巴茨在我面前从未表现出任何的犹豫或有所隐瞒，我听到自己脱口而出："是什么？还发生了什么事？"

斯巴茨沉默着。当他最终开口的时候，声音低到我几乎听不清："这个房间可能被监视了。莫姆对我说前几天盖世太保突然搜查了他的办公室。他有些害怕，莫姆说他们正在扫除内奸。"

"莫姆是抵抗组织这边的人？"我简直难以相信。

斯巴茨的回答就是径直走到窗边，把窗户严严实实地关了起来。几分钟之内，房间里和桑拿房一样潮湿。斯巴茨坐在我对面，我们两个都是满身的汗水。

"我们有个计划，"斯巴茨说，"我们得在一切太迟之前结束这一切。但是……"

我感到自己的五脏六腑都在搅动。安德烈仍然在牢里。柏林方面早已知道我在这件事上指挥着莫姆，包括准备各种书面材料，以及持续为他提供大量的用于打通关节的资金。斯巴茨又是我的情人，我们一起公开出现在各种餐厅里，共同居住在丽兹饭店。如果盖世太保开始调查莫姆，过不了多久他们就会开始盘问我。

　　"告诉我，"我问道，"是什么计划？"

　　"与盟军达成协议。莫姆认为我们之间的联络可能反而会对安德烈的释放产生不利，他已经做了个决定，让你也加入我们，做一些事情。"

　　我爆发出一阵大笑，用手指梳理汗湿的头发。"你以前不是说过吗，这不过是几道简单的手续问题。我不是间谍，我能做什么事情？"

　　"你认识丘吉尔，"斯巴茨说道。我盯着他，以为自己听错了。我最不希望他提的就是这件事，但是他的表情告诉我，他是认真的。

　　"别以为我和他很熟悉……我只见过他几次。他人在英格兰，而且——"

　　"我们需要他的时候，他不会在英格兰的。丘吉尔即将去苏联驻伊朗德黑兰的大使馆，他将在那里跟斯大林和罗斯福见面开会讨论战事。之后他会去突尼斯，之后去马德里。佛朗哥将军现在是中立态度，他并不想惹恼希特勒。但是在马德里，战争的谣言还是满天飞。如果你能在那里通过大使见到丘吉尔，你可以——"

　　"我可以跪下来求他吗？斯巴茨，那么多人里面，丘吉尔为什么要听我的？"

　　"你是我们的人里唯一能接触到丘吉尔的。可可，你可以帮我们，结束这场战争。莫姆已经开始准备——"

　　"什么？他凭什么？这样只会让安德烈命悬一线！"

　　"你听我说，"斯巴茨靠近我，试图安抚我的情绪，"我跟你说过，在第三帝国里，有一些层级极高的人，质疑着希特勒的战争策略，其中一个是我们的人。他认为这样可行，如果你能有办法见到丘吉尔，并且和他说上话，把我们的消息递过去的话。"

就在此时此刻，我在斯巴茨的眼中看到了一种让我胆寒的坚定神色。

"上帝啊，你们简直都疯了，"我低声说，"你们盘算着背叛自己的元首。"

"你不要去想我们的目标。你只要明白，要进行下一步，我们只要与盟军达成共识就好了。这个计划有很大的风险，但我们已经为你做好了一切准备，包括必要的通关文书，以及在马德里丽兹酒店的房间，甚至还给你准备好了一套证词。"

"证词？"我重复着，还没有从刚刚知晓的这一切中清醒过来，我连话都说不出来。

"你是去看一位老朋友维拉·巴特-隆巴迪夫人。她的丈夫被指控为双重间谍，现在只能待在罗马。她自己并不是间谍，"斯巴茨又补充道，"但她的丈夫由于面临着被捕的风险，因此必须过着四处躲藏的日子。维拉已经向丘吉尔发了无数封信，请求他帮忙，然而这些信都被丘吉尔的办公室拦截了。维拉曾经为你工作，我们会对意大利官方说你希望雇佣维拉，帮你在西班牙开一间时装店，希望当局能给她自由，让她和你去西班牙。"

我看着斯巴茨，仿佛在看着一位陌生人。斯巴茨确实是个陌生人，但此前我仿佛从来没有彻底看清这个问题。我寄托他能把安德烈救出来，我把他带上我的床，他在静憩别墅帮助斯特莱茨的行为曾经赢得了我的一些信任——然而现在我发现我完全不了解他。这是我第一次把一个足以把我完全摧毁的男人带上床。

"你和维拉也是朋友，"我随即说道，"我在蒙特卡洛举办生日派对的那次，她带你过来的，你的朋友一定很清楚，我和维拉已经多年没有联络过。她曾经在伦敦为我工作过，不过那是在她结婚之前。而且我已经明确表态不会让自己在巴黎的时装店重装开业，我为什么要雇佣她帮我在西班牙开一家新店呢？"

"因为她给你写了这封信。"斯巴茨打开他的密码公文包，从里面拿出了几个文件夹。他从中抽出一个，放在床上，并从里面拿出一个信封。"四个月前，维拉给你写了这封信，请求你为她的丈夫向丘吉尔说情。她一定知道你认识丘吉尔并且能和他说上话。"

"你……你一直在监视我的往来信件？"

"我必须这么干，"斯巴茨并没有表现出任何歉意，"上面要求我这么做。我必须确保——或者说我的上级必须确保——我们可以信赖你。我们也看到了你寄给丘吉尔的信，是祝贺他荣登上任的。从那封信可以看出，你们两个的关系很近。我们之后把信寄出去了，希望他收得到，但我们也不太确定。他们有其他的渠道可以让这类信件从人间蒸发。"

"上帝啊！"我站起身来，对我刚刚知晓的一切目瞪口呆。我都干了些什么？我怎么会一步一步走到这个地步？突然之间，我的脑中出现了在维希那堵断墙上坐着的小男孩的画面，他在我的面前突然摔倒在地上，之后抢走了我的钱然后突然跑走。只是一个小贼，就利用了我的同情心。而现在，我所应对的是一个更危险的对手。

我很清楚，流露出恐惧于我没有任何好处。斯巴茨现在需要我，也许我可以借机扭转局势，让情势转为对我有利。我整理了一下情绪，用仿佛在讨论布料价格的声音说："你提到的这个人，我相信他也没有打算让我押上全部身家来做这件事。如果我答应他，他准备用什么回报？"

"释放安德烈，"斯巴茨没有一丝迟疑，让我想扑过去掐住他的喉咙。"他刚刚升职，作为驻柏林的新任情报总监，他可以把释放安德烈所需要的一切文书送到位，并且能把安德烈带回巴黎，在莫姆的纺织厂工作。"

"之前做了那么多的努力，现在就这么轻松？"我攥紧了拳头，"只要我同意去马德里，他们就可以释放安德烈？"

"是的。"斯巴茨的语气没有一丝改变，但他当下一定看得很清楚，我此时此刻有多恨他。

"你太卑鄙了，"我对他说，"你们所有人，都是魔鬼。"

"也许吧，这就是他开出的条件。你帮我们的忙，他就释放安德烈。你同意吗？"

我假装在考虑这个问题，并且注意到他并没有用一个事实向我施压，也就是如果我能见到丘吉尔，就可能在终止这场可怕战争的尝试中起到关键的作用。斯巴茨并没有用这个向我施压，因为他很清楚不需要这么做，他毫不怀疑为了安德烈，我会答应任何条件。

"回去告诉你的上级，我答应了，"我说，"但我必须先见到安德烈——平安无事。"

9 月，斯巴茨为我安排了一次去德国的旅行。我几乎是秘密行动的，一个人，带着随身的小箱子，乘夜车离开了巴黎。小箱子里塞满了通关的文书，以及盖好了章的护照。火车驶过一道道关卡和防线，经过无数次检查证件的手续，以及行李的搜查，我一直面无表情。让我惊讶的是，路上没有一个人问我为什么要去柏林。斯巴茨已经帮我准备好了一个理由——去柏林拜访一位久违的朋友，一个老顾客。然而他一定是在我的通关文书上做了什么手脚，让我免于遭受任何一位官员的质问。所有给我盖章的官员说的都是，我的证件可以允许我在德国停留两天。

这是我第一次来柏林，然而却无法看到城市全貌。一辆茶色玻璃的梅赛德斯轿车从火车站接上我，之后直接载着我去了情报部。我从车窗里瞥见外面那些煤烟熏黑了的建筑，建筑的侧面有积雪堆，外立面上仍然留着近期盟军炮弹轰炸过的痕迹。万字旗飘扬在建筑外。人们在下面穿行，跑腿的人奔跑着做事，还有几对情人在拥吻，就像生活在世界其他地方的人一样。如果不是在每个转角路口以及有轨电车上都能看到希特勒的巨幅海报，柏林与欧洲其他任何一座城市没有太大区别——人潮涌动，熙熙攘攘，空气中飘散着烧煤和柴油的气味。很难想象，我现在身处的城市，正是那个一心要把我们碾作尘土的可怕的第三帝国的首都。

我被安排在一栋外表十分不起眼的冰冷建筑大楼的第三层等待，我在长椅上坐了整整一个小时，为了缓解焦虑的感觉我一直在吸烟，很快一个秘书指着一块德语牌子说室内禁止吸烟。之后，她带我穿过一条回荡着打字机回音的走廊，把我带到一扇玻璃门前。

在玻璃门的背后，我并没有想到看到的会是装满文件的一排排文件柜，堆满文件的办公桌，此起彼伏的电话铃声，穿着低跟鞋和尼龙袜的女秘书们忙着自己手里的工作。在玻璃门的背后，一切都是这样的……普通，如此的平常。看起来并不是一台死亡机器运行的中枢，却更像在巴黎很常见的政府办公机构。

"请在这里等一下，小姐，"女秘书说，之后她请我坐在一张靠背很硬的椅子上，行李就放在我的脚边。双手抓着手袋，我对自己说，要保持镇定。斯巴茨动用关系把我送到了这里，如果此行危险，他也不会放我出来——我拼命这样安慰自己。

大约三十分钟之后，女秘书回来，带我进到了一处更远的房间，这个房间的窗户上都是污渍，看不到外面。一个年轻人正在房间里等着我，他又高又瘦，一头红发服帖地向后梳着，有着一双冰冷的灰色眼睛。年轻人鞋跟轻磕，对我鞠了一躬。他并没有穿制服，而是穿着一件黑色羊毛套装，系着领带，戴着黑红两色的袖标。

"香奈儿小姐，"他的法语带有一点口音，"很荣幸见到你。我是沃尔特·谢伦伯格上校（**Colonel Walter Schellenberg**），外国情报部的负责人。欢迎你来到柏林。"

我勉强笑了笑，并不知道如何应对，只是等待着，他回到办公桌前，并拿出一份准备好的材料。"我相信您已经知晓了这个情况，"他对我说，没有抬头。

"是的，"我含糊地说，"我来柏林是因为——"

"不，不。"他扬起一只手制止了我。"现在，"他快速地说，"你侄子安德烈·巴拉斯这件事，我已经看过了他的全部材料，我相信他可以为我们工作。你说他曾经在你的服装店工作，并积累了很多专业领域的经验，是这样吗？"

我点了点头。

"你希望在他获释之前和他见一面？"

"是的，"我吞着口水，"是的，"我又肯定地说了一次。"我希望见到他，他还好吗？"

"他生了一场病，不然的话他现在看上去会好极了。我已经安排把他从羁押中释放出来，这样他就可以去医院接受治疗，直到他的——"他翻了一下卷宗——"直到他的支气管感染完全康复。最多也就是几天的时间，我们会为他保留莫姆那里的职位。"之后他抬起了眼睛，眼神里看不出任何信息。"他现在就在这栋大楼里。"

我站起身来，碰倒了我的行李箱。谢伦伯格快速从办公桌后面走到我身后。"让我来吧，"他轻声说。当他把行李箱交到我的手里的时候，他说，"你有十分钟的时间，半点的时候会有车子在楼下等你。会把你送到火车站，送你搭上开往巴黎的过夜火车。"

"可是……可是我以为我可以在柏林和我的侄子待上一天——"

"那是不可能的。十分钟，香奈儿小姐。"谢伦伯格后退一步，老派地低了一下头。"很荣幸能为您服务，祝您愉快，希特勒万岁。"

女秘书如同听到了指令，随即走了进来。带着我沿着之前的走廊原路返回，并走上另一段楼梯。我跟着她走进另外一段长长的走廊，她的鞋跟敲打着大理石地面。在一扇门前，她停了下来，并站到一旁说："小姐，我就在这里等你。你可以把提包和行李留给我。"

我把手伸向门把。我的手指抖得非常厉害，几乎没办法拧动把手。在我身后，女秘书又说，"十分钟，小姐。"之后我推开了门，走进了一间小小的没有窗户的漆黑房间。

房顶上悬着一只孤零零的灯泡，灯泡下放着一张桌子。桌子前的椅子上坐着一个消瘦的人，他面颊深陷，颧骨高耸，瞪着巨大的眼睛看着我。

"安德烈，"我轻声叫道。我走向他，泪水涌上了眼眶，我紧紧地把他抱在怀里，他任由我抱着一动不动。他瘦得厉害，我能感觉到他那件肥大衣服下的每一块骨头。当我终于放开他，努力眨了眨眼，好好看着他的时候，倒吸了一口凉气。"上帝啊，他们对你做了些什么？"

他费力地咳嗽了一阵——是那种深深的，让肺叶颤抖的费力的咳嗽。"可可姑妈，"他喃喃道，仿佛这几个字耗费了他太多的力气。

"可可姑妈……你能救我出去吗？"

"当然，"我跪了下来，握住他瘦骨嶙峋的双手。"他们会把你送到医院治疗几天，之后你就可以回家了。卡特琳娜在等着你，还有蒂普希；她们一直在盼着见你。我们都担心得要死。"

"她们都还活着？"他用沙哑的声音问。

"是的，她们当然都活着。她们在波市，我亲眼见到了。"

他垂下了头，瘦出骨头的肩膀开始不住地颤抖，我知道他在哭。"他们告诉我，她们都死了。"

我抱住了他，将他的头拥在我的胸前。"他们撒谎，你的家人都活着，我不骗你。"

他环抱住我的腰，"你闻上去像是巴黎的味道，"他继续说道，"我想回家。"这些话让我想起我带他去丽兹酒店喝茶的那天，那天他一上来就拥抱了我，让我觉得这个孩子十分亲近。

我的喉咙哽咽，几乎无法说话。"你很快就能回家了，过几天就能回去了。但你需要先恢复健康。吃药，休息，恢复体力。我们都需要你——"

背后响起了敲门声。女秘书的声音从门外传来："小姐，还有三分钟。"

我朝着门口怒目而视，想要大喊出来，想要喊到整栋大楼碎成粉末，砸到那些纳粹的脑袋上。我转回头面对安德烈快速地说，"你得好好听我讲。

NOT THE TIME FOR FASHION

363

现在我得走了，他们不再让我多留。你要照他们说的做，接受治疗，直到他们放你回家。将来你会负责管理纺织厂，我已经把一切都安排好了。"我捧着他的脸，安德烈努力憋着不咳嗽，他的眼睛看上去有些空洞，视线仿佛从我的身体里穿过。"听到了吗？没有人会再伤害你，你会安全的。"

他没有回答，背后的门开了，女秘书对我说："小姐，车到了。"

"一分钟就好，"我说，"求你了，他病得太厉害。我想他并没有听明白我的意思……"

她摇了摇头。"没有时间了。"

"安德烈，"我恳求他，但他只是坐在那儿，仿佛力气快要用完，仿佛灵魂已经脱出了这个虚弱不堪的躯壳。我转身向门外走去，强忍着不让自己哭出来，之后回头看他，他就像一捆了无生气的木柴，在门口，我听到他轻轻地说了一声："谢谢你，可可姑妈。"

在回巴黎的火车上，我整夜没有睡觉。我只是望着窗外漆黑的夜色，不停地吸着烟，直到烟灰缸里塞满了烟蒂。我的脑海中不断浮现着安德烈那双失神的眼睛，他瘦骨嶙峋的身体，还有他那种听了叫人痛苦万分的咳嗽。

我的侄子得了肺结核，我敢肯定。除非他能去专门治疗肺结核的疗养院，否则他活不了多长时间。德国人不会在乎他，从来没在乎过他。他们只会把他扔到医院里，之后再把他送到巴黎，到那个时候，他不但无法管理纺织厂，甚至连生命都很难延续。不行，我要带他去瑞士，那里有疗养院，我要为他找到我请得起的最好的医生。

在那之前，为了先把他从德国人那里救出来，我要先去一趟马德里。

1944 年 1 月，寒风凛冽当中，我启程前往西班牙。圣诞季节氛围惨淡，物资严重匮乏。甚至之前在丽兹酒店里养尊处优的客人，此刻都发现不得不面临无法供暖的现状，同时也经常会吃不饱。战争仍在继续。

斯巴茨陪着我坐火车直到法国边境，在车上的头等舱包厢里，简单地和我重复了一遍这次旅程中的任务。

"到了马德里之后，你直接去丽兹酒店。不要引起任何注意。办理入住手续之后，你就在酒店里四处看看，等着维拉来找你。什么都别告诉她。她一定会向你提起那封信，并且会央求你动用与英国的关系，找到她的丈夫。这个时候你就对她说，你可以尝试联系拜访一下英国驻西班牙大使馆。15号之后，丘吉尔就会到达马德里。如果一切都如计划的这样，大使会安排你因为维拉的事情和丘吉尔见面。无论怎样，维拉都不能和你们在一起，你就告诉她，她不出现有利于事情的解决。因为鉴于她的处境，她的出现会引起西班牙使馆官员的警惕。弗朗科和墨索里尼是同盟。如果她去了大使馆，西班牙人就会怀疑她此行不是为了开店，而是另有目的。"

斯巴茨递给我一张叠起来的纸。"这是预订房间的确认信，进入边境的时候会需要。签证已经帮你做好了。我们在马德里的联系人会找你。我们也并不清楚联系人是谁，所以很可能不是德国人。帮我们做事的人各国国籍都有。无论他给你什么，都不要打开。等到了大使馆，见到了丘吉尔本人，和他谈过维拉的事情之后，再亲手交给他。在那之前，千万不要让那样东西离开你的视线。"

"丘吉尔不见我怎么办？"我接过那封信，塞进手提袋里，接着问道，"他以前就拒绝为维拉说情，为什么现在就能改主意？"

"因为现在说情的人是你，"他说，"何况他读过那封信之后就会明白，你不是仅仅为了维拉而来。记住，中间一旦情况有异，立刻把那封信销毁，立刻返回巴黎。"之后他沉默了一会儿，说道，"我可能需要搬到丽兹酒店你的房间去住，我的公寓那里，形势有些危险。"

"当然可以，"我心不在焉地说，眼睛一直看着那张带有马德里丽兹酒店抬头的普普通通的信纸。放在我的随身行李当中显得如此扎眼。

在那之后，我们就没有再谈论这个话题。我们吃了晚饭，之后躺下睡觉。斯巴茨睡着之后，我醒着躺了一会儿，想着在战争爆发之后，我都做了些什么事。我为什么不像蜜西娅或者其他人那样，干脆藏起来，远离战事纷扰，躲在自己的家里？如今我已经是个六十岁出头的老女人了，为什么会让自己奔向一个内战刚起的国家，去见一个我只谋面不到二十次的一国首相？他代表的国家也正受到德国炮火的威胁，他有那么多更重要的事情要考虑，怎么会有这个心情见我？

在边境线，斯巴茨在站台上见了一个我以前从未见过的人，浑身笼罩在巨大的帽子和外套下。他们简短地说了几句，我站在旁边冷得发抖，之后斯巴茨把我送上了一趟开往马德里的列车。在我登上列车之前，斯巴茨握紧了我的手："可可，你要小心。任何时候，一旦你觉得可能遭到怀疑或胁迫，立刻终止任务。西班牙不那么太平。弗朗科的民兵警卫队会逮捕任何他们怀疑的人。你一定不要冒险。"

"这个时候担心我了？"我微笑着，说我一定会小心，接着说，"放心吧，我是可可·香奈儿。谁敢逮捕我？"

斯巴茨向我脱帽致敬，并向后退了一步。火车开始缓缓开动，驶向漆黑的夜色。我坐在包厢里靠窗的位子上，在火车全速前进之前，向后望了最后一眼。

斯巴茨不见了，孤独也在这一刻向我袭来。

马德里是一座饱经沧桑的城市。共和军与弗朗科的民兵警卫队间的火力僵持不下，城市因此而大受创伤。相比之下，巴黎简直是繁华都市。街头到处散落着炮火攻击后的残垣断壁，街上的行人低垂着头走路，忍受着刺骨的寒冷，手里捏着干瘪的购物袋。

马德里丽兹酒店和巴黎丽兹酒店没有什么差别，豪华的多枝吊灯熠熠生辉，酒店里仍然一派上层社会的优雅气息，只不过酒店已经被征用为军医院。预订给我的那间小套房已经准备好了。我在酒店房间里洗了澡，换过衣服之后，思忖着要不要就待在这里，等着维拉来找我。之后我打开行李整理衣服，电话铃响起，维拉已经到了酒店大堂。

维拉穿着我设计的裙子和相衬的长度到腰部的奶油色羊毛上衣，红褐色的短发微微卷着。她没有听到我的脚步声，于是我径直走到了她的身后。

"维拉，亲爱的，见到你太好了。"

她从沙发上弹了起来，好像被我吓了一跳。

之后我看到了她憔悴不堪的脸，我尽量维持住自己的神色。眼前这个女人身上已经找不出一丝当年那个活泼可爱、鬓角戴一枝山茶花的独身女人的样子。我的目光落到她的手上，她的手夹着一支烟，正抖个不停。指甲没有涂颜色，被啃得很短直到甲床。之后维拉望着我的眼睛，露出一丝拘谨的微笑，说："你能看得出来，可可，我已经不是原来那个样子了。"

"我知道，你一定经历了不少可怕的事情，"我试图安慰她，拉着她的手，把她带到附近的咖啡桌旁。我点了两杯散发着菊苣根臭气的咖啡。"我听说你只能待在罗马之后，担心死了。可怜的维拉，还有你正在受苦的丈夫——我需要你，我希望你能接受我的建议，帮我管理我的新服装店。"

我讲得太快，太急切，我几乎听不清自己在说什么，仿佛这段话是事先训练自己用尽量真诚的语气背熟的。上次见面之后，中间已经相隔了太久。维拉多年前离开了我的公司，和未婚夫一起搬到了意大利伦巴蒂大区。这些年当中我们也给对方写过几封信，然而战争爆发之后，通信就此停止。维拉给我的印象一直很好。她在上层社会有很多人脉，正是这一点帮助我在伦敦的时装店获得了巨大的成功。然而此时此刻我才知道她发生了多大的变化，甚至大于我。她现在是个穿着我设计的服装的熟悉的陌生人，我们之间过往的记忆如同现在她袖口上垂荡下来的一根线头。

维拉把线头塞了回去，随后尖刻地说："我不懂你的意思。"

"你不懂？"我喝了一口咖啡，苦得要命。"我以为有人向你解释过了。"

"是解释过了，但我仍然不明白。"她又点起一根香烟，说道："我没想来马德里。在罗马的时候我已经告诉过他们，我必须待在罗马，因为我的丈夫阿尔贝托，他——"维拉哽住了，泪水涌上双眼，她警惕地四处看了看，努力眨了眨眼睛，之后正色道："我不明白你为什么要帮他们。"

我呆坐了一会儿。斯巴茨已经告诉过我，不要泄露任何信息，因此我向后靠在了椅背上，面露忧虑。"亲爱的，我想你可能误会了。我谁也没帮，我只是想开一间服装店，我考虑的是时尚业的事情。西班牙内战快要结束了，很快我就可以在马德里——"

"时尚？见你的鬼吧。"维拉把吸了一半的香烟扔到咖啡杯里。"你疯了吗？全世界都在打仗！"她突然意识到自己的音量，随即拼命抑制住自己的愤怒，"你到底出了什么问题？"她低头在自己的口袋里翻找，掏出一封皱巴巴的电报，丢在桌上。"这封电报，是你发给我的吗？"

我拿起电报，看到上面用英文写着：

> 我计划恢复工作，需要你帮忙。径照别人告诉你的做吧。满怀着愉悦等你。爱你。

我目瞪口呆，维拉一定已经看出了我的神情，随后补充道："这是冬天的时候和一束红玫瑰一起送来的，冬天，一束玫瑰！这个时候谁又买得起这个？第二天他们就来了，我对他们说我得留在罗马，因为我的丈夫随时可能会联系我，但他们把我押上了飞机。家里所有的一切都丢下了，甚至是我可怜的狗！"

"我……真的没有意识到。"我捏紧那张电报，突然警惕了起来。我并没有发什么电报或玫瑰花，有人想制造一个假象，把维拉骗来。不管怎么讲，她并不情愿来马德里。而且根据我们到目前为止的谈话判断，我也并不认为她是来求我帮忙的，她甚至从来没有需要我的帮助。

"显而易见，你是没意识到，"维拉打断了我的思考，"虽然你说我的状况你都知道，我只能猜你确实收到了我寄给你的信，虽然你从来没有回过。即便这样，我也非常清楚你在巴黎的状况。你取悦德国人，这尽人皆知，我也知道你跟德国人成了朋友，但你并没有重开服装店。你也一定不会在马德里开店，这里的人连面包都买不起。你为什么要千里迢迢地把我弄来？即便你真有在哪里开店的打算，我也对给你打工不感兴趣。我的丈夫正在流亡的路上，我只关心怎么找到他。"

想着斯巴茨的建议，我谨慎地说："也许我可以帮到你。我可以请求大使的帮助，如果你愿意的话。"

"你？"维拉啐了一口，狐疑地眯起眼睛，"大使为什么要见你？看来你已经忘了，你现在不是以前那个重要角色了。你在英国没有影响力。更何况，我已经给所有认识的人发了电报或写了信。过去几个月以来我一直四处求告，没有人理我。"

斯巴茨判断错误。我已经无法用维拉做我来到马德里的理由，甚至连提都不能提。于我来说她是个危险的存在，因为显而易见，她不信任我。

"可如果情势紧急的话……"我试图挤出一个歉意的笑容，"看来我之前并不完全了解事情的状况。维拉，我向你保证，如果我知道——"

她向我草草一扬手。"你也不会做什么的。你从来不会。永远只做你想做的,你什么时候考虑过你的行为对别人的影响。"

维拉的话让我想起了蜜西娅那天在杜伊勒里宫花园说过的:我警告过你,可可。我和你说过,要小心,你做的事情会带来间接的后果……

我站了起来。"我明白这中间有误会。我向你道歉,真的,很抱歉。既然我们已经都在马德里了,如果能看在我们认识这么多年的分上,我们不如就此让事情向好的方向发展。你现在很难过,我不打扰你。我们可以之后再谈,比如一起吃晚饭,如果你愿意的话,好吗?"

她板着脸,点了点头:"我觉得这样最好。"

我在桌上留了一些钱,之后就离开了。维拉之后没有给我打电话,我有种预感,她当天也不会和我一起吃晚饭了,事后果然如此。我抑制住冲动,没有给她的房间拨电话,独自在餐厅吃过晚餐,看着窗外飘扬的雪花,回到了酒店房间里独自踱步。

第二天清晨,我很早就醒了。我给大使馆打了个电话,要求约见大使。我决定在和维拉再见面之前,先和大使见上一面。这样我就可以对她说,我这样做完全是为了她,至少我认为这话当中有一半是诚实的。斯巴茨曾经跟我说过,我可以以维拉丈夫的理由要求见到丘吉尔。如果有必要,我还可以请求他让她安全回到意大利去,反正所谓在马德里开什么服装店的理由已经全然不成立。之后我给前台打了电话,却发现没有人给我留任何口信。想到这位联络人可能不希望冒着留口信的风险,而有可能直接出现在大堂里。正在准备下楼的时候,电话铃响起,前台告诉我,大堂有客来访。

一个矮个子,看上去彬彬有礼的男人自我介绍,他在大使馆工作。英国驻西班牙大使塞缪尔·霍尔爵士(**Sir Samuel Hoare**)希望见我,不知现在是否方便?我抑制住自己脱口而出的冲动,想知道为什么这么快就可以安排好大使的时间。我跟着男人走出门,坐上一辆等候的车。司机载着我在马德里城中穿行,矮个子男人从前排递给我一只信封,一句话都没有说。我掩饰住惊讶的神色，快速把信封装进了口袋。我完全没有想到，一位在使馆工作的人，竟然会是斯巴茨的联系人。事情发展到现在这个地步，每一个状况都是我之前并未料想到的。车子在坑洼的路面上颠簸，我试着涂上一些唇膏。丘吉尔提前到了吗？也许他已经提前到了，所以我今天早上打出的这个电话才会引来随后发生的一系列事情。

我直接被领进了霍尔大使的办公室。他是个身材纤瘦的男子，发际线后移，有一只长长的鼻子，以及无可挑剔的外交礼仪。我曾经在本德的一次聚会活动上见过他。霍尔大使热情地接待了我，请我坐到办公桌前的软椅上。这间办公室的墙上挂着几幅油画狩猎图，贵族阶层生活常见的图景。

"香奈儿小姐这一趟旅程应该不会太辛苦吧？"他说。我拿出烟盒，之后顿了一下，想着他也许不喜欢人在办公室里吸烟。看到他点头之后，我打着了打火机。"在如今，什么事情都会麻烦一些，"我勉强笑了笑，"不过您说得没错，没有我之前想象的辛苦。"

"酒店的房间也还好吧？"霍尔大使望着我的眼睛里读不出任何信息。我感到有些不安，想起了在柏林的经历。显然他已经知道了很多事情，我忍不住脱口说道，"大使先生，我计划只待几天。我只是希望能见到温斯顿爵士，另外——"我低头从外套口袋里找到了联络人交给我的那封信，然而就在一瞬间我忽然意识到这信不是交给大使的。我的手留在口袋里，摸着那只信封，发现信封很厚，显然里面装的不仅仅是几张纸的内容而已。联络人难道把一些重要文件交给我了吗？

霍尔大使叹了口气："恐怕得让您失望了，香奈儿小姐，我知道你赶了很远的路过来，但是温斯顿爵士不在这儿。"

"哦？"我说，掩饰着失望的神色，同时借机把手从口袋里拿了出来，然而信封还是发出了一些纸张的窸窣声，我觉得大使一定听得到。"但他是会来的，对吗？"

"恐怕不会。很遗憾，温斯顿爵士不得不取消了他的行程。"

NOT THE TIME FOR FASHION

371

我牢牢地盯着他。"取消了？为什么取消？"

"很遗憾我无法透露取消的原因，香奈儿小姐。"霍尔大使看了看关着的门，之后又看了看我，我被一种突然袭来的恐惧攫住，透不过气来。"巴特·隆巴迪夫人在这里，"他继续说道，"巴特·隆巴迪夫人说了一些事情，引起了我们的注意，其中包括了你的名字。这也是为什么你今天早上打电话说希望见到我之后，我立刻就安排了时间的原因。"

我将香烟举到唇边，感到一阵缺氧："一些事情……"

"是的。很遗憾，这我也无法向你过多解释。不过，我会建议你尽快动身返回巴黎。"他的声音里听不出任何抑扬顿挫，仿佛只是在谈论天气变化。"恐怕我帮不上你的忙，如果你决定继续留在马德里的话，我也无法保证你的人身安全。"

我坐着没有动，能觉察信封仍然在我的口袋里。即便不打开信封，我也很清楚里面装的绝不只是一张字条那么简单。斯巴茨的声音突然出现在我的耳边：任何时候，一旦你觉得可能遭到怀疑或胁迫，立刻终止任务。于是我喃喃说道："我明白了。"之后我站了起来，向他伸出手去，此刻的我极度紧张，无法继续问他维拉到底对他说了什么。大使和我握了握手，之后说："温斯顿爵士在突尼斯病倒了。一旦他恢复健康就会直接返回英格兰。如果你希望给他传个信，我可以帮你送到。"

"好，谢谢你。"我迟疑了一下，审视着他的眼睛。我应该把信封交给他吗？他会把信封交给丘吉尔，丘吉尔会看到信封里的内容。但我想起斯巴茨和我强调过，这封信必须通过我本人递交，于是我忍住了。"巴特-隆巴迪夫人安全吗？"我转而问道。

"我这样说吧，她现在的处境与以往不同。她的意大利护照上盖着德国签证，鉴于对她的指控，她需要解释她出现在西班牙的原因。"

"但她是因为我才到西班牙来的！"我担忧起来。我虽然并不喜欢遭到维拉的指责，却也不希望她因为因我而起的这件事受到指控。"是我要她来西班牙的——"

"香奈儿小姐，"霍尔打断了我，"你没有义务向我解释什么，也没有义务一定听我的建议，但作为本德勋爵的朋友，我有责任告诉你，你本人在马德里停留，并持有德国使馆签发的签证这件事本身就具有极大风险。我希望你相信我们会处理好巴特·隆巴迪夫人的事情，并建议你立刻返回巴黎。"

霍尔大使带我走出了使馆大门，在那里，有一位工作人员——并非接我的那一位，已经在车旁边等着了。在上车之前，我又一次问霍尔："我可以给她留个字条吗？我们之前有过一次争执。我希望她知道，我并不希望伤害她。"

"我不建议你这样做。"他向我点了一下头，"日安，香奈儿小姐。希望一切太平之后我们有机会再见面。"

在车子开回酒店的路上，没有人说话。到达酒店之后，那位使馆的工作人员为我打开了门，之后说，"我在使馆担任专员。小姐，如果你在离开马德里之前还希望联系我们的话，这是我的名片。"之后他并没有等我的反应，走回了车子。我完全不知道他是不是斯巴茨的另一位联络人。

回到酒店的套房，我拽下外套，扯开衬衫的领子，从口袋里掏出了信封，在手上掂量着、犹豫着。之后我撕开了信封，把里面所有的东西都倒在了床上，之后吓得倒吸一口凉气。里面是一大笔德国马克的纸币，仅此而已，没有文件，也没有字条。

我颓然坐到床上，瞪着那堆纸币，彻底困惑了。斯巴茨难道希望我贿赂英国的首相？这简直叫人难以置信。也许真正的文件还没有送到，我该再等一天。在这一天里，我会自己给丘吉尔写信。

此后的一天当中，我再没有收到维拉的任何消息，也没有其他人来找我。我在酒店度过了漫长的一天，之后订了一张返回巴黎的火车票。给丘吉尔的信写满了六页丽兹酒店的信纸，我在信中恳请丘吉尔帮维拉的忙，并且将维拉来到马德里的原因全部推到自己身上。我把信寄给了英国大使馆，然后拿着行李登上了开往巴黎的火车。

我这一次充当信使的冒险旅程就这样告终。

然而我并不知道，这一次行动当中，还有多少其他的事情正在发生。

"她就在使馆里，"返回巴黎的丽兹酒店之后，我对斯巴茨说。我感到筋疲力尽，并且因为行动失败而感到非常气愤和沮丧。当我从巴黎北站走出来时，为自己愣头愣脑行程数百英里，却一无所获，还搭上了朋友的安危而非常气愤。一走进丽兹酒店的套房，我看到角落里堆积着斯巴茨的个人物品，这说明他已经从自己的公寓完全搬了过来，我感到非常不满。我不想他待在这儿，之前我已经做了太多的妥协。

"她对他们说了些什么。一些严重的指控，霍尔告诉我的。她会指控我什么？我只不过照你说的，告诉她希望她能帮我开一间服装店而已。"我盯着斯巴茨，想到维拉提到的那束红玫瑰和电报，以及他们不顾她的反对，将她从罗马径直带到了马德里的事。

斯巴茨有很长一段时间没有说话，他整个人看上去也并没有比我整洁多少。斯巴茨笼罩在一团烟雾当中。最后，他抬起疲惫的眼睛，一字一句地对我说："她指控你是间谍。"

"什么！"我将手提包猛地丢到床上，和斯巴茨擦身而过。"她怎么可能知道……"斯巴茨又陷入了沉默，我冷静了一些。

"难道是她拿到了那份文件。"我小声说道，一阵寒意袭来。

斯巴茨迅速站起身向我走来，我伸出手推开了他。"可可，你听我说。在马德里的丽兹酒店里出了一些状况。我们告诉联络人，要把东西交给你本人，除非他怀疑有人跟踪。当他看到你和维拉见面之后，联络人决定把东西交给维拉，并且要求她即刻转交给你，但她没有。"

"结果她把那份文件直接交给了霍尔大使，"我喘息着，"之后告发了我。"

"她告发了我们所有人。"

"但是你的那份文件——是停战的建议。"我的呼吸开始加快，如同被堵在角落的动物。"你们希望结束这场战争。这是你自己说的。"

"是的，但现在提出来还为时过早，而且丘吉尔生病了。我送你到边境，再返回巴黎之后才听说他发了高烧。我也无法再把这消息传递给你。我曾经希望霍尔不会见你，或者如果他见了你，你也能意识到情况有变。现在维拉告发了我们，我们的那份文件也就此作废。不管怎样，我们现在得继续。"

我简直不敢相信自己的耳朵。"继续做什么？我给丘吉尔写了信，在信里保护了维拉。如果维拉告发了我，现在丘吉尔只会认为我是你这边的人。"

"这不要紧。你现在在巴黎，而她——"

"不要紧？"我几乎对他大喊了出来。"你利用了我们两个！如果维拉把德国人的阴谋告诉了霍尔，那他们一定也会怀疑她的身份。"

"他们已经怀疑了。维拉和她的丈夫已经受到怀疑长达数月。把她带到马德里来的唯一目的就是给你做掩护。如果有必要的话，我们随时准备牺牲掉她。"斯巴茨对我笑了笑，他一定是希望我认为他在安慰我。"没什么好担心的。安德烈已经被放出来了。他现在在巴黎的一家医院里。安德烈是安全的，你也是安全的。"

此时此刻，我的怒火在瞬间冻结成冰。我忽然全明白了，斯巴茨如何完完全全欺骗了我，这些看似不相关的拼图是如何存在着千丝万缕的内在逻辑。这种被欺骗的感觉瞬间爬上了我的皮肤，我向他走近一步，斯巴茨退缩了一下。

"你这只狗杂种。酒店根本就没出什么状况。你让联络人故意把文件交给了维拉。你已经知道丘吉尔取消了行程，于是决定利用维拉去递送，因为你已经对我说过一定要亲手交给丘吉尔，见不到丘吉尔本人，我是不会交出文件的。但你知道维拉一定会把文件交给大使馆，并且把一切都说出来。这样一来，你想递出去的消息仍然会传到丘吉尔那里。霍尔大使一定会告诉丘吉尔的。你和你的那些纳粹朋友——上帝啊，他们就会相信你们试图阻止你们自己那位残暴的元首。之后你叫你的人给了我一大笔德国马克，看上去是我收了你们一大笔钱！我才是你准备丢弃的棋子，不是维拉。我是你计划牺牲掉的那个！"

斯巴茨的表情非常难看，至少这一次他没有说谎："我让他们给你那些钱，是为了保护你。没有人，即便弗朗科的民兵警卫队，都不会胆敢逮捕一位德国情报人员。我并不是在找借口，但事实是，信息传递出去过后，我尽了最大的努力保护你的安全。一路上我都叫联络人在暗中保护着你，确保你安全回到巴黎。"

如果此刻我还有力气，我会冲上去掐住他的喉咙，亲手把他撕成碎片。然而我没有，只是指向了门口："出去。我再不想见到你。"

"我没有地方可去。"斯巴茨说。

"那么我走。"我推开他，冲向衣橱。"我会搬到商店顶层的公寓里，如果你胆敢过来找我，我就会向盖世太保告发你。"

我搬到了康朋街，睡在以前从各处包括丽兹酒店套房里搬过来的家具和物件之间。我避免再和丽兹酒店或斯巴茨联络，晚上就睡在起居室的躺椅上，雇了一个贴身女仆和一个管家照顾我的起居，我自己则照看着店里的生意。晚上我通常给自己安排很多事情，在剧场帮助科克托重排他的舞台剧《安提戈涅》（*Antigone*），也会去医院看安德烈，那里的医生确诊他患上了肺结核。我和医生们讨论怎么把安德烈转送到瑞士疗养院治疗的方案。安德烈的妻子一直想来巴黎，但被我劝服了，因为穿越占领区需要特殊的旅行许可。我说服她的理由是这趟旅程对于她或蒂普希来说太过冒险。德国人的行动越来越猖獗，逮捕了数千人。

6月6日，大批盟军登陆诺曼底，胜利的消息通过 **BBC** 广播传遍了巴黎。盟军由美国、加拿大、英国和自由法国的队伍组成，以雷霆万钧之势横扫诺曼底海滩。很快，斯巴茨突然不请自来出现在我眼前。

当天我叫员工提早下班，准备自己关上店门。在过去的几天里，德国籍客人的数量明显骤减。空气中飘散着细碎的纸灰与煤渣，这是纳粹们在焚烧他们带不走的文件。远处，炮弹的轰鸣声说明了盟军在慢慢推进。我正准备闩好大门，斯巴茨突然出现在门廊。我示意他进来，压抑着隐隐的怒气。我心里很清楚，如果广播里说的是真的，那么他和他的那些德国朋友们在巴黎待不久了。更何况，城里传言四起，说最终的胜利即将到来。

"在我走之前，"斯巴茨摘下帽子，用手帕擦了擦冒着汗的额头，"我想见见你。"

"那么看来传言是真的了，"我说道，我没有抬头，走到柜台前整理当天的单据。

"是的。快要结束了。"

"很好，这场灾难是该结束了。"

"你可以跟我一起走，"他说，"一旦柏林方面传来指令，所有需要撤离巴黎的人都会有序地撤离。我们可以先去德国，之后我们可以去瑞士或者——"

"不。"我抬眼看着他。"我不是入侵者，没有什么可跑的。"

斯巴茨的脚动了一下，仿佛在考虑要不要离开。"你没什么可说的了吗？"

"说？说什么？"

"说说我们俩，说说你，说什么都行。"

我望着他。"怎么，丁克拉格男爵，如果不是因为认识你很久，我可能会以为你在害怕。"

"可可，我以前就和你说过，这不是孩子的游戏，"他咬紧牙齿，"你现在仍处在危险当中。战争还没有结束。你不要乱讲话，现在的情势比任何时候都紧急。"

"说了又怎么样？"我把整理好的单据用橡皮筋套住，"说了你会一枪崩了我？"

"上帝，你真的是不可理喻！"斯巴茨突然爆发出一阵大笑，"我相信即便当着希特勒的面你也会这样的。"

"对，特别是他，"我回嘴道，停了一会儿后我说，"我什么都不会说，我向你保证。虽然你对我做了那么多事情之后，你真是不配。"

他把帽子戴回头上。"谢谢你，可可。"之后他就走了。

我不知道以后还会不会见到他。出于我们俩的安全考虑，我希望我们再也不会重逢。

德国人开始撤离巴黎，我去看了蜜西娅。她看上去很憔悴，却欢迎我的拜访。广播里说，盟军距离巴黎只有数英里之遥，这给了她很大的希望。我把最后的一点镇静剂给了她——我已经基本戒掉了——只有我自己知道，我曾经度过多少个牙关紧咬的无眠夜晚。蜜西娅告诉我，阿列蒂吓坏了。她的情人趁着夜色逃了，在过去四年当中在巴黎城里趾高气扬的德国军方高官们也逃了。

"阿列蒂担心自己会被以通敌的罪名逮捕，她也只配这个下场。"蜜西娅哼了一声，她刚刚给自己注射了镇静剂，脾气有些尖酸刻薄。"盟军到来之前她必须逃走。"很快蜜西娅意识到了自己的失态，又喃喃道，"当然，亲爱的，我会为你作证的。"

"还有李法尔和科克托，"我提醒她，"你最后得把我们几个都藏在你的阁楼里。"我看到蜜西娅的脸色有些发白，于是拍着她的手安慰说："别担心，我自己能照顾好自己。何况，他们又能指控我什么呢？我只不过是找了一个德国情人罢了。在我这个年纪，哪个女人还去查男人的护照呢。"

蜜西娅对我笑了笑。蜜西娅并不知道发生的一切事情，但她知道的的确足够多，我佯装若无其事，心底却有越来越多的隐忧。如果他们真的调查，确实能找到足够用来指控我的证据。像我们这样在战争爆发之后决意留在巴黎，并且尝试各种方法活下来的人身上，总能找到不利于我们的证据。

"你应该留在我们这里，"塞特的声音从吧台后面传来，他一杯杯喝着他那视若珍宝的白兰地，"他们不会想到来这儿找你的。"

"不用，"我接过塞特递过来的酒杯。"我有种感觉，很快，躲在哪里都没有用的。我最好还是回到丽兹酒店去。不管怎么样，"我吞下杯里的酒，"我预付了房钱，至少还能住上两个月。"

我回到了丽兹酒店，房间里都是德国香烟的烟臭，浴缸里还遗落着一只戒指，不知谁曾经在这里泡过。我叫女仆把这里上上下下打扫了一遍，又从康朋街的公寓里搬来几件家具，才觉得这里还有点家的样子，然而还差一些家的感觉。随后谣言传来，说盟军仍然在巴黎城外，放缓了进攻的脚步，谣言在巴黎城中引发了一些流血事件——我什么感觉都没有——如同演出结束后的舞台，幕布徐徐落下，遮住舞台上的假布景，尾声的音乐总是盖住了观众的掌声。

我准备好了，我可以接受最糟糕的结果。第一个是我的朋友李法尔。在盟军逐渐抵达巴黎的数个星期里，德国人一直在协助那些有身家资产的人逃离巴黎，然而那些没有钱的则连看都不看一眼。李法尔那位德国的仰慕者，给他弄了一张前往瑞士苏黎世的通行证，结果李法尔却跑来找我。他拖着一只塞满了芭蕾舞鞋的行李箱，慌张不堪。

"他们已经逮捕了阿列蒂，"他说，在我的房间里团团转。"他们把她关起来了。玛丽·路易丝已经躲起来了，科克托也是。可可，他们会把我们抓起来的。"

"你可以留在我这儿，"我对他说，"我哪儿都不会去。"

我也在为自己打算。从塞特公寓的窗户，可以俯瞰到协和广场。在戴高乐将军的带领下，自由已经降临巴黎。军队走向凯旋门，整个城市都在狂喜中欢呼尖叫，帽子被纷纷抛到空中。自由法国的士兵逮捕了有嫌疑的通敌者。一名狙击手从不知什么地方放出了冷枪，击碎了窗户玻璃，我们倒伏在地板上。平息之后我们胆战心惊地重新站起来，发现塞特竟然还站在阳台上，他捏紧拳头向着那个看不见的狙击手挥舞着："再来一枪啊！你没打中我，王八蛋！"之后他咧着嘴大笑着转过来说，"不好意思吓到你们了。"我大笑不止。

1944年8月，巴黎全城解放。为了庆祝重获自由，我在商店橱窗张贴了一张海报，把香水免费赠送给盟军士兵。美国人、英国人还有加拿大人，他们排着长长的队，一等就是数小时，就像当初的德国人那样，挤满了我的商店。他们都想带上一瓶香水回去，以作为曾经来到巴黎的证明。我的员工超时工作，直到再也坚持不下去昏倒在地。我自己分发出数百瓶香水，送到那些年轻男人的手上，让我也短暂找回了青春的滋味。这些年轻的士兵精力旺盛，挤满了小酒馆和卡巴莱夜总会，和看到的每一个女人调情，其中也包括一些男人。他们抓住一切机会放松享乐，因为纳粹盘踞的柏林还在前方。

"他们杀掉了数百万人。"蜜西娅擦着眼泪。

我没有说话。还有什么可说的呢？我们在战争中侥幸活了下来，但我们为数寥寥的几个人，又能做些什么去挽救那数百万人呢？

我一直是这样对自己说的。

然而我也无法获得内心的平静。

15

持续的敲门声弄醒了我。我挣扎着爬起来，穿上睡袍。睡在楼下的李法尔慌张地站在楼梯口尖叫道："可可！可可，是他们，他们来了！"我歪歪扭扭地冲下楼梯，捂住李法尔的嘴："别出声！"我们俩一动不动屏息听着。敲门声又响起，震动着门上的铰链，我把李法尔推向房间角落的柜橱，"躲进去，快！"

李法尔躲进了最大的柜橱里，关上了柜门。我系紧睡袍，整理一下乱糟糟的头发，打开了门。

门外站着两个男人，穿着衬衫和凉鞋，头上扣着贝雷帽，面无表情，无疑是自由法国的成员；因为他们的冷酷无情，我们也叫他们菲菲（**Fifis**）。他们已经在巴黎以及维希政府辖内逮捕了数百个女人，这些女人被称为通敌者，她们被剃掉头发，遭到毒打，并被套上内衣拖到街头游行，遭到暴民的殴打甚至死亡。

"香奈儿小姐？"块头比较大的那个说话了，一个目光冰冷的粗鲁之辈。在我回答之前，他又说："我们是来带你走的。"

"哦？"我把一只手搭在腰间，"现在还太早，非会客时间。"

"小姐，要么你乖乖跟我们去，要么我们就逮捕你，把你拖过去。"

显然这一次他注意了遣词用语。"很好，"我说，"给我几分钟，我至少该让自己像个样子，好吗？"

他们挤进了门，在他们的注视下，我打开了衣柜门，就近拿出几件，没有暴露躲在大衣后面的李法尔。我进到浴室里换好衣服，梳理头发，涂上一些口红，并在其中一个士兵拉开衣柜门之前及时走了过去。我并没有关严衣柜门，而是微微留了缝隙。如果他拉开门，一定会发现李法尔。

"我们走吧，先生们？"我明快地说，迈步走向房门。

当那两个士兵如同猎犬般跟着我走出房间的时候，我几乎长舒了一口气。然而在他们即将带我去的这个地方，我可能很难再有这样的感觉了。

他们没有带我去臭名昭著的巴黎监狱，自由法国在那里关押着很多所谓的"通敌嫌疑人"；他们把我带到了附近的一所警察局，还挂着破成布条的纳粹旗帜。我被带进一间没有窗户的房间，坐在一张遍是疤痕的桌子前，上面放着一只烟灰缸。

大约一个小时之后，有人走了进来。他并没有作任何的自我介绍，径直将一大摞卷宗放到了桌上，之后就坐到了桌子对面。

"加布里埃·博纳尔·香奈儿（Gabrielle Bonheur Chanel），别名可可，或香奈儿小姐。"他边说边翻开卷宗。我只是坐在那儿，并没有探头去看卷宗上写了什么。当他调整眼镜和清喉咙的时候，我感到一阵恶心。"我念的就是你吧？"

"我相信你很清楚，"我回答道，点燃了一根香烟，"是你逮捕我的。"

"哦，并没有，"他犀利地看了我一眼，"我们没有逮捕你，只需要问一些非正式的问题，如果可以的话。"

"知道了，"我说。非正式的意思就是不会出现在卷宗之内——然而如果我不配合，结果可能会随时改写。

之后他把目光又放回到卷宗上，一页页翻阅着，脸上没有任何读得出的表情，我则坐在一旁吸着烟，佯装不在乎。过了好久，他说，"你认识冯·丁克拉格男爵（Baron Hans Gunther von Dincklage）吗？别人通常叫他斯巴茨。"

这件事上我不可能撒谎。

"是的，我认识他。"

"他有没有协助你释放了安德烈·巴拉斯，后者被关押在德国战俘营里？"

我点头："他主动提出帮我，我接受了。安德烈是我的侄子。"

"确实。"他继续向后翻阅着卷宗，看到最后的几页，皱起了眉头。"你曾经一个人去柏林，见了谢伦伯格上校？"

我非常惊讶，并且很难掩饰我的神情。我权衡了一下讲实话与撒谎之间的利弊，很显然，尽管我的那次旅行已经尽量隐蔽，但自由法国的人确实一直在监视我。

"是的，我去看我的侄子。他刚刚被释放，病得很厉害。"

"但是你并没有和他一起回来。你在柏林待了一天，之后就回来了，安德烈也没有和你一起回来。之后你去了马德里。你能解释一下，你在柏林和谢伦伯格上校说了什么吗？"

"当然都是关于我侄子的，"我回答道，我尽量让自己放慢语速，然而内脏却在翻滚。"他病了，得了肺结核……我想去看看他。"

"仅此而已？你可是去见了希特勒手下对外情报局的负责人，纳粹德国反间谍机关里职位最高的人，你和他谈论你侄子的健康问题？"

"是的，"我迎着他的目光，"他病得很厉害，我说过了。"

他把手盖在卷宗上。

"香奈儿小姐，你为什么要去西班牙？"

"我想去看看自己能不能在那里开一间服装店。"

"你开了吗？"

"没有。时机不到。"

"我可以想象，"他的下巴微微前伸，"你是否曾为德国的情报机构工作？"

我感到浑身僵硬，"没有。"

"真的吗？"他没有再低头看卷宗，"我们获得了一些消息，显示你曾经参与了一项与保护德国利益，并除掉希特勒有关的秘密行动。你自己不知道？"

我的大脑在飞速旋转着。回忆着我在马德里期间出现的种种无法理解的事件，以及斯巴茨为什么要主动把他和同僚策划的秘密行动对我和盘托出。他们难道在征求丘吉尔的意见，刺杀希特勒？难道这是一场关于拯救德国的行动，而我对此毫无察觉？

"是的，我完全不明白。"我的声音干巴巴地从喉咙里飘出来。"如果我参与过这样的行动，肯定至少要知晓一二吧。"

"香奈儿小姐。"他用冰冷的目光看着我，"与敌同谋，为他们做事，无论目的是什么，都是犯罪。我们这里已经在押了几位你的朋友，我们也在寻找其他人。我建议你在回答之前，好好考虑清楚。"

"你是要我背叛朋友？"我反驳道。

"我是要你讲真话。我们知道你并不配合。"

我跷起脚，在手提包里翻找我的香烟盒。"那你逮捕我好了，"我说，掩饰不住对抗的口气，"我知道的已经都告诉你了。"

他把椅子向后推，"请稍等一下。"之后就带着卷宗离开了。

现在房间里只有我一个人，我发出一声叹息，或者是一声哀鸣。我把自己置于这一步境地。这一次我没有办法侥幸了。他们会像逮捕阿列蒂那样逮捕我，之后把我扔进监狱，看着我遭到毒打，之后会把我送上法庭，我将被指控为通敌者，他们会剃掉我的头发，带着我游街，向我的身上扔污物——

那个男人回到了房间里。"香奈儿小姐，"他简短地说，"你可以走了。"

有那么一瞬间，我几乎没办法从椅子上站起来。我感到双腿软弱无力，必须扶着桌子才能帮助自己站起。我抓起手提包，走向门口，从他身边走过的时候，他散发着一股廉价古龙水的味道。

他静静地说："小姐，你很幸运，各个阶层的朋友都有。不过希望你听我一句忠告，你该想想继续留在巴黎对你来说是否明智。"

我看着他："我是法国人。这是我的城市，我的国家。"

他看了我一眼："不再是了。"

我打了一辆出租车，飞快地赶回了康朋街。我感到恐惧，又十分愤怒，这两种情绪在今天早上那两个恶棍敲门的时候就在不断累积。我没有理会职员们关心的询问或窃窃的低语，直冲上楼上的公寓，拿起电话，用颤抖的手指拨通了律师瑞内的电话。电话响了几声瑞内才接起，我在电话里向他大吼他们对我的冒犯，包括被戴高乐政府的一个小小职员在办公室里审问，并被指控伙同德国人做事，甚至最后竟然还建议我，应该离开我自己的——

"小姐，"瑞内打断了我，"我觉得你应该听他的建议。"

我甚至能听到听筒里我的呼吸声："你说什么？"

"情况只会变得更糟，"瑞内哀伤地说，"我自己已经被审问了好几轮，关于我与维希政府的关联。他们把我的办公室翻了个底朝天，拿走了成箱的私人物品，还有重要的文件，包括，"他说出了让我恐惧的那句话，"包括我们准备起诉韦特海默兄弟的材料。你应该警惕起来。他们目前还没有对你不利的证据，但他们会继续找，一直到找到为止。"

"那个人暗示我有一些身居高位的朋友，"我大声说，虽然我自己也有些失去方向，如同坠入无底深渊，"有人在保护着我。"

"是的，但能保护多久呢？他们管这叫作残酷清洗，所有通敌者和有通敌嫌疑的人都会被清洗掉。这是戴高乐许诺的条件。他一定已经和盟军达成了协议，也就是柏林攻陷之后，我们仍然会选择和盟军同盟。我们唯一的选择就是离开。"

"可是我——我并没有通敌！我只是做了我需要做的，只是为了保护我的侄子和我的生意，只是为了自保，或者帮助我的那些朋友们。"

"小姐，你不需要向我说这些，你需要对他们说，不过我怀疑他们并不会听。今天有人出手帮了你，不管他是谁，并不代表他明天还会帮你。如果能走，我也会走的，但我的岳父是维希政府大臣，是他签署了驱逐犹太人法案。所以他们注销了我的护照，我没有办法离开。但是你可以——你应该走。"

我挂上话筒，堵住嘴巴发出一声尖叫。难道我要逃离自己出生的这个国家吗？除了自己离开之外，难道没有其他的办法了吗？

我转身环顾这个房间，装饰着美丽的漆器、绘画作品和书籍，一切如此不真实，仿佛一触即破的幻景。我踉跄着走到桌前，拉开抽屉，在里面翻找留在那里的东西。我打开手绢，拿出裹在里面的手表，靠近耳朵，秒针早已停摆。金色的时针和分针凝固在六点半的位置。我疯狂地拧动手表侧面小小的旋钮给它上弦。

没有反应。博伊的手表彻底无法计时了。

就在这个时刻，我突然全然明白，我自己的时间也不多了。

一旦下定决心，事情就简单了很多，但做起来仍然很不容易。我把带不走的物品都存放在康朋街商店上层的公寓房间里，虽然奥贝托夫人和海伦娜都恳求我不要关闭商店。她们说可以保证照管好店里的一切，并可以定期打电话到瑞士的洛桑，也就是我准备隐居生活的地方，通报我一切状况。然而我还是关闭了店铺，给员工支付了四个月的赔偿金。我此前已经用私人汽车把安德烈送到了那里，卡特琳娜也在疗养院旁边租下了一栋房子。

我决定不去理会店员们的请求。一切都应该结束了。法国不再是我的故乡。

之后，我做了一件一直不敢去做的事情：我去找了蜜西娅。

蜜西娅打开门，随即发出一阵悲恸欲绝的哭声，很显然她已经知道我为什么来。她和塞特正计划复婚，她把我拉到沙发上告诉我。我们在这个凹凸不平的沙发上已经一起聊了很多次天，我们在这个沙发上聊八卦，谈论我们的朋友和敌人，在这个沙发上争吵之后又和解，更像是亲姐妹，而不仅仅是朋友。

"你得留下来，"她说，紧握着我的双手揉搓着，仿佛要温暖我。"谁来为我设计礼服呢？"

"会有人为你设计的。"我回答道。

"李法尔呢？他怎么办？他目前暂时是安全的，但他们撤了他芭蕾舞导演的职，并且要求他去自由法国清洗委员会报到。还有科克托，没有你他怎么办？他们需要你留在巴黎。我们都非常需要你。"

我只有咬着嘴唇，才能避免自己此时此刻崩溃掉。我不能哭。如果我现在哭了，我们两个都会立刻崩溃。我把手抽出来，轻轻抚摸着她布满皱纹的脸颊。"李法尔会没事的，他是艺术家，是宝贝，是世界上最有才华的编舞。即便他们逮捕他，也将会是暂时的，他很快就会重回舞台。他只懂得跳舞。科克托也是一样，他必须写作，除了写作他会干些什么呢？还有你，我亲爱的蜜西娅，你会活下去的。现在塞特又是你的了。他是你唯一爱过的人。"

蜜西娅哭得很厉害，我把自己的手帕递给了她。"我不会的，"她抽噎着，擤着鼻子，"我不会的。"

"你只是现在这么想而已，"我轻声说着，拥抱了她。我把她紧紧拉入怀里，越过她的肩膀，我看到塞特站在走廊里，神色沮丧。"瑞士人做不出好面包来，"他说，"你不会喜欢那里的，你很快就会厌倦。"

"是的，"我说，泪水再也忍不住，涌上了眼眶，"我知道。"

我离开巴黎的时候，天空开始飘起雪花——雪花打着旋飘荡着，落在埃菲尔铁塔上，覆盖在杜伊勒里宫的砾石小路上，堆积在香榭丽舍大道边的帐篷上，飘荡在艺术家们居住的阁楼和左岸卡巴莱的夜总会上，飘落在旺多姆广场的铜柱子上。雪花落进人行道上的砖缝中，落在被煤烟熏黑了的公寓楼

NOT THE TIME FOR FASHION

的裂缝里。雪柔和了这座城市充满痛苦和愤怒的棱角，雪花带来了丰饶和欢乐，巴黎成了世界上独一无二的一座城。

雪花如同一双温柔的手，轻抚着康朋街上、丽兹酒店对面一间商店外的遮阳篷。雪花在这里盘旋片刻之后堆积起来，看上去只比白色的遮阳篷明亮一点点。之后雪化了，融雪顺着篷子上的招牌文字滴落下来。这块招牌上印着一个名字，一个曾经如此广为人知，如此让人梦寐以求的名字；一个如此出类拔萃，又桀骜不驯的名字：

香奈儿。

巴　　黎

啊，掌声终于来了——如果勉强能称得上是掌声的话。稀稀落落，很有礼貌，渐渐变得悄无声息。有人从椅子上站起来，衣服窸窸窣窣，外套穿上肩头。草率的吻别，午餐的邀约，这些声音已经告诉我很多。我住在国外多年，渐渐被人遗忘，只剩下最熟悉的朋友，即便我忽略掉时尚世界的怪癖——我所获得的奖赏仍是：人们从我的时装秀现场慌张逃离，或者是充满不言而喻的蔑视的静默。这些声音于我来说，比当面的嘲笑还要糟糕。

他们失望了，他们当然是失望了。

我应该现在下楼去鞠个躬，还是应该等着，让模特们拿着号码牌站在下面，看着客人一个个离开？

我觉得自己应该等等。他们已经看到了我设计的服装。他们一直等待着、争议着我的回归，好奇我是否能重拾往日的辉煌，并纷纷装出一副惊讶的表情。我已经展示了以黑色、海军蓝、奶油色、深棕色为主辅色的色彩选择，并在腰间或肩膀上饰以白色的山茶花，平顶圆礼帽以丝带装饰，还有我标志性的红色设计的无领上衣。设计风格都柔和简洁，没有一件装饰得过了头。

此时迪奥又回归了曾经折磨女人的紧身内衣风格，用薄纱的材质以及窄到不自然的腰线，女人穿上去如同倒悬的花茎与花萼。我拒绝跟随这种风格。

我，可可·香奈儿，为什么要为他们改变？我设计出来的是一系列象征独立精神的服装：为那些需要工作、需要活动身体、需要享受娱乐的女人设计。他们很快就会发现，好莱坞式的公主们，可以穿着迪奥设计的服装跳着华尔兹从赛璐珞布景中旋转而过，而普通的女人不行。她们也不需要这样。时尚不可以愚蠢。

叫其他设计师做他们的好了，我不会牺牲自己的原则。我站在旋转楼梯的顶端，听着人们离去的声音，心里很清楚他们的失望。我几乎能听到他们正在彼此窃窃私语，说我已经失去了才华。十年的国外生活之后，我又能期待他们说什么呢？难道世界不变，会像我辉煌时日的样子原地等我？

战争中我的所作所为，时至今日仍然让我背负着人们的怀疑。我虽从未走上任何法庭接受质疑，或者被谁质问。但即便教我经历那些，我也只是忽略就好。

我转身准备回到楼上的公寓里，这时楼梯下传来一个犹犹豫豫的声音："小姐？"

我迅速回过身来，一个漂亮的女人站在楼梯脚，穿着一身可爱的套装，然而我注意到都不是我的设计。之后我对自己笑了笑，她怎么可能穿我设计的衣服？她看上去还不到二十岁。

"在。"我说，在脸上绽开一个苦涩的笑容。

"我……我是《时尚》杂志的编辑贝蒂纳·巴拉德（**Betina Ballard**）的助理。"她说着，声音有些发颤，我突然感到一阵满足。她非常清楚自己正在和谁说话。看来，我的名字还是有一些分量。"很抱歉，巴拉德小姐本人提前走了，因为有人在她的办公室里等着见她，但是，我们……我们希望可以……"

我盯着她。这位编辑本人，派了一个干杂事的过来跟我联络采访的邀约，显然说明这雇主也并不具备最高的品位。"我猜，你的意思是美国版的

《时尚》杂志吧？"

她的脸红了，点着头。她的皮肤白到透明，但她的脸色也开始变白。"继续说吧，"我挥了挥手。和今天这场时装秀的灾难相比，再来这一点点羞辱又算得上什么。

她恢复了一点自信，之后沿着台阶走了上来，停在低一级的台阶上，保持着平衡，手里拿着一个男士的文件夹，另外还拎着一只巨大且丑陋的手提包。是用衲缝皮面制作的，和我曾经设计过的一只很像，然而抄袭得非常拙劣。我低头看着那只皮包，心想也许我应该给我设计的皮包增加一条以皮线缠绕的金色链子。

女孩说道："巴拉德小姐认为您今天的设计……"她又语塞了起来。我控制着不耐烦的冲动，轻敲着鞋尖，女孩垂着头看着我的脚。

"巴拉德小姐认为你的设计在美国可能会获得成功，"她突然说了出来，"她希望在二月号杂志上刊登您的专访，配上新系列的照片。特别是那件黑色的饰有山茶花的晚礼服……如果你不反对的话……"

我的目光把她弄得有些不知所措。我从烟盒里掏出一支香烟，这动作叫她退缩了一下。我把烟雾吹到她头顶上方，说："你是想现在细看一下我的设计吗？"

"是的，如果您允许的话就太好了。我们可以之后请摄影师过来。"我转身向工作室走去，她在我身后跟着，快速地说道："这个摄影师非常有才华，是业界最好的。巴拉德小姐认为这个拍摄交给他来做再合适不过。"

像往常一样，美国版《时尚》杂志总是倾向于唱红我。而且如果美国人喜欢的话，法国人也一定会喜欢。我的客人们会回来的。女人是聪明的动物，不会跟着大众评论亦步亦趋。

我的脸上浮现出胜利的笑容。香奈儿回归了。

希望我的传奇可以续写。希望它长命百岁，快乐幸福。

后 记

1954 年，可可·香奈儿回到巴黎，并推出了复出后的首个设计系列。法国时尚圈对她复出后的设计并未给予好评，并评论她的设计系列过时以及跟不上潮流。而迪奥当时的设计正在将女性形象带回到昔日那种美丽却并不舒适的风格。可可拒绝跟风，并回归了自己早期设计的简洁优雅之风。美国版《时尚》杂志——作为可可一生职业生涯中的最佳伙伴——一直站在她的身边，支持着她的优雅设计，特别是她后来推出的套装裙、夹克衫和帽子。很快，香奈儿套装获得了持久长青的生命力，成为直到今天仍有诸多设计师效仿的经典设计。

1945 年，塞特在维希绘制一幅壁画的时候，死于大面积心肌梗死。五年之后，蜜西娅死去。作为不可替代的毕生密友，可可回到巴黎，为蜜西娅筹办葬礼。

可可的侄子安德烈，在德国战俘营遭到拘押后一直受到并发症的困扰，1940 年代末死在了瑞士。维拉·巴特·隆巴迪在丘吉尔办公室的帮助下，从马德里平安返回了罗马，之后死于 1948 年。李法尔因在德占期间与纳粹合作，遭到禁演两年，之后他带领巴黎芭蕾舞团出访美国，并获得了巨大成功。1958 年，传言又起，李法尔被迫辞职。1986 年，李法尔去世，并被葬于巴黎的圣日内维耶·博伊西俄国人公墓；在他死后，他的回忆录出版。科克托成为法国广受喜爱的作家之一，作品包括诗作、艺术、小说、戏剧以及电影。科克托死于 1963 年。在第二次世界大战的余温当中，英国人曾逮捕冯·丁克拉格男爵（斯巴茨），然而他在 1949 年逃到了瑞士，并与可可重聚。同年，可可回到巴黎，并在法庭上作证。受审者是当时的战犯，被称为法国叛徒的路易·沃弗里兰德男爵，后者受到叛国罪，以及德国情报间谍的指控，并因此牵连到了香奈儿。可可·香奈儿否认了全部的指控。可可和斯巴茨偶尔会到静憩别墅度假，1953 年，可可卖掉了别墅。斯巴茨晚年在巴利阿里岛生活，并专心绘画情色主题的艺术作品，他死于 1976 年。

颇具讽刺意味的是，可可和韦特海默兄弟的交情一直保持到她去世的时候。第二次世界大战结束之后，韦特海默兄弟回到巴黎，继续控制着可可的香水公司，并继续打了几场官司。法庭纷争一直持续到 1947 年，直到他们与可可达成和解，可可因此成为极度富有之人。皮埃尔继续担任可可信任的管理者、金融家，尽管他们之间也不时发生着争执。

1954 年复出之后，可可在此基础上又陆续推出了一系列升级的设计。可可收复了在国际时尚领域的名誉，并且又结识了大量包括名媛在内的顾客，也收获了一些情人。可可用此种方式重新定义了晚年生活。1971 年 1 月 10 日，可可死在丽兹酒店的套房里。她 87 岁，她就这样离世，连一句歉意都未留下，整个世界为此叹息："人就这样死了。"

可可·香奈儿被安葬在瑞士洛桑的公墓里，大理石墓碑上雕刻着五只狮头，共同寓意着她的星座与她的幸运数字。时尚史上再没有任何一位设计师像可可这样名留史册，拥有与她相当的世界级影响力。

致　谢

　　这本小说，与我之前写过的任何一本小说相比，堪称是我一次心甘情愿的苦修。香奈儿第一次出现在我的记忆中，是在我少年时期，当时我对时尚产生了浓厚的兴趣，并以其为职业，投身其中。我开始很想成为一名设计师，但很快发现，在和我一同在时装设计及销售规划学院旧金山分校进修的同辈当中，有很多人在设计天资上远远超越了我。于是我转修市场营销，并随即开始了长达十二年的职业生涯。我从旧金山去了纽约，之后又回到了旧金山。此间我当过零售服装零售店的买手、自雇公关，古着店经理，以及前卫女装设计师的时装秀协调人。

　　20 世纪 80 年代，我终止了这类工作，然而我对时尚业，以及那些创造时尚的人的热情和迷恋从未因此降低。于是，为时尚传奇可可·香奈儿撰写一部小说的机会出现了，她沸沸扬扬的成名之路，以及极具戏剧性的人生轨迹，给她所在的时代以及后世的我们留下了无法忘却的记忆，也是我无法拒绝的一个机会，这对于我来说，如同美梦成真。

　　在我圆梦的过程当中，我要感谢很多人。首先是我的朋友梅丽莎（Melisse），她最先说服我不要过度担心写书会威胁到我的职业生涯，这是种 16 世纪的思维方式。以及我的经纪人珍妮佛·维尔茨（Jennifer Weltz），感谢她所给我的支持，陪我走过随之而来的种种变故。我的编辑瑞秋·卡汉

（Rachel Kahan）和她的热忱，我的另外一个美梦——和她共事——也因此成真。以及在威廉莫洛出版社工作的出版团队，他们给我提供了非常专业的支持。我无法表述自己该如何感谢你们。

我还要感谢我的人生伴侣，他全心全力地支持着我，无论是我在书桌前独自写作，还是作为一个以业余时间来写作的作者所经历的心境上的起起伏伏，他都陪伴着我一路走过。特别是在我们的日常生活当中，我得坦承，自己往往因为灵感的突然降临而变得心不在焉。我要感谢我的两只猫儿——博伊和妈咪——它们每天向我表达着单方面的爱意，是它们提醒着我，电脑屏幕背后还有生活。身边以及远在他乡的朋友们：莎拉·强森（Sarah Johnson）、琳达·多兰（Linda Dolan）、米歇尔·莫兰（Michelle Moran）、罗宾·马克思维尔（Robin Maxwell）、玛格丽特·乔治（Margaret George），以及多娜·卢索-莫林（Donna Russo-Morin），是你们维持着我的社交生活，因此我并没有就此成为隐士。我还要感谢在 Excelsior Yoga 的瑜伽老师，是你们帮助我保持身体的灵活性。我还要感谢所有在 Facebook 上的朋友和粉丝们，谢谢你们的幽默感和一直以来的支持，当然还要谢谢我在网络世界的知己雷·莫奈（Rae Monet）。

最后我想说，谢谢你们——我的读者，没有你们就没有这本书。

你们为我的文字赋予了灵魂。

旧金山

2013 年 8 月 19 日—2014 年 1 月 9 日

参考书目

在探寻可可隐秘生活的过程中，我从大量参考中获得了信息。时至今日，可可的一生仍然是充满争议且迷雾重重。以下的每一本书都给我提供了一些信息，如同拼图，共同拼出了她谜样的一生。在写作过程中，我阅读了大量作品，以下仅列出我查阅的部分参考书籍：

Baillen, Claude. Chanel Solitaire. New York: Quadrangle, 1974.

Chaney, Lisa. Coco Chanel: An Intimate Life. New York: Viking, 2011.

Galante, Pierre. Mademoiselle Chanel. Chicago: Henry Regnery Company, 1973.

Haedrich, Marcel. Coco Chanel: Her Life, Her Secrets. New York: Little Brown, 1971.

Haye, Amy de la. Chanel. London: V&A Publishing, 2011.

Lifar. Serge. Ma Vie. New York: World Publishing Company, 1970.

Madsen, Axel. Chanel: A Woman on Her Own. New York: St Martin's Press, 1990.

Mazzeo, Tilar J. The Secret of Chanel No. 5. New York: HarperCollins, 2010.

Mazzeo, Tilar J. The Hotel on the Place Vendôme. New York: Harper Collins, 2014.

Morand, Paul. The Allure of Chanel. London: Pushkin Press, 2009.

Picardie, Justine. Coco Chanel: The Legend and the Life. London: Harper Collins, 2011.

Riding, Alan. And the Show Went On: Cultural Life in Nazi-Occupied Paris. New York: Alfred A. Knopf, Inc., 2010.

Roux-Charles, Edmonde. Chanel. New York: Alfred A. Knopf, Inc., 1975.

Vaughan, Hal. Sleeping with the Enemy. London: Chatto & Windus, 2011.

图书在版编目（CIP）数据

成为香奈儿 / （美）加特纳（Gortner, C. W.）著；
高月娟译. --2版. --重庆：重庆大学出版社，2017.10（2020.12重印）
书名原文：Mademoiselle Chanel
ISBN 978-7-5689-0766-8

Ⅰ. ①成… Ⅱ. ①C… ②高… Ⅲ. ①传记小说—美
国—现代 Ⅳ. ①I712.45

中国版本图书馆CIP数据核字（2017）第204773号

成为香奈儿

chengwei xiangnaier

[美] C.W.加特纳 著

高月娟 译

责任编辑 张 维 戴倩倩
责任校对 刘志刚
版式设计 任凌云
封面设计 周伟伟

重庆大学出版社出版发行
出版人 饶帮华
社址 （401331）重庆市沙坪坝区大学城西路21号
网址 http://www.cqup.com.cn
印刷 重庆荟文印务有限公司

开本：700mm×1000mm 1/16 印张：25.5 字数：350千
2015年11月第1版 2017年10月第2版 2020年12月第5次印刷
ISBN 978-7-5689-0766-8 定价：58.00元

版贸核渝字（2014）第266号